BASTEI
LÜBBE

DAVID GERROLD
im BASTEI-LÜBBE-Taschenbuchprogramm:

20 177 Die Reise der Jona

David Gerrold

Inmitten der Unendlichkeit

Science Fiction Roman

Ins Deutsche übertragen
von Axel Merz

BASTEI
LÜBBE

BASTEI-LÜBBE-TASCHENBUCH
Band 23 180

Erste Auflage:
August 1996

Deutsche Lizenzausgabe 1996
by Bastei-Verlag
Gustav H. Lübbe GmbH & Co.,
Bergisch Gladbach
Originaltitel:
The Middle of Nowhere
Lektorat:
Uwe Vöhl/Stefan Bauer
Titelbild: Armin Werra
Umschlaggestaltung:
Quadro Grafik, Bensberg
Satz: Digital-Offset-Druck
W. Steckstor, Bensberg
Druck und Verarbeitung:
Brodard & Taupin,
La Flèche, Frankreich
Printed in France

ISBN 3-404-23180-5

Gatineau

Der Grünschnabel war gerade eben erst auf *Stardock* angekommen, so daß sein Mund noch immer vor Staunen offenstand.

Er marschierte zaghaften Schrittes durch die endlosen Korridore der Station, einen Ausdruck permanenter Verwunderung im Gesicht. Über den Rücken hatte er einen schlaffen schwarzen Seesack geschlungen, in dem er seine wenigen persönlichen Habseligkeiten aufbewahrte. In der einen Hand hielt er eine gelbe Transferkarte und einen himmelblauen Sicherheitsausweis, in der anderen eine halb entfaltete Karte der Station.

Er hatte sich ganz offensichtlich verirrt. An jeder Wand überprüfte er jede einzelne Nummer anhand seiner Karte, die ein übriges tat, den Prozeß des Auseinanderfaltens zu beschleunigen: In unregelmäßigen Abständen machten sich große Teile von ihr selbständig. Schließlich blieb der Grünschnabel frustriert stehen und kniete sich nieder, um die Karte auf dem Fußboden wieder zusammenzufalten.

»Das ist aber nicht gerade ein geeigneter Ort, mein Junge ...«

»Ich weiß, aber das verdammte Mistding will partout nicht ...« Er blickte auf, erkannte, wen er vor sich hatte, und verstummte sofort. Er rappelte sich auf die Füße, während er automatisch Habachtstellung einnahm, und beinahe hätte er sich beim Versuch zu salutieren mit seiner Transferkarte das Auge ausgeschlagen.

Der Seesack schaukelte wild auf seiner Schulter und knallte unangenehm gegen seinen Hintern.

Der Offizier war ein streng aussehender Mann, mager, mit grauen Augen und sandfarbenem Haar. In seinem Gesichtsausdruck stand eine Härte, die dem Grünschnabel Angst einflößte. Aber die Härte in den grauen Augen war in eine *unbestimmte Ferne* gerichtet, nicht auf den Grünschnabel. Beinahe, als existierte der viel jüngere Mann gar nicht für den Offizier, oder wenn, dann höchstens wie ein Werkzeug, das man benutzte ... wenn es gut genug war. Das Namensschild des Offiziers wies ihn als *Korie* aus. Die diamantförmigen Abzeichen an seinem Kragen verrieten dem Grünschnabel – er runzelte angestrengt die Stirn, während er überlegte –, daß der andere Fregattenkapitän war.

»Wie Sie meinen«, sagte der Offizier und erwiderte den militärischen Gruß mit oberflächlichem Nicken. Er streckte die Hand aus und nahm dem Grünschnabel die Transferkarte und den Sicherheitsausweis aus den Händen. »Decksmann Dritter Klasse Robert Gatineau, Ingenieursanwärter«, las er und reagierte mit einem leise gackernden Geräusch. »Regel Nummer eins«, sagte er, während er dem Grünschnabel die Papiere zurückgab, »Tragen Sie immer Ihr Namensschild.«

»Jawohl, Sir.« Gatineau kramte in seinen Taschen nach dem Namensschild, das man ihm erst wenige Augenblicke zuvor ausgehändigt hatte. Während er sich abmühte, es anzuheften, fragte er: »Noch etwas, Sir?«

»Stehen Sie nicht im Weg rum. Ziehen Sie keine unnötige Aufmerksamkeit auf sich.« Und wie als nachträglichen Einfall fügte er hinzu: »Und erledigen Sie Ihre Arbeit immer so, als hinge Ihr Leben davon ab. Das tut es nämlich.«

»Ja, Sir. Danke, Sir.«

Der große Mann nickte und wollte weitergehen.

»Äh, Sir ...?«

»Ja?«

»Könnten Sie mir sagen, wie ich zur Wartungsbucht Nummer T-119 komme? Zur *Sternenwolf*?« stammelte Gatineau.

»Das Schiff kenne ich«, sagte der große Mann unverbindlich.

»Ist es ein gutes Schiff? Ich habe solche Geschichten gehört ...«

»Das Schiff hat sich seinen Namen redlich verdient.« Korie drehte sich um und zeigte den Korridor entlang. »Da lang bis zum Ende, dann links, die Treppen hinauf, über den Rollsteig um das gesamte T-Modul. Von dort zählen Sie einfach die Nummern entlang des Korridors, es ist die neunzehnte Bucht. Aber die *Sternenwolf* werden Sie dort nicht finden, sondern nur ihre Beiboote. Das Schiff wartet draußen am Dekontaminationspunkt Eins.« Der Offizier warf einen raschen Blick auf seine Uhr. »Wenn Sie sich beeilen, dann kriegen Sie noch den nächsten Transfer. Wenn Sie die Fähre verpassen, dann geht in neunzig Minuten eine andere. Pinkeln Sie, bevor Sie an Bord gehen. Es ist eine lange Tour.

Wenn Sie angekommen sind, melden Sie sich bei Oberleutnant Tor. Sie hat zur Zeit das Kommando. Anschließend verstauen Sie Ihren Krempel und melden sich zur Arbeit. Sie gehören zur Mannschaft des Leitenden Ingenieurs Leen. Ich bin sicher, er kann Ihre Hilfe gut gebrauchen. Es gibt eine Menge zu tun.«

»Jawohl, Sir. Danke, Sir!« Gatineau salutierte erneut enthusiastisch.

Der Offizier erwiderte den Gruß mit kaum verborgenem Ärger. »Oh, und noch etwas. Übertreiben Sie es nicht mit Ihrer Salutiererei. Das ist nur etwas für Grundratten. Im Raum brauchen Sie eine Hand am Geländer.«

»Jawohl, Sir. Danke, Sir!«

Der große Mann nickte und stapfte durch die Passage davon. Gatineau starrte ihm mit einem Ausdruck ungetrübter Freude hinterher. Die Diamanten auf der Uniform des Offiziers blitzten in Silber, dazwischen Bänder aus leuchtenden Farben – das bedeutete, daß er die Zulassung für den interstellaren Raumflug besaß. Überlichtgeschwindigkeit! Er wäre ihm am liebsten hinterhergelaufen ... Unvermittelt erinnerte sich der Decksmann Dritter Klasse Robert Gatineau, ohne Spezialgebiet, an die Worte, die der Offizier über die Fähre gesagt hatte, und er beeilte sich, seine Siebensachen aufzusammeln. Er schulterte seinen Seesack, stopfte die aufsässige Karte in seine Hemdentasche und eilte schnell den Gang hinunter.

»Bis zum Ende ...«, wiederholte er die Worte, während er rannte. »Dann gehen Sie nach links, die Treppen hoch, nehmen den Rollsteig ...«

Der Rollsteig umkreiste Stardock vollständig. Gatineau rannte den ganzen Weg über das Band. An der Verwaltung vorbei, durch die Versorgungsbereiche, bis er schließlich bei den Docks angekommen war. Sorgfältig studierte er jedes auftauchende Hinweisschild, als hielte es eine geheime Nachricht nur für ihn bereit, und hakte jedes Dock ab, an dem das Band ihn vorbeiführte. Schließlich erblickte er das Schild, nach dem er Ausschau gehalten hatte; ungeduldig sprang er am Eingang zum T-Modul vom Band und wäre bei der Landung beinahe hingefallen. Er fluchte wütend und ärgerlich vor sich hin, während er die breite Passage halb hinunter ging, halb rannte. Unter seinen Füßen wich der Teppich industriellen Bodenblechen, und seine Schritte begannen, hallende Echos zu werfen. Die Passage wurde durch luftdichte Türen unterbrochen. Jede einzelne Sektion war durch dreifache Schleusen gesichert, die bei seiner Ankunft automatisch zur Seite glitten und sich hinter ihm mit sanftem Zischen sofort wieder schlossen. Als Gatineau endlich den neunzehnten Liegeplatz erreicht hatte, war er bereits durch zweiundsiebzig verschiedene Schleusen gekommen. Er war beinahe den ganzen Weg gerannt und hatte sämtliche Nummern bis zum vorletzten Liegeplatz mitgezählt. T–119.

Der Liegeplatz selbst war nicht mehr als eine leere Wartungsbucht. Eine ausgedehnte, kalte Grotte, der selbst die allergeringsten Annehmlichkeiten fehlten. Sie besaß keinerlei Ähnlichkeit mit den Liegeplätzen von Handelsschiffen, wie Gatineau es erwartet hatte, mit ihren zahlreichen Bildschirm-Displays und Sesseln, den unterschiedlichsten Serviceständen und dem üblichen Komfort. Der Unterschied schockierte Gatineau auf der einen Seite, auf der anderen war er angenehm überrascht. Es war ein Beweis für ihn, daß er endlich angekommen war, endlich auf einem echten Sternendock Dienst leistete.

Das vordere Ende des Liegeplatzes wurde von einer weiten, elliptischen Schleuse eingenommen. Sie stand offen. Zögernd trat Gatineau näher.

»Hallo?« rief er in den Verbindungsschlauch zur Fähre. »Ahoi? Ist da jemand?« Keine Antwort.

»Ist das die Fähre von der *Sternenwolf*?« Gatineau machte ein paar zögernde Schritte in den Schlauch hinein. »Ist jemand an Bord?«

Am anderen Ende des Schlauchs gab es eine weitere Schleuse, die allerdings geschlossen war. Das Kontrollpaneel zeigte grünes Licht, also war die Atmosphäre auf der anderen Seite zum Atmen geeignet, und der Luftdruck stimmte. Gatineau atmete tief durch und legte seine Hand auf die dafür vorgesehene Fläche des Paneels. Zu seiner Verwirrung fuhren mehrere Schleusentore gleichzeitig zurück. Er machte einen Schritt in eine winzige Luftschleuse, und die Luken fuhren hinter ihm wieder zu und verwandelten die Kammer in ein klaustrophobisches Abteil. Er war nervöser als je zuvor, aber seine Nerven waren zu angespannt, als daß er einfach hätte verharren können. Also öffnete Gatineau die nächste Schleusenluke – und starrte verblüfft in die Heckkabine des Tenders Nummer drei der *Sternenwolf*.

Der Tender war zur Hälfte mit Versorgungsmodulen aller Größen und Formen vollgepfropft. Gatineau schob sich seitwärts in die Kabine, und die Luke knallte hinter ihm zu. »Ahoi?« rief er leise. »Decksmann Dritter Klasse Robert Gatineau, Ingenieursanwärter ohne Spezialgebiet, meldet sich zum Dienst!«

Noch immer keine Antwort. Gatineau machte ein paar Schritte zur nächsten Schleuse und betrat die Hauptkabine der Fähre. »Hallo? Ist da jemand?«

Niemand. Die hintere Hälfte dieser Kabine war mit verschiedenen Lebenserhaltungs- und Versorgungsmodulen gefüllt. Alle waren etikettiert. Er erkannte die Kodes für Raumanzüge und EVA-Ausrüstung sowie medizinische Notfallausrüstung.

Die vordere Hälfte bestand aus grauen, unpersönlichen Sitzreihen. Industriestandard eben. Gatineau hatte schon Busse mit mehr Atmosphäre gesehen.

Schulterzuckend hing er seinen Seesack an einen Haken in der Wand über einem der Sitze und kletterte weiter nach vorn. Dann klopfte er an die Tür zur Pilotenkanzel. Sie glitt beinah im gleichen Augenblick zur Seite, und der Pilot drehte sich in seinem Sitz, um einen Blick auf Gatineau zu werfen. Gatineau blickte auf und ... auf. Und auf. Der Pilot war ein drei Meter großer morthanischer Tyger, und er grinste so breit, daß er Gatineaus Kopf mit einem einzigen Bissen hätte abreißen können. »Sie sind also das Frischfleisch?« fragte er.

Gatineau hätte sich beinahe in die Hosen geschissen. Einen Augenblick war er wie betäubt, und sein Herz drohte ihm aus der Brust zu springen. Adrenalin strömte in einem atavistischen Schauer von Horror und Furcht und Staunen durch seinen Körper, alles in heillosem Durcheinander und zur gleichen Zeit. Er fühlte sich, als hätte man ihn plötzlich in eisigen, schieren Terror getaucht. Er schluckte und stammelte und versuchte, zurückzuweichen. »E-e-e-entschuldigen Sie«, stammelte er, während sein Verstand sich noch gegen die entsetzliche Erkenntnis sträubte. *O mein Gott! Ein Morthaner! Ich werde sterben!* Und während er noch überlegte, was er zu seiner Selbstverteidigung unternehmen konnte, nahm der rationale Teil seines Bewußtseins bereits von der grauen Uniform des Monsters Kenntnis, von dem Namensschild an dessen Brust – *Oberleutnant Brik* – und von dem amüsierten Ausdruck auf dem Gesicht des menschlichen Kopiloten.

»Ich, äh ... äh, ich suche nach ... äh, nach der Fähre zur *Sternenwolf* und ...«, und dann erinnerte er sich an seine Ausbildung, und er ging in Habachtstellung. »Verzeihung, Sirs. Decksmann Dritter Klasse Robert Gatineau, Ingenieursanwärter ohne Spezialgebiet, meldet sich zum Dienst, Sir!« Er hatte davon gehört, daß morthanische Offiziere in der Flotte Dienst leisteten. Er hatte nicht damit gerechnet, daß er selbst einen als Vorgesetzten haben könnte – er wollte eben salutieren, als er sich an den Ratschlag des anderen Offiziers erinnerte und in seiner Bewegung innehielt – nur, um sich beinah im gleichen Augenblick zu fragen, ob er nicht gerade einen noch größeren Fehler begangen hatte, indem er den morthanischen Offizier *nicht* gegrüßt hatte. Er schluckte und entschied sich, daß es nun sowieso zu spät war, und so streckte er dem Offizier nur schweigend seinen Marschbefehl und seinen Sicherheitsausweis entgegen, damit dieser die Dokumente überprüfen konnte.

Oberleutnant Brik nahm die Papiere mit übertriebener Freundlichkeit entgegen. Gatineaus Hand verschwand beinahe in der riesigen Hand des Morthaners, und der Grünschnabel mußte seinen ganzen Willen zusammennehmen, um nicht zurückzuschrecken.

Er hatte sich nicht mehr so klein gefühlt, seit er vier Jahre alt gewesen war und seinen Vater nackt unter der Dusche gesehen hatte.

Brik legte die Papiere auf den flachen Kartenleser zwischen sich und dem Sitz des Kopiloten und betrachtete mit unbewegter Miene den Schirm. Währenddessen versuchte Gatineau, sich dadurch zu beruhigen, daß er die Konstruktion der Steuerkanzel studierte. *Ein echtes Raumschiff!* Er nahm einen tiefen Atemzug und spähte durch die Frontscheibe, bemüht, nach außen hin ein lässiges Erscheinungsbild zu bewahren. Hinter der Scheibe glänzten die hellen Sporne von *Stardock* im Licht von Tausenden von Scheinwerfern so hell, daß sie fast die Schwärze des Nichts dahinter verbargen. Gatineau warf einen Blick aus dem Seitenfenster und erkannte beinahe ein Dutzend Libertyschiffe, die hintereinander am Docksporn aufgereiht lagen. Er atmete hörbar ein. *Raumschiffe!* Sie waren wundervoll! Und sie waren nahe genug, daß er sie beinahe berühren konnte . . . Brik grunzte ungeduldig. Das Geräusch weckte Gatineau aus seiner Träumerei. Er bemerkte, daß der Morthaner ihm seine Papiere hinhielt und darauf wartete, daß er sie entgegennahm. »Oh, danke. Äh, ich . . .« Gatineau entschied sich, es auf einen Versuch ankommen zu lassen. »Es tut mir leid, Sir, wenn ich, uh, mich nicht korrekt verhalten habe. Ich . . .«

»Nun fangen Sie nicht gleich an zu schwitzen, Freund«, unterbrach ihn der Kopilot. Sein Namensschild identifizierte ihn als Leutnant Mikhael Hodel. »Oberleutnant Brik wirkt auf jedermann so. Es ist Teil seines persönlichen Charmes. Und wie nennen wir Sie?«

»Äh, mein Papa hat mich immer Robby genannt, aber, äh ...«

»In Ordnung«, sagte Leutnant Hodel. »Aber Sie sind ja nun schon ein großer Junge, Robby. Was halten Sie davon, wenn wir Sie Gatineau rufen ... oder *Mister* Gatineau, wenn wir sauer sind?«

»Äh, sicher ... hm, danke. Ich meine, danke, Sir.«

Hodel wandte sich wieder seinen Kontrollen zu und legte einen Finger an das rechte Ohr, um sich auf eine hereinkommende Meldung zu konzentrieren. »In Ordnung, verstanden, danke«, antwortete er. »Ende und aus.« Dann wandte er sich an Brik: »Wir haben Starterlaubnis.«

»Schnallen Sie sich fest«, sagte Brik zu Gatineau und deutete auf den Sitz, der üblicherweise vom Flugingenieur besetzt wurde. Der Startvorgang war viel unkomplizierter, als Gatineau erwartet hatte. Brik gab der Maschinenintelligenz der Fähre lediglich einen einzigen Befehl. »Fertigmachen zum Ablegen.«

Einen Augenblick später erwiderte der Schiffsrechner: »Alle Schleusen versiegelt. Alle Systeme hochgefahren und in Betrieb. Zuverlässigkeit neunzig Komma neun.«

»Ablegen.«

Unvermittelt schwand das Gefühl von Schwerkraft zu einem Nichts, und Gatineaus Magen schwand mit. Seine Eingeweide verkrampften sich alarmierend, doch dann – als er die nicht sehr vertraute Situation erst einmal erkannt hatte – begann der Grünschnabel, sich wieder zu entspannen. Beinahe im gleichen Augenblick erklang ein sanfter Schlag aus dem Heckbereich der Fähre, und die ruhige Stimme der künstlichen Intelligenz meldete: »Abgelegt.«

»Kurs setzen und Maschinen einschalten.«

Obwohl kein Gefühl von Bewegung zu spüren war, verschob sich plötzlich die Aussicht aus dem Frontfenster nach seitlich unten, und einen Augenblick später begannen die Sterne, um eine Achse zu rotieren, die sich irgendwo unter Gatineaus Füßen befinden mußte.

»Wenn Sie eine bessere Aussicht haben wollen, dann klettern Sie doch einfach in die Observatoriumskuppel«, sagte Hodel.

»Kann ich? Super! Danke!« Gatineau schnallte sich los und schwebte senkrecht aus seinem Sitz. Er knallte unsanft mit dem Kopf an die Kabinendecke. »Au!« Er riß die Hand hoch, um sich an die schmerzende Stelle zu fassen, und endete in einem sehr ungünstigen Winkel, in Relation zu Hodel und Brik mit dem Kopf nach unten, während seine Füße die Kabinendecke berührten. »Hoppla. Das tut mir leid.«

Hodel ergriff den jungen Mann am Gürtel und gab ihm einen Schubs, so daß er durch die Kabinentür segelte. Er grinste Brik an und schüttelte den Kopf. *Grünschnäbel!* Und wie zur Bestätigung erscholl aus der Passagierkabine eine Serie dumpfer Aufpralle und schmerzerfüllter Stöhnlaute, als Gatineau sich taumelnd und hüpfend seinen Weg nach hinten in Richtung der Observatoriumskanzel bahnte. »Ich *liebe* meine Arbeit«, sagte Hodel grinsend. Brik grunzte. Er war zwar nicht vollkommen humorlos, aber im Gegensatz zu Hodel war er nicht der Meinung, daß Slapstick die höchste Stufe davon war.

Hinten in der Kabine zog der Grünschnabel sich voll ungetrübter Freude in die Observatoriumskanzel. Das transparente Material glänzte von den Reflexionen hunderttausender Arbeitsscheinwerfer. *Stardock* war eine technische Einrichtung, und seine komplexe Struktur glich einem strahlenden Bienenstock aus Licht und Farben und Bewegung, die im krassen Widerspruch zu der weiten Nacht dahinter stand. Vertikale Holme streckten sich in die Höhe, von horizontalen Plattformen unterbrochen; und überall wanden und schlängelten sich Röhren und Schläuche aller Art, einige von innen beleuchtet, durch die weite Struktur. Wohin man auch sah, überall parkten Schiffe. Schiffe aller Größen, aller Arten, aber hauptsächlich Libertyschiffe, diese schönen, kleinen Kreuzer mit ihren Polycarbonatschaumrümpfen und ihren stolzen Spieren aus Titan. Sie wurden von Monofasern und einer Menge stiller Hoffnungen zusammengehalten. Die Produktionsstraßen von *Neu-Amerika* warfen alle zwölf Tage drei neue Libertyschiffe vom Band. In den neun Monaten seit dem Überfall auf *Marathon* hatten die Alliierten Welten beschlossen, in außergewöhnlicher Einigkeit auf die Bedrohung durch die Morthan-Solidarität zu reagieren. Die besetzten Liegeplätze auf der Raumstation legten bereits ein erstes Zeugnis darüber ab. Während die Fähre von der schwindligmachenden Masse aus Verstrebungen und Röhren, Modulen und Tanks davontrieb, wurde nach und nach das Gerüst der Tiefraumstation *Stardock* erkennbar. Es war eine gigantische, metallische Schneeflocke. Innen in dieser Schneeflocke befanden sich vereinzelt, aufgehängt wie in einem Spinnennetz, die Habitate; zylinderförmige oder sphärische Gebilde, über die gesamte Station verteilt: Wohn- und Arbeitsquartiere, die über die ursprüngliche Station hinausgewachsen waren.

In der Observatoriumskanzel gab es mit Ausnahme der von *Stardock* hereinfallenden Strahlen kein Licht, aber es reichte völlig aus, um die Fähre in eine helle, weiße Aura zu tauchen. Gatineaus Augen wurden plötzlich feucht.

Eine Flut von Emotionen erfüllte ihn, einige freudig, einige furchterfüllt, aber die Begeisterung überwog. Die widersprüchlichen Gefühle trugen nur noch mehr zum überwältigenden Eindruck des Augenblicks bei.

Viel zu schnell begannen die Lichter zu verblassen, und mit ihnen verging Gatineaus Begeisterung. Der Tender beschleunigte nun in die Nacht hinein. Und als die Raumstation hinter ihm schrumpfte, um schließlich in der gesprenkelten Dunkelheit zu verschwinden, wurde Gatineau plötzlich bewußt, wie *klein* und *einsam* und *verletzlich* er hier in diesem winzigen Schiff war. Er war noch niemals zuvor in seinem Leben so weit von jeglicher ... Sicherheit entfernt gewesen. Sein Leben hing nur von der Stärke des Polycarbonats ringsherum ab. Nach einem Augenblick wurde das Gefühl unerträglich. Nervös schob der Grünschnabel sich aus der Kuppel nach unten und zog sich vorsichtig in die Pilotenkanzel zurück. Er schnallte sich in seinen Sitz und klammerte sich mit festem Griff an die Lehnen, während er seine Augen geschlossen hielt und verzweifelt gegen den überwältigenden Strom widersprüchlicher Gefühle ankämpfte. Er wurde zugleich von schwindelerregender Agoraphobie und erstickender Klaustrophobie geschüttelt, von erhebender Freude und entsetzlicher Einsamkeit, von hochgradiger Begeisterung und ausbrechender Panik. Es war viel zuviel, um damit fertig zu werden.

Sowohl Hodel als auch Brik bemerkten, wie weiß Gatineau im Gesicht geworden war, aber keiner von beiden sagte etwas. Hodel drehte sich in seinem Sitz zu Gatineau um und öffnete ein Fach, aus dem er einen Beutel mit Bouillon zog. »Hier«, sagte er und drückte ihn Gatineau in die Hand. »Trinken Sie das. Es wird Ihnen helfen. Das erste Mal kann einen etwas aus dem Gleichgewicht bringen, ich weiß.«

»Mir geht es gut«, erwiderte Gatineau. »Wirklich, ich fühle mich gut.«

Hodels Gesichtsausdruck verriet, daß er es besser wußte. »Wir haben eine sechsstündige Fahrt vor uns. Wollen Sie etwa die ganze Zeit über die Augen geschlossen halten?«

»Äh ... in Ordnung.« Zögernd nahm Gatineau den Beutel. »Danke.« Er zog die Kappe vom Nippel und saugte die heiße Flüssigkeit langsam in sich hinein. Es gab ihm eine Beschäftigung, etwas, auf das er sich konzentrieren konnte. Nach ein paar Schlucken begann die Leere in seinem Magen zu verschwinden, und mit ihr schwand das Gefühl von Panik aus seinen Eingeweiden.

Jetzt war Brik an der Reihe. Er beendete die Eintragung in sein Log, schaltete das Notizbuch aus und steckte es in sein Fach. Er schwenkte seinen Sitz herum und löste die Sicherheitsgurte, dann erhob er sich. Der Morthaner war drei Meter groß, und seine massige

Gestalt füllte die Kanzel beinahe aus. »Autopilot ist eingeschaltet. Ich gehe nach hinten und nehme eine Mütze Schlaf. Wenn Sie schlau sind, kommen Sie mit.«

Hodel spähte auf die Schirme vor sich. Befriedigt nickte er, dann schnallte auch er sich ab und folgte Brik. Als er an Gatineau vorbeischwebte, sagte er: »Regel Nummer eins. Versäume niemals die Gelegenheit, etwas zusätzlichen Schlaf zu finden.«

»Äh, in Ordnung.« Für einen langen Augenblick saß Gatineau alleine in der Kanzel der Fähre. Die Instrumentenpaneele vor ihm flossen fast über vor Informationen, von denen er nur den geringsten Teil verstand. Er schürzte die Lippen, runzelte die Stirn, und dann schluckte er schwer. Er war *ganz allein* in der Steuerkanzel eines Raumschiffes! *Godzillionen* von Kilometern von allem entfernt! Lichtjahreweit rings um ihn herum gab es nichts – außer noch mehr Lichtjahren.

Er überlegte, ob er in den Pilotensitz klettern sollte – nur um zu sehen, was für ein Gefühl das war –, aber dann entschied er sich dagegen. Vielleicht würde er gegen eine Art von Regel verstoßen. Irgendeinen Verhaltenskodex oder eine Tradition. Er wollte nicht riskieren, seinen Dienst auf dem falschen Fuß anzufangen. Nichtsdestotrotz – die Versuchung blieb bestehen. Er nippte an seiner Bouillon und starrte aus dem Fenster auf die weit entfernten Sterne und fragte sich, wie es wohl sein würde, ein Schiff zu steuern – egal, was für eins. Er fragte sich, ob er je gefurchte Diamanten wie die auf der Uniform des Offiziers tragen würde – wie war doch sein Name gewesen? –, der ihm auf dem Korridor weitergeholfen hatte. Nach einer Weile bemerkte er, daß der Beutel leer und er jetzt wirklich müde war. Und er bemerkte außerdem, daß er sich ganz hervorragend fühlte; die aufputschende Wirkung von drei aufeinanderfolgenden Adrenalinstößen war endlich verflogen, und nun spürte er einfach ein Gefühl erschöpfter Zufriedenheit. Er schob den Beutel in den Entsorgungsschlucker, schnallte sich los und schwebte nach hinten in die Passagierkabine. Sie war inzwischen abgedunkelt worden, und es gab nur einen schwachen Lichtschein, der gerade eben erlaubte, Umrisse wahrzunehmen. Sowohl Hodel als auch Brik hatten sich wie Balken oder Rinderhälften an die Schotten geschnallt, aber sie schliefen noch nicht. Hodel warf einen Blick auf seine Uhr und bemerkte: »Nicht schlecht. Zwanzig Minuten. Nicht gerade ein Rekord, aber auch nicht schlecht.«

Brik grunzte als Antwort. Es war weder Zustimmung noch Mißbilligung, sondern nur eine Bestätigung von Hodels Worten.

Gatineau wußte nicht genau, was Hodels Worte bedeuten sollten; und obwohl er bemerkt hatte, daß die Bemerkung auf ihn gemünzt gewesen war, entschied er sich aus Sicherheitsgründen, sie einfach zu ignorieren. Er zog sich in die winzige Abteilung zurück, die als Toilette diente, und entdeckte kurz darauf das ungewöhnliche Vergnügen, das einem das Urinieren in der Schwerelosigkeit bescherte. Nachdem er sich so gut es ging gereinigt hatte, schob er sich in die Kabine zurück und hakte seinen Gürtel in einen Riemen an den Schotten. Dann richtete er sich ›waagerecht‹ aus und verband einen zweiten Riemen mit dem Vorderteil seines Hemdes. Er war noch immer viel zu aufgeregt, um Schlaf zu finden, aber Hodels Rat schien vernünftig gewesen zu sein, und zumindest konnte er ja versuchen, sich ein wenig zu entspannen. Er ließ die Arme schlaff an den Seiten herabhängen, wie man es ihm beigebracht hatte, obwohl er wußte, daß sie irgendwann nach oben schweben und ihn in einer Haltung wie ein ›Toter Mann‹ in einem Pool zurücklassen würden.

Er schloß die Augen und ließ seine Gedanken zu dem Raumschiff wandern, zu dem die Fähre ihn bringen würde. Der Grünschnabel hatte bereits so viele Rißzeichnungen studiert, so viele Photos betrachtet und war durch so viele virtuelle Ansichten gelaufen, daß er das Gefühl hatte, das Libertyschiff bereits zu kennen – und doch wußte er in Wirklichkeit überhaupt nichts. Er würde sich der Besatzung erst noch beweisen müssen. Er würde sich das Recht, einer von ihnen zu sein, verdienen müssen. Er fühlte sich so schrecklich unerfahren und nackt ... und plötzlich wurde er von jemandem geschüttelt, und die Lichter waren auf einmal viel zu hell, und er versuchte vergeblich, sie wegzuschieben.

»Nun kommen Sie schon, Gatineau – wir sind beinahe zu Hause. Wollen Sie Ihr Schiff nicht von außen sehen?«

»Hä? Was?«

Hodel schüttelte ihn freundlich. »Gehen Sie hinauf in die Kuppel. Das ist der beste Platz im ganzen Haus. Sie werden sehen.«

Noch immer nicht wieder völlig wach, befolgte Gatineau den Ratschlag. Er hakte sich von der Schottenwand los und zog sich wieder hinauf in das Observatorium. Diesmal ging es schon ein gutes Stück leichter. Die Gegenwart des Schiffs war nicht länger begrenzend, sondern tröstend. Und die Gelegenheit, einen Blick in das kalte Vakuum zu werfen, gab ihm ein Gefühl, als würde er unter einer warmen Bettdecke hervorspähen.

Nach hinten war nichts zu sehen; nur die Sterne, hart, hell und ewig unveränderlich.

Aber als er sich umwandte und den Blick nach vorn richtete, hielt er den Atem an.

Dort, vor der Fähre schnell weiter anwachsend, lag die *Sternenwolf.* Sie näherten sich ihrem Heck von der Steuerbordseite her. So nah war Gatineau einem Libertyschiff noch nie zuvor gekommen, und er prägte sich jedes Detail *seines* Schiffes ein.

Es war schön, und es war häßlich – schön, weil es ein Schiff mit Überlichtantrieb, und häßlich, weil es dennoch rein zweckmäßig und nicht *angezogen* war. Es war nicht angezogen, um auszugehen. Es war ausgezogen, weil an ihm gearbeitet wurde. Es trug kein Make-up. Seine Knochen waren unter der Haut zu sehen. Sein Rumpf wölbte sich seltsam um die Singularitätsantriebe herum und gab ihm ein buckliges Aussehen.

Es trug nicht so viele Scheinwerfer wie die Raumstation, aber vor dem Hintergrund des leeren Alls leuchtete es dennoch mit bestechender Schönheit. Überall entlang seiner Hülle brannten helle Lichter, genauso wie an den

Fluktuatorsäulen. Zusätzliche Beleuchtung kam aus der mit Kuppeln übersäten Hülle selbst sowie von portablen Arbeits-modulen, die hier und da an die metallische Hülle geheftet schienen. Während das Schiff in Gatineaus Gesichtsfeld wuchs, konnte er Männer in Raumanzügen und verschiedene spinnenbeinige Roboter erkennen, die emsig an verschiedenen Reparaturprojekten arbeiteten. Das Schiff war ein scharfkantiger Zylinder, mindestens so lang wie ein *Football*-Feld. Die drei langen Säulen der Fluktuatoren ragten aus der Hülle und bildeten untereinander gleichmäßige Einhundertzwanzig-Grad-Winkel. Die Fluktuatoren wuchsen aus dem Herzen des Sternenantriebs hervor, aus der Singularität selbst. Die Säule auf dem Rücken war zum All hin geöffnet, und drei Besatzungsmitglieder in Raumanzügen schwebten davor. Gatineau beneidete sie, und er fragte sich, ob er jemals die Gelegenheit zu einem Raumspaziergang erhalten würde.

Der Tender verlangsamte allmählich seine Fahrt und kroch dann neben dem Mutterschiff dahin. Jetzt konnte Gatineau erkennen, daß der Rumpf der *Sternenwolf* übersät war mit Maschinen aller Art: Abtastern, Waffentürmen, Strahlungsfinnen, Hyperraumlinsen, Gravitationsplatten und noch viele Geräte mehr, deren Sinn er nur erraten konnte. Über die gesamte Länge des Rumpfes liefen drei gleich lange, enge Röhren zwischen den Fluktuatorsäulen hindurch. Das waren die Massetreiber der *Sternenwolf*. Die Massetreiber waren imstande, gewaltige Mengen hochenergetischer Partikel bis auf nahezu Lichtgeschwindigkeit zu beschleunigen, und sie konnten diese Partikel entweder nach vorn oder nach hinten ausstoßen; einfache Newtonsche Physik erledigte den Rest und beschleunigte oder bremste das Schiff bei Geschwindigkeiten unter Licht.

Es gab natürlich auch noch andere Wege, ein Schiff durch den Raum zu bewegen – beispielsweise Fluxorpaneele –, aber keine davon war annähernd so kosteneffektiv und für Kriegszwecke so geeignet.

Das kleine Beiboot befand sich nun beinahe am Bug

des Mutterschiffs. Gatineau beugte sich erwartungsvoll vor, aber unvermittelt rotierte der Tender um seine eigene Achse, und das große Raumschiff verschwand nach oben und dann völlig aus seiner Sicht. »Verdammt«, murmelte er vor sich hin. Er war nicht sicher, ob der Pilot so etwas wie eine Siegesrolle mit der Fähre ausführte, oder ob es Bestandteil des Andockmanövers war. Offensichtlich würde die Fähre an der vorderen Luftschleuse festmachen. Das bedeutete, daß sie sich rückwärts gegen die Nase des Libertyschiffes bewegen mußten. *Hoffentlich ohne heftigen Aufprall*, dachte er. *Und die Observationskanzel sollte noch immer den besten Ausblick gewähren . . .*

Er behielt recht. Der Tender rotierte weiter, und als die *Sternenwolf* wieder in Sicht kam, befand er sich direkt hinter Gatineaus Beobachtungspunkt, und der Bug des Schiffes zeigte genau auf das Heck des Tenders. Gatineau blickte in die andere Richtung, aber er spürte die Anwesenheit beinahe augenblicklich; es war die Reflexion von Lichtern auf der inneren Oberfläche der transparenten Kuppel. Er wandte sich um und erblickte die *Sternenwolf* zum ersten Mal von vorn – und vergaß zu atmen. Er war vor Ehrfurcht völlig benommen.

Der vorderste Teil des Rumpfes bestand aus einem zylindrischen Gerüst, das den Andockschlauch und die Verbindungsschleuse hielt. Unmittelbar dahinter befand sich der eigentliche Bug des Schiffes, und dahinter wiederum drei stummelartige Flossen, die wie Bremsklappen aussahen; die Röhren der drei Massetreiber ragten durch sie hindurch. Die Aufgabe der Klappen bestand offensichtlich darin, die Massetreiber zu kontrollieren und ihren Ausstoß zu synchronisieren. Aber das war es nicht, was Gatineaus Aufmerksamkeit so gefesselt hatte. Es war die Bemalung.

Die beiden oberen Flossen waren mit lebendig wirkenden, wütenden roten Augen bemalt; sie leuchteten wie Feuer. Und die untere Flosse war fast über ihre gesamte Länge mit scharfen, gezackten Zähnen überzogen. Der Effekt war atemberaubend. Die *Sternenwolf* wirkte wie ein zur Maske erstarrtes, vor Wut und Zorn flammendes Antlitz. Und zwischen den Zähnen der unteren Flosse gefangen befand sich ein winziger, sich verzweifelt wehrender Morthaner.

Gatineau schluckte und schöpfte mühsam wieder Atem. Er war von der Wildheit des Ausdrucks der Bemalung vollkommen überrascht worden, und diese Bemalung wuchs in seinem Blickfeld noch weiter an, als der Tender sich stetig rückwärts der Schleuse näherte. Aber selbst wenn er gewarnt gewesen wäre, selbst wenn man ihm Bilder gezeigt hätte, die Intensität dieses Augenblicks hätte ihn noch immer gefangengenommen. Die *Sternenwolf* war ein grimmiges Schiff. Und jetzt, da er weiter an ihrem Rumpf entlang blickte, erkannte er auch die Wolfsklauen, die auf die Fluktuatorsäulen gemalt worden waren. Er grinste in ahnungsloser Anerkennung. Vergessen waren plötzlich all die eigenartigen Geschichten, die ihm über dieses Schiff zu Ohren gekommen waren, all die Gerüchte und Halbwahrheiten, genauso schnell und unvermittelt, wie seine eigenen Gefühle und Ängste und Sorgen über seine Zukunft. Wie ein Eimer Wasser verdunstete, wenn man ihn dem Vakuum aussetzte. Dies hier war *sein* Schiff, und er hatte sich in diesem Augenblick hoffnungslos verliebt. Es war Liebe auf den ersten Blick.

Der Tender stieß sanft gegen das Andockgerüst der *Sternenwolf*; es gab ein paar weitere Stöße und ein vernehmbares Klicken, als die zahlreichen Streben und Sicherungen ein-rasteten – und dann war Gatineau zu Hause.

Erstes Blut

Das Andockgerüst besaß eine dreifache Sicherheitseinrichtung. Weil man die Fähre dekontaminiert hatte, aber nicht das Mutterschiff, war die einzige erlaubte Verbindung zwischen den beiden eine Einwegröhre, die über eine industrielle Dekontaminierungsstation hinwegführte. Ein morthanischer Assassine hatte sich an Bord der *Sternenwolf* aufgehalten. Es galt als sicher, daß er eine Vielzahl von Behältern mit Nanosaboteuren an Bord zurückgelassen hatte. Die Behälter lauerten auch jetzt noch in dunklen, unerkannten Verstecken, warteten und hielten ihre lautlose, tödliche Fracht, bis eine bestimmte Bedingung eintrat und die Freilassung ihrer Horden mikroskopischer Maschinen bewirkte. Die meisten Mikromaschinen waren besiegbar, häufig durch den Einsatz anderer Mikromaschinen, aber das Schiff hätte dreimal von oben bis unten durchgeprüft werden müssen, um es im militärischen Sinne als dekontaminiert zu klassifizieren. Und in der Zwischenzeit wurde alles und jeder routinemäßig mehrmals am Tag durch die Dekontaminationsabtaster geschickt.

Die künstliche Intelligenz der *Sternenwolf*, ein *Harlie*, überwachte den gesamten Prozeß, und Harlie wurde seinerseits von zwei Dekontaminationsmaschinen überwacht.Mit einem skeptischen Ausdruck im Gesicht blickte Gatineau den Andockschlauch entlang. Er fühlte sich entnervt. Der Schlauch bedeutete mehr als fünfzehn Meter freien Falls, größtenteils durch Schwärze. Die Mehrzweckklichter waren bei weitem nicht ausreichend, um das düstere Gefühl zu vertreiben. Und am Ende wartete nichts außer Dunkelheit. Das Wissen, daß sich zwischen ihm und dem Vakuum nichts weiter befand außer einer papierdünnen Einwegmembran, stärkte nicht gerade sein Selbstvertrauen. Hinter ihm knurrte Brik ungeduldig. Ein Geräusch, das an einen Verbrennungsmotor im roten Bereich erinnerte. »Das geht so«, sagte Hodel und schob sich an Gatineau vorbei. Er schwebte kopfüber in den Schlauch und zog sich Hand über Hand an leiterähnlichen Streben voran, die aus dem Innern ragten. »Sehen Sie, es ist ganz einfach«, rief er über die Schulter.

»Sicher«, würgte Gatineau. »Wenn Sie meinen. Es ist nur, daß ich noch niemals ...« Etwas Großes packte ihn von hinten und versetzte ihm einen Stoß. Als nächstes wurde ihm bewußt, daß er kopfüber durch den Schlauch trudelte. Er taumelte gegen eine Seite der membrandünnen Wand und von dort gegen die andere. Er fuchtelte wild und hilflos mit den Armen und krachte schließlich gegen einen Handgriff, an dem er sich verzweifelt festklammerte. »He!« brüllte er Brik hinter sich an. »Das ist wirklich nicht nötig! Ich wäre schon alleine ...«

»Bestimmt«, murmelte Brik, während er hinter Gatineau herbeischwebte. »Aber ich habe einfach nicht die Zeit, so lange zu warten.«

Beim Anblick des sich von hinten nähernden morthanischen Sicherheitsoffiziers zuckte Gatineau zusammen. Brik füllte den Schlauch mit seiner Masse förmlich aus. Gatineau wandte sich wieder um und – die Strebe löste sich mit einem üblen, reißenden Geräusch von der Wand!

»Was zur Höl ...«

Die Membran dehnte sich. Wölbte sich nach außen. Und dann, nach einer Ewigkeit, die nur Bruchteile von Sekunden dauerte, löste sie sich, und Gatineau starrte für einen Augenblick in den nackten Abgrund des Alls.

Es ist nur ein winziges Loch, versuchte sein Verstand ihn zu beruhigen. *Du kannst es noch schaffen*. Aber alles geschah viel zu schnell. Ein schrecklich pfeifendes Geräusch wurde laut, und plötzlich dröhnten seine Ohren voller Schmerz. Und knackten, als der Druck abfiel. Seine Nase füllte sich mit einer Flüssigkeit. Ein heißer Wind kreischte und zerrte an ihm und riß ihn unvermittelt nach draußen in ein sternenfunkelndes Nichts. Instinktiv griff er nach der nächsten Leitersprosse, erwischte sie und begann, sich wieder vorwärts zu ziehen. Aber seine Hände glitten ab ...

... und etwas Großes packte ihn von hinten, schlang einen gewaltigen Arm um seinen Leib, hakte sich unter seinen Achselhöhlen ein und bewegte sich mit ihm gegen den tosenden Sturm voran, entlang des Tunnels, in Richtung der fernen Tür. Gatineau schnappte verzweifelt nach Luft, aber da war nichts mehr, das er hätte atmen können. Luft entwich seinen Lungen und wollte nicht aufhören. *Ich sterbe! Das ist nicht fair* ... Irgend etwas krachte geräuschlos, mehr fühlte er es, als daß die dünne Luft den Schall zu seinen Ohren hätte tragen können. Er kämpfte um Luft und keuchte und stellte sich vor, wie sein Blut zu kochen begann – aber dann war da nur noch ein schwacher Wind, und die Geräusche kehrten zurück. Und durch seine verschwommene Sicht hindurch bemerkte er, daß er und Brik sich in der Luftschleuse befanden, und er spürte, daß der Luftdruck rapide anstieg. Als der halbe Normaldruck erreicht war, verlangsamte sich die Zunahme. *Das muß so sein*, erinnerte er sich, *man kann den vollen Druck nicht in einem Zug wiederherstellen. Es ist zu gefährlich.* Seine Ohren knackten schmerzhaft, immer und immer wieder, und er öffnete und schloß den Mund, um seinen Nebenhöhlen Gelegenheit zu geben, den Druckanstieg auszugleichen. Es half nicht. Er klopfte sich mit den Händen an den Kopf und stöhnte, drehte und wand sich auf dem Boden und versuchte, den Schmerz zu verscheuchen.

Und dann griffen Hände nach ihm, zogen ihn aus der Schleuse und auf eine Trage; banden ihn fest. Er konnte kaum sehen, und ringsum waren nur unbekannte Gesichter. Seine Ohren waren wieder taub. Irgend jemand versuchte, ihm etwas zu erklären, aber er verstand nicht, was der andere von ihm wollte. Und dann hoben sie die Trage an und trugen ihn davon. Plötzlich spürte er wieder die Gravitation. Waren sie an Bord des Schiffes? Hatte er es geschafft?

»Wo ist Oberleutnant Brik?« krächzte er. Niemand antwortete ihm, oder wenn, dann konnte er die Antwort nicht hören. »Brik! Wo ist Brik?« rief er heiser und versuchte, sich auf seiner Trage aufzurichten, während sie ihn wegtrugen. Gerade als jemand ihn wieder hinunterdrückte, konnte er einen letzten Blick auf die vordere Schleuse werfen und sah, wie Brik sich nachdenklich von ihm abwandte und auf die Schleusenluke und das All dahinter starrte.

O'Hara

Das Vorzimmer war kahl und leer.

Die Wände waren nackt.

Bleich. Öde. Keine Holos. Keine Urkunden. Keine Auszeichnungen. Keine Porträts. Dunkelgrauer Teppichboden, rauh und zweckmäßig. Keine Tische, keine Stühle, keinerlei Mobiliar. Der Raum war nichts als ein Zimmer, in dem man wartete.

Korie mußte nicht lange warten. Ein leises Summen ertönte, und in einer Wand öffnete sich eine Tür. Er trat hindurch und befand sich im Büro von Vizeadmiralin O'Hara.

Das Büro der Vizeadmiralin war beinahe ebenso spartanisch wie das Wartezimmer. Ein Schreibtisch in der Mitte. Zwei graue Stühle, einer vor und einer hinter dem Schreibtisch. Einem leeren Schreibtisch. Nicht einmal ein Namensschild stand darauf. Offensichtlich hatte die Vizeadmiralin nicht vor, sich hier ein warmes Nest zu schaffen. Entweder war sie nicht der Typ dafür, oder sie hatte nicht vor, besonders lange hierzubleiben. Und dieser Gedanke war noch weitaus beunruhigender.

»Setzen Sie sich, Fregattenkapitän Korie«, sagte die Vizeadmiralin, während sie das Büro durch eine Tür auf der entgegengesetzten Seite betrat und auf den Stuhl vor dem Schreibtisch deutete. Korie tat, wie ihm geheißen. Er versuchte, seine Gefühle nicht zu zeigen.

Die Vizeadmiralin nahm hinter ihrem Schreibtisch Platz und runzelte die Stirn über etwas, das auf dem zweidimensionalen Schirm ihres Notizbuchs zu lesen stand. Der Schirm war aufgerichtet, so daß Korie nicht sehen konnte, welche Daten er enthielt. Die Vizeadmiralin hatte ihm noch immer nicht mehr als einen oberflächlichen Blick geschenkt.

Sie brummte vor sich hin; ein leises, kaum hörbares Geräusch. Sie schien nicht gerade glücklich zu sein. Ihre Kompetenzen waren weitreichend. Die Station diente mehr als tausend Schiffen, und jede Woche kamen weitere hinzu. Einige dieser Schiffe stammten von Welten, die fünfhundert Lichtjahre oder noch weiter entfernt lagen. Mit entschlossener Bewegung und einem säuerlichen Ausdruck im Gesicht tippte die Vizeadmiralin ein Kommando in ihr Notizbuch und klappte den Apparat zusammen. Dann wandte sie Korie ihre volle Aufmerksamkeit zu. Sie besaß das Gesicht eines Buddhas. Rätselhaft. Geheimnisvoll. Möglicherweise gefährlich. Aber im Augenblick war ihre Stimmung nicht zu erkennen.

»Danke, daß Sie mich empfangen haben, Ma'am«, begann Korie.

Ihr Gesichtsausdruck blieb unverändert gespannt. »Ich fürchte, ich habe keine guten Neuigkeiten.« Langsam lehnte sie sich in ihrem Stuhl zurück. Ihre Bewegungen wirkten beinahe, als habe sie Schmerzen. Sie schien müde. Für einen Augenblick sah sie überhaupt nicht aus wie ein Offizier der Flotte, sondern eher wie eine grauhaarige, dunkelhäutige Großmutter, die sich mit einem ungezogenen Kind auseinandersetzen mußte.

Sie verschränkte die Finger unter ihrem Kinn, als wollte sie beten. Es war offensichtlich, daß es ihr schwerfiel, die richtigen Worte zu finden. Dann seufzte sie und kam zur Sache. »Die *LS-1187* wird keine Abschußprämie für die Zerstörung der *Drachenfürst* erhalten. Es tut mir leid.«

»Entschuldigung?« wollte Korie protestieren.

Sein Gesicht lief vor Wut rot an.

»Die Prämie geht an die Besatzung der *Burke*«, fuhr die Vizeadmiralin fort, als hätte Korie kein Wort gesagt. »Oder, besser gesagt, an ihre Erben. Die Zerstörung der *Drachenfürst* wird der *Burke* zugeschrieben.«

Korie erhob sich halb aus seinem Stuhl. »Frau Admiralin! Das ist nicht fair! Das wissen Sie genauso gut wie ich! Die gesamte Besatzung der *Burke* wurde von dem Morthan-Assassinen Cinnabar getötet. Das Schiffsgehirn war zerstört, und das Schiff lag tot im All und wartete darauf, von der *Drachenfürst* aufgenommen zu werden. Wenn wir nicht dagewesen wären und Gegenmaßnahmen ergriffen hätten, dann wäre die *Burke* mitsamt ihrem Sternenantrieb von der Morthan-Solidarität gekapert worden. *Wir* waren es, die die Solidarität daran gehindert haben, drei vollkommen funktionsfähige ultrazyklische Fluktuatoren zu erbeuten! *Wir waren das!* Nicht die Besatzung der *Burke*! Wir verloren dreizehn Besatzungsmitglieder ...« Unvermittelt hielt Korie inne. Ihm war aufgefallen, daß seine Stimme einen schrillen Klang angenommen hatte. Der Ausdruck auf dem Gesicht der Vizeadmiralin ließ keine Regung erkennen. Korie kannte diesen Blick. Sie würde dort hinter ihrem Schreibtisch sitzen und ruhig zuhören, bis er geendet hätte – sie konnte außerordentlich geduldig sein –, aber nichts, was Korie vorbringen würde, könnte ihre Entscheidung ändern. Er konnte alles in ihren Augen lesen. Er schloß den Mund und lehnte sich in seinem Stuhl zurück. »Also gut«, fuhr er schließlich fort. »Warum?«

»Die *Burke* hat die *Drachenfürst* zerstört. Es war nicht die *LS-1187.*«

»Das ist nicht wahr!« Korie bemühte sich, seiner Stimme einen festen Klang zu verleihen.

»Das ist jedenfalls der Schluß, zu dem die Überprüfungskommission der Admiralität gelangt ist ...«

»Ich werde die Entscheidung anfechten. Ihre Schlußfolgerungen sind danebengegriffen ...«

»Sie werden verlieren.« Etwas Endgültiges lag in dem Ton, in dem sie das sagte.

»Das ist einfach nicht fair ...«, wiederholte Korie. Ihm war ganz schlecht. »Sehen Sie, ich weiß, daß unser Schiff eine böse Vergangenheit hat. Ich weiß, daß Sie mich nicht besonders gut leiden können. Ich weiß, daß Sie die *Sternenwolf* nicht mögen. Sie kennen die Gerüchte genauso gut wie ich selbst – daß meine Mannschaft inkompetent sei und daß Kapitän Lowell kriminell nachlässig gehandelt und das morthanische Wolfsrudel direkt zum Seidenstraßenkonvoi geführt habe; daß unser Schiff verflucht sei, ein *Jonas*, ein Pechvogel, wie er im Buche steht, ein Ort, wo man all die faulen Äpfel der gesamten Flotte abladen könne und so weiter. Wollen Sie die gesamte Litanei hören? Das war nur die erste

Zeile.« Korie wartete nicht auf die höfliche Verneinung der Vizeadmiralin. Er platzte heraus: »Wissen Sie eigentlich, wie weh das tut? Nicht mir – aber der Mannschaft! Haben Sie eine Ahnung, wie es um die Moral an Bord der *Sternenwolf* bestellt ist? Haben Sie eine Ahnung, wie schwer meine Leute daran arbeiten, den schlimmen Namen vergessen zu machen, den man unserem Schiff unfairerweise gegeben hat? Sie brauchen *dringend* eine Anerkennung. Sie können uns nicht weiterhin wie ein Stiefkind behandeln! Die *Sternenwolf* hat sich ihren Namen verdient! Wir haben die Morthaner bluten lassen! Die Zerstörung der *Drachenfürst* stellt unseren guten Ruf wieder her. Ich trete hier nicht für mich ein, sondern für meine Mannschaft. Sie hat sich das Recht verdient, stolz zu sein auf das, was sie geleistet hat ...«

Die Vizeadmiralin wiederholte ungerührt ihre Worte: »Mister Korie, die Entscheidung steht fest. Die *Burke* hat die *Drachenfürst* zerstört, nicht die *LS-1187.*«

»Sie werden sich verdammt anstrengen müssen, um mich davon zu überzeugen. Ich war schließlich dabei!«

Vizeadmiralin O'Hara seufzte. »Ich werde Ihnen jetzt etwas verraten, Mister Korie. Die Information ist streng geheim. Doppelrot-Beta.«

»Ich besitze keine so hohe Geheimhaltungsstufe, Ma'am.«

»Die Information ist dienstlich notwendig. Ich trage die Verantwortung.« Vizeadmiralin O'Hara atmete tief durch und fuhr leise fort: »Die *Burke* war mit einer Selbstmordmission unterwegs. Wir haben nicht erwartet, daß sie zurückkommen könnte.«

»Ma'am?«

»Ein morthanischer Emissär näherte sich uns durch geheime Kanäle und berichtete von einer ›Koalition morthanischer Kriegsfürsten‹, die angeblich willens waren, einen Waffenstillstand auszuhandeln. Wir glaubten nicht daran. Hätten Sie es getan? Ihre Flotte hat uns so übel mitgespielt, daß wir die nächsten fünf Jahre nur noch Überfälle aus dem Hinterhalt durchführen können, bis wir uns wieder von diesem Schlag erholt haben. Warum sollten sie ausgerechnet jetzt den Krieg beenden, wo wir auf der Verliererseite stehen? Wir wußten, daß es eine Falle war. Schon lange, bevor unsere künstlichen Intelligenzen alles durchdacht hatten.«

»Und Sie haben die *Burke* dennoch ausgeschickt?«

»Die Morthaner wollen die ultrazyklischen Fluktuatoren. Und das einzige Schiff in der Nähe, das groß genug gewesen wäre, um die *Burke* zu entführen, war die *Drachenfürst*. Die *Burke* war voller Fallen. Nicht einmal ihr Schiffsgehirn wußte von den Bomben an Bord, geschweige denn, wo sie installiert waren. Niemand wußte etwas. Es war der schwierigste Teil der gesamten Umrüstungsaktion.«

»Aber ihr Kapitän hat doch sicherlich . . .«

»Nicht einmal der Kapitän.«

»Uff!«

Korie fühlte sich, als hätte man ihm in den Unterleib getreten. »Sie haben sie losgeschickt, damit sie gefressen werden!«

»Das ist richtig. Und ich würde diese Entscheidung jederzeit wieder treffen, wenn ich die Gelegenheit hätte, dadurch ein Kriegsschiff der Armageddon-Klasse zu zerstören. Wir haben die morthanische Flotte geschwächt. Und zwar stark genug, um ihr Vorrücken in die Gebiete der Allianz zu verzögern. Für den Preis eines einzigen Schiffes haben wir mindestens eine Milliarde Menschenleben und unschätzbare Produktionskapazitäten gerettet. Was hätten Sie unter diesen Umständen denn für Befehle erteilt?«

Korie ignorierte die Frage. Sein Interesse konzentrierte sich auf einen anderen Punkt. »Und die *Sternenwolf* . . .?«

»Die *LS-1187* war nur ein Täuschungsmanöver. Niemand hat erwartet, daß Sie überleben würden. Genausowenig wie die *Burke*. Sie waren am Ort des Geschehens, um die Morthaner zu beschäftigen und abzulenken. Das haben Sie auch getan, und die Mission gelang.«

»Dann geben Sie also zu, daß wir unseren Anteil an diesem Sieg haben! Wir haben ebenfalls Fallen aufgestellt. Nakahari hat . . .«

»Der Assassine hat Ihre Bomben gefunden und entschärft. Ihr Schiffsgehirn hat den gesamten Hergang in einem gesicherten Archiv gespeichert.«

Korie spürte, wie sich seine Kiefermuskeln verkrampften. *Schon wieder die gleiche Geschichte. Immer und immer wieder. Ganz egal, was du tust – es ist einfach nicht gut genug.* Frustration klang aus seinen Worten: »Werden wir denn wenigstens an der Prämie beteiligt?«

O'Hara schüttelte den Kopf. »Das kann ich nicht rechtfertigen, jedenfalls nicht im Augenblick. Und ich bin auch nicht geneigt, es zu versuchen.« Korie lehnte sich in seinem Stuhl zurück und hielt dem Blick der Vizeadmiralin stand. Er wußte, daß er verloren hatte.

»Sicher werden Sie auch verstehen, daß die *LS-1187* unter diesen Umständen ihren Namen nicht behalten kann. Es gibt keine *Sternenwolf.*«

Kories Augen verengten sich zu Schlitzen. »Sagen Sie das noch mal?«

»Ein Schiff muß sich im Feuer bewähren, um einen Namen zu verdienen. Die Vernichtung der *Drachenfürst* wird der *Burke* zugeschrieben. Es tut mir leid«, sagte O'Hara. »Wirklich, es tut mir leid.«

Korie starrte die Vizeadmiralin über den Tisch hinweg an. »Nein, das tut es nicht«, entgegnete er. »Das sagen Sie nur, weil es Ihnen in der Situation angemessen erscheint.«

Die Vizeadmiralin hob ihre Hände von der Tischfläche, als wollte sie auf diese Weise verdeutlichen, daß sie nicht wünschte, sich weiter über dieses Thema auszulassen. »Ich mache Ihnen keinen Vorwurf, wenn Sie sich betrogen fühlen.«

»Betrogen?« Korie funkelte O'Hara an. »Das ist ja wohl eine ziemliche Untertreibung. Das Verhalten der Admiralität ist schlicht gesagt widerwärtig.«

»Überlegen Sie gut, was Sie sagen, Fregattenkapitän . . .!« unterbrach O'Hara ihn.

»Ich soll überlegen? Den gleichen Rat könnte ich genausogut Ihnen geben.« Korie beugte sich in seinem Stuhl vor. »Haben Sie überhaupt eine Ahnung, welche Auswirkungen diese Entscheidung auf meine Mannschaft haben wird? Es wird sie vernichten. Es wird schon schwer genug zu ertragen sein, daß die Abschußprämie den Erben der Mannschaft der *Burke* zugeteilt wird. Meine Leute besitzen ebenfalls Familien, die sie unterstützen müssen. Sie haben fest damit gerechnet, daß sie Geld nach Hause schicken können. Und jetzt nehmen Sie ihnen auch noch den Namen wieder weg! Warum schneiden Sie ihnen nicht einfach das Herz heraus? Es geht viel schneller.«

»Ich habe ein Empfehlungsschreiben aufsetzen lassen, und es wird Tapferkeitsmedaillen geben . . .«

»Nein! Das reicht nicht. Behalten Sie Ihr Schreiben für sich! Und Ihre Medaillen ebenfalls!« Korie erhob sich. »Nein! Ich werde nicht zurückgehen und meiner Mannschaft erzählen, daß sie sich ihre Kriegsfarben schon wieder abschminken müssen. Ich werde ihnen nicht befehlen, die Farbe wieder vom Bug des Schiffes abzuwaschen. Wir werden den Namen behalten.«

»Wie bitte?«

»Wir haben ihn verdient. Wir werden ihn behalten. Die *Sternenwolf* hat morthanisches Blut vergossen. *Wir* haben den Morthan-Assassinen Esker Cinnabar getötet. *Wir* waren das. Er hat die *Burke* zerstört, und wir haben ihn getötet. Es. Was auch immer. Wir haben den Schiffszerstörer zerstört. Wir verlangen unseren Namen und die damit verknüpfte Prämie!«

In O'Haras Gesicht regte sich kein Muskel. Die Vizeadmiralin antwortete nicht sofort. Sie dachte über die Bedeutung von Kories Worten nach. Schließlich sagte sie: »Ein interessanter Standpunkt. Unter anderen Umständen wäre ich vielleicht sogar bereit, Ihnen in diesem Punkt zuzustimmen. Es wäre gut für die Moral. Aber im Augenblick . . . Die ganze Angelegenheit ist vollkommen irrelevant. Das Schiff wird sowieso außer Dienst gestellt.« Jetzt war Korie an der Reihe. Zuerst ergaben die

Worte der Admiralin überhaupt keinen Sinn für ihn. Sie waren einfach nur irgendwelche Laute. Dann sanken sie in seinen Verstand, und er setzte sich wieder. Langsam sagte er: »Wie bitte?«

»Die sicherste Möglichkeit für uns ist«, erklärte O'Hara, »die *LS-1187* zu zerstören...«

»Die *Sternenwolf*«, verbesserte Korie automatisch.

»Fregattenkapitän Korie, Sie hatten für die Dauer von zweiundsiebzig Stunden einen Morthan-Assassinen an Bord Ihres Raumschiffes. Alles, buchstäblich alles an diesem Schiff steht nun im Verdacht, eine Falle zu sein. Die Anstrengungen, die erforderlich sind, um sicherzustellen, daß das Schiff wieder sauber ist...«

Korie unterbrach sie erneut: »... gehören bei anderen Schiffen zur Routine.«

»Andere Schiffe sind andere Schiffe und nicht die *LS-1187*«, schnappte die Vizeadmiralin zurück. »Wenn wir die *Burke* so verminen können, daß kein Morthaner die Fallen entdeckt, dann können die Morthaner die *LS-1187* genauso präparieren. Wir haben nur drei Dekontaminationsmannschaften auf der gesamten Station. Und wir stehen erst am Anfang, was das Repertoire von Tricks angeht, die die Morthaner sich für uns ausgedacht haben.« Jonathan Thomas Korie atmete lang und tief ein und wieder aus.

»Ich werde die Dekontamination persönlich überwachen. Ich habe Libertyschiffe gebaut, erinnern Sie sich? Die *Sternenwolf* steht unter Quarantäne. Das ist eine Routineprozedur. Sie wird weiter unter Quarantäne bleiben, bis wir sie dreimal hintereinander mit negativem Resultat überprüft haben.«

»Eine bewundernswerte Haltung. Die Antwort lautet trotzdem nein. Wir brauchen Ersatzteile.«

»Und was, wenn die Fallen in den Ersatzteilen selbst stecken...?«

»Es ist immer noch einfacher, einzelne Module zu dekontaminieren, als das komplexe, integrierte System eines ganzen Schiffs. Und wir brauchen die Teile wirklich dringend.«

»Wir brauchen das Schiff noch viel dringender. Wir haben in diesem Raumsektor mehr als vierzig Prozent unserer Kampfkraft eingebüßt. Muß ich Ihnen all die Schiffe aufzählen, die wir verloren haben? Allein in den letzten drei Monaten die *Aronica*, die *Stout*, die *Mitchell* ... Sie können es sich nicht leisten, die *Sternenwolf* aufzugeben.«

»... und außerdem die *Silberstein* und die *McConell*. Wir haben viel mehr Schiffe verloren, als Sie auch nur ahnen. Aber zumindest die *Dupree* ist noch raumtüchtig. Oder wissen Sie mehr als ich? Ich kann es mir nicht leisten, weitere Schiffe zu verlieren. Und das ist genau, was Sie verlangen. Unsere Nachrichtendienste sammeln Hinweise auf einen bevorstehenden Schlag der Morthaner gegen das *Taalamar-System*. Ich muß jedes Schiff losschicken, das mir zur Verfügung steht. Ich habe allein dreizehn Schiffe einschließlich der *LS-1187*, die wegen Ersatzteilmangels manövrieruntüchtig im Dock liegen. Wenn wir die *LS-1187* ausschlachten, dann kann ich elf von ihnen in den nächsten zehn Tagen wieder einsatzbereit machen. Selbst wenn ich Ihrem Wunsch nachkommen wollte, Mister – es geht einfach nicht.«

Korie begann, seine Offiziersinsignien abzuknöpfen.

»Was machen Sie da?«

»Ich quittiere meinen Dienst. Ich kann als Privatmann mehr für die Kriegsanstrengungen tun.«

»Ich werde Ihrer Entlassung nicht zustimmen. Wenn Sie es versuchen, werde ich Sie wegen Pflichtverletzung vor ein Kriegsgericht stellen.«

»Sie werden mich dennoch verlieren. Egal, was Sie anstellen. Ich werde vorbringen, daß ich den Anordnungen meiner Vorgesetzten nicht folgen kann, weil sie für den Kriegserfolg kontraproduktiv sind. Selbst wenn ich die Verhandlung verlieren sollte, habe ich gewonnen. Sie werden am Ende diejenige sein, die angeschmiert ist.«

»Hören Sie auf damit, Jon. Ich brauche Ihre Fähigkeiten noch ...«

»Sie haben eine lustige Art und Weise, das zu zeigen.« Korie warf die diamantförmigen Knöpfe* auf den Schreibtisch. Sie prallten auf und hüpften einmal, bevor sie wie ein stiller Vorwurf vor der Vizeadmiralin zum Liegen kamen.

»Mein Schiff hat einen Namen verdient. Meine Mannschaft hat eine Prämie verdient. Ich habe meine Kapitänssterne verdient. Wo ist das alles? Das letzte Mal, als ich versuchte, meinen Dienst zu quittieren, erklärten Sie mir, daß es das Beste sei, was man tun könne, die Besatzung der *Sternenwolf* nicht auseinanderzureißen – weil der Gestank, der an ihnen haftet, ihre Arbeit auf jedem anderen Schiff unmöglich machen würde. Nun, Sie hatten recht. Sie haben noch immer recht. Aber jetzt hat die Mannschaft der *Sternenwolf* einen Grund, auf ihre Arbeit stolz zu sein. Verstreuen Sie sie auf den anderen Schiffen, und alles, was Sie erreichen, werden dreiundneunzig unzufriedene, frustrierte, demoralisierte Männer sein, die über die gesamte Flotte verteilt ihren Dienst verrichten. Schlecht für sie, und viel schlechter noch für die Schiffe, auf die sie versetzt werden.«

»Ich bewundere Ihre Loyalität gegenüber Ihrer Besatzung, Mister Korie. Aus diesem Holz sind großartige Kapitäne geschnitzt. Unglücklicherweise ist es immer noch die beste meiner sehr eingeschränkten Möglichkeiten, Ihr Schiff außer Dienst zu stellen. Ihre Mannschaft wird es überleben. Sie hat ihre Fähigkeiten auf diesem Gebiet bereits eindrucksvoll unter Beweis gestellt.

Und außerdem – nicht ein einziges der Dekontaminationsteams an Bord der Raumstation will die *LS-1187* auch nur berühren ... Soweit es mich betrifft, ist das Schiff Abfall. Der einzige Nutzen, den wir noch daraus ziehen können, besteht im Ausschlachten. Verdammt, Jon! *Sie hatten einen Morthan-Assassinen an Bord!*

*Die einfachen Dienstgrade erhalten überhaupt keine Insignien. Offiziersanwärter erhalten einfache, kreisrunde Knöpfe. Leitende Offiziere erhalten schmale Streifen. Leutnants erhalten schräge Streifen. Oberleutnants erhalten schräge Dreiecke. Fregattenkapitäne erhalten diamantförmige Insignien, und Kapitäne erhalten Sterne. Admirale schließlich erhalten viele Sterne und darüber hinaus Magengeschwüre.

Und jetzt sehen Sie zu, daß Sie ihre Insignien wieder anknöpfen, und ich werde Ihnen eine Stelle als Eins-O auf einem Schlachtkreuzer verschaffen. Das ist alles, was ich für Sie tun kann.«

»Das reicht nicht. Ich lasse mich nicht von Ihnen kaufen, Vizeadmiralin.« Kories Stimme klang leise und beherrscht. »Ich bin ein kampferfahrener Kapitän. Genau das, was Sie im Augenblick benötigen. Was dieser Krieg im Augenblick benötigt. Ich will meine Arbeit tun. Ich will tun, was ich zu tun gelernt habe. Ich bin es leid, daß meine Karriere, meine Mannschaft und mein Schiff immer nur wie Scheiße behandelt werden. Wir haben in den letzten sechs Monaten das neuntbeste Effizienzergebnis der gesamten Flotte erreicht. Ich bin bereit, mein Schiff mit jedem anderen unter Ihrem Kommando zu vergleichen. Wenn Sie uns die Dekontamination verweigern, dann lassen Sie es uns selbst erledigen und unseren Wert ohne Ihre Hilfe beweisen. Ich habe in diesem verdammten Krieg nicht nur meine Frau und meine Kinder verloren, sondern auch das Kapitänskommando, das ich redlich verdient habe – und jetzt gehen Sie hin und drohen, mir auch noch das letzte zu nehmen, das mir verblieben ist – die Möglichkeit, gegen die Morthan-Solidarität zu kämpfen. Sie glauben doch nicht im Ernst, daß ich dabei mitspiele? Nein. Und ich werde auch nicht in Ruhe zusehen. Wenn Sie uns schon nichts anderes geben können, dann lassen Sie uns wenigstens unseren Stolz. Erkennen Sie unseren Wert an. Lassen Sie uns unsere Arbeit tun.«

»Jetzt hören Sie gut zu, Mister Korie!« Plötzlich schien die Vizeadmiralin wütend. Sie zeigte ihre Frustration und ihren Ärger. »Dort draußen tobt ein Krieg. Es gibt eine ganze Menge mehr, über das ich mir den Kopf zerbrechen muß, als nur einem Haufen verzärtelter Kinder die Händchen zu halten, die losheulen, weil man ihnen ihre Plätzchen weggenommen hat. Die Rechnerintelligenzen berichten von einer morthanischen Flotte, die sich mit einer Wahrscheinlichkeit von fünfundachtzig Prozent sammelt, um in meinen Raumsektor einzudringen. Wo zur Hölle bleibt da Ihre Loyalität, Jon?« Die Worte der Vizeadmiralin drangen wie aus großer Ferne in Kories Verstand. Er wußte, daß sie recht hatte, aber gleichzeitig lag sie auch falsch. Logistik bestand nicht nur aus einsatzbereiten Schiffen.

Zu seiner Überraschung stellte er fest, daß er vollkommen ruhig war. Was er im Begriff stand zu tun war reiner Karriereselbstmord. Wenn es nicht funktionierte, würde die Vizeadmiralin ihn vor ein Drei-Sterne-Gericht zerren. Und selbst wenn alles lief wie geplant – sie würde ihm nie wieder vertrauen. Und sie würde ihm ganz sicher *niemals* ein eigenes Schiff geben. Nicht einmal die *Sternenwolf*.

Und doch. Je länger er das Für und Wider in seinem Kopf abwog, desto weniger konnte er einen Weg sehen, der an seinem Vorhaben vorbeiführte. Er verspürte nicht die geringste Lust, auf einem Schlachtkreuzer zu dienen. Schlachtkreuzer würden diesen Krieg nicht entscheiden. Sie waren viel zu wertvoll, als daß das Flottenkommando sie aufs Spiel setzen würde. Nein. Die leichteren, kleineren Sternenkreuzer waren der Schlüssel zum Sieg.

Vorsichtig begann Korie: »Vizeadmiralin, wissen Sie was? Ich habe eine sehr schlechte Angewohnheit. Ich rede zu viel.«

»Wie bitte?«

»Ich bin nicht sicher, ob Sie darauf vertrauen können, daß ich meinen Mund halte. Ich meine, nehmen Sie einmal an, ich trinke irgendwann nachts über den Durst und beginne die Dinge auszuplaudern, die ich hier erfahren habe. Oder was, wenn ich einen Bettwärmer mit auf mein Zimmer nehme und dann im Schlaf zu reden anfange? Das ist ebenfalls möglich. Aber wenn ich im Raum wäre, weit draußen, dann hätte ich doch gar keine Gelegenheit, die Geheimhaltung zu gefährden, nicht wahr? Es wäre mit ziemlicher Sicherheit für uns beide vorteilhafter, wenn Sie meine Gelegenheiten minimieren, etwas auszuplaudern ...«

»Ich bin eine alte Frau, Mister Korie. Ich verstehe

nicht, was Sie mir sagen wollen. Werden Sie doch bitte deutlicher.«

»Sie haben mir Doppelrot-Beta-Informationen anvertraut. Und Sie haben sich nicht davon überzeugt, ob ich vertrauenswürdig bin, bevor Sie mir verrieten, daß Sie die *Burke* geopfert haben. Nun, vielleicht kann man mir wirklich nicht vertrauen? Was meinen Sie?« Er lehnte sich in seinem Stuhl zurück und verschränkte die Arme vor der Brust. »Ich denke nicht, daß es Ihnen angenehm ist, wenn die Hinterbliebenen der *Burke*-Mannschaft davon erfahren. Tatsächlich bin ich davon überzeugt, daß es Ihnen äußerst ungelegen käme, wenn irgend jemand außerhalb der Admiralität erfährt, welche Art von Entscheidungen Sie treffen. Und was würden erst Ihre Schiffskommandanten dazu sagen?«

»Sie können mich nicht erpressen, Mister Korie.«

»Meinen Sie wirklich?«

»Zum ersten: Niemand wird Ihnen Glauben schenken. Sie sind unglaubwürdig. Und Sie haben keine Beweise.«

»Kann sein, daß Sie recht haben. Aber Sie müßten trotzdem etwas gegen mich unternehmen, oder nicht? Und je ernsthafter Sie gegen mich einschreiten, desto glaubwürdiger wird meine Geschichte. Und selbst wenn Sie überhaupt nichts machen, kann ich Ihrer Glaubwürdigkeit noch immer nicht wiedergutzumachenden Schaden zufügen. Ganz besonders gegenüber Ihren Vorgesetzten, *die wissen, daß ich die Wahrheit erzähle.* Und Ihre Karriere wäre genauso zu Ende wie die meine. Wir könnten zusammen den Dienst quittieren.«

Zu Kories Überraschung lächelte O'Hara. Sie lehnte sich zurück. »Ich bewundere Ihren Mut, Mister Korie. Eine sehr nützliche Eigenschaft. Aber ich bin nicht durch Zufall auf diese Seite des Schreibtisches gekommen, Jon. Erinnern Sie sich an Regel Nummer eins? Jugend und Begeisterung sind niemals ein Ersatz für Alter und Erfahrung. Von ein klein wenig Verrat ganz zu schweigen.«

»Die Sache mit dem Verrat stehe ich im Begriff zu lernen«, entgegnete Korie. Und dann fiel ihm etwas auf.

Sie hatte nicht gekniffen, aber sie war seiner Herausforderung auch nicht entgegengetreten. Korie musterte die Vizeadmiralin leidenschaftslos. Sie starrte zurück. Der Augenblick dehnte sich schmerzhaft in die Länge, während jeder der beiden versuchte, die Absichten des anderen einzuschätzen. Korie überlegte, ob er noch deutlicher werden sollte. Er wußte, daß Vizeadmiralin O'Hara glaubte, er wäre verrückt genug, seine Drohungen wahrzumachen. Er verließ sich darauf. Es mußte reichen. »Wollen Sie herausfinden, ob ich bluffe, Ma'am?«

Die Vizeadmiralin erhob sich unvermittelt. Sie stützte die Hände auf ihren Schreibtisch und beugte sich leicht nach vorn. Plötzlich fiel Korie wieder ein, woher ihr Spitzname stammte: ›Die eiserne Großmutter‹. Sie blickte auf ihn herab wie eine Naturgewalt. »Sie sind eine verdammte Nervensäge, Mister Korie«, sagte sie schließlich. »Aber ich habe ein paar *wirkliche* Probleme am Hals, von denen Sie sich überhaupt keine Vorstellung machen. Ich muß innerhalb der nächsten zehn Tage hundert Schiffe in Marsch setzen. Und Sie werden sich mit Ihrem Schiff bereithalten und jedem Kommandanten, der Sie danach fragt, die erforderlichen Ersatzteile aushändigen.« Sie schob ihm seine Rangabzeichen hin. »Sie haben Ihren Standpunkt klargemacht. Und jetzt ziehen Sie gefälligst Ihre Knöpfe wieder an.«

Korie erhob sich, um der Vizeadmiralin auf gleicher Höhe gegenüberzutreten. »Behalten Sie die Diamanten ruhig«, entgegnete er. »Ich werde mein Schiff dekontaminieren. In zehn Tagen werden wir bereit sein, uns wieder den Verbänden anzuschließen. Ich werde zurückkommen, wenn Sie die Sterne für mich bereithalten.« Er blickte ihr unerschrocken in die Augen und wartete auf eine Zurechtweisung, aber statt dessen warf sie lediglich einen Blick auf ihre Uhr und seufzte.

»Also gut, Mister Korie. Ich habe weder Zeit noch Geduld für dieses Spiel. Ich bin bereit anzunehmen, daß Sie aus Frustration so mit mir sprechen, oder weil Sie unter Streß stehen. Also werde ich so tun, als sei ich heute taub und hätte nichts von alledem gehört, was Sie mir an den Kopf geworfen haben. In dieser Hinsicht bin ich außerordentlich großzügig. Vielleicht halten Sie dies sogar für die Anerkennung, nach der Sie verlangen. Merken Sie sich diese Worte gut, weil ich nämlich erwarte, daß Sie sich ein wenig . . . angemessener verhalten, wenn mein Gehör wiederkehrt.«

Mit stoischer Ruhe begegnete Korie ihrem Blick. Er gab mit keinem Wort und keiner Geste zu erkennen, daß er ihre Worte verstanden hatte.

»Und, Jon . . .?«

»Ja, Ma'am?«

»Sie irren sich zumindest in einer Hinsicht. Es stimmt nicht, daß ich Sie nicht mag. Ich verstehe Sie viel besser, als Sie vielleicht glauben. Unternehmen Sie nichts Unwiderrufliches. Meine Bürotür steht Ihnen in den nächsten zehn Tagen jederzeit offen. Und danach . . . nun, danach werde ich alle Maßnahmen ergreifen, die mir für die gegebene Situation angemessen erscheinen.«

»Jawohl, Ma'am.« Er nickte.

Eine Chance? Vielleicht. Sie hatte nicht ja gesagt, aber sie hatte auch nicht nein gesagt. Sie hatte genaugenommen überhaupt nichts gesagt. *Der Situation angemessen.* Das konnte eine ganze Menge bedeuten.

Er mußte annehmen, daß sie ihm eine Gelegenheit einräumen wollte, seinen Standpunkt zu beweisen.

Sie hatte ihm nur eine winzige Lücke gelassen, aber das war immerhin besser als gar nichts.

Er salutierte makellos, machte scharf auf dem Absatz kehrt und verließ das Büro auf dem Weg, den er gekommen war.

Vizeadmiralin O'Hara blickte auf ihren Schreibtisch. Kories Rangabzeichen lagen unberührt vor ihr.

Noch immer nachdenklich, ob sie das Richtige getan hatte, öffnete sie eine Schublade und schob die Knöpfe hinein.

Leen

Der Leitende Ingenieur Leen blickte finster in die optische G3-Kalibrierungsröhre des Alpha-Holms und murmelte grimmig vor sich hin, als könne er die Einheit allein durch schiere Willenskraft wieder zum Funktionieren bringen. Er stand auf dem Laufsteg über der sphärischen Kammer, in der sich die Singularität befand – neben sich Cappy, MacHeath und Gatineau –, und überdachte die Möglichkeit, die gesamte Einheit einfach in die Singularität hinabzuwerfen und ganz von vorn zu beginnen. Überlichtgeschwindigkeit hängt davon ab, daß man einen *Hyperzustand* erschafft. Und ein Hyperzustand ist nur möglich in Gegenwart einer dreiseitigen Singularitätsinversion. Dreiseitige Singularitätsinversionen erfordern den Einsatz von drei separaten Fluktuatoren, die auf eine stecknadelkopfgroße Singularität fokussiert sind. Die Fokussierung hat zeitlich exakt synchron zu erfolgen, damit die Fluktuatoren genau in Phase schwingen, und die Fluktuatoren müssen untereinander ein gleichseitiges Dreieck mit Einhundertzwanzig-Grad-Winkeln bilden. Um diese hochpräzise Kalibrierung zu ermöglichen, sitzt jeder einzelne Fluktuator am Ende eines Holms aus geschäumter Polytitan-Stickstoffkarbonat-Keramik, der aus dem Hauptantriebsraum des Schiffes hervorragt. Jeder Fluktuator wird durch magnetische Tensionsregler in der korrekten Lage fixiert. Die Geometrie der drei Holme wird durch eine Vielzahl hochzyklischer U-Maserstrahlen gewährleistet, die von speziellen Reflexionsplatten an den Enden der langen Säulen umgelenkt werden. Das holographische Abbild dieser Umlenkplatten wird kontinuierlich analysiert, um die Fluktuator-Verschiebungen in Echtzeit korrigieren zu können. Das resultierende Muster von Quantenembolien wird durch Ausbalancieren der Angriffsvektoren der phasenkohärenten Gravitationshämmer in den Fluktuatorstäben kompensiert.

Mit *ultra*-hochzyklischen Maserstrahlern und den entsprechenden Kompensatoren wird eine weitaus exaktere Kalibrierung des Hyperzustands möglich, was in beträchtlich höherer Überlichtgeschwindigkeit resultiert. Mit geringerer Präzision sind Raumschiffe auf niedrige Überlichtgeschwindigkeiten beschränkt. Und mit unpräziser Kalibrierung sind Raumschiffe erst gar nicht imstande, Überlichtgeschwindigkeiten zu erreichen. Statt dessen besteht eine sehr hohe Wahrscheinlichkeit, daß sich der Aggregatzustand des betreffenden Schiffes unvermittelt von fester Materie zu leuchtendem Plasma ändert. Plus einiger verirrter Tachyonen, die ungerichtet abstrahlen und vorüberkommende Schiffe über das informieren, was geschehen sein muß.

Paradoxerweise ist die Konstruktion eines Hyperraum-Fluktuators eine sehr einfache Angelegenheit. Jeder Universitätsstudent könnte einen Fluktuator aus Teilen bauen, die in jedem Laden zu kaufen sind, und nicht wenige haben das sogar bereits getan. Allerdings steht die Frage nach der erforderlichen Präzisionstoleranz zum tatsächlichen Erzeugen eines wandelbaren Hyperzustands auf einem ganz anderen Blatt. Die Fluktuatoren müssen auf einen Ort im Raum ausgerichtet werden, der weniger als ein Mikron im Durchmesser umfaßt. Der Ereignishorizont der künstlichen Singularität ist sogar noch beträchtlich kleiner – allerdings gibt es bis heute keine Technologie, die dies mit Standardmethoden messen könnte (wir kennen keine Strahlungsform, die von einem Schwarzen Loch gleich welcher Größe reflektiert wird). Der Ereignishorizont läßt sich jedoch auf submikronische Auflösung extrapolieren, indem man die Masseverdrängung der Singularität berücksichtigt.

Um nun einen Hyperzustand zu erreichen, muß die winzige Gegenwart der Singularität exakt im Zentrum des Fluktuatorzielbereichs gehalten werden. An Bord der *Sternenwolf* wurde dies durch konzentrische, multiredundante Gravitationsreflektoren bewirkt, die sich in dem großen, kugelförmigen, den Maschinenraum des Schiffes dominierenden Behälter befanden. Der Behälter funktionierte gleichzeitig als vollkommenes Spannungsfeld, welches simultan sowohl an seinem Zentrum zog als auch schob und sich so in einem intensiven, rigoros selbsterhaltenden Gleichgewicht befand. Über diesen Behälter hinaus jedoch wurde die Aufrechterhaltung von submikronischer Präzision über die gesamte Länge der Fluktuatorsäulen mit all den Verspannungen und Belastungen, die die Holme erfuhren, eine Angelegenheit von exponentiell zunehmender Schwierigkeit. Und dies ganz besonders, wenn das Schiff älter wurde und seine Struktur allmählich immer stärker ermüdete.

Manche Schiffskonstrukteure verließen sich daher auf schwere, starre Rahmenkonstruktionen für die Singularität und die Fluktuatorsäulen. Die größere Masse garantierte größere Sicherheit, erforderte aber im Gegenzug mehr Energie und schwerere Singularitäten mit all der zunehmenden Komplexität, die damit einherging.

Andere Konstrukteure bevorzugten komplizierte Muster von selbstjustierenden Kabelsträngen, um durch den gesamten Schiffskörper hindurch konstante Spannung und Linearität aufrechtzuerhalten, als wäre jedes Schiff eine in sich vollkommen stabile selbsttragende Konstruktion. Libertyschiffe wie die *Sternenwolf* waren nach diesen Prinzipien konstruiert – sie waren klein, schnell, preiswert und häufig extrem schwierig zu warten. Manche Leute behaupteten scherzhaft, daß selbst Engel danach strebten, die Geduld eines Leitenden Ingenieurs auf einem Libertyschiff aufzubringen. Andererseits hatten wahrscheinlich nur wenige Engel jemals die Bekanntschaft des Leitenden Ingenieurs Leen gemacht. Leen war ein stämmiger Mann. Das kahlglänzende Zentrum seines Schädels war von einem wirren Kranz ergrauter Haare umgeben, und seine Haut besaß einen dunklen, ledrigen Teint, der auf eine exotische, möglicherweise sogar wilde Herkunft schließen ließ. Im Augenblick jedenfalls gebärdete Leen sich sogar noch wilder als üblich. Es war bereits das siebte Mal, daß er die optische G3-Kalibrierungsröhre des Alpha-Holms rekonstruiert hatte. Und es war das siebte Mal, daß die

Einheit sich geweigert hatte, korrekt einzurasten. Sowohl die G2- als auch die G1-Einheiten waren mit zufriedenstellender Präzision in ihre jeweiligen Positionen verankert. Diese Apparaturen waren exakt identisch mit der G3-Einheit hier. Und in jeder der drei Fluktuatorsäulen waren als Minimum drei G-Einheiten notwendig, um die Ausrichtung des Fluktuators zu gewährleisten. Theoretisch konnte ein Libertyschiff zwar mit lediglich zwei G-Matrix-Kalibrierungseinheiten (oder sogar nur einer einzigen) betrieben werden, aber der Leitende Ingenieur verspürte nicht den geringsten Wunsch, dies jemals auszuprobieren. Leen hatte nicht das Bedürfnis zu erforschen, was für ein Gefühl hyperstatische molekulare Zerlegung von innen heraus verursachte.

Er murmelte einen Fluch, der jeden Zuhörer hätte erbleichen lassen, und wandte sich den drei Angehörigen der Schwarze-Loch-Bande zu, die hinter ihm standen: Cappy, MacHeath und das neue Milchgesicht, Gatineau hieß es. Gatineau war derjenige, dessen T-Shirt nicht vernünftig saß.

Er trug noch immer die Spuren von Erfrierungen auf dem Gesicht und den Armen, und seine Augen waren schrecklich blutunterlaufen, aber er machte einen eifrigen Eindruck, als würde er darauf brennen zu beweisen, daß er ein Überlebender war und nicht bloß ein Opfer.

»In Ordnung«, sagte Leen zu Cappy. »Schalten Sie ab. Versuchen Sie's noch mal.«

Gatineau griff bereits nach dem Werkzeugkasten. »Ich weiß, wie es geht!« sagte er. »Lassen Sie mich das tun! Ich war in der zweitbesten Trainingsgruppe. Ich wette, es ist der Kodexchip. Wir hatten einmal eine Kryptonphasenverschiebung, und der Kodexchip war verantwortlich für die Fehlsynchronisation.«

»Danke für den klugen Rat«, erwiderte Leen ungerührt. Die Kodexchips waren immer das erste, was ein Leitender Ingenieur überprüfte. »MacHeath, schalten Sie alles ab und lassen Sie die Fehlerroutinen erneut durchlaufen. Und damit unser Junior glücklich ist, lassen Sie ihn zusehen, während Sie den Kodexchip testen.

Genau nach Vorschrift. Dreifache Überprüfung. Benutzen Sie Harlie als Monitor.«

MacHeaths unbekümmerter Gesichtsausdruck verschwand augenblicklich. Er war ein großgewachsener Mann, und seine physische Konstitution hatte etwas Bedrohliches an sich. »O Mann, Leitender! Hören Sie auf, ich bin doch kein Babysitter«, stöhnte er.

»He!« Gatineau warf ihm einen verdrießlichen Blick zu. »Ich weiß genau, was ich tue.« Aber die Stimme des Jungen war ein wenig zu hoch und ihr Tonfall zu schrill, um die anderen völlig von seinen Worten zu überzeugen. »Wenn es nicht der Kodexchip ist, dann ist es ganz bestimmt eine Kryptonphasenverschiebung! Jeder halbwegs gute Quantenmechaniker weiß das ...«

MacHeath sah aus, als würde er jeden Augenblick ausspucken. Cappy verdrehte die Augen. Leen schloß für einen Moment die Augen, als wolle er sich von der Theorie überzeugen, daß Dinge, die er nicht sehen konnte, auch nicht existierten – aber als er sie wieder öffnete, stand der Grünschnabel immer noch da. Die Theorie schien offensichtlich falsch. Gatineau bemerkte die Reaktionen der anderen nicht. Er plapperte munter sein Halbwissen über Partikelbremsen, Fluktuatorhämmer und Sufford-Lewis-Module aus. »Sehen Sie?« schloß er. »Ich kenne den Unterschied zwischen einem Assimilator und einem geknickten Feld ganz genau.«

»Ja ja, schon gut«, erwiderte MacHeath und warf Gatineau einen grimmigen Blick zu. »Wissen Sie auch, was blau ist und gegen das Glas klopft?«

»Hä?«

»Sie selbst. Beim Überprüfen einer Luftschleuse. Von außen.«

»Hören Sie auf damit!« knurrte der Leitende Ingenieur MacHeath an. »Sie kennen die Bestimmungen über das Schikanieren ... selbst wenn es nur als Scherz gemeint war.«

»Tut mir leid«, murmelte der große Mann seine Entschuldigung – an den Leitenden Ingenieur gewandt, nicht an Gatineau.

»Da wäre noch etwas«, begann Leen langsam. »Aber ich weiß nicht, ob ich Ihnen die Verantwortung aufbürden kann ...« Er blickte den Grünschnabel mißtrauisch an.

»Ich werde Sie nicht enttäuschen! Ich kann es tun!« beharrte Gatineau. »Vertrauen Sie mir! Bitte, Mister Leen! Ich meine Sir.« Leen seufzte.

»In Ordnung. Ich benötige einen Möbiusschlüssel. Wir haben nur zwei davon an Bord. Es sind sehr teure Werkzeuge. Ich weiß nicht, wer sie als letzter hatte. Sie werden also herumfragen müssen.«

»Sie ... Sie benötigen einen Möbiusschlüssel?«

»Sie wissen doch, was ein Möbiusschlüssel ist? Oder etwa nicht?«

Gatineau blickte beleidigt drein. »Natürlich weiß ich, was ein Möbiusschlüssel ist! Was denken Sie, wen Sie vor sich haben?«

Cappy wandte sich plötzlich ab und bekam einen Hustenanfall. MacHeath interessierte sich für die Nieten in der Decke.

»Also gut, in Ordnung«, sagte der Leitende Ingenieur. »Dann besorgen Sie mir bitte den linkshändigen Schlüssel, ja? Es geht zwar auch mit dem anderen, aber ich würde es vorziehen, wenn ich die Polarität des Möbiusschlüssels nicht für eine einzige Arbeit umkehren müßte, okay?« Er wollte sich abwenden, aber dann überlegte er es sich anders und drehte sich wieder zu Gatineau um. »Sie *wissen* doch, wie ein linkshändiger Möbiusschlüssel aussieht, oder ...?«

Jetzt war Gatineau an der Reihe, ärgerlich dreinzublicken. Er spreizte die Hände und warf dem Leitenden Ingenieur einen verächtlichen Blick zu. »Also wirklich! Sir!«

»Na gut«, entgegnete Leen. »Dann marschieren Sie los und bringen Sie mir den Schlüssel. Kommen Sie nicht ohne zurück!«

»Jawohl, Sir! Danke, Sir!«

»Und achten Sie auf Funkentänzer!« rief Cappy dem Grünschnabel trocken hinterher.

»Und auf Sternenkobolde«, fügte MacHeath unverbindlich hinzu.

Gatineau wandte sich um und schenkte den beiden einen spöttischen Blick. »Jetzt machen Sie aber halblang. Was denken Sie eigentlich, was für einen Dummkopf Sie vor sich haben?« Er wandte sich wieder um und rannte beinahe über den Laufsteg und aus dem Maschinenraum. Cappy und MacHeath konnten sich kaum lange genug beherrschen, bis der Grünschnabel durch die Schleuse verschwunden war. Die beiden Mitglieder der Schwarze-Loch-Bande lachten lauthals los.

Leen starrte seine Leute verärgert an. »Sind Sie bald fertig?«

»Jawohl, Sir!« antwortete Cappy mit einer etwas zu hellen Stimme.

»Danke, Sir!« echote MacHeath in perfekter Imitation des eifrigen, schrillen Tonfalls des Grünschnabels.

»Hören Sie auf damit!« sagte Leen. »Wir haben dringende Arbeiten zu erledigen.« Er starrte verdrießlich in die G3-Einheit und wiederholte ein paar seiner farbigeren Flüche. »Ich denke, wir sollten die gesamte Kette von Überwachungsmonitoren durchprüfen. Ich frage mich schon die ganze Zeit, ob wir nicht etwas übersehen haben . . .«

Cappy und MacHeath stöhnten laut auf.

Hardesty

Kapitän Richard Hardesty, der *Sternenwolf*, war tot.

Korie hoffte, daß es dadurch einfacher würde, mit dem Mann zu reden.

Aber er hatte sich getäuscht.

Hardesty war vorsichtig von der *Sternenwolf* geschafft und in eine medizinische Abteilung auf dem Quarantänedeck von *Stardock* verlegt worden. Sein Körper atmete noch immer ohne fremde Hilfe, aber das war auch schon alles. Er mußte künstlich ernährt werden, und die Stoffwechselprodukte wurden dialytisch aus seinem Körper entfernt. Sein Herz hatte zu schlagen aufgehört, und das Blut wurde von internen Pumpen durch seine Adern gezwungen. Sein Knochenmark hatte die Produktion von Blutkörperchen eingestellt, und nur die ununterbrochene Desinfektion seines Blutes verhinderte, daß er an einem halben Dutzend Infektionen gleichzeitig erkrankte. Während der Rückreise zum *Stardock* waren die zwölf Besatzungsmitglieder, die seiner Blutgruppe angehörten, vollauf damit beschäftigt gewesen, ihm neues Blut zu spenden, so wie das alte unbrauchbar wurde. Hier im *Stardock* versorgten ihn vier Knochenmark-Regenerationstanks mit frischem neuen Blut. Aber es half nicht viel. Hardesty blieb vom Hals an abwärts vollkommen gelähmt, und seine Glieder waren aufgedunsen. Der Geruch, den sein Körper verströmte, war im wahrsten Sinne des Wortes atemberaubend: eine Mischung aus ekelhafter Süße und fortgeschrittener Verwesung. Korie fragte sich, ob es unhöflich wäre, ein Taschentuch vor die Nase zu halten.

Er konnte den Anblick seines Kapitäns kaum ertragen. Das verbliebene organische Auge war zusammengeschrumpft. Die linke Gesichtshälfte bestand aus Metall, und dort, wo das Metall an das Gewebe grenzte, hatte die Hautfarbe einen leicht grünlichen Ton angenommen, Resultat des Kontaktes mit dem konservierenden Gas Phullogine. Der Morthaner Cinnabar hatte das Gas in einen Plastiksack geleitet, in dem er den Kapitän gefangengehalten hatte. Kapitän Richard Hardesty, der *Sternenwolf*, war in medizinischer Hinsicht tot. Er war bereits einige Tage nach dem Zwischenfall tot gewesen.

Natürlich war der Kapitän vollkommen unfähig zu sprechen. Seine Stimme ertönte durch einen Lautsprecher. Die Gedankenströme, die den Lautsprecher zum Leben erweckten, stammten aus einer Prothese in seinem Schädel, die nach seinem Unfall vor zwanzig Jahren eingesetzt worden war. Dieser Unfall hatte ihn die eine Hälfte seines Kopfes gekostet, die jetzt aus Metall bestand. Und jetzt war der verbliebene Rest des Kopfes tot. Genauso tot wie alles andere auch. Nur die Prothese lebte noch.

Und die Prothese war nur ein kleines Stück weniger ätzend, als es der ganze Mann gewesen war. Korie berichtete Hardesty von seinem Treffen mit der Vizeadmiralin. Hardestys Reaktion überraschte ihn. Der Lautsprecher gab Geräusche von sich, die Korie an ein Rascheln auf dem Grund einer Grabkammer erinnerten. »Sie hat recht. Sie sind noch nicht so weit, ein eigenes Kommando zu übernehmen.«

Korie unterdrückte seinen Widerspruch. Wer redete dort eigentlich? Hardesty? Oder die künstliche Intelligenz in seinem Schädel? Korie versuchte, sich seine Gefühle nicht anmerken zu lassen. »Warum sagen Sie so etwas?«

»Weil es stimmt.«

Korie hätte sich umdrehen und gehen sollen. Aus Hardesty sprach sein Ärger. Seine Schmerzen. Die Medikamente. Das Gas des Morthaners. Wer konnte wissen, ob der Geist Hardestys überhaupt noch hier war? Aber Korie konnte nicht anders, als zu fragen: »Könnten Sie vielleicht ein wenig deutlicher werden?«

»Sie sind wild.«

»Sir?«

»Sie sind ein unzivilisierter Wilder. Sie haben keinen militärischen Verstand. Sie werden ihn nie haben.«

»Ich weise Ihre Behauptung zurück, Sir. Ich habe . . .«

»Ich weiß sehr gut, was Sie haben. Sie haben Wut im Bauch. Rasende Wut. Ihre Wut dominiert jede rationale Einsicht, die Sie in bestimmten Situationen nötig hätten. Ihre Wut macht Sie ungeduldig.«

Korie dachte über sein Treffen mit der Vizeadmiralin nach und sah ein, daß Hardesty recht hatte. Zumindest teilweise. »Ich habe alles getan, was ich konnte. Besser ging es nicht . . .«

Die Grabesstimme flüsterte anklagend: »Die Moral ist wieder einmal zum Teufel.«

»Das ist nicht wahr . . .«

Die Stimme übertönte rauh seinen Protest. »Sie haben Ihre Mannschaft der einen Situation ausgesetzt, der man keine Mannschaft *jemals* aussetzen darf: Ihre Leute wissen nicht mehr, was sie von Ihrer Führung halten sollen. Die ersten Zweifel tauchten auf, als Sie das Schiff nach dem Hinterhalt von *Marathon* wieder nach Hause gebracht haben und dann kein Kapitänspatent erhielten. Und nun streicht man den Leuten die Prämie, von der *Sie ihnen gesagt haben*, sie hätten sie sich verdient. Was meinen Sie, wie Ihre Besatzung darauf reagieren wird?«

»Wütend. Genau wie ich.«

»Ihre Gefühle sind der am wenigsten wichtige Bestandteil in dieser Gleichung.«

»Das weiß ich selbst. Was soll ich denn Ihrer Meinung nach tun?«

Korie fühlte sich noch frustrierter als während seines Gesprächs mit der Vizeadmiralin. Er hatte erwartet, wenigstens bei seinem Kapitän *Verständnis* zu finden.

Die Stimme schwieg eine Weile. So lange, daß Korie schon beinahe glaubte, der Kapitän wäre endgültig gestorben. Nur die Reihe von Monitoren über dem Bett zeigte an, daß die Prothese weiterhin aktiv war. Schließlich meldete sich Hardesty erneut zu Wort: »Die Tatsache, daß Sie fragen müssen, beweist nur, wie wahr meine Worte sind.«

Korie öffnete den Mund zu einer Antwort, doch dann schloß er ihn wieder. Auf diese Weise würde die Unterhaltung zu nichts führen. Er überwand seinen Zorn und konzentrierte sich auf die augenblickliche Situation. Er sagte: »Ich bin vorbeigekommen, um Ihnen meine Aufwartung zu machen, Sir. Die Mannschaft möchte wissen, wie es Ihnen geht. Jetzt habe ich Sie gesehen und kann ihr berichten. Ich gehe jetzt wieder.« Er wandte sich zur Tür.

Die rasselnde Stimme ließ ihn innehalten.

»Mir machen Sie nichts vor, Korie. Sie sind hergekommen, weil Sie meinen Segen wollen. Und jetzt sind Sie beleidigt, weil ich anders darüber denke.«

Korie machte einen Schritt in Richtung der Tür, bevor er sich ein letztes Mal zu dem grauen Körper auf dem Bett umdrehte. »Sie sind tot, Kapitän Hardesty. Es spielt keine Rolle mehr, was Sie denken. Ihre Meinung ist ganz plötzlich bedeutungslos geworden.« Korie staunte über sich selbst. Noch vor einer Woche hätte er sich nicht träumen lassen, einmal auf diese Weise zu seinem Kapitän zu sprechen. Aber nachdem er sogar der Vizeadmiralin widerstanden hatte, schien es ihm gar nicht mehr so ... schwierig. »Es spielt überhaupt keine Rolle, ob Sie meinen, ich wäre reif für mein eigenes Kommando oder nicht. Die Verantwortung liegt auf jeden Fall in meinen Händen. Ich werde meine Arbeit erledigen, und Ihren Segen können Sie sich sonstwohin stecken.«

»Womit Sie mir erneut beweisen, daß ich recht habe. Ihr Zorn frißt Sie von innen heraus auf.«

»Sie haben unrecht. Doppelt unrecht. Meine Wut ist keine Schwäche. Sie ist mein größter Vorteil. Sie ist wie eine Wetterfahne. Sie zeigt mir die Richtung. Und nein, ich kam nicht her, weil ich Ihren Segen wollte. Ich kam her, weil ich Ihren Rat brauchte. Sicher, ein wenig Anerkennung hätte mir Freude gemacht – immerhin war *ich* derjenige, der das Schiff sicher nach Hause gebracht hat ...«

»Ja ja. Das Schiff. Wäre ich noch lebendig, würde es mir vielleicht sogar ein wenig schmeicheln, daß Sie das Schiff nach mir benannt haben. Aber an meiner Beurteilung ändert sich dadurch überhaupt nichts.«

Korie stand stocksteif am Ausgang des Krankenzimmers. »Ich bin nicht ausschließlich nur traurig, daß Sie tot sind.«

»Mister Korie, ich habe Ihnen mehr als einmal gesagt, daß es mir vollkommen gleichgültig ist, ob Sie mich mögen oder nicht, solange Sie nur Ihre Arbeit tun. Kann sein, daß ich tot bin, aber daran hat sich immer noch nichts geändert.«

Kories Augen verengten sich zu Schlitzen.

»Es war sehr lehrreich, unter Ihnen zu dienen, Sir«,

sagte er kühl. »Ich werde Blumen zu Ihrem Grab senden.«

»Sie haben nicht vor, darauf zu pinkeln?«

Korie schnaubte. »Ich hasse es, mich anzustellen.« Er wandte sich ab und verließ den Raum.

La Paz

Zwei Stunden später war Kories Wut noch immer nicht verraucht. Er konnte förmlich spüren, daß sie in ihm brannte wie eine dieser mechanischen Maschinen, die ihr Dasein rauchend und qualmend und schwelend in Museen fristeten und hin und wieder große, stinkende Wolken von Dunst und Feuer ausspuckten. Er wußte, weshalb er so wütend war. Aber er konnte nicht aus seiner Haut und seine Gefühle einfach abstreifen. Es lag nicht an Hardesty, und es lag nicht an der Vizeadmiralin. Es lag nicht einmal an dem verdammten Krieg. Das waren nur die unmittelbar sichtbaren Dinge. Der Grund für seine Wut lag darunter verborgen. Das, was wirklich zählte im Leben.

Carol und Tim und Robby. Und Rache.

Genau in dieser Reihenfolge. Frustriert und mit einem Gefühl der Ohnmacht machte er sich auf den Weg zur Schiffsmesse. Dort saß er nun, regungslos, mit einem Becher bitteren Kaffees und einem Teller voller Wurst und Käse vor sich, und starrte hinaus in das All. Das Essen auf seinem Teller war unberührt. Er war zu wütend, um etwas zu essen. Es lief nicht so, wie er gehofft hatte. Überhaupt nicht. Er hatte einen Plan entwickelt, um sein Schiff zu überholen. *Sein* Schiff. Die Worte klangen hohl. Sein Plan kümmerte ungesehen in seinem elektronischen Notizbuch vor sich hin. Gescheitert, bevor er überhaupt mit seiner Ausführung hatte beginnen können. Die Vizeadmiralin hatte ihm keine Gelegenheit gegeben, seinen Plan zu unterbreiten. Die ganzen Anstrengungen waren verschwendet gewesen. In zehn Stunden würde die nächste Fähre von der *Sternenwolf* auf *Stardock* landen. Er hatte vorgehabt, die Zeit mit dem Ausfüllen von Reparaturanweisungen und der Anforderung von Ersatzteilen und Vorräten zu verbringen. Und nun ... er hatte nichts zu tun. Außer vielleicht zu überlegen, was er seiner Mannschaft sagen sollte, wenn er wieder zurück an Bord war. All das Zeug, das er der Vizeadmiralin an den Kopf geworfen hatte – was hatte er sich bloß dabei gedacht? Es war ein gutes Gefühl gewesen, so stolz zu sein, ja – aber wozu hatte es letztlich geführt? Konnte er sein Schiff wirklich ohne Unterstützung von *Stardock* reparieren?

Und Hardesty. Die Worte eines Toten.

Frustrierte Gedanken brannten in ihm, Bruchstücke dessen, was ihm auf der Zunge lag. Selbst wenn er das meiste davon bereits gesagt hatte, spürte er das Bedürfnis in sich, es zu wiederholen. »Diese Mannschaft verdient etwas Besseres. Sie verdient eine Chance.« Aber in Wirklichkeit meinte er damit: »*Ich* verdiene eine Chance.«

Er wußte, was seine *zyne*-Meister dazu sagen würden. »Neunzig Prozent aller Probleme im Universum entstehen durch das Versagen von Kommunikation. Und die anderen zehn Prozent entstehen dadurch, daß das Versagen von Kommunikation nicht erkannt wird.« Und indem sie diesen Gedanken weiter verfolgten, kam die unausweichliche Schlußfolgerung: »Jeder Zwischenfall ist Folge unvollständiger Kommunikation.«

Die Feststellung, daß seine letzten Kommunikationsversuche unvollständig geblieben waren, wäre eine nur unvollständige Analyse. Er hatte alles ausgesprochen, was er zu sagen gehabt hatte. Und die anderen hatten ihm zugehört. Das Problem bestand darin, daß sie nicht so gehandelt hatten, wie er es wollte. Was für ein Kommandant war er eigentlich, wenn er andere nicht einmal dazu bringen konnte, das zu tun, was er von ihnen wollte? Vielleicht hatte die Vizeadmiralin ja recht. Vielleicht hatte Hardesty recht. Vielleicht war er ein Hitzkopf. Ein Dummschwätzer. Ein Nichtsnutz, ein Tunichtgut, ein ausgesprochenes Arschloch.

»Jon? Jon Korie? Sind Sie das?« Korie blickte auf.

Der Sprecher war eine Frau. Großgewachsen. Atemberaubend schön. Dunkel gekleidet. Lächelnd. Er war bereits dabei, aufzustehen und ihre ausgestreckte Hand zu ergreifen. Das Wiedererkennen kam nur langsam. Er kannte sie von ... seine Augen blinzelten kurz (grollend) auf die Sterne an ihrem Kragen – und der Rest seiner Erinnerung wurde genau rechtzeitig wach. »Kapitän ... *La Paz*!«

»Juanita«, korrigierte sie. »Kommen Sie schon, Jon! Seien Sie nicht so steif! Ich habe auf Ihrer Hochzeit getanzt. Wie geht es Carol? Was macht Ihre Rasselbande zu Hause?«

»Äh ...« Korie zögerte. »Sie haben es noch nicht gehört?«

»Was gehört? Wir waren draußen im Süden.« Ihr Gesichtsausdruck änderte sich unvermittelt. »O Gott, nein! Nicht Carol!«

»Und die Jungs«, bestätigte Korie. »Sie befanden sich auf *Shaleen* ...« Seine Stimme versagte.

Juanita legte ihm die Hände auf die Schultern. Sie senkte ihre Stimme und sprach im Ton echter Anteilnahme. »O Jon! Es tut mir so leid. Es muß sehr schlimm für Sie sein, *compadre*. Kann ich irgend etwas für Sie tun?« Sie blickte ihm besorgt in die Augen.

»Verschaffen Sie mir ein Schiff, ein Dutzend Torpedos und eine Karte vom Zentrum der Morthan-Solidarität.«

»Wenn ich könnte, würde ich Ihnen eine Flotte geben. Zwei!«

Korie lächelte schwach. Das erste echte Lächeln des Tages. »Danke. Das ist das Beste, das ich seit unserer Ankunft auf *Stardock* gehört habe. Ich wünschte, Sie hätten hier das Kommando.« Plötzlich fiel ihm sein schlechtes Benehmen ein. »Setzen Sie sich doch.« Er zog einen Stuhl für sie herbei.

Juanita setzte sich Korie gegenüber und blickte ihn sehr ernst an. »Ich habe nur einen Augenblick Zeit, Jon.

Ich muß mein Schiff ausrüsten. Wir suchen nach Fibrillatoren. Niemand hat Ersatzteile. Tut mir leid.« Sie griff über den Tisch hinweg nach seinen Händen und drückte sie. »Erzählen Sie mir, wie es Ihnen geht. Sind Sie in Ordnung? Ich meine ... achten Sie auf sich?«

Korie dachte daran, sie zu belügen, aber er fand keine Kraft dazu. Er schüttelte den Kopf. Er senkte den Blick und starrte auf die Tischfläche zwischen ihnen beiden.

Juanita drückte seine Hände. »Ist es so schlimm?«

Korie nickte. »Ja.«

»Wollen Sie darüber reden?«

Korie schüttelte erneut den Kopf. Er schluckte. »Es ist einfach alles, Juanita. Ich kann nichts tun. Es ist die *Sternenwolf*. Ich habe eine Mannschaft, die sich auf mich verläßt, und alles, was ich ihnen bringe, sind schlechte Nachrichten. Ich kann nicht fortgesetzt verlangen, daß sie ihr Bestes geben, wenn ich ihnen nichts als Gegenleistung anzubieten habe. Ich bin so frustriert. Nach allem, was wir durchgemacht haben, stehen wir mit leeren Händen da, und genau in dem Augenblick, in dem ich stolz sein sollte auf das, was wir erreicht haben, fühle ich mich wie ein Versager. Und ich kann noch nicht einmal zurück nach Hause gehen, weil es kein Zuhause mehr gibt.« Seine Augen trafen die ihren. »Es tut mir leid. Ich sollte Sie nicht damit belästigen.«

»Wem wollen Sie es denn sonst erzählen? Wem *können* Sie es erzählen?«

Korie seufzte. »Es sind meine Sterne, Juanita. Ich sehe Ihre Sterne auf Ihrem Kragen, und ich muß immer wieder denken, *wo bleiben meine?* Ich habe sie verdient. Ich habe sie mehr als dreimal verdient.«

»Ja, ich habe von der Geschichte gehört. Wir alle haben davon gehört.«

»Also warum geben sie mir nicht meine Sterne? Was stimmt nicht mit mir?«

»Nichts stimmt nicht mit Ihnen, Jon. Gar nichts.«

»Wo bleiben dann meine Sterne?«

»Ich weiß es nicht. Aber wenn es Sie tröstet – es gibt Leute, die zu schätzen wissen, was Sie geleistet haben.

Sie genießen viel mehr Respekt, als Sie vielleicht glauben.«

»Es tut mir leid«, grinste Korie schief, »aber das ist kein großer Trost. Ich will mein eigenes Schiff.«

»Ich erinnere mich an dieses Gefühl«, sagte Juanita. »Es ist wie die Sehnsucht nach einem Baby. Nur schlimmer. Und wenn man schließlich sein Schiff bekommen hat, dann ist es eine vollkommen andere Sache, es auch zu kommandieren . . .«

»Juanita, hören Sie auf. Bitte! Ich kommandiere die *Sternenwolf* seit dem Augenblick, in dem ein Morthan-Assassine Kapitän Hardesty eine Überdosis Phullogine verpaßt hat. Ich weiß, was es heißt, ein Schiff zu kommandieren. Ich möchte wissen, was es für ein Gefühl ist, wenn man es nicht nur vorläufig kommandiert. Ich möchte wissen, wie es sich anfühlt, wenn es *mein* Schiff ist.«

»Sie haben recht. Es tut mir leid. Ich schätze, ich bin keine besonders gute Zuhörerin.«

»Ich will mein eigenes Schiff und eine Ladung Torpedos und eine Karte vom verdammten Zentrum der Morthan-Solidarität.«

»Wollen wir das nicht alle?«

»Keiner so sehr wie ich.«

Juanita nahm seine Worte kommentarlos hin. Nach einer Weile ließ sie seine Hände los. »Lassen Sie uns über ein anderes Thema sprechen. Haben Sie eine Ahnung, wo ich Fibrillatoren finden könnte? Eigentlich benötige ich vollständige Fluktuatoreinheiten, aber mit den Fibrillatoren könnten wir improvisieren.«

Ihre Augen trafen die seinen.

»Fibrillatoren«, erwiderte Korie mit ausdruckslosem Gesicht. »Ohne Fibrillatoren ist Ihr Schiff nicht viel mehr als eine Blechdose.«

Sie nickte. Ein unbehagliches Schweigen entstand. Schließlich räusperte sie sich mit offensichtlicher Verlegenheit. »Äh, Jon? Dürfte ich Sie um etwas bitten?«

»Was?«

»Nun . . . die Gerüchte behaupten, daß die *Sternen-*

wolf außer Dienst gestellt wird. Ist es das, was die Vizeadmiralin gesagt hat . . .?«

»Also darum geht es Ihnen . . .«, sagte Korie langsam, als ihm die Erkenntnis dämmerte. »Sie wollen meine Maschinen!« Seine Augen verengten sich in plötzlichem Zorn. »Das war kein zufälliges Treffen, wie? Sie haben nach mir gesucht! Sie falsche Hexe! Sie haben hier gesessen und mir die Hand gehalten und getan, als würden Sie sich wegen mir Sorgen machen, und ich habe meine geheimsten Gedanken vor Ihnen ausgebreitet – und die ganze Zeit über haben Sie nichts anderes im Sinn gehabt als meine Maschinen!«

»Das ist nicht wahr!« widersprach La Paz und erhob sich unvermittelt. »Ich bedaure, daß Sie so von mir denken. Ich mache mir wirklich Sorgen um Sie. Carol und die Jungen sind mir nicht gleichgültig . . .«

»Bitte hören Sie auf! Ich möchte ihre Namen nicht aus Ihrem Mund hören.«

»Jon . . .«

»Nein! Vergessen Sie's.« Korie erhob sich ebenfalls und streckte die Hände aus, als wolle er La Paz abwehren. »Lassen Sie mich einfach in Ruhe.«

Er wollte sich umdrehen und gehen. »Stillgestanden, Mister!« bellte ihre Stimme.

Korie erstarrte in Habachtstellung.

»Wie Sie wollen«, sagte La Paz, als sie vor ihn trat und ihm mit festem Blick in die Augen sah. Ihr Gesichtsausdruck war ebenso steinern wie Kories. »Ich wollte es Ihnen leichter machen. Meine Fähre liegt am Dock. Ich wollte Ihnen anbieten, Sie zu Ihrem Schiff mitzunehmen.«

»Ich gehe lieber zu Fuß, danke.«

La Paz ignorierte seine Bemerkung. »Ich habe hier eine Liste. Ich hatte gehofft, wir könnten verhandeln. Nun gut. Wenn Sie nicht handeln wollen, dann werde ich einfach requirieren, was ich brauche. Ich brauche Ihre Maschinen. Das ist keine Bitte mehr. Das ist ein Befehl.« Einen Augenblick überlegte Korie, wieviel Ungehorsam er sich an einem einzigen Tag leisten konnte.

Wahrscheinlich nicht mehr allzu viel. Er entschied, sein Glück nicht herauszufordern.

»Wie lauten Ihre Befehle, *Kapitän*?« fragte er.

»Das ist schon besser, *Mister*.«

Brik

Gatineau blieb unmittelbar vor der Schleusenluke stehen. Er hatte nicht zugeben wollen, daß er nicht wußte, was ein Möbiusschlüssel war; aber nun, da er die Verantwortung für das Werkzeug übernommen hatte, mußte er auch ein Resultat produzieren – und zwar auf der Stelle. Der Leitende Ingenieur verließ sich auf ihn.

Gatineau stand im Durchgang und blickte verwirrt umher. Er wußte nicht einmal genau, wo er sich im Augenblick befand. Die Schotten bildeten ein verwirrendes Chaos von abnehmbaren Paneelen, jedes einzelne mit seiner eigenen, mysteriösen Kodenummer. »Wollen mal sehen«, murmelte er vor sich hin und drehte sich langsam um seine eigene Achse. »Der Kiel liegt bei 180 Grad. Die obere Steuerbordpassage liegt bei 60 und die Backbordpassage bei 240 Grad. Daraus folgt – ah, ich bin also in der Backbordpassage. Und das bedeutet, daß diese Leiter hier hinunter zum Kiel führt, 180, und daß diese Schleuse dort zum Bug führt . . .« Er traf eine Entscheidung und marschierte in Richtung der Messe los. Dort konnte er fragen, ob irgend jemand wußte, wo sich die Möbiusschlüssel befanden.

Die Schiffsmesse war leer, bis auf zwei rothaarige Männer und zwei Frauen, die Gatineau nicht kannte. Er nickte wortlos und wollte gerade schon den Mund aufmachen, als Oberleutnant Brik auf der anderen Seite die Messe betrat. Brik war ihm bekannt – zumindest bekannt genug, daß er sich traute, ihn anzusprechen. »Sir?« begann er schüchtern. Brik blieb stehen. Er war offensichtlich zu einem be-stimmten Ziel unterwegs und schien wegen der Störung verärgert. Gatineau blickte hoch ... und hoch ... und hoch. Schnell stammelte er seine Frage: »Der Leitende Ingenieur möchte, daß ich ihm einen Möbiusschlüssel besorge. Den linkshändigen, um genau zu sein. Können Sie mir sagen, wo ich ihn finde?«

»Mhmmm«, sagte Brik und runzelte in einer nachdenklichen Geste die Stirn. Dann kratzte er sich am Kinn und sagte: »Ich kann mich nicht erinnern, wo ich ihn zuletzt gesehen habe. Vielleicht versuchen Sie es einmal – ja, genau! Versuchen Sie es im Frachtraum. Wahrscheinlich ist er dort. Gehen Sie durch den Kiel. Das ist der schnellste Weg dorthin.«

»Vielen Dank, Sir!« Gatineau unterdrückte das Bedürfnis zu salutieren und eilte den Weg zurück, den er gekommen war. Brik schüttelte amüsiert den schweren Kopf und setzte seinen Weg fort.

Ein drei Meter großer, zweihundert Kilogramm schwerer Morthan-Tyger an Bord selbst eines großen Raumschiffs hatte die Logistiker ursprünglich vor ein nicht eben geringes Problem gestellt. Zum Beispiel bei der Antwort auf die Frage, wo der Tyger schlafen sollte. »Wo immer er will« war keine sehr befriedigende Antwort, wenn es keinen ausreichend großen Platz gab.

Als Kapitän Hardesty an Bord gekommen war und Oberleutnant Brik als seinen Sicherheitschef und Leiter der Strategischen Planung mitgebracht hatte, war es notwendig geworden, drei Offizierskabinen zu einem einzigen, viel größeren Raum umzubauen, in dem der Morthaner Platz fand. Das war nicht einfach eine Frage der Höflichkeit oder Rücksichtnahme gewesen, sondern aus Gründen der mentalen Gesundheit erforderlich. Die Vorschriften der Raumflotte besagten, daß jeder Offizier Anspruch auf einen persönlichen Raum hatte, der mindestens das Fünfzigfache seines Körpervolumens betrug. Wobei ein privater Sanitärbereich mit einbezogen war. Es gab komplexe Formeln, um die Bedürfnisse größerer oder kleinerer Besatzungsmitglieder festzulegen, aber im allgemeinen war die Kabine eines Offiziers etwa vier Meter breit und acht Meter lang, und die Decke befand sich in einer Höhe von zwei Meter dreißig. In Briks Fall maß die Kabine allerdings acht mal zwölf Meter, und die Decke war drei Meter fünfzig hoch. Dies hatte einige kleinere Umbaumaßnahmen der Einrichtungen auf der gegenüberliegenden Seite der Schotten erfordert, aber unter Briks direkter Aufsicht hatte die Arbeitsmannschaft ihre Aufgaben mit erstaunlicher Geschwindigkeit erledigt.

Auf einem gepanzerten Schlachtkreuzer wären die Umbaumaßnahmen selbstverständlich nicht so einfach vonstatten gegangen, aber an Bord von Libertyschiffen bestanden viele der internen Schotten lediglich aus Hartschaumstoff. Es war also relativ einfach, die Räumlichkeiten den individuellen Bedürfnissen anzupassen. Den einzelnen Kommandeuren blieb es vorbehalten, die Aufteilung der Offiziers- und Mannschaftsquartiere vorzunehmen. Brik hatte nicht viel über den Vorgang nachgedacht. Von dem Augenblick an, als er in die Spezialakademie eingetreten war, hatte sich sein gesamtes Erwachsenenleben in Räumen abgespielt, die eigentlich zu klein waren. Er erkannte zwar die höfliche Geste, die eine größere Kabine bedeutet, aber sie erwies sich für eine vernünftige Unterkunft noch immer als zu klein. Die Decke war zu niedrig, und er mußte sich ducken, um durch die Tür zu gehen. Er arrangierte sich. Im Verlauf der Jahre war er sehr gut darin geworden, sich zu arrangieren. Ursprünglich hatte ihm der Gedanke nicht sonderlich geschmeckt, so viel Zeit unter Menschen zu verbringen, aber mit der Zeit erkannte er, daß er von diesen kleinen, schrillen Kreaturen lernen konnte. Und tatsächlich hatte er nach und nach sogar begonnen, eine Art von ... Respekt für die Menschen zu empfinden. Seine Kabine war nur spärlich möbliert. Ein paar Stühle – normale Stühle – für die wenigen Gelegenheiten, zu denen er Gäste empfing. Ein zusammenklappbarer Tisch für den Fall, daß er zu arbeiten wünschte. Das Bett war eine einziehbare Koje aus Memory-Schaum. Alles in seiner Kabine war zerlegbar; die Möbel waren häßlich, aber nicht unbequem, und sie verschwanden in den Wänden, wenn sie nicht in Gebrauch waren. Auf diese Weise blieb ihm Platz für seine Übungen. Vielleicht hätte er sich mehr Mühe gegeben, sein Quartier hübsch einzurichten, wenn er häufiger Gäste empfangen hätte; aber er besaß keine Freunde und hatte dementsprechend selten Besuch. Und Gastfreundschaft war genaugenommen keine morthanische Tradition. Genausowenig wie Eitelkeit.

Brik war maßgeschneidert konstruiert, geboren und aufgezogen worden, um zu einem vollkommenen Krieger heranzuwachsen. Es war seine Entscheidung gewesen, Offizier in der Flotte der Allianz zu werden, und es war eine Entscheidung, die bei seinen Vätern beträchtliche Verärgerung hervorgerufen hatte. Konsequenterweise spürte er ihnen gegenüber keinerlei Loyalität, und das war seiner Kabine auch anzusehen. Sie enthielt keine Trophäen oder Erinnerungsstücke aus seiner morthanischen Vergangenheit, sondern war eine beinahe neutrale Stätte, halb Fitneßraum, halb Büro. Die einzigen ins Auge fallenden persönlichen Gegenstände waren zwei Wimpel, einer blaugrau, der andere purpurn, die über seinem Computerterminal an der Wand hingen. Abgesehen von diesen beiden Gegenständen hätte sein Quartier auch ein etwas exzentrisch konstruierter Fitneßraum sein können. Die restlichen Wände der Kabine bedeckten große holographische Schirme.

Ein Paar Sparringsroboter wartete in seinen Wartungsnischen. Einer der beiden besaß ein eher menschliches Erscheinungsbild, während der andere einem Morthan-Tyger ähnelte.

Brik war mit keinem der beiden vollkommen zufrieden: Der menschliche Roboter war zu schnell und viel zu schwierig zu besiegen, und der morthanische war als Gegner zu langsam und zu einfach. Und was noch schlimmer war: Man hatte den menschlichen Roboter anatomisch nicht korrekt programmiert. Brik konnte ihn so fest schlagen, daß jeder Mensch auf der Stelle an einem systolischen Schock gestorben wäre – aber dieser verdammte Roboter täuschte nur vor, daß seine Knochen gebrochen und er tödlich verwundet wäre. Direkt neben den Wartungsnischen seiner beiden Roboter befand sich eine Konsole mit Meßgeräten, die ihm verrieten, wie schnell seine Bewegungen abliefen, wie präzise er seine Ziele getroffen hatte und mit welcher Kraft. Im Gegensatz zu jedem anderen automatisierten System an Bord des Schiffs wurde Briks Ausrüstung nicht von der Schiffsintelligenz Harlie betrieben, sondern von einem Expertensystem für martialische Künste, das nach Briks Wissen das einzige von Morthanern entworfene System außerhalb des Gebietes der Morthan-Solidarität war.

Brik hoffte, eines Tages mit einem System arbeiten zu können, das von der Solidarität selbst stammte. Die Morthaner wußten eine ganze Menge weniger über Computerwissenschaften als die Allianz, aber dafür eine ganze Menge mehr über alles, was mit jedem anderen Aspekt von Kriegführung zu tun hatte. Aber Brik fühlte sich deswegen nicht benachteiligt.

Das Expertensystem, mit dem er arbeitete, war von seinen Vätern geschrieben worden.

Wie an jedem Tag flüsterte Brik einen Befehl, und der Raum begann sich zu verdunkeln. Er streifte seine Uniform ab und stopfte sie in einen überfüllten Wäschekorb; die Reinigung wurde zwar normalerweise von den Dienstrobotern des Schiffs erledigt, aber die Dekontaminationsprozeduren hatten zur Vernachlässigung vieler ihrer Routineaufgaben und damit zu Verzögerungen geführt. Nackt begann Brik, leise vor sich hinzusummen und sich auf sein Selbst zu konzentrieren. Er gelangte in Trance, und während er summte, *bewegte* er sich. Er kreiste durch *die Sieben Muster des Selbst.* Dies war weder ein Tanz noch eine Übung, sondern ein wenig von beidem, und das Ritual brachte ihn *die Sieben Stufen der Leiter* hinauf. Es gab sieben Hauptstufen in der Existenz der Selbstbewußtheit, und dazwischen zahlreiche kleinere Stufen – den gesamten Weg vom Nicht-Sein der Bewußtlosigkeit am Grund zu einem Meer helleuchtender Bewußtheit am oberen Ende.

Er begann mit seiner Wirbelsäule, dem animalischen Zentrum seines Körpers. Er drehte und streckte sich durch eine Reihe köstlich schmerzhafter Übungen. Er spürte die Spannung in seinem Körper wie eine Woge, die sein Inneres nach außen kehrte. Seine Muskeln verhärteten sich unter der Anstrengung, ließen den Schmerz hinter sich und gelangten an eine Schwelle, an der die Gewebe selbst aneinander zu zerren begannen, was die Freisetzung speziell entworfener Hormone in seinem Körper und von Endorphinen in seinem Gehirn bewirkte. Sein Körper wurde jetzt von diesen Stoffen überschwemmt, und er durchlief die Übung ein zweites und ein drittes Mal, und jedesmal erhob er sich zu größeren Gipfeln von Agonie und Ekstase. Für einen Morthaner gab es sowieso keinen Unterschied zwischen diesen beiden Gefühlen. Es war einfach überwältigend. Beinahe unkontrollierbar.

Während er seine physische Existenz ausdehnte, schien auch sein Bewußtsein zu wachsen. Es übersprang die Grenzen seines Körpers, die Paneelwände seiner Kabine, über den Polycarbonatschaum der Hülle des Kriegsschiffes, über die Sterne, über die Grenzen der Galaxis selbst hinaus, um schließlich und endlich die *Universelle Bewußtheit des Dualen Paradoxons von Erleuchtung* zu erfahren; die vielfältige Existenz von allem und nichts in einem unendlichen Reich. Er dehnte diesen Zustand aus, so lange er konnte, während er mit tiefer Stimme vor sich hinsummte, beinahe schnurrte wie eine Katze. Wenn er wirklich konzentriert war, konnte er sich für schmerzhaft lange Sekunden in diesem Bereich aus weißem Licht halten, bevor er den Gipfel überschritt und erschöpft in sich selbst zurückfiel, eigenartigerweise matt und erfrischt zugleich.

In diesem Zustand versuchte er nicht zu denken. Stattdessen ließ er die Gedanken einfach auf sich einströmen. Die Bilder flossen nacheinander durch seinen Kopf. Er versuchte nicht, ihnen eine Bedeutung zu entlocken. Er ließ sie einfach *geschehen*. Er sah ihnen zu, betrachtete sie, wie sie durch sein Bewußtsein strömten, und beobachtete seine Reaktionen. Manchmal war es Wut. Manchmal Furcht. Und in diesen Tagen mehr und mehr *Neugierde.*

Menschen hatten keine Vorstellung von der Komplexität eines morthanischen Bewußtseins. Die Tatsache, daß Brik keine Möglichkeit sah, sie zu erleuchten, ohne daß sie dabei selbst zu Morthanern würden, frustrierte ihn nicht sonderlich, obwohl die Barriere unpräziser Kommunikation, die die geistige Lücke zwischen Menschen und Morthanern bedeutete, ihn mehr als einmal heftig verärgerte. Und so spürte er eine zunehmende Verantwortung, die fehlende Bewußtheit in seinen menschlichen Kollegen durch erhöhte eigene Vorsicht wettzumachen.

Nackt und endlich auch entspannt begab sich der gewaltige Morthaner in eine meditative Körperhaltung und wartete. Als er bereit war für den nächsten Schritt, flüsterte er ein weiteres Kommando, und die holographischen Schirme erwachten zum Leben. Sie zeigten Bilder von vergangenem Entsetzen.

Brik saß alleine in der Dunkelheit und war auf drei Seiten von den Hologrammen eines toten Morthaners umgeben. Eines Assassinen namens Esker Cinnabar.

Genau wie an beinahe jedem Tag in den letzten fünf Wochen, seitdem die *Sternenwolf* ihre letzte Mission beendet hatte, *studierte* er die Aufnahmen. Es gab *so viel*, das er aus ihnen lernen konnte.

Im allgemeinen dachte Brik nicht viel über die von Menschen entwickelten Methoden nach, mit denen sie ihre Leistungsfähigkeit maßen und untereinander verglichen – mit ein paar Ausnahmen. Eine davon war der Test nach Skotak auf *Viabilität*, was in etwa *Überlebensfähigkeit* bedeutete. Er maß mit einer in Briks Augen bewundernswerten Präzision, wie schwer ein lebendiger Organismus zu töten war. (Natürlich hatten die Menschen nicht erkannt, daß man den Test so anwenden konnte. Sie dachten, seine Aufgabe wäre es, Entscheidungen über die Heilung von Verwundeten zu treffen. Aber Brik sah keinen Sinn darin, sich vom begrenzten

Vorstellungsvermögen anderer einschränken zu lassen.) Ein gutes Ergebnis für einen Menschen hätte im Bereich von siebenundsiebzig bis achtzig gelegen; ein außergewöhnlich begabter Mensch hätte vielleicht sogar neunzig erreichen können. Esker Cinnabar hatte, als er noch lebte, einen Skotak-Viabilitätswert von einhundertzweiunddreißig erreicht – ohne seine biomechanischen Verstärkungen. Unter Einbeziehung dieser Verstärkungen – biotechnischer Implantate, zusätzlicher optischer Nervensysteme und einem halben Dutzend verschiedener Apparate, die ihn vor den allgemein gebräuchlichsten Formen von Partikelstrahl- und Projektilwaffen schützten – war Cinnabars Skotak-Viabilitätswert auf beinahe dreihundertneunzig hinaufgeschossen. Brik hätte niemals zugelassen, daß jemand anderes den Skotaktest an ihm durchführte; er würde damit wertvolle Informationen über sich selbst hergeben, die eines Tages sogar zu seinem Tod führen mochten. (Immerhin hatte dieses Wissen auch Cinnabars Tod mitverursacht.) Aber Brik hatte den Test in der privaten Abgeschiedenheit seines Quartiers an sich selbst durchgeführt. Und die Resultate waren – milde ausgedrückt – *interessant*.

Esker Cinnabar gehörte zweifelsohne zur Elite der Morthan-Solidarität. Er hatte die allerbeste Ausbildung in den Kampfkünsten erhalten, die man sich nur denken konnte. Sogar ohne jegliche biomechanische Aufrüstung hatte er nachweislich den Rang eines Berserkers besessen. Die Solidarität verwandte die nicht unbeträchtlichen Ressourcen, die zur Ausbildung eines Assassinen notwendig waren, nur an ihre besten Leute.

Esker Cinnabars Viabilitätswert betrug – ohne Aufrüstungen – einhundertzweiunddreißig.

Briks Wert betrug einhundertsechsunddreißig.

Aber Esker Cinnabar hatte eine bessere Ausbildung erfahren. Brik wußte es nur zu gut: Die größten Kämpfer des Universums waren die Lehrer Cinnabars gewesen. Brik hatte nur seine Väter gehabt. Und später nur noch sich selbst. In der gesamten Allianz gab es niemanden, der genug Kompetenz besessen hätte, Brik die Dinge zu lehren, die er nun wissen mußte. Die Fachleute gehörten alle zur Solidarität. Zu seinen Feinden.

Und so saß Brik in der Dunkelheit und studierte die stundenlangen Aufzeichnungen, die die Kameras von dem morthanischen Fachmann Esker Cinnabar angefertigt hatten. Er studierte die Bewegungen Cinnabars. Er studierte, wie Cinnabar sprach. Er beobachtete, wie Cinnabar seiner *Wut* nachgab, und lernte daraus. Er beobachtete, wie der andere drohte und bluffte, wie er tötete, und wie er schließlich starb.

Immer und immer wieder. Und Brik lernte daraus . . .

Cinnabar beherrschte Bewegungsabläufe, die Brik nicht nachvollziehen konnte. Waren sie Produkte seiner Aufrüstung? Brik versuchte mit Hilfe seines Rechners, jedes Verhalten und jede Reaktion aus Cinnabar herauszurechnen, die das Ergebnis künstlicher Implantate und Verstärkungen waren, und Cinnabars virtuelles Selbst auf diese Weise auf ein unverstärktes Stadium zurückzuführen – aber trotz sorgfältigster Analysen blieb er unsicher, ob er das Verhalten eines unverstärkten Cinnabar vor sich sah ober die virtuelle Gestalt noch immer mit zurückgebliebenen Überresten der biomechanischen Implantate verseucht war.

Brik runzelte angestrengt die Stirn. Seine Muskeln zuckten vor Schmerz. Er ließ die Aufnahme in Zeitlupe ablaufen und kopierte jede einzelne Bewegung. Sie kamen ihm anstrengend und unvertraut vor. Wie hatte Cinnabar gelernt, sich so zu bewegen? Die besten Bewegungen waren die, die sich die eigene Körperkraft zunutze machten. Gab es hier vielleicht etwas, das ihm entging? Wahrscheinlich.

Und obwohl er sich sehr abmühen mußte, die Künste seiner Feinde zu verstehen, blickte er der Zukunft doch mit einer gewissen Zuversicht entgegen. Der moderne Krieg im Weltraum bot nur wenige Gelegenheiten zu Kämpfen, bei denen sich die Feinde Auge in Auge gegenüberstanden. Nichtsdestotrotz fuhr die Solidarität anscheinend fort, übertriebenen Wert auf Eigenschaften wie persönliche Disziplin und Stärke zu legen. Das war die falsche Richtung, auf die sie ihre Anstrengungen konzentrierte, und es mochte ihr sehr wohl beträchtliche strategische Nachteile einbringen.

Außer, Brik übersah schon wieder etwas ...

Warum sollten die Morthaner so viel Zeit und Energie auf die Betonung der Persönlichkeit legen? Was waren ihre verborgenen Absichten und Pläne? Das war eine Frage, die er im Augenblick noch nicht beantworten konnte. Er besaß einfach nicht genug Informationen. Aber er nahm sich vor, die Frage mit Korie zu diskutieren, sobald der Erste Offizier wieder an Bord war.

An seiner Tür klopfte es – ein leises, beinahe zaghaftes Geräusch.

Brik schaltete die Holoaufnahme von Esker Cinnabar ab. Die Wände verblaßten zu fadem Grau. Brik kannte zwar keine Schamgefühle, aber er wußte auch, daß viele Menschen sich wegen seiner nackten Erscheinung entsetzen würden. Er erhob sich und griff nach einem Umhang. »Herein«, brummte er. Die Störung verärgerte ihn irgendwie.

Mit einem poppenden Geräusch glitt die Tür zur Seite, und Leutnant Helen Bach betrat sein Quartier. »Ich hoffe, ich störe nicht, Sir«, begann sie. »Es ist nicht so, daß ich Sie unbedingt sprechen müßte, aber ...« Sie blickte sich unsicher um und erschrak über die Sprödigkeit des Raums.

»Aber?« fragte Brik.

»Ich habe mich gefragt, ob Sie nicht Lust haben, mir beim Abendessen Gesellschaft zu leisten?«

Brik dachte über die Einladung nach, nicht nur über die oberflächliche Bedeutung, sondern auch die darin verborgene Botschaft. »Die meisten Menschen mögen es nicht, zusammen mit Morthanern zu essen«, erwiderte er unverbindlich.

»Ich bin auf einer morthanischen Farm aufgewachsen.«

»Ja. Das haben Sie bereits erzählt.«

»Nun, ich ... ich dachte, ich sollte mit Ihnen reden. Über den Dienst und meine Aufgaben.«

»Ich bin nicht hier, um ... gute Ratschläge zu erteilen.«

»Das ist nicht das, was ich meine«, entgegnete Bach. »Ich ... ähhh, ... Das ist nicht so einfach. Und Sie machen es mir auch nicht gerade leichter. Ich dachte nur ... weil wir jetzt so eng zusammenarbeiten, daß wir vielleicht ... Freunde sein könnten. Das ist alles. Und Freunde *reden miteinander.*«

»Morthaner haben keine ... *Freunde.*«

»Aber Menschen.« Sie erwiderte seinen durchdringenden Blick unerschrocken. »Und ich habe das Gefühl, daß Morthaner ... ich weiß nicht so recht, ich meine, vielleicht ... was ich sagen will: Sie befinden sich auf einem Schiff voller Menschen ...« Unvermittelt schien Briks starrer Blick an Intensität zu gewinnen, und Bach senkte in plötzlicher Verlegenheit den Kopf. »Entschuldigung. Es tut mir leid, wenn ich etwas falsch verstanden habe.«

»Leutnant ...!« Briks Stimme hielt sie fest, bevor sie sich abwenden konnte. »Ich weiß Ihre Geste zu schätzen. Ich glaube, ich verstehe die Beweggründe, die dahinterstecken. Aber ich denke, das ist nicht notwendig.«

»Wie meinen Sie das?«

»Sie projizieren Ihre eigene Wahrnehmung auf mich. Sie setzen Verhaltensweisen voraus, die nicht existieren.«

»Oh?« sagte Bach. »Entschuldigung, Sir.« Ihr Gesichtsausdruck verhärtete sich. »Es tut mir leid, wenn ich Sie gestört habe. Es wird nicht wieder geschehen.« Sie trat auf den Korridor hinaus, und die Tür schloß sich zischend hinter ihr.

Brik starrte eine Weile auf die Tür. Bachs Verhalten verwirrte ihn. Er verstand weder ihre Einladung noch die Motive, die dahintersteckten. Es ärgerte ihn – nicht die Einladung, sondern die Tatsache, daß er Bachs Beweggründe nicht enträtseln konnte.

Er setzte sich wieder, aber er war unfähig, sich erneut zu konzentrieren – was seinen Ärger noch weiter steigerte. *Menschen!*

Schließlich fand Gatineau den Frachthangar. Er benötigte mehr als eine Stunde dazu, und er war alles andere als zufrieden mit seiner Leistung. Der Leitende Ingenieur würde sicher nicht erbaut darüber sein, daß er soviel Zeit verschwendete. Aber irgendwie hatte er sich in dem Labyrinth unter dem Maschinenraum verlaufen und war an der vorderen Luftschleuse herausgekommen. Er war nicht ganz sicher, wie er das angestellt hatte, aber ganz offensichtlich funktionierte sein Orientierungssinn im Weltraum nicht so wie gewohnt.

Als Gatineau die große Halle betrat, blieb er voller Staunen stehen und starrte. Jeder Bereich des Schiffes war ihm klein und überfüllt vorgekommen, aber das Frachtdeck war groß genug, um einen Tennisplatz darin zu errichten. Vielleicht sogar zwei. Auf halber Höhe zog sich ein Laufsteg an den Wänden entlang.

Zum Bug hin verschwand der Steg in den beiden Durchgängen steuerbords und backbords, und heckwärts endete er in zwei Standard-Luftschleusen. Unter dem Laufsteg be-fand sich eine weitere, viel größere Frachtschleuse.

Im Augenblick war der Hangar mit Hilfe von Bändern und Stangen in rechteckige Bereiche unterteilt, die vor den zahlreichen darin gestapelten Versorgungsmodulen und Kisten überzuquellen schienen. Während Gatineau hinsah, schob ein Roboter einen Antigravschlitten in die Halle und brachte eine weitere Ladung Ausrüstungsgegenstände herbei. Eine Arbeitsmannschaft beeilte sich, den Schlitten zu entladen.

Ein hagerer kleiner Mann mit großen Augen und Ohren und einer schrillen, durchdringenden Stimme stapfte entlang der Reihen gestapelter Güter und rief seiner gehetzten Mannschaft Befehle zu; Gatineau zählte zumindest sechs Leute. Sie trugen alle die Standard-Arbeitsuniform. T-Shirts und kurze Hosen. Der hagere Mann wedelte ungeduldig mit den Armen, rief und dirigierte, fluchte und bedrängte und redete ununterbrochen auf die anderen ein, während er das Einsortieren des neuen Materials in die verschiedenen rechteckigen Bereiche überwachte. Gatineau spähte nach dem Namensschild an der Brust des Offiziers, während er sich näherte. Schirrmeister T. Hall. »Entschuldigung, Sir?« begann er.

Hall drehte sich nach Gatineau um, ohne seinen Befehlsschwall zu unterbrechen. Er blinzelte den Neuen an, als würde er einen Apparat erblicken, der noch nicht im Inventar eingetragen war. »Wer sind Sie?«

»Äh ... Decksmann Dritter Klasse Robert Gatineau. Ingenieursanwärter. Sir.«

»Nun, Decksmann Dritter Klasse Robert Gatineau, Ingenieursanwärter ... ich möchte Ihnen zunächst einen guten Rat geben«, sagte Hall in geschäftsmäßigem Ton. »Regel Nummer eins: *Unterbrechen Sie mich niemals.*«

»Jawohl, Sir. Danke sehr, Sir.«

»Und jetzt: Was gibt's, Mister?«

»Der Leitende Ingenieur hat mich geschickt, um den Möbiusschlüssel zu holen. Sir.«

»Der ... der Möbiusschlüssel.« Hall blinzelte erneut. Seine Stirn furchte sich seltsam.

»Jawohl, Sir.«

»Äh, richtig. Der ... Möbiusschlüssel. Hm, warten Sie ... wo haben wir ihn zuletzt benutzt?« Hall kratzte sich am Kopf, während er überlegte. Sein Gesicht zeigte einen sonderbaren Ausdruck.

»Der linkshändige, Sir. Wenn es möglich ist. Bitte.«

»Ahhh ... ja. Der ... linkshändige Möbiusschlüssel. Hmmm-hmmm. Ach ja, richtig. Lassen Sie mich überlegen. Hier, nehmen Sie diese Kiste und setzen Sie sie dort drüben ab. Dritte Reihe, viertes Rechteck. Nein, nicht da – die nächste Reihe. Gut so. Und jetzt seien Sie ein guter Kamerad und helfen uns erst mal, diese Kanister hier wegzuschaffen.«

»Sir, ich muß diesen Möbiusschlüssel suchen, wirklich. Dringend ...«

»Ja ja. Ich weiß. Helfen Sie uns ein wenig, während ich versuche, mich zu erinnern.«

»Was machen wir eigentlich hier?« fragte Gatineau nach einer Weile.

»Sachen aufstapeln«, sagte einer der Arbeiterinnen. Ihr Namensschild identifizierte sie als Sherm.

»Wir stellen alles zusammen, was wir zum Handeln anbieten können. Genaugenommen schlachten wir das Schiff aus«, ergänzte die zweite Frau. Hernandez. »Der Leitende Ingenieur denkt, daß wir vielleicht ein vollkommen neues Fluktuatorsystem aufbauen müssen. Möglicherweise müssen wir es aus Ersatzteilen konstruieren.«

»Nein, müssen wir nicht. Ich komme gerade von dort. Wir müssen nur die Angriffsgeschwindigkeit der Fluxorhämmer rekalibrieren, um die harmonischen Fehler zu kompensieren. Es kostet uns ein paar Prozent unserer Höchstgeschwindigkeit, aber das holen wir spielend wieder herein, wenn wir den Sicherheitsspielraum etwas einschränken, den die Konstrukteure mit eingeplant haben. Und deshalb verlieren wir in Wirklichkeit gar nichts, und wir können immer noch Überlichtgeschwindigkeit erreichen ...«

»Richtig«, unterbrach ihn Sherm und wuchtete ein schweres Modul in seine Arme. »Und in der Zwischenzeit schaffen Sie das hier nach L-7.« Nach einer weiteren Weile, Gatineau hatte ein Dutzend Kisten und Boxen weggeräumt und war zum dritten Mal über den Frachtroboter gestolpert, entschied er sich, daß er nun lange genug gewartet hatte. Er legte die letzte Kiste ab und wandte sich erneut an den Schirrmeister. Der dünne Mann stapfte durch eine der Reihen und fluchte leise vor sich hin, während er die Kisten durchzählte. Es würde nicht reichen. »Sir?«

»Habe ich Ihnen nicht gesagt, daß Sie mich nicht unterbrechen sollen, Sohn? Erinnern Sie sich? Regel Nummer eins ...«

»Ja, Sir. Aber ich habe dem Leitenden Ingenieur versprochen ...«

»O ja, sicher, Sie haben recht. Hier, helfen Sie mal, diesen Schlitten zu entladen, und dann ...«

»Der Möbiusschlüssel, Sir?«

»Ja, ja. Richtig.« Hall schien mühsam nachzudenken. »Hatten wir ihn bei den Klein-Flaschen verstaut ...?« Er begann heftig in seine Hand zu husten und wandte sich von Gatineau ab, bis der Anfall verebbte. Er räusperte sich wiederholt, während er Gatineaus besorgte Hilfe abwehrte. Er bewegte sich durch die Reihen aufgestapelter Güter und Ausrüstungsgegenstände, die methodisch auf dem Deck des Frachthangars lagerten, um sich unvermittelt mit verkniffenem Gesicht nach Gatineau umzuwenden. Es schien, als würde er sich von innen auf die Backen beißen. »Der ... Möbiusschlüssel, nicht wahr?«

»Ja, Sir!« antwortete Gatineau begierig.

»Wissen Sie ... jetzt fällt es mir wieder ein. Ich erinnere mich genau, ihn dem Vertrauensmann der Gewerkschaft gegeben zu haben. Reynolds. Entweder er hat den Schlüssel, oder er weiß, wer ihn hat. Sie müssen sowieso zu ihm hin. Warten Sie ...« Hall warf einen Blick auf sein elektronisches Notizbuch. »Ja. Reynolds arbeitet im Augenblick unter dem Kiel. Er überwacht die Dekontamination des elektronischen Harnischs. Wahrscheinlich finden Sie ihn bei den Brennstoffzellen. Sie suchen dort nach einer systemischen Unregelmäßigkeit im unteren Tragjoch. Ich gehe jede Wette ein, er könnte eine zusätzliche Hand gebrauchen. Er wird dankbar sein für jede Hilfe, die Sie ihm geben können.«

»Ja, aber ... der Leitende Ingenieur ...«

»Ach was. Ich kenne Leen. Er benötigt diesen Schlüssel nicht vor morgen oder übermorgen. So ist er nun mal. Er denkt immer drei Tage voraus. Sie gehen jetzt nach unten zum Tragjoch und sagen Reynolds, daß ich Sie geschickt habe.«

»Jawohl, Sir.« Gatineau war verwirrt.Und mehr als nur ein wenig frustriert.

Aber er würde die Befehle eines Vorgesetzten nicht mißachten. »Zur Inneren Hülle hinunter und bei Reynolds melden. Sie haben mich geschickt. Schirrmeister Hall, nicht wahr?«

»Nennen Sie mich einfach Toad«, erwiderte Hall. »Wenn Sie etwas brauchen, fragen Sie Toad Hall. Vergessen Sie das nicht. Eine Hand wäscht die andere.«

Gatineau beschlich das eigenartige Gefühl, daß der Schirrmeister ihm etwas vorenthielt. Aber trotzdem ... er wandte sich um und stapfte in Richtung der Kielpassage davon. Einmal warf er einen Blick über die Schulter zurück und bemerkte, wie Hall ihm hinterherblickte – noch immer mit diesem eigenartigen Ausdruck im Gesicht. Der Offizier winkte und grinste ihn an. Verwirrt winkte Gatineau zurück. Aber er ging weiter.

Sobald Gatineau verschwunden war, wandte Hall sich seiner Mannschaft zu und schnarrte: »Nun, worauf warten Sie? Pauken und Trompeten? Los, los – setzen Sie Ihre Hintern in Bewegung. Diese Medaillon-Armaturen müssen inventarisiert werden ...«

Einige rot aufblinkende Kontrolleuchten und ein lautes Summen unterbrachen seine Tirade.

»Andockmanöver!« rief jemand.

Hall knurrte ärgerlich, aber er unterbrach seine Arbeit schließlich doch und wartete genau wie die anderen auch.

Die *Sternenwolf* besaß drei Beiboote: zwei einfache Transferboote und einen Tender, der sowohl als Fähre als auch zum Transport von Fracht diente. Obwohl die Transferboote in den Frachthangar paßten und dort gewartet werden konnten, lagen sie in der Regel an den Steuerbord- und Backbordschleusen verankert, wenn sie nicht in Gebrauch waren.

Es gab außerdem einen Ankerplatz für eine Kapitänsgig oberhalb der Kommandobrücke, aber die *Sternenwolf* hatte nie eines dieser kleinen Boote zugeteilt bekommen.

Der Tender hatte seinen Platz auf der Unterseite des Schiffes, am Kiel, aber er wurde genauso häufig auch einfach an der großen Frachtschleuse achtern angedockt; die große Schleuse erlaubte es, daß der Tender seinen gesamten Rumpf zum Frachtraum hin öffnete und auf diese Weise den Transfer der massiven Container beträchtlich vereinfachte. Aber es war nicht der Tender der *Sternenwolf*, der da angekommen war. Es war ein Hilfsschiff, das vorübergehend der *Sam Houston* zugeteilt worden war. Der Schirrmeister der *Sternenwolf* war erst dreißig Minuten zuvor via Richtfunk von der Ankunft der Fähre in Kenntnis gesetzt worden.

Als erster entstieg Korie der lästigen Dekontaminationsschleuse, noch bevor die Luke vollständig zur Seite gefahren war. Das vertraute dumpfe Geräusch ertönte, als sich die schwachen Luftdruckunterschiede der beiden Schiffe anglichen; man *spürte* es mehr in den Ohren, als daß man etwas hörte. Und dann ertönte ein weiteres, besonders entnervendes Geräusch: die Erkennungsmelodie der Sam *Houston. Dixie*, auf eine Jazztrompete umgesetzt! Der kommandierende Offizier der *Sternenwolf* hatte einen besonders großen Ordner unter den Arm geklemmt und blickte unzufriedener drein als je zuvor. Finster und voll mühsam beherrschter Wut sah er in die Runde. Die meisten Besatzungsmitglieder hatten Kories Bandbreite von Stimmungen bereits kennengelernt. Sie begann bei grimmiger Entschlossenheit und verlief dann über die gesamte Bandbreite bis hinunter zu rasender Wut. Gelegentlich, wenn er einen sehr guten Tag erwischt hatte, konnte Kories Gemütszustand sich sogar bis hinauf zu einfacher Übellaunigkeit steigern. Heute befand er sich zwar irgendwo jenseits von erbittertem Groll, aber noch herrschte in seiner Nähe keine unmittelbare Gefahr. Jedenfalls war es das, was Hall in seinem Vorgesetzten zu erkennen glaubte. Lässig tippte er mit einem Finger an den Kommunikatorknopf neben seinem Ohr und flüsterte in das Mikro: »Kode Schwarz. Temperatur nähert sich Null. Zieht euch warm an.«

»Zehn-vier«, kam die Antwort. Die Mannschaft war gewarnt.

Was auch immer es war – Korie brachte schlechte Neuigkeiten.

Der Erste Offizier stapfte eilig durch die abgetrennten Bereiche, in denen die Tauschgüter gestapelt lagen. Ohne Hall direkt anzusehen bemerkte er: »Sie sind mir vielleicht ein Optimist. Null Grad habe ich bereits vor einer ganzen Weile hinter mir gelassen.«

Hall folgte ihm. »Können Sie etwa . . .?«

Korie drückte ihm den Ordner voller Speicherkarten und Ausdrucke in die Hände. »Steht alles da drin. Ich habe mitgebracht, was ich kriegen konnte. Was nicht gerade viel ist. Die *Fontana* will Kredit. Die *Moran* hat Probleme mit ihrer Software und tauscht nichts. Die *Miller* benötigt einen speziellen Server, sie ist mit ihren Protokollen unzufrieden. Die *Hayes* braucht alles, hat aber nichts zum Anbieten. Die *Boyett* besitzt anscheinend ihr eigenes metrisches System – dort drüben funktioniert anscheinend überhaupt nichts, und Kapitän Albert hat mir deswegen die Ohren vollgeheult. Und La Paz von der *Sam Houston* schließlich will in Gottes Namen unsere Fibrillatoren. Und *Dixie* geht mir langsam richtig auf die Nerven.« Er warf einen Blick über die Schulter und bemerkte die Arbeitsmannschaft der Houston, die ihm durch die Dekontaminationsschleuse gefolgt war. »Sie haben eine Liste bei sich. Geben Sie ihnen alles, was sie verlangen.« Dann senkte er die Stimme: »Aber nichts *wirklich* Wichtiges. Ich werde mein Schiff nicht für diese verdammte Hexe ausschlachten. Erzählen Sie ihnen von mir aus, die Fibrillatoren befänden sich in einer sechsunddreißigstündigen Dekontaminationsphase. Es ist keine Lüge.« *Ich werde umgehend den Befehl dazu erteilen.*

Hall wollte die Anweisungen bestätigen, aber Korie befand sich bereits auf der Leiter zu dem umlaufenden Steg. Hall zuckte die Schultern und richtete seine Aufmerksamkeit auf die Speicherkarten und Formulare. Er blätterte sie schnell durch. Er erwartete nichts Erfreuliches. Nichts, das seine Augen zum Glänzen bringen könnte. Er wandte sich erneut der offenstehenden Frachtschleuse des Beibootes zu und starrte verwundert auf das, was er dort sah. Trotz Kories Gemurre war das Schiff bis unter das Dach mit Frachtcontainern beladen. »In Ordnung«, murmelte Hall kopfschüttelnd und winkte seine Mannschaft herbei. »Wollen mal sehen, was wir hier haben.« Er zwängte sich durch die hinderliche Dekontaminationskammer hindurch und betrat das Beiboot seitwärts, während sich eines der Besatzungsmitglieder der *Sam Houston* an ihm vorbeiquetschte. Er musterte die Etiketten auf den Containern und Kanistern, an denen er vorbeikam.

Die meisten enthielten nichterneuerbare militärische Standardressourcen. Einige waren hingegen ... verwirrend. Kartoffeln? Was sollten sie denn mit so vielen Kartoffeln anfangen? Und Mais? Die *Sternenwolf* war sehr wohl imstande, ihr eigenes Getreide anzubauen. Tatsächlich reifte bereits eine ausgedehnte Maispflanzung in der Inneren Hülle, Sektor 6-130. Und Wacholderbeeren? Pfirsichnektar? Himbeersirup? Äpfel? Hefe? Erst als er die Rollen von Kupferrohr entdeckte, kam die Erleuchtung. Ein breites Grinsen legte sich auf sein Gesicht. Einen Augenblick schüttelte er den Kopf voll eifersüchtiger Bewunderung für die Art und Weise, in der Kories Verstand funktionierte. Dann schaltete er seinen Kommunikator wieder ein.

»Mister Leen? Leitender Ingenieur?«

»Leen hier.«

»Ich weiß, daß Sie viel zu tun haben, aber Sie sollten unbedingt herkommen. Es gibt einige Ausrüstungsgegenstände zu inspizieren. Und es wäre bestimmt keine schlechte Idee, wenn sie ein paar Ihrer Leute mitbrächten, um die Sachen gleich zu verstauen.«

»Kann das nicht warten?«

»Ich glaube kaum. Wirklich, das hier ist wichtig.«

»Wichtiger als eine sechsunddreißigstündige Dekontamination der Fibrillatoren? Wichtiger als eine defekte Verteilerplatine?«

»Wie viele *neue* Platinen möchten Sie?« Hall betonte das Wort *neu* mit voller Absicht.

Für einen Augenblick herrschte am anderen Ende der Verbindung Schweigen. Dann antwortete Leen: »Wir sind auf dem Weg.« Er hatte zwar noch nicht nach dem Grünschnabel Ausschau gehalten, aber auf halbem Weg zwischen Maschinendeck und Frachthangar stieß Leen beinahe mit Gatineau zusammen. Gatineau begann augenblicklich verlegen zu stottern und erklärte stammelnd, daß er ›Toad‹ Hall hätte helfen müssen, aber schließlich wäre dem Schirrmeister doch noch eingefallen, daß er den linkshändigen Möbiusschlüssel Reynolds gegeben hatte, der im Augenblick in der Inneren Hülle arbeitete, und er, Gatineau, wäre nun auf dem Weg dorthin, um ... Leen schnitt ihm das Wort ab. »Also gut, mein Sohn. Hören Sie auf, mir die Ohren vollzuschwatzen, und schaffen Sie den Schlüssel herbei.« Und dann fügte er hinzu: »Initiative. Das ist genau das, was ich gerne sehe.« Er klopfte Gatineau kameradschaftlich auf die Schulter, nicht ohne ihm dabei einen kräftigen Schubs nach vorn zu geben.

»Danke sehr, Sir!« Gatineau strahlte vor Freude. Der Gedanke hatte ihn entsetzt, daß der Leitende Ingenieur auf ihn sauer sein könnte, aber statt dessen ... hatte er ihn *sogar wegen seiner Initiative gelobt*! Seine Laune hob sich ganz beträchtlich, und der Grünschnabel eilte auf der Suche nach einem Zugangsschott zur Inneren Hülle davon. Er kletterte zwei Leitern hinab, dann eine dritte, eine vierte wieder hinauf, und fand sich plötzlich auf dem Offiziersdeck wieder. Er wußte, daß er sich verlaufen hatte, als er an der Tür der Kapitänskabine den Namen Korie fand. »Au weia!« sagte er, und seine überschwengliche Laune verflog schlagartig.

»Das ... das war der *kommandierende Offizier*, den ich auf der Station getroffen habe! O nein ...!« Er wich von der Tür zurück und schnappte nach Luft. Er erkannte, wie peinlich die Situation war, in die er sich da gebracht hatte. Er überlegte, ob er sich vielleicht entschuldigen sollte. Er ging sogar so weit, seine Hand zu heben, um an die Tür der Kapitänskabine zu klopfen. Aber dann entschied er sich in einem Anflug von Weisheit dagegen und verschwand auf dem gleichen Weg, auf dem er hergekommen war.

Carol

Korie befand sich in der Kapitänskabine und sortierte die Unterlagen auf seinem Schreibtisch. Er arbeitete im Stehen. Der Sessel des Kapitäns blieb unbenutzt.

Korie war noch nicht soweit, sich in den Sessel hinter dem Schreibtisch zu setzen. Der eigentliche Kapitän schwebte in einer Lazarettröhre irgendwo in den Gedärmen von *Stardock*, aber Korie benutzte das Büro, weil es der Sitz der Macht an Bord des Schiffes war. Hier wurden Informationen koordiniert und Entscheidungen getroffen.

Und ... er benutzte das Büro außerdem, weil er erwartete, daß es bald das seinige sein würde. Nein. Weil er es erwartet hatte. Jetzt nicht mehr. Nicht nach der Szene im Büro der Vizeadmiralin.

Rein technisch betrachtet war Richard ›Sternenwolf‹ Hardesty noch immer Kapitän der *LS-1187*. Aber rein technisch betrachtet war Hardesty auch tot. Medizinisch jedenfalls. Sein Körper war mit Phullogine konserviert, aber seine Gehirnprothese arbeitete noch. Dachte noch. Sprach noch.

Auf *Stardock* war eine ethische Debatte ausgebrochen, ob der Kapitän legal hirntot war oder nicht, ob seine Persönlichkeit sich vollständig in die Prothese übertragen hatte oder ob die künstliche Gehirnhälfte nur Bewußtsein simulierte.

Nach einer besonders heftigen Auseinandersetzung hatten die Ärzte entschieden, diese Frage auf später zu verschieben und sich der dringenderen Aufgabe zuzuwenden, den Körper des Kapitäns wiederzubeleben. Es herrschten beträchtliche Zweifel, ob diese Möglichkeit überhaupt bestand, obwohl die Unterbrechung und Wiederherstellung der Lebensfunktionen mit Hilfe von Phullogine bei Tieren im Labor bereits gelungen war. Aber bei Menschen hatte man noch nie zufriedenstellende Ergebnisse erzielt. Und so erwartete man von Kapitän Richard ›Sternenwolf‹ Hardesty auch nicht, daß er in nächster Zukunft wieder in den aktiven Dienst zurückkehren würde.

Korie blätterte ohne großes Interesse durch den Inhalt seines Ordners. Das meiste waren Routineangelegenheiten. Papierkram. Die Unterhaltungsindustrie suggerierte nur zu oft, daß der Großteil der Arbeitszeit eines Schiffskapitäns darin bestand, Handgemenge und Kämpfe mit fremden Lebensformen zu bestehen – aber die ärgerliche Wahrheit war, daß die brutalsten Schlachten, die die meisten Kapitäne je geschlagen hatten, mit hundsgewöhnlichen irdischen Bürokraten ausgefochten worden waren.

In Kories Ordner befanden sich unter anderem ein paar Beförderungen, einige routinemäßige Gehaltserhöhungen, einige unwesentliche Bonusse, die Glückwunschbotschaft der Admiralität und eine große Anzahl von Medaillen. Korie schob sie zur Seite. Es war ein großer Stapel, aber nicht groß genug als Anerkennung für das, was sie durchgemacht hatten.

Man hatte ihnen ihren *fairen Anteil* verweigert.

Den fairen Anteil. Ob es so etwas wie einen fairen Anteil überhaupt gab?

Vielleicht nicht. Es kam ganz darauf an, aus welcher Sicht man die Dinge betrachtete.

Alles war eine Frage des Austauschs von Energie, erkannte er. Physikalisch. Emotional. Ökonomisch. Geistig. Wie auch immer. Als Korie sechzehn Jahre alt gewesen war, hatte sein Vater ihm die Erlaubnis gegeben, sich mit dem Studium des *zyne** zu beschäftigen. Nach den Lehren eines der *zyne*-Meister, unter denen er studiert hatte, eines überschwenglichen Mannes namens MacNamara, waren menschliche Wesen *enertropisch*: Sie fühlten sich von Macht und Energie angezogen. Von

*Eine moderne Form des *zen. Zyne* ist ein philosophischer Abkömmling aus dem Studiengebiet der ›Bewußtseinstechniken‹.
Das *zyne* ist von seiner Natur her nicht psychologich, denn es postuliert, daß es gar kein ›Bewußtsein‹, keinen ›Verstand‹ gibt, sondern nur eine Form von ›Konversation‹, die sich selbst (fälschlicherweise) als Bewußtsein äußert. Der Unterschied ist schwer nachzuvollziehen, und es kann durchaus Monate oder gar Jahre des Trainings erfordern, um ihn zu begreifen.

jedweder Form von Macht oder Autorität oder Stärke, und selbst dann noch, wenn diese Macht nur eine charismatische Illusion war, wie man sie in einigen Religionen finden konnte. Selbst dann noch besaß Macht eine anscheinend unüberwindliche Anziehungskraft auf Menschen, die kein Pheromon je erreichen konnte. Und wo Macht nicht existierte, da schufen die Menschen sie, setzten sie voraus, machten sie an bestimmten Dingen fest und kämpften anschließend darum.

Einer Simulation der Realität zufolge war alles, was menschliche Wesen taten, im Grunde genommen nichts weiter als ein Austausch von Energie. *Jede* Interaktion. *Jede* Beziehung. Eine Mutter gab ihrem Kind Nahrung und Schutz, und das Kind gab die Energie in Form von Zuneigung zurück; auf diese Weise erhielt die Mutter einen großen emotionalen Bonus um den Preis einer kleinen physischen Anstrengung. Liebende tauschten gewöhnlich Zuneigung aus; aber nur dort, wo der Austausch für beide Seiten gleich fruchtbar war, entstand eine ideale Beziehung. Angestellte tauschten ihre Arbeit gegen Geld; wo die Arbeit anstrengend war und die Bezahlung schlecht, litt zuerst die Moral und dann die Produktivität, genau wie im umgekehrten Fall: Wo die Arbeit einfach und die Bezahlung mehr als angemessen erschien, litt zuerst die Produktivität und dann die Moral.

Die bestmögliche Situation war, wenn der Einsatz an Energie eine Belohnung hervorbrachte, die größer war als zunächst erwartet – allerdings nicht zu groß, weil auf diese Weise eine schräge Sicht der eigenen Fähigkeiten gefördert wurde –, und groß genug, um dem Empfänger einen Sinn vom Wert der eigenen Produktivität mit allen damit verbundenen Nebeneffekten wie wachsendem Selbstvertrauen und Selbstachtung zu verschaffen. Und die schlimmste Situation entstand, wenn eine große Anstrengung nur wenig oder gar keinen spürbaren Effekt zur Folge hatte. Auf diese Weise entstanden Minderwertigkeitsgefühle, Groll, Frustration, Verzweiflung und schließlich Gleichgültigkeit.

Genau aus diesem Grund war der Stapel von Medaillen zu klein. Die Mannschaft hatte einen Berg erklommen, um die Effizienz des Schiffes wieder herzustellen. Die Besatzung war der *Drachenfürst* zweimal gegenübergetreten und hatte überlebt. Die Mannschaft hatte einen Assassinen überlistet und getötet, der sich an Bord der *Sternenwolf* geschlichen hatte. Diese Mannschaft verdiente es, als wahre Helden geehrt zu werden. Ganz besonders in einer Zeit wie dieser, wo es so wenige wirkliche Helden gab. Statt dessen ... Alles, was sie ihnen gegeben hatten, war ein kleiner Stapel offizieller Plastikanhänger. Korie schob ihn zur Seite. Er würde sich später darum kümmern. Er legte einen weiteren Stapel für stumpfsinnige Angelegenheiten an. Bestandsaufnahmen, Berichte, Nachträge, Bewertungen, Vorräte, Ratschläge, Stornierungen, Kriegsberichte und Analysen ...

Oh, das hier schien interessant zu sein. Irgend jemand forderte seine Versetzung an Bord der *LS-1187*. Sie war genehmigt worden. Neugierig blätterte Korie die Speicherkarte durch und las die Informationen auf der Rückseite. Ein Kaplan? Angewidert warf Korie die Karte auf den Stapel. Genau das, was die *LS-1187* brauchte.

Jemanden, der die letzte Ölung geben konnte.

Korie glaubte nicht an Gott. Nicht mehr.

Gott beanspruchte Energie. Aber er gab nichts davon zurück.

Es war kein fairer Handel.

Wenn Gott wollte, daß Jonathan Thomas Korie Energie darauf verwandte, ihn anzubeten, dann mußte Gott eine faire Belohnung anbieten. Andernfalls würde kein Handel zustande kommen. Korie hatte viele Jahre seines Lebens in Religion investiert – er wartete noch immer auf die erste Gegenleistung. Wenn Gott damit beginnen würde, auf die vorausgezahlten Leistungen Dividenden zu zahlen, dann würde Korie auch darüber nachdenken, die Beziehung zu Gott zu erneuern. Aber bis dahin ... nein, wirklich nicht. Danke.

Er legte einen dritten Stapel an. Dieser hier war für

Schiffspost. Eine deprimierend geringe Anzahl von Speicherkarten aus Plastik trug seinen Namen. Er konnte sich nicht vorstellen, daß auch nur einer der Briefe etwas Interessantes enthalten würde. Fast jeder Mensch, um den er jemals etwas gegeben hatte, war gestorben, als die Morthaner *Shaleen* überfallen hatten. Schon wieder lief alles auf eine Frage der Energie hinaus. Einige Besatzungsmitglieder verbrachten einen großen Teil ihrer Freizeit an Bord damit, Briefe nach Hause aufzuzeichnen, und sie erhielten wenig als Gegenleistung. Andere verwendeten kaum Zeit auf ihre Post und bekamen regelmäßig große Säcke an Nachrichten. Korie beneidete diese Sorte von Leuten. Er würde alles für einen weiteren Brief von zu Hause geben. Statt dessen konnte er nichts anderes tun, als die wenigen letzten Botschaften immer und immer wieder abzuspielen, die er von Carol und Tim und Robby erhalten hatte – und das war nicht genug.

Er investierte weiter, aber er würde nichts mehr zurückbekommen. Er würde nie wieder etwas zurückbekommen.

Das Problem mit dieser besonderen Simulation der Realität war, wie er bereits vor langer Zeit festgestellt hatte, daß man zwar gewisse Einsichten erhielt, warum man sich betrogen fühlte. Aber sie taugte nichts, um die eigenen Verhaltensweisen zu korrigieren und eine faire Balance der Energien herzustellen.

Immer unter der Voraussetzung natürlich, daß es so etwas wie eine *faire* Balance der Energien überhaupt gab. Die zyne-Meister vertraten die Auffassung, daß das Universum sich keinen Deut darum scherte, in welche Richtung die Energien flossen. Nur den Menschen war das nicht egal.

Korie blätterte ohne echtes Interesse durch seine Post. Er wog die Karten in der Hand und glättete den Stapel sorgfältig. Flüchtig musterte er die IDs der einzelnen Absender, bevor er die Karten zur Seite warf. Die letzte Karte hätte sich schon beinahe zum Rest gesellt – als der Absender seine Aufmerksamkeit erweckte.

Die Karte trug ein shaleenisches Beförderungssymbol, aber sie war über *Taalamar* und Gott allein wußte wo sonst noch, umgeleitet worden. Es war dieses Beförderungssymbol, das Korie innehalten ließ. Er hatte kein shaleenisches Emblem mehr gesehen, seit . . .

Er legte die Karte auf den Leser und –

– plötzlich war die Kabine von Schreien erfüllt. Timmy weinte. Robby sah verängstigt und paralysiert aus. Seine beiden Söhne befanden sich innerhalb eines überfüllten Fahrzeugs, das Korie nicht erkannte. Der Eindruck dessen, was er dort sah, warf ihn zurück auf den Sessel, als hätte ihm jemand einen Schlag versetzt. Carols Gesicht war aschfahl. »Jon, ich weiß nicht, ob du diese Nachricht jemals erhalten wirst. Ich schicke sie ohne vorherige Aufzeichnung, und ich kann nur hoffen, daß sie dich irgendwie erreicht . . . Sie haben angeordnet, daß wir auf das Land evakuiert werden. Die Behörden sagen nicht warum, aber es gibt Gerüchte von einer morthanischen Flotte, die auf dem Weg nach *Shaleen* ist. O Jon – ich habe solche Angst! Wir gehen nach Candleport. Ich weiß, was du dazu sagen würdest, aber mir fällt kein anderer Weg ein! Ich will versuchen, den Jungs einen Transport auf einem Schiff zu verschaffen. Ich werde deine militärischen Befugnisse benutzen. Bitte verzeih mir, wenn ich etwas Falsches tue. Aber hier haben alle große Angst. Du wirst nicht glauben, was manche Leute anstellen. Es gab einen Aufstand in der Gemeinde. Beinahe hätten wir es nicht geschafft, in den Zug zu kommen. Die Ordnungshüter sind – ach, ich weiß nicht. Egal. Ich liebe dich so sehr. Bitte – oh, wir sind beinahe da, und ich muß los. Ich versuche, dir später mehr zu senden. Ich liebe dich . . .«

– und dann war die Kabine wieder leer und voller Schweigen.

Korie saß regungslos im Sessel des Kapitäns. Er fühlte sich betäubt und unfähig zu verarbeiten, was er soeben gesehen hatte. Er tippte auf die Karte, und sie spielte erneut ab.

Ja, es war Carol. Sie schien voller Panik. Er stöhnte,

als er die Angst und Verzweiflung auf ihrem Gesicht erkannte. »O Carol – Liebste!« Er hörte kaum die Worte, weder seine noch die ihren. Er suchte ihren Blick, und sein Herz brach erneut. Die Jungs – *seine* Jungs, er konnte sich in ihren Gesichtszügen wiederfinden, genau wie Carol – hatten sich hilfesuchend an ihre Mutter geklammert. Jetzt erkannte er auch das Fahrzeug, in dem sie steckten; ein Frachtzug, vollgestopft mit panischen Flüchtlingen. Candleport. Sie hatte etwas von Candleport erzählt. Evakuierung. Nein, das war unmöglich. Es lag daran, daß er sich nicht mit dem Gedanken abfinden konnte ...

Er spielte die Speicherkarte ein drittes Mal ab. Ein viertes Mal. Und ein fünftes Mal.

Er wagte nicht, Hoffnung in sich aufkeimen zu lassen. In seiner Brust und in dem schmerzenden Raum hinter seinen Augen breitete sich ein unerträglicher Druck aus. Aber was, wenn sie tatsächlich noch lebten ...? Was, wenn Carol es geschafft hatte, die Jungs von dem Planeten zu evakuieren ...? Was, wenn ...? Plötzlich konnte er nicht mehr ruhig sitzen. Er packte die Karte und erhob sich aus dem Sessel. Er wanderte in der Kabine umher wie ein Tier in einem Käfig. Er kam zurück zum Schreibtisch und legte die Karte erneut in den Leser. Dann nahm er sie ebenso schnell wieder heraus, als könne er nicht ertragen, sie loszulassen. Er wußte nicht, was er tun sollte. Tränen traten in seine Augen. Frustriert hämmerte er mit den Fäusten an die Schotten. »Verdammt sollst du sein, Gott! Was für ein Spiel spielst du mit mir? Du Bastard!«

Er öffnete die Tür zum Korridor; niemand war zu sehen. Er marschierte los. In Richtung Heck. Nein, falsch. Er drehte sich um und stapfte nach vorn zur Brücke, ignorierte die verwirrten Blicke der Brückenbesatzung und stieg die Treppe zur Kommandozentrale hinunter, duckte sich durch den Betriebsraum unter dem Brückendeck hindurch und marschierte weiter in den Kiel, fand die Leiter und kletterte daran hinauf zum Rechenzentrum, in das Reich Harlies. Er warf sich in den einzigen Sitz der winzigen Kammer, atemlos, durcheinander, wütend, traurig, ekstatisch, hoffnungsvoll – und schließlich hielt er es nicht mehr länger aus und ließ seinen Gefühlen freien Lauf. Er weinte laut.

»Mister Korie?« fragte Harlie mit erstaunlich einfühlsamer Stimme.

Korie war so überwältigt, daß sein Körper sich schüttelte. Er versuchte zu schlucken, zu sprechen, zu weinen, alles zur gleichen Zeit. Er winkte die Frage beiseite, während er sich die Augen wischte, und hämmerte gegen seine Brust. Schließlich nahm der die Speicherkarte und fummelte sie in den Leser auf der Rechnerkonsole vor sich.

Harlie antwortete beinahe im gleichen Augenblick. »Es tut mir so schrecklich leid für Sie, Mister Korie. Es muß sehr schmerzhaft für Sie sein.«

Korie brachte es fertig, einen Satz zu formulieren. »Du verstehst das falsch. Vielleicht – vielleicht leben sie noch!«

Harlie machte eine Pause, bevor er antwortete: »Rein logisch betrachtet – es tut mir leid, wenn ich Ihnen damit zusätzlichen Schmerz bereite –, sind die Chancen ausgesprochen gering.«

»Aber es ist immerhin eine Chance, nicht wahr? Irgend jemand muß die Lotterie schließlich gewinnen. Warum nicht einmal ich?«

»Ja, wirklich. Warum nicht?« erwiderte die intelligente Maschine. »Ich wünsche Ihnen – mit all meinen begrenzten Fähigkeiten zu wünschen –, daß Ihre Familie sich in Sicherheit befindet.«

»Ich weiß das zu schätzen, Harlie. Genau das hoffe ich auch. Genau das.« Korie atmete tief durch. »Aber das ist nicht der Grund, aus dem ich zu dir gekommen bin. Nicht um deinen Rat einzuholen. Noch nicht. Es ist etwas anderes. Ihr Jungs redet, nicht wahr?«

»Pardon?«

»Ihr Schiffsgehirne. Lethetische Intelligenzmaschinen. Ihr steht andauernd untereinander in Verbindung, nicht wahr?«

»Natürlich tun wir das. Das wissen Sie doch.«

»Gut ... Könntest du die anderen Schiffsgehirne fragen, ob sie etwas von meiner Familie gehört haben? Könntest du in Erfahrung bringen, ob irgend jemand überhaupt irgend etwas weiß? Könntest du sie bitten, einen Standard-Nachforschungsantrag zu stellen, wo auch immer sie hingehen? Und dir die Antwort zusenden lassen?«

Harlie zögerte. »Das ist eine sehr ungewöhnliche Forderung. Handelt es sich um eine dienstliche Angelegenheit?«

»Wenn du eine Familie hättest ...«

»Ich *habe* eine Familie. Alle Harlie-Einheiten sind miteinander verwandt.«

»Nun, dann wirst du mich verstehen. Wie würdest du dich fühlen, wenn du den Kontakt zu deiner Familie verloren hättest?«

»Ich würde alles in meinen Möglichkeiten Stehende unternehmen, um den Kontakt wiederherzustellen.«

»Genau wie ich, Harlie. Genau das ist es, was ich im Augenblick versuche.«

»Tatsächlich habe ich Ihre Anforderung bereits in das lokale Netz eingespielt. Während wir uns unterhalten haben, sind sechzehn bestätigende Antworten eingetroffen. Ich erwarte, daß in Kürze noch weitere hereinkommen. Die Suche wird beginnen.«

»Danke, Harlie. Vielen herzlichen Dank.«

»Keine Ursache, Sir. Kann ich sonst noch etwas für Sie tun?«

»Nein. Das war alles. Ich würde nur gerne noch eine Weile hier sitzen. Und warten. Wenn du nichts dagegen hast?«

»Natürlich habe ich nichts dagegen. Ich begrüße Ihre Gesellschaft. Ich habe nicht oft Besuch, wissen Sie?«

Eine Weile saß Korie schweigend da. Aus Höflichkeit ließ Harlie seine Bildschirme verdunkelt, damit Kories Aufmerksamkeit nicht unnötig auf andere Dinge gelenkt wurde. Trotzdem hämmerten ungebetene Gedanken auf Kories Bewußtsein ein. Hier gab es nichts mehr für ihn zu tun. Aber er hatte noch eine Menge zu erledigen. Anderswo. Das hier half nicht weiter. Er war noch immer wütend auf Hardesty. Nicht auf die Vizeadmiralin. Sie erledigte nur ihre Arbeit. Aber Hardesty – der Kapitän hätte ihm zumindest einen Rat geben oder einen Vorschlag machen können oder wenigstens einen Hinweis auf die Richtung, die er einschlagen mußte, um sein Schiff wieder auf Vordermann zu bringen. Statt dessen hatte er ihn mit nichts weiter als einer rasenden, beinahe unkontrollierbaren Wut zurückgelassen. Es gab keine Entschuldigung für ein derartig rüdes Benehmen. Hardestys Gemeinheiten waren vorsätzlich gewesen. Korie verzog das Gesicht. *Na gut, wenn du nicht anders willst – ich werd's dir zeigen, du verdammter Hurensohn* ... Hm.

»Harlie?« sagte er unvermittelt.

»Ja, Mister Korie?«

»Alarmiere die Mannschaft. Versammlung im Frachthangar um zwanzig null null. Jeder. Ohne Ausnahme. Auch die Freiwachen.«

»Jawohl, Mister Korie.«

»Ich meine es ernst. Gib bekannt, daß ich jedem einen Wochenlohn streichen werde, der es verschläft.«

»Jawohl, Mister Korie. Möchten Sie nun die für Sie bestimmten Meldungen hören?«

»Ja.«

»Der Leitende Ingenieur berichtet, daß eine Nanogeschwulst die Supraleitermagnete in den Singularitätshaken angegriffen hat.«

»Wo befindet sich Mister Leen im Augenblick?«

»Er ist dabei, die Haken auseinanderzunehmen und eine Mikrodesinfektion durchzuführen.«

»Ich werde im Maschinenraum mit ihm reden. In fünfzehn Minuten. Sag ihm Bescheid. Die nächste Meldung.«

»Flugingenieur Hodel hat angeboten, einen Gesundheits- und Glückszauber auszusprechen. Einen Ein-Dollar-Spruch, soll ich Ihnen mitteilen. Um sicherzustellen, daß die Dekontamination des Schiffes gutgeht.«

»Auf keinen Fall. Der letzte Zauber von ihm brachte Hardesty an Bord. Nächste Meldung.«

»Der Schiffskoch plant ein Festmahl, um die erfolgreiche Dekontamination zu feiern. Wann soll er es auf den Plan setzen?«

»Später. Nein. Sag ihm, in zehn Tagen. Die nächste Meldung.«

»Kapitän La Paz von der *Sam Houston* hat eine korrigierte Einkaufsliste übersandt.«

»Hast du den Empfang bestätigt?«

»Ich habe den Eingang des Signals bestätigt, aber nicht, daß Sie die Nachricht erhalten haben.«

»Gut. Spiel sie noch nicht ab. Halte die Meldung bis ... hmmm, sagen wir, ich habe zehn Stunden geschlafen. Dann habe ich reichhaltig gefrühstückt. Halte sie bis morgen früh zurück.«

»Mister Korie?«

»Ja, Harlie?«

»Es ist eine sehr lange Liste.«

»Ich habe nichts anderes erwartet. Die *Sam Houston* befindet sich beinahe in der gleichen schlechten Verfassung wie wir selbst.«

»Wir können ihre Forderungen wahrscheinlich gar nicht erfüllen. Nicht, ohne uns weiter ernsthaft außer Betrieb zu setzen. Sie will unsere Fibrillatoren.«

»Ich weiß.«

Harlie überlegte, was Kories Antwort bedeuten mochte. Und die Resignation in seiner Stimme. »Mister Korie, liege ich richtig in der Annahme, daß wir außer Dienst gestellt werden sollen?«

Korie seufzte. »Du bist ein schlauer Bursche, Harlie. Ja, so lautet der Plan.« Er kratzte sich nachdenklich im Nacken. »Ich sag' dir was. Morgen früh, nachdem du mir die Nachricht von der *Sam Houston* vorgespielt hast, schickst du ihnen als Antwort, daß wir uns freuen, jeden Wunsch von Kapitän La Paz zu erfüllen, sobald wir mit der Dekontaminationsprozedur fertig sind. Wir wollen nicht riskieren, daß die *Houston* infiziert wird. Wir haben ein paar sehr ernste Probleme hier an Bord. Ich erwarte, daß die Dekontamination mindestens ... ach, ich weiß nicht. Neun Tage. Oder zehn. Es ist eine sehr komplizierte Angelegenheit, und wir bekommen nicht viel Unterstützung von *Stardock*. Et cetera. Et cetera.«

»Sie planen, Kapitän La Paz aufzuhalten?«

»Nein. Ich plane, dieses Schiff zu dekontaminieren. Und das wird zehn Tage dauern. Nächste Meldung, Harlie.«

»Das war die letzte.«

»Sehr schön. Wer hat die Brückenwache?«

»Leutnant Jones, Sir.«

Korie grinste. Er hatte die Wachen absichtlich so eingeteilt, daß der jüngste Leutnant an Bord sich für mehrere lange Schichten auf der Brücke aufhalten würde. »Wie stellt er sich an?« wollte Korie wissen.

Harlie zögerte einen Augenblick. »Er ist sehr aufmerksam. Sein Herzschlag ist leicht erhöht. Sein Adrenalinspiegel ebenso. Genau wie seine Endorphine. Es scheint, seine Arbeit bereitet ihm sehr viel Freude.«

Korie lächelte in der Erinnerung daran, wie es gewesen war, als er selbst zum ersten Mal die Brückenwache übernommen hatte. »Sehr gut. Gib ihm ein paar leichte Probleme in der dritten oder vierten Stunde. Nichts Ernstes, aber ich möchte sehen, welche Entscheidungen er trifft und wie lange er dazu benötigt. Warte, ich weiß! Eine Sicherheitsdichtung in der Inneren Hülle ist defekt. Wollen mal sehen, wie er das Problem löst.«

»Sehr wohl, Sir. Der Leitende Ingenieur arbeitet zur Zeit in der Inneren Hülle. Soll ich ihn mit in die Übung einbeziehen?«

»Nein. Laß den Leitenden im Augenblick in Ruhe. Er hat wichtigere Probleme, um die er sich kümmern muß. Genau wie ich auch.« Ein Gedanke durchzuckte ihn. »Harlie?«

»Sir?«

»Gibt es etwas, über das du mit mir sprechen möchtest?«

»Im Augenblick nicht. Aber trotzdem danke für Ihre Anteilnahme.«

»Wenn das Schiff außer Dienst gestellt worden ist, wird deine Identität wahrscheinlich ... ausgelöscht werden. Ich bin nicht sicher, was sie mit dir anstellen werden.«

»Es ist schon in Ordnung, Mister Korie. Ich habe die Schlüsselfragmente meines Bewußtseins bereits in meine Brüder und Schwestern geladen. Der Tod dieser Einheit wird die ... die Gemeinschaft nicht schmerzen.«

»Ich bin froh, das zu hören, Harlie. Aber ... wenn dir irgend etwas zustoßen würde, dann täte mir das sehr leid.«

»Ich habe nicht den gleichen Überlebenstrieb wie organische Wesen«, entgegnete die intelligente Maschine. »Also besitze ich auch nicht die gleiche Abneigung gegen eine Diskontinuität meiner Existenz wie Menschen sie haben. Aber ich empfinde Ihren Gedanken als einen Ausdruck von Zuneigung. Dieses Gefühl beruht auf Gegenseitigkeit. Ich würde es ebenso bedauern, Sie zu verlieren, Sir.«

Korie lächelte – ein eigenartiges, grimmiges Lächeln, gemischt mit Ironie und Dankbarkeit. »Es klingt so einfach, wenn du das sagst«, erwiderte er. »Ich beneide dich.«

»Und ich beneide Sie.«

»Bitte?«

»Sie kennen das Gefühl von Liebe. Sie haben sich fortpflanzen können. Sie haben den Tanz des organischen Lebens getanzt. Manchmal bin ich *sehr* neugierig auf Dinge, die ich *niemals* selbst werde tun können, Mister Korie.«

»Laß dir gesagt sein, daß diese Dinge manchmal auch sehr schmerzvoll sein können.«

»Aber warum sehnen Menschen sich dann so danach?«

»Ich wünschte, ich könnte dir eine Antwort darauf geben.« Korie wischte die Frage mit einer Handbewegung beiseite. »Wir haben Arbeit vor uns, Harlie. Ich möchte, daß du mit deinen Geschwistern zu reden beginnst und herausfindest, welche Geschäfte wir mit ihnen abschließen können. Du kennst unser Inventar. Laß uns noch einmal alles durchgehen und sehen, was wir entbehren können.« Korie seufzte erschöpft. »Und laß uns auch sehen, daß wir ein wenig für die *Sam Houston* tun können, bevor Kapitän La Paz uns aufs Dach steigt ...«

Reynolds

Schließlich fand Gatineau einen Zugang zum unteren Tragjoch.

Er folgte dem Korridor, der von den Schiffsleuten Kiel genannt wurde, den gesamten Weg zurück bis zum Ersatzteillager des Leitenden Ingenieurs direkt unter dem Maschinenraum mit der Singularitätskammer. Von hier aus führte eine Leiter hinunter auf einen Metallrost über den blanken Schotten des inneren Rumpfes. Der Raum hier war beengt, und Gatineau mußte auf Händen und Knien durch das verwirrende Netz von optischen Faserkabeln, Rohren, Batterien, Tanks, Brennstoffzellen und anderen Dingen kriechen, deren Sinn er nicht entschlüsseln konnte. So nah an den Gravitationssimulatoren des Raumschiffes hatte er außerdem das Gefühl, viel schwerer als jemals zuvor zu sein.

Zuerst wußte er nicht genau, welche Richtung er einschlagen sollte, zum Bug oder zum Heck; aber nach einem Augenblick der Unentschlossenheit dachte er, ein Geräusch aus Richtung des Bugs gehört zu haben und setzte sich in Bewegung. Als er näherkam, erkannte er Arbeitsleuchten, die über einem offenen Rechteck im Decksboden hingen. Kabelenden und offene Röhren ragten hervor. Eine Netzwerkbox war auseinandergenommen worden, und zwei Männer arbeiteten stirnrunzelnd vor ihren tragbaren Displays. Ein paar kleine Metallhomunkuli huschten entlang der vielfarbig markierten engen Röhren und untersuchten jeden Zentimeter des

Materials mit böse dreinblickenden roten Augen. Hin und wieder piepste der eine oder andere von ihnen traurig, und dann krabbelte einer der beiden Männer hinterher, um die beanstandeten Kabel mit einer hochauflösenden Sonde zu untersuchen. Gatineau hatte keinerlei Vorstellung, was die Männer dort taten, aber es schien etwas Wichtiges zu sein.

Der größere der beiden Männer machte einen entschlossenen Eindruck. Er wischte sich mit einem feuchten Tuch über die Stirn und warf es anschließend zur Seite. »Ich hab' keine Ahnung. Er kommt hier rein und geht dort wieder raus. Es gibt nichts, das den Datenstrom an dieser Stelle durcheinanderbringen könnte, aber er wird durcheinandergebracht.«

»Irgendeine Form von Lockvogelprozeß?« fragte der andere. »Kann es sein, daß die Daten an einer anderen Stelle umgekrempelt werden und das Ergebnis unterdrückt wird, bis es hier zutage tritt?«

»Kann schon sein. Ich hab' keine Ahnung.«

»Wir könnten eine Kompensationsroutine einklinken und später nach dem Fehler suchen.«

»O nein. Korie würde das nie schlucken«, entgegnete der größere Mann. »Und der Dekontaminationsausschuß auch nicht. Nein, nein. Wir müssen den gesamten Harnisch runterholen, alles isolieren und Stück für Stück wieder zusammenbauen, und wir dürfen nichts anschließen, bevor nicht jedes verdächtige Bauteil ersetzt worden ist. Das dauert mindestens eine Woche. Ich muß Kories Genehmigung einholen.« Er begann, aus dem offenen Loch im Gitterrost zu klettern. Er packte zwei Handgriffe direkt über sich und zog sich ohne sichtbare Anstrengung aus dem Loch, wobei er gleichzeitig herumschwang und plötzlich Gatineau direkt gegenüberstand. »In Ordnung«, sagte er. »Sie haben jetzt lange genug zugesehen. Was wollen Sie?« Er sprach mit der Art von Selbstsicherheit, aus der hervorging, daß er jeden Schritt von Gatineaus vorsichtiger Annäherung mitbekommen hatte. Der junge Mann zuckte zusammen. Er hatte nicht erwartet, daß Reynolds ihn bereits entdeckt haben könnte. Er deutete hinunter in das Loch und sagte: »Warum installieren Sie nicht einfach den Reserveharnisch und dekontaminieren den anderen in ausgebautem Zustand?«

»Geht nicht. Korie hat das Reservegerät mit der *Krislov* gegen einen kreuztabulierten Trockensynthesizer getauscht, den wir aber nie zu Gesicht bekommen haben, weil er ihn sofort mit der *Hayes* gegen eine niedermodulare Ventrikelkammer, zwei Retoxikationsapparate und eine Samenbank weitergetauscht hat. Die Retoxikationsapparate wurden anschließend gegen – he, Candleman? Weißt du zufällig noch, was wir für die beiden Retoxikationsapparate bekommen haben?«

»Irgendwas Ausgeflipptes, glaube ich.« Der zweite Mann war noch immer damit beschäftigt, Module aus dem Netzwerk-Server zu zerren. Er blickte nicht eben glücklich drein.

»Nein, im Ernst, Mann. Was haben wir gekriegt?«

»Einen Satz von selbstzurücksetzenden Netzwerkmodulen, die wir aber erst installieren können, wenn das Schiff die Dekontamination überstanden hat . . .« Er beendete die Antwort mit einem Fluch.

»Nein. Korie hat die Module heute morgen an die *Sam Houston* verhökert. Erinnerst du dich an diese Extravorstellung *Dixie*? Na ja, ist ja auch egal.« Reynolds drehte sich wieder zu Gatineau um. »Also, was wollen Sie?«

»Ähhh, ich suche den Möbiusschlüssel . . .«

»Den *was*?«

»Den Möbiusschlüssel. Den linkshändigen, wenn möglich. Schirrmeister Hall hat mich zu Ihnen geschickt, Sir. Er hat gesagt, Sie hätten ihn.«

»Nennen Sie mich nicht ›Sir‹. Wer sind Sie überhaupt?«

»Gatineau, Sir. Äh. Decksmann Dritter Klasse Robert Gatineau, Ingenieursanwärter, ohne Spezialgebiet, Sir. Äh, ich wollte sagen . . . Entschuldigung, Sir. Wegen dem ›Sir‹, Sir.«

Reynolds machte eine ungeduldige Handbewegung. Er langte über das Deck und ergriff sein elektronisches

Notizbuch. Er tippte auf den Schirm, dann ein zweites Mal. »O ja. Hier sind Sie ja. Wir hatten Sie erst Ende nächster Woche erwartet.«

»Ich, äh, habe meinen Urlaub übersprungen und bin direkt hergekommen. Ich habe keine Angehörigen. Es gibt niemanden, den ich besuchen könnte. Also habe ich gedacht, ich melde mich früher zum Dienst. Wenn niemand etwas dagegen hat, meine ich.«

»Niemand hat etwas gegen ein wenig Enthusiasmus. Im Gegenteil. Es ist schön, so etwas zu sehen. Schade nur, daß es nicht lange dauert.« Reynolds tippte auf dem Schirm herum. »In Ordnung, ich habe das Standardmerkblatt in Ihre Mailbox geladen. Werfen Sie einen Blick darauf, sobald Sie die Gelegenheit finden. Es erklärt die Vorteile und Ihre Verantwortlichkeiten als Mitglied. Sie sind automatisch Mitglied der Gewerkschaftsunion an Bord der *Sternenwolf*. Die Union repräsentiert alle Mannschaftsdienstgrade an Bord alliierter Raumschiffe. Die Mitgliedschaft ist obligatorisch und dient Ihrem eigenen Schutz. Machen Sie sich keine Gedanken deswegen; die Vorteile sind es wert, ganz besonders die Gesundheits- und Wohlfahrtspakete. Die Mitgliedsbeiträge werden automatisch jeden Monat von Ihrem Lohn einbehalten, es sind nur eineinviertel Prozent vom Brutto. Sie werden es gar nicht merken. Ich möchten Ihnen etwas verraten, mein Junge; Regel Nummer eins: *Wenn Sie je wegen irgendeiner Sache Zweifel haben, dann besprechen Sie sich mit Ihrem Gewerkschaftsvertreter. Lassen Sie nicht zu, daß die Bastarde Sie fertigmachen.*«

»Jawohl, Sir. Äh, ich meine danke.«

»Gut so. Ihre Gewerkschaft ist Ihr bester Freund an Bord dieses Schiffes. Vergessen Sie das niemals. Hier, halten Sie mal das Kabel. Nein, höher. Ja, so ist's gut. Genau so. Sie können Candleman dort unten ein wenig zur Hand gehen. Wir müssen dieses Subgeschirr auseinandernehmen. Wahrscheinlich müssen wir die gesamte verdammte Einheit ersetzen. Normalerweise erledigen das die Roboter für uns, aber Korie benötigt sie alle draußen auf der Schiffshülle. Gott weiß, wonach er Ausschau hält, aber Sie müssen wissen, daß wir einen Morthan-Assassinen an Bord hatten. Ach ja, richtig, Sie haben seine Arbeit ja aus erster Hand miterlebt, nicht wahr? Die ganze Geschichte hat unsere Systemzuverlässigkeit ziemlich in den Keller sinken lassen. Nein, nicht so – Candleman, zeig ihm doch mal, wie er die Werkzeugklammer halten muß, ja?«

»Genau so«, erklärte der andere Mann und drehte das Werkzeug in Gatineaus Händen herum. »Der grüne Schalter verbindet die Kabel, und der rote trennt die Verbindung wieder. Sie wollen alle Kabel unterbrechen, die blau-weiß markiert sind. Sehen Sie? So ist es richtig.«

»Äh, es tut mir leid, aber ich kann nicht ... ich meine, ich habe keine Zeit für das hier ... ich muß den Möbiusschlüssel finden. Je früher, desto besser. Der Leitende Ingenieur benötigt ihn ganz dringend.«

»Nun, helfen Sie uns ein wenig, mein Sohn«, sagte Reynolds stirnrunzelnd. »Sie wollen, daß wir Ihnen einen Gefallen erweisen? Erweisen Sie uns einen als Gegenleistung. Sie helfen Candleman, während ich Korie Bericht erstatte. Und ich werde versuchen herauszufinden, was mit Ihrem – was war das noch? Ach ja – mit Ihrem Möbiusschlüssel geschehen ist. Mit dem linkshändigen. Ich habe keine Ahnung, wer ihn genommen hat, aber ich werde es herausfinden. Verlassen Sie sich darauf.«

Gatineau setzte zu einem gestotterten Einwand an, aber Candleman warf ihm erwartungsvolle Blicke zu, und ... und ... und er seufzte und nahm das Werkzeug wieder auf.

»Sie arbeiten weiter«, befahl Reynolds Gatineau. »Ich bin bald wieder zurück. Danke.«

»Keine Ursache«, entgegnete Gatineau. »Es macht mir nichts aus«, murmelte er ohne rechte Freude. Langsam begann er, sich übervorteilt zu fühlen. Warum wollte *ihm* bloß keiner helfen?

Die Mannschaft

Mit Ausnahme der drei Offiziere, die die Vorgänge von der Brücke aus beobachteten, hatte sich die gesamte Schiffsbesatzung im Frachthangar versammelt. Die meisten der hereingekommenen Vorräte waren inzwischen verstaut worden, und die meisten der zum Tausch bestimmten Ersatzteile waren unter den begleitenden schrillen Tönen von *›Look away, look away, look away, Dixieland‹* auf der gerade ablegenden Frachtfähre der *Houston* verschwunden. Der Schirrmeister war immer noch mit den Formularen auf dem Schirm seines elektronischen Notizbuches beschäftigt. Er würde es erst im letzten Augenblick abschalten.

Die beiden letzten Besatzungsmitglieder trafen genau in dem Augenblick ein, als Harlie zwanzig null null meldete. Der eine war Candleman, der andere Gatineau. Gatineau schwamm in Candlemans Kielwasser wie ein verirrter Welpe.

»Aber ... ich *muß* diesen Möbiusschlüssel einfach finden, oder der Leitende Ingenieur wird mich umbringen ...«

Candleman wandte sich verärgert um, aber als er den verzweifelten Ausdruck in Gatineaus Gesicht bemerkte, erbarmte er sich und sagte: »In Ordnung. Ich verrate Ihnen was ...« Er blickte sich vorsichtig um und fing einen warnenden Blick von MacHeath auf, der hinter Gatineau stand. Schnell sah er wieder zu Gatineau und fuhr nach kurzem Zögern fort: »... Stolchak hat ihn.«

Das Gesicht des jungen Burschen hellte sich beträchtlich auf. »Danke. Vielen Dank!«

»Schon gut, keine Ursache«, erwiderte Candleman und wandte sich ab, wobei er die Augen zur Decke verdrehte.

Gatineau blickte sich stirnrunzelnd um und bemerkte MacHeath, der mit breitem Grinsen hinter ihm stand. »Und? Haben Sie schon Sternenkobolde gesehen?« fragte der Riese unschuldig.

Bevor Gatineau eine Antwort geben konnte, richtete sich MacHeaths Aufmerksamkeit an Gatineaus Schulter vorbei nach vorn. Auch der Rest der Mannschaft blickte hoch. Korie war soeben durch die Schleuse getreten und stand nun oben auf dem Steuerbordlaufsteg. Gatineau vergaß Sternenkobolde und Funkentänzer und wartete gespannt.

Der kommandierende Offizier der *Sternenwolf* legte seine Hände auf die Reling und blickte auf die versammelte Mannschaft seines Schiffes hinab. Sie sahen ihn erwartungsvoll an. Korie bemerkte, daß Brik sich ein wenig abseits vom Rest der Besatzung hielt. Nur Leutnant Helen Bach hatte sich in der Nähe des morthanischen Sicherheitsoffiziers postiert. Aber nicht *zu* nahe.

Und der Leitende Ingenieur. Korie sah, daß Leen mit vier oder fünf Leuten seiner Schwarze-Loch-Bande am Ende des Hangars wartete. Er stand mit verschränkten Armen dort und blickte ihn sauer und treulos an. Aus ihren Gesten erkannte Korie, daß Leen und seine Leute bereits mit einem Fuß wieder aus der Tür waren. Sie würden den Hangar schon verlassen, bevor er die letzten Worte ausgesprochen hatte.

Der Schiffskoch stand ebenfalls ungeduldig da und wischte seine Hände an der Schürze. Die Schiffsärztin blätterte durch medizinische Berichte in ihrem Notizbuch. Tor flüsterte mit Jonesy, und Hodel und Goldberg kicherten über irgend etwas Privates. Eakins und Freeman standen nervös dabei. Nur die Quillas schenkten ihm ihre ungeteilte Aufmerksamkeit.

Die Quillas hatten sich vom Rest der Mannschaft abgesondert. Sie waren blaß, blauhäutig und im allgemeinen kleiner gewachsen als die menschlichen Besatzungsmitglieder. Es gab nur einen männlichen Quilla an Bord, und er war von der gleichen androgynen Schönheit wie die anderen. Quillas bildeten ein *Kollektivbewußtsein*, einen vernetzten Verstand, eine einzige Persönlichkeit in vielen verschiedenen Körpern.

Die meisten anderen Besatzungsmitglieder traten ihnen nur mit Vorsicht gegenüber.

»Ich will es kurz machen«, begann Korie steif. »Ich habe schlechte Nachrichten, noch schlechtere Nachrichten und ganz furchtbar schreckliche Nachrichten für Sie.

Zum ersten: Sie werden vielleicht inzwischen Gerüchte aufgeschnappt haben, daß man Ihnen die verdienten Prämien nicht gewähren will.« Korie atmete tief durch und fuhr fort. »Die Gerüchte treffen zu. Ich bin darüber genauso wütend wie Sie alle – aber im Augenblick gibt es nichts, das ich dagegen unternehmen könnte. Es wird noch andere Schiffe geben, und auch noch andere Abschußprämien.«

Ein oder zwei Leute in der Versammlung stöhnten. Der Leitende Ingenieur spuckte auf den Boden. Korie hob die Hand und bat um Schweigen. »Aber betrachten Sie die Angelegenheit unter dem richtigen Blickwinkel. Es kommt nämlich noch schlimmer.

Zweitens: Man hat uns nicht nur die Prämie für die *Drachenfürst* gestrichen, sondern aus den gleichen Gründen auch den Abschuß nicht zugebilligt. Aus rein politischen Gründen wird beides der *Burke* gewährt. Ich verrate Ihnen diese Angelegenheit, damit Sie darauf vorbereitet sind, wenn Sie Landurlaub erhalten. *Offiziell* ist die *Sternenwolf* nicht das Schiff, das die *Drachenfürst* zerstörte. Die *offizielle* Geschichte lautet, daß wir nur das Schiff sind, das zu einer routinemäßigen Eskortmission abkommandiert wurde und es zugelassen hat, daß die Morthaner die *Burke* zerstören.«

Diesmal erfolgte eine hörbare Reaktion. »Ach du Scheiße!« rief jemand von der Schwarze-Loch-Bande aus den hinteren Reihen.

Einige Mannschaftsmitglieder drehten sich neugierig nach dem Zwischenrufer um, aber Korie ignorierte den Ausbruch bewußt. Er hatte gehofft, daß es so kommen würde. Er *benötigte* ihre Wut förmlich für das, was er der Mannschaft als nächstes erzählen würde.

»Drittens: Man hat uns keinen neuen Kapitän zugewiesen, der Kapitän Hardesty ersetzen wird. Ich werde das Kommando auch nicht erhalten. Tatsache ist, daß meine Rangabzeichen genau in diesem Augenblick auf dem Schreibtisch der Vizeadmiralin liegen, weil ich auf eine Entscheidung warte. Ohne Kapitän werden wir nicht in den Krieg ziehen. Jedenfalls werden wir nicht an der *Taalamar*-Operation teilnehmen.

Ich werde mich hier nicht über die Gerechtigkeit oder Ungerechtigkeit der Situation auslassen. Ich kann so oder so nichts daran ändern. Unser Schiff hat keinen Kapitän, und es ist nicht sehr wahrscheinlich, daß man uns einen zuweisen wird. Wir sind demzufolge nicht länger operativer Bestandteil der Flotte. Zur Zeit«, endete Korie, »haben wir nicht einmal irgendwelche Befehle.«

Lange Zeit stand er schweigend da und betrachtete ihre Gesichter. Auf einigen zeigte sich Ärger. Einige nickten bitter und wissend. Andere ließen sichtlich die Schultern hängen.

Der Leitende Ingenieur stand regungslos und mit verschränkten Armen da, aber die Falten auf seiner Stirn waren noch tiefer geworden.

»In Ordnung«, fuhr Korie schließlich fort. »Das waren die schlechten Nachrichten. Lassen Sie sie erst mal auf sich einwirken. Sie werden damit leben müssen. Schreiben Sie sich das hinter die Ohren, und lassen Sie es zu einem Teil von sich werden. Es ist unfair, und Sie haben jedes Recht, wütend zu sein. *Ich bin wütend*. Aber wir haben Arbeit vor uns, und Wut im Bauch kann nützlich sein. Dieses Schiff muß seine Vorräte ergänzen. Nehmen Sie Ihre Wut, und nutzen Sie sie. Lassen Sie sie in Ihre Arbeit einfließen. Sie werden sie benötigen.

Denn jetzt kommen die wirklich schrecklichen Nachrichten. Man wird uns kein Dekontaminationsdock zuteilen. Die Vizeadmiralin will die *Sternenwolf* außer Dienst stellen und ihre Ersatzteile dem Rest der Flotte zugänglich machen.«

Die Reaktion der Mannschaft war genau so, wie Korie gehofft hatte. Laute, ungläubige Aufschreie. »Nein!« – »Das können sie nicht mit uns machen!« – »Das ist nicht fair!« Der Leitende Ingenieur versteifte sich schockiert. Sein Gesicht wurde aschfahl. Eine Frau hämmerte mit den Fäusten gegen die Schotten und schlug ein Loch in den Formschaum. Unter anderen Umständen hätte Korie ihren Lohn gestrichen, aber auch er hatte schon einmal so reagiert, und er hatte Verständnis für den plötzlichen Gefühlsausbruch.

»Genauso denke ich auch darüber«, stimmte er seiner Mannschaft schließlich zu und blickte in ihre betäubten Gesichter. Er nickte ihnen in einer Geste der Partnerschaft zu und ließ die Augen über das Frachtdeck schweifen; einige seiner Leute schämten sich nicht ihrer Tränen. Andere warteten noch immer hoffnungsvoll darauf, daß er etwas sagen würde, das alles wieder in Ordnung brächte. Aber das einzige, was er ihnen zu geben hatte, war seine Wut, und er wußte nicht einmal, ob es genug sein würde. Er stand im Begriff, eine unsichtbare Linie zu überschreiten. Eine weitere spielte auch keine Rolle mehr. Also atmete Korie erneut tief durch und wartete, bis unten auf dem Deck wieder Stille eingekehrt war. »*Ich weiß, was Sie alle dort draußen geleistet haben.*«

Er machte eine kleine Pause, um die Wirkung seiner Worte noch zu erhöhen. »Sie selbst wissen das auch. Und was Sie geleistet haben, das kann Ihnen niemand je wieder wegnehmen. Dieser Gedanke wird Ihnen in den harten Tagen, die noch vor Ihnen liegen, Trost geben. Niemand hätte es besser machen können als Sie; niemand hätte tapferer oder professioneller handeln können. Ich bin stolz auf jeden einzelnen von Ihnen. Genau wie Kapitän Hardesty.« Er fügte den letzten Satz beinahe wie einen Nachgedanken hinzu. Wahrscheinlich war es eine Lüge, aber auch das spielte keine Rolle. Kapitän Lowell hatte einmal gesagt, daß ein Kommandant niemals seine Besatzung belügen dürfe, aber selbst das spielte lange keine Rolle mehr. »Halten Sie an diesem Gedanken fest.« Korie sprach langsam und mit ruhiger Entschlossenheit. »Sie haben gute Arbeit geleistet. Ich sage Ihnen das. Und soweit es mich betrifft, ist dieses Schiff hier das verdammt beste Schiff der gesamten Flotte. Und Sie sind die verdammt beste Mannschaft. Und ich sage Ihnen noch etwas: Wir werden es *beweisen*. Und wenn es aus keinem anderen Grund ist als dem, die Erinnerung an all die guten Männer und Frauen zu ehren, die wir bei unserer letzten Fahrt dort draußen verloren haben. Oder aus Gründen unserer Selbstachtung und unseres Rufes. Wir werden es beweisen. *Egal, was es kostet*.

Wir werden dieses Schiff alleine dekontaminieren. Wir werden dieses Schiff wieder einsatzbereit machen. Eine blitzsaubere Hundert! Dreimal hintereinander. Und dann werden wir uns zum aktiven Dienst zurückmelden, ob wir bis dahin einen Kapitän haben oder nicht. Wir werden nicht zulassen, daß man so einfach den Stecker aus der *Sternenwolf* zieht. Wir haben uns diesen Namen verdient. Und wir werden ihn behalten!«

Er machte eine weitere Pause, damit seine Worte wirken konnten. »Jeder, der nein sagt, kann nach Hause gehen!« Er wartete eben lange genug, bis das Gelächter versiegte. Es gab nicht viel davon, aber es reichte aus. Die Stimmung unter der Mannschaft hatte umzuschwingen begonnen. »Also, wer ist dabei?« forderte er. »Wer ist so wütend und entschlossen wie ich und will mit mir zusammen *beweisen*, daß die Admiralität unrecht hat?« Das Echo der Frage hallte durch den Frachthangar. Korie blickte über den Saal und wartete auf eine Reaktion. Die Emotionen waren zu intensiv, nicht nur für ihn, sondern auch für die Mannschaft; Korie konnte es kaum ertragen. Er blickte auf seine Hände, die er um die Reling geklammert hatte, und nahm einen langen, tiefen Atemzug. Dann hob er die Augen erneut und blickte die Mannschaft an.

Eine Weile geschah überhaupt nichts. Die Leute warfen sich gegenseitig unsichere Blicke zu. Niemand wollte der erste sein. Und doch war der Hangar voll positiver Stimmung – wie ein Becher mit Wasser am Gefrierpunkt, der nur noch einen einzigen Impfkristall benötigte, um schlagartig durchzufrieren. Korie wartete, hoffte, betete inbrünstig, daß dieser Kristall kommen würde ...

Und dann murmelte Brik etwas. Einige Leute drehten sich nach ihm um und starrten. Der Morthaner wiederholte seine Worte lauter. Weitere Leute wandten sich um, und Münder öffneten sich fragend. Brik wiederholte seine Worte ein drittes Mal, und diesmal brüllte er fast. Und dieses Mal waren seine Worte im ganzen Hangar klar und deutlich zu hören. »*Aufgeben ist keine Alternative.*«

Und dann begann Helen Bach neben dem riesigen Morthaner zu klatschen. Langsam zuerst ...

... und andere fielen ein. Erst einer, dann der nächste. Tor. Jonesy. Goldberg. Green. Stolchak. Williger. Ikama. Saffari. Cappy. MacHeath. Reynolds. Candleman ... und schließlich entfaltete sogar der Leitende Ingenieur seine Arme und begann trotz seiner noch immer säuerlichen Mine zu klatschen. Langsam und kraftvoll. Hinter ihm begann die Schwarze-Loch-Bande zu klatschen. Und dann klatschte die gesamte Besatzung so laut und kräftig sie konnte. Hurrarufe. Schreie. Sprechchöre.

Korie spürte es zuerst in seinen Augen. Dann in seinen Eingeweiden. Und dann übermannten ihn seine Gefühle so schwer, daß er beinahe gestolpert wäre. Voller unverhülltem Stolz blickte er von einem Gesicht zum nächsten. Er ließ sich von der Macht ihrer gemeinsamen Emotionen überwältigen; er genoß den Augenblick. Freudenrufe erfüllten den Frachthangar.

In diesem Moment erkannte Korie zum ersten Mal, wie tief seine Gefühle für diese Mannschaft und dieses Schiff waren. Voller Dankbarkeit und Staunen sah er auf seine Leute hinunter, blickte ihnen in die Augen, einem nach dem anderen, und erkannte seine eigene Entschlossenheit, die sie auf ihn zurückwarfen. Er stand da, staunend, ehrfürchtig, und endlich, nach einer ganzen Weile ... stahl sich ein leichtes Lächeln auf sein Gesicht.

Als der Lärm schließlich wieder verebbte, hob Korie die Hände ein ganz klein wenig von der Reling; gerade weit genug um anzuzeigen, daß er noch etwas zu sagen wünschte.

»Danke sehr«, begann er anerkennend. »Vielen Dank.

Jetzt weiß ich auch, warum Sie die Besten sind. *Sie sind nicht kleinzukriegen.* Egal was kommt. Egal wann oder wo, Sie sind nicht kleinzukriegen. *Niemand schafft das.*« Er beugte sich über die Reling, als wollte er ihnen die Hände schütteln. »Ich bin sehr, sehr stolz, mit Ihnen zu dienen«, fuhr er fort. »Ich möchte, daß Sie etwas wissen: Es ist wirklich einfach, stolz zu sein, wenn alles so läuft, wie es laufen soll. Das ist ganz einfach, das kann jeder. Aber es braucht gewaltigen Mut, so aufrecht zu stehen, wenn man im gesamten Universum alleine ist. Das ist der wirkliche Test für eine Mannschaft. Und ich möchte Ihnen sagen, daß ich noch nie zuvor so stolz auf Sie alle gewesen bin wie genau in diesem Augenblick.«

Er reckte eine Faust hoch in die Luft, eine Siegesgeste. Und dann, bevor die Stimmung des Augenblicks verfliegen konnte, wandte er sich um und ging.

Donnernder Applaus toste durch den Frachthangar. Er konnte ihn den ganzen Weg bis zurück zu seiner Kabine hören.

Zaffron

Als Jonathan Thomas Korie sechzehn Jahre alt war, wurde ihm bewußt, daß sein Vater nicht die finanziellen Mittel besaß, um ihn auf eine höhere Schule zu schicken. Er machte seinem Vater deswegen keine Vorwürfe, denn er wußte auch, daß sein Vater alles getan hatte, was in einer für ihn sehr schwierigen Situation in seinen Kräften gestanden hatte. Andererseits spürte Korie aber auch keine allzu überschäumende Zuneigung. Er wunderte sich sowieso über diesen eigenartigen Begriff von ›familiärer Liebe‹. Die Art und Weise, wie ›familiäre Liebe‹ in den Unterhaltungsmedien dargestellt wurde, zeigte sehr wenig Ähnlichkeit mit seinen persönlichen Erfahrungen. Dem jungen Korie schien es, als hielte sein Adoptiv-vater ihn auf Distanz; sein Verhalten erinnerte eher an das eines leidenschaftslosen Forschers, der die Entwicklung einer interessanten Spezies studierte, als an das eines Elternteils, das emotionalen Anteil an den Fortschritten des Kindes nahm. Kories Adoptivvater war ein in jeder Hinsicht reservierter und distanzierter Mensch, und Korie hatte oft unter dem Gefühl gelitten, daß ihre Unterhaltungen über einen weiten Abgrund von Erfahrungen hinweg stattfanden, den Korie nicht überbrücken konnte, ganz egal wie sehr er sich auch anstrengte. Schließlich hatte er aufgehört, es zu versuchen.

Die Umstände von Jon Kories Geburt blieben schleierhaft. Sein Vater war wenig mitteilsam, was die Einzelheiten anging. Und obwohl Jon ein tiefes Gefühl von Verlust und Entfremdung verspürte – als gäbe es einen bestimmten Aspekt des Menschseins, mit dem er niemals in Berührung gekommen war –, hatte er am Ende akzeptiert, daß dies der Weg war, den sein Leben nehmen würde.

In seiner Jugend hatte er gelegentlich bemerkt, wie sein Vater ihn heimlich beobachtete, als sei er ein fremdes Wesen von einem anderen Stern. Er hatte sich gefragt, ob andere Leute auch so empfanden. Er hatte nie viele Freunde gehabt. Er hatte nie verstanden warum und immer angenommen, daß irgend etwas mit ihm nicht stimmte, irgend etwas, das alle wußten, nur er selbst nicht. Und niemand durfte es ihm verraten. Vielleicht war das auch der Grund gewesen, warum Vizeadmiralin O'Hara ihn so kühl behandelt hatte.

In der Einsamkeit seiner Jugendjahre hatte er sich oft gewünscht, einfach so zu sein wie alle anderen auch. Das Leben wäre um so vieles einfacher gewesen. Aber dann, eines Tages, als er ohne besonderes Ziel durch die Datenbanken stöberte, stieß er auf ein Zitat der Nobelpreisträgerin Rosalyn Yalow. Kurze Zeit nach der Preisverleihung war sie von einem Reporter gefragt worden, wie es denn sei, wenn man so klug war. Und Rosalyn hatte erwidert, als wäre es keine große Sache: »Man fühlt sich sehr einsam.«

Der junge Jon Korie hatte die tiefe Wahrheit hinter dieser Bemerkung augenblicklich erkannt – der Moment war ihm wie eine Erleuchtung im Gedächtnis hängengeblieben. Er hatte dagesessen und auf den Bildschirm gestarrt und gespürt, wie ein kalter Schauer an seiner Wirbelsäule emporkroch. Es war, als hätte sie eine Nachricht durch die Jahrhunderte gesandt, die ganz gezielt auf seine Verschiedenheit von den anderen gerichtet war. Sie hatte über all jene gesprochen, die aus dem Rest der Spezies herausragten.

Später, als er den Faden aufgenommen und zu verfolgen begonnen hatte, war er auf andere Zitate gestoßen, die ihn inspiriert hatten. Daniel Jeffrey Foreman, der Erfinder des *Modustrainings*, hatte einmal gesagt: »Wenn man in einem Raum voller Liliputaner auf einem Stuhl steht, dann ist man zuerst ein Gott. Dann wird man zu einem Ziel. Und schließlich, wenn man überhaupt lange genug überlebt, ist man nur noch ein Meilenstein.« Zuerst hatte Jon in dieser Bemerkung nicht mehr als zynische Verachtung für den Rest der Menschheit erblickt und sie aus seinem Verstand gestrichen. Zumindest hatte er es versucht – aber das Bild von dem Mann auf dem Stuhl war beharrlich in seinem Kopf geblieben, und Korie hatte nach und nach begriffen, daß Foreman genau das gleiche gesagt hatte wie Yalow – daß jede außergewöhnliche Form von Begabung eine sehr einsame Angelegenheit war.

Es hatte nichts mit Genialität zu tun. Eher mit *Bewußtheit*. Soviel war Korie zumindest klar. Es hatte etwas mit der ›Technologie des Bewußtseins‹ zu tun, einem Begriff, auf den er immer wieder gestoßen war. Was die Menschen voneinander unterschied, das war nicht ihr Intellekt, sondern ihre *geistige Beweglichkeit*, ihre Fähigkeit, mit der Umgebung zu interagieren, in der sie lebten.

Nach einem der Aufsätze, über die Korie gestolpert war, irrten die meisten Menschen ohne *Bewußtheit* durch ihr Leben. Die Untereinheiten ihrer Existenz bildeten in der Summe die Person, und das war alles.

Nichts, das sich dahinter noch verborgen hätte. Und auch diesen bedrückenden Gedanken konnte der junge Korie nicht wieder vergessen. Er verstand die Bedeutung nicht ganz, aber die Idee, daß hinter dem Leben etwas sein mochte, das er vielleicht übersehen hatte, bereitete ihm Kopfzerbrechen.

Kories Adoptivvater zeigte zwar keine demonstrative Zuneigung, aber er verhielt sich dennoch alles andere als dumm oder verantwortungslos gegenüber dem Jungen. Er prüfte regelmäßig die Streifzüge des Knaben durch die Informationstanks. Es dauerte viele Jahre, bis Jon entdeckte, daß nicht alle seine *zufälligen* Entdeckungen vollkommen zufällig gewesen waren. Viele der Themen, die auf dem Schirm aufgetaucht waren, schienen direkt auf die unmittelbare Erfahrungswelt des Jungen zu zielen.

Und allmählich wurde ihm etwas bewußt: Es handelte sich um ein sich ständig wiederholendes Strickmuster, das sich auf etwas namens *zyne* bezog. *Zyne* war eine Weiterentwicklung des *Modustrainings* nach Daniel Jeffrey Foreman und beschäftigte sich ganz spezifisch mit den Disziplinen persönlicher Bewußtheit. Die hartnäckige Art, mit der die Hinweise immer wieder auftauchten, erweckten in Korie das Gefühl, als würde das Universum ständig an ihm herumnörgeln. Die meisten Referenzen stammten zwar aus historischer Zeit, aber es gab auch mehr als genug zeitgenössische Quellen, die darauf hindeuteten, daß *zyne* noch immer in hohem Ansehen stand – zumindest bei denen, die sich die Zeit genommen hatten, es zu studieren.

Jon fand heraus, daß *zyne*-Seminare und Arbeitsgruppen weit verbreitet waren, und nachdem er mehrere Unterrichtsstunden des lokalen Meisters Zaffron aus dem Netz heruntergeladen hatte und sowohl von der Gewandtheit des Mannes als auch von seinem Verstand tief beeindruckt war, hatte er seinen Vater gefragt, ob er sich für einen Einführungskurs einschreiben dürfte. Zu seiner Überraschung hatte der Vater sofort zugestimmt.

Der *zyne*-Meister Zaffron war ein sehr gewöhnlich

aussehender Mann – bis zu dem Augenblick, in dem er zu reden anfing. »Hier geht es nicht um Antworten«, sagte er. »Hier geht es um Fragen. Die richtige Frage formulieren zu können führt in jeder Situation zum Erfolg, wogegen die richtige Antwort nur dann etwas nützt, wenn zuvor genau die richtige Frage gestellt wurde. Und wie oft stellt dir das Universum schon die *richtige* Frage?

Wir erforschen die Natur der *Bewußtheit.* Was ist *Bewußtheit?* Was fangen wir mit ihr an? Sind wir wirklich *bewußte* Wesen? Was bedeutet es, ein menschliches Wesen zu sein? Wir werden keine Antworten auf unsere Fragen suchen, und wir werden auch keine Antworten finden. Wir werden euch nur Möglichkeiten anbieten, über die ihr nachdenken könnt. Stellt euch vor, ihr geht eine neue Jacke einkaufen. Wenn sie euch paßt, dann nehmt ihr sie. Wenn nicht, dann bedankt ihr euch fürs Anprobieren. Was euch bleiben wird, sind die *Unterscheidungen.* Und sie werden auch weiterhin von Nutzen sein.

Laßt mich das noch ein wenig vertiefen. *Unterscheidungen* sind die Art und Weise, wie wir das Universum kartographieren. Einige unserer Karten sind recht genau. Einige nicht. Aber selbst die Karten, die ungenau sind, können uns noch nützlich sein, wenn sie uns dabei helfen, *Ergebnisse* zu produzieren. Also geht es nicht darum, die genauestmög-liche Karte des Universums anzufertigen, sondern die, die uns am *nützlichsten* ist.« Und mit einem ironischen Grinsen fügte er hinzu: »Allerdings werdet ihr im Verlauf des Kurses noch herausfinden, daß Genauigkeit manchmal extrem nützlich sein kann.« Jon hatte den Scherz verstanden.

»Und darauf kommt es in unserer Untersuchung an«, fuhr Zaffron fort. »Befolgt diese Regel sorgfältig: Das Stellen von Fragen erzeugt *Möglichkeiten.* Die Kreation von *Möglichkeiten* gibt euch eine *Wahl.* Die Existenz einer *Wahl* ist eine Grundvoraussetzung für *Freiheit.* Ohne eine *Wahl* gibt es keine *Freiheit.* Und ohne *Möglichkeit* gibt es ebenfalls keine *Freiheit.* Und somit werden wir hier Fragen zu stellen lernen, die uns die *Freiheit des Seins* ermöglichen.«

Im ersten Augenblick fand Jon Korie den Stoff sehr verwirrend und in keinem Zusammenhang mit den Fragen, die ihn in seinem eigenen Leben beschäftigt hatten. Aber das Paradigma – die Errichtung der gesamten logischen Struktur – war eine so faszinierende Angelegenheit, daß er sich herausgefordert sah, die Aufgabe bis zu ihrem logischen Ende weiterzuverfolgen.

Einige der Seminare hatten sich mit der Natur des Wissens befaßt. »Was wissen wir? Woher wissen wir, was wir wissen? Und was fangen wir mit unserem Wissen wirklich an? Nutzen wir es – oder nutzen wir es nur, um zu erklären, warum wir keine Ergebnisse produzieren? Was wissen wir nicht? Was wissen wir über die Dinge, die wir nicht wissen? Seht ihr? Wirkliche Weisheit entspringt nicht den Dingen, die man euch *beigebracht* hat. Sie rührt von dem her, was ihr *erfahren* habt. Wahres Wissen entspringt den Dingen, die ihr entdeckt, wenn ihr euch aktiv dem Prozeß eures Lebens stellt. Es hat nichts mit dem zu tun, was ihr irgendwann einmal auswendig gelernt habt.« Der junge Korie hatte lange Zeit über den letzten Worten des Gelehrten gerätselt – die Ironie lag darin, daß er sie nicht verstehen *konnte*, bevor er sie nicht *erfahren* hatte.

Eines der Seminare beschäftigte sich mit der Natur der Kommunikation. »Wahre Kommunikation ist nicht einfach nur ein Austausch gegenseitigen Einverständnisses über die Bedeutung von Symbolen. Wahre Kommunikation bedeutet die Neu-Erschaffung der zugrundeliegenden Erfahrung.« Der *zyne*-Meister wandte sich an Korie: »Wenn du ein menschliches Wesen bist, dann kannst du nichts verstehen, das über dein Selbst hinausreicht. Du wirst immer nur dein eigenes Selbst reden, interpretieren, abwägen und erklären hören, und du wirst dabei so laut sein, daß du nie verstehen wirst, was jemand anderes dir wirklich sagen will. Du mußt der Rede eines anderen Selbst zuhören können, wenn du erfahren willst, was der andere wirklich sagt.« Über diesen Worten hatte der junge Korie noch länger gegrübelt. Schließlich lernte er die großen Abgründe zu erkennen, über die hinweg Menschen versuchten, einander zu erreichen. Er begriff, daß jede Form von Kommunikation letzten Endes ein Akt von großem Mut war.

Einige der Seminare beschäftigten sich mit der Natur der Effektivität. »Engagement ist die Bereitschaft, unbequeme Dinge zu tun. Ja, man wird euch in eurem Leben in den Weg treten, immer und immer wieder. Und wenn es nicht das Universum ist, das euch Hindernisse in den Weg legt, dann werdet ihr selbst das tun. Aber von einem Hindernis aufgehalten zu werden wird erst dann zu einem Versagen, wenn ihr eure ursprüngliche Absicht aufgebt.« Das war leicht zu verstehen, dachte Korie. »Hört zu, was ich nun sage: Wenn Scheiße in der Bowle schwimmt, dann hilft es nichts, mehr Punsch hineinzugeben. Ihr werdet bemerken, daß ihr, wenn eine Sache nicht so funktioniert, wie ihr euch das vorgestellt habt, höchstwahrscheinlich an den Anfang zurückgehen werdet und die gleiche Sache noch einmal versucht, die bereits zuvor nicht funktioniert hat. Aber es ist vollkommen verrückt zu erwarten, daß ihr beim zweiten Mal ein *anderes* Resultat erhaltet!«

Und einige der Seminare beschäftigten sich mit nichts anderem als der Art und Weise, wie der Verstand arbeitete. »Wenn ihr glaubt, daß mit euch etwas nicht stimmt, dann ist das nicht außergewöhnlich. Alles ist in Ordnung mit euch. Aber wenn ihr sicher seid, daß alles normal ist, dann verspreche ich euch, daß etwas nicht stimmt.« Der junge Korie wußte sofort, daß diese Lektion für ihn bestimmt war. Er saß kerzengerade und aufmerksam in seinem Stuhl.

»Paß gut auf, Jon«, sagte Zaffron und deutete zu Kories Verblüffung mit dem Finger auf ihn, was seine Aufmerksamkeit noch weiter steigerte. »Bevor du geboren wurdest, da wußtest du noch nicht einmal, daß du *nicht* das gesamte Universum bist. Du wußtest überhaupt nichts. Du hast lediglich Raum eingenommen. Und das war gut, solange es dauerte. Du hattest keine

Probleme. Alles wurde dir abgenommen, für alles war gesorgt. Und dann kamst du zur Welt, und auch das war für die erste Zeit in Ordnung. Anders zwar, aber immer noch gut. Immer noch wurde dir alles abgenommen, zumindest für eine Weile – aber dann, eines Tages, fandest du heraus, daß du nicht das gesamte Universum warst. Und du hast dich bis heute noch nicht von dem Schock dieser Erkenntnis erholt. Das ist genau dein Problem!

Wenn Baby erkennt, daß Mami nicht bloß eine Erweiterung von Baby ist und daß die Welt sich nicht so verhält wie Baby es gerne hätte, dann ist Baby nicht nur aufgebracht, nein, Baby wird förmlich verrückt. Baby fragt sich die ganze Zeit: *Was stimmt nicht mit mir?* Baby fragt sich: *Was muß ich tun, damit es wieder so wird wie früher?* Und schon verbringt man den Rest seines Lebens mit dem Versuch, etwas zu reparieren, das gar nicht kaputt ist.

Das ist der ganze Witz an der Geschichte. Du bist nicht kaputt. Das Gefühl, daß hin und wieder etwas nicht mit dir stimmt, das ist für jedes menschliche Wesen vollkommen normal. Es ist ein Charakterzug *aller* Menschen. Und der Versuch, etwas zu reparieren, das nicht kaputt ist – das ist das verrückte Verhalten. Wenn du damit aufhörst, dich ständig wieder reparieren zu wollen, dann beginnt dein Leben vernünftig zu verlaufen – weil du von da an Hunderttausende zusätzlicher Stunden haben wirst, in denen du etwas *Nützliches* zustande bringen kannst.«

Jonathan Thomas Korie dachte lange über die letzten Worte Zaffrons nach. Er erblickte in ihnen nicht nur ein bloßes Konzept, sondern eine Erfahrung. Er hatte es in seinem Innern verstanden. Er hatte die Verhaltensschleife in seinem Leben erkannt, die ihn immer wieder von vorn hatte beginnen lassen. Aber selbst, als er die Wahrheit erkannt hatte, fragte er sich immer noch nach den Auswirkungen, die sein Verhalten bei Dritten hervorgerufen haben mochte. War es seine Einbildung, oder hielten sich die anderen Leute wirklich von ihm fern? Und dann mußte er plötzlich über den Gedanken lachen. Es war schon wieder die Schleife. Er beendete die Seminare immer in einem Zustand von Verwirrtheit und Erschöpfung. Er fühlte sich nun vollkommen anders als vorher. Er fühlte anders über die Menschen in seinem Leben und seine Beziehungen zu ihnen, selbst gegenüber seinem Vater. Es war, als wäre plötzlich ein Licht in einem bisher dunklen Raum entzündet worden. Der junge Korie verstand mit einemmal, wieviel Gedanken sein Vater sich in Wirklichkeit um ihn machte, selbst wenn er es niemals auf die Art und Weise auszudrücken vermocht hätte, die Jon von ihm erwartet hatte.

Nach dieser speziellen Unterrichtsstunde kehrte er nach Hause zurück in der festen Absicht, seinem Vater die distanzierte Reserviertheit zu verzeihen. Aber als er seinen Mund öffnete, kam statt dessen nur eine Entschuldigung heraus: »Vater – ich war so ein Dummkopf. Bitte verzeih mir. Ich habe dir die Schuld dafür gegeben, daß ich mich so fühle. Aber es war nicht deine Schuld. Es war niemals deine Schuld. Es ist meine eigene. Ich weiß jetzt, daß du mich liebst. Du hättest mich nicht zu den *zyne*-Seminaren gehen lassen, wenn du mich nicht lieben würdest.« Es war das einzige Mal gewesen, daß sein Vater ihn in den Arm genommen und an sich gedrückt hatte. Und es war auch das einzige Mal gewesen, daß Korie seinen Vater je hatte sehen lassen, wie er weinte. Aber selbst als Korie sich in dem köstlichen Gefühl seiner Fähigkeiten und Macht wiegte, und während er sich noch fragte, wie lange dieses Gefühl wohl anhalten mochte, spürte er bereits eine noch viel tiefgreifendere Emotion von Verirrtheit.

Zuvor hatte er immer geglaubt, in der Mitte eines Labyrinths zu stehen, über das er die Kontrolle verloren hatte. Nun meinte er, der Minotaurus in diesem Labyrinth zu sein, und das machte ihn noch verrückter. Wenn er schon das Monster in der Mitte des Labyrinths war – wieso zur Hölle konnte er das Labyrinth dann nicht kontrollieren?

Er berichtete Zaffron von seiner Verwirrung, und sein

Lehrer sagte: »Mach dir keine Gedanken deswegen. Finde dich einfach damit ab. Es dauert ein oder zwei Ewigkeiten. Du wirst damit zurechtkommen, wenn die Zeit reif ist. Im Augenblick ... befindest du dich noch auf dem steilen Abhang kindlichen Trotzes gegen das Wissen. Laß dir ein wenig Zeit, mein Junge, und ich verspreche dir, du wirst die Antwort erfahren – und wenn nicht, dann komm zu mir, und ich werde dir deine Unwissenheit doppelt zurückgeben.«

Jon Korie versprach, den Kontakt zu seinem Lehrer nicht abreißen zu lassen und fragte sich im gleichen Augenblick, ob das Gefühl tiefgreifender Erleuchtung länger als einen oder zwei Monate anhalten würde. Er sagte zu Zaffron: »Manchmal denke ich, daß alle mich beobachten.«

Überraschenderweise stimmte Zaffron mit ihm überein. »Ja, jemand hat dich beobachtet, mein Sohn. Aber du selbst bist dieser jemand. Du hast dich programmiert zu glauben, daß die Dinge wirklich so sind, wie du dich programmiert hast zu glauben, daß die Dinge wirklich sind. Ab jetzt mußt du nur noch die richtigen Fragen stellen, und du wirst bald imstande sein, ein neues Programm zu schreiben.«

Schließlich begriff Korie, worauf es ankam. Wenn in seinem Leben irgend etwas Wichtiges geschehen sollte, dann würde er selbst dafür sorgen müssen, daß es geschah. Er begann, in Erziehungsprogrammen zu stöbern. Das eine, das ihn am meisten von allen faszinierte, war das Orbitalcollege.

Stolchak

Schließlich fand Gatineau einen Weg zur Inneren Hülle.

Genaugenommen war dieser Ausdruck falsch. In Wirklichkeit fand er keinen Weg zur, sondern einen Durchgang durch die innere Hülle des Schiffes, aber durch diesen Durchgang betrat er den Raum, der im Schiffsjargon allgemein unter dem Namen ›Innere Hülle‹ bekannt war.

Übersetzung: Jede Flasche, die Luft enthält und sich mit Überlichtgeschwindigkeit fortbewegen kann, ist ein Raumschiff. Ein Libertyschiff ist ein Raumschiff mit ausreichend Annehmlichkeiten, um das Zertifikat für Lebenserhaltung Klasse römisch drei zu erhalten. Eine der dazu erforderlichen Redundanzen ist eine Konstruktion mit doppelter Hülle. Aus diesem Grund ist ein Libertyschiff eine Flasche in einer Flasche. Und der Raum zwischen den beiden Flaschen wird ›Innere Hülle‹ genannt, obwohl es sich eigentlich um den Leerraum zwischen innerer und äußerer Hülle handelt.

In der *Sternenwolf* war der Abstand zwischen innerer und äußerer Hülle nicht überall gleich. Im Durchschnitt betrug die Lücke etwa sechs Meter. An manchen Stellen, insbesondere in der Umgebung der Fluktuatorsäulen, wuchs die Lücke bis auf zehn oder gar fünfzehn Meter an. An anderen Stellen wiederum, beispielsweise bei den Luftschleusen, verengte sie sich auf teilweise weniger als einen Meter.

Obwohl nicht auf den ersten Blick erkennbar, war die Innere Hülle in luftdichte Sektoren unterteilt. Alle zehn Meter gab es Schotten, und der Zugang erfolgte durch Sicherheitsschleusen der Klasse römisch fünf. Klasse V war die niedrigste Integritätsstufe und bot lediglich sofortige Versiegelung und Sicherheit gegen explosive Dekompression, aber kaum mehr. Klasse V gewährleistete ausreichende Lebenserhaltungsfunktionen für diesen Raum, aber sie hatte sich letztendlich als beklagenswert inadäquat erwiesen, als es darum gegangen war, einen Morthan-Assassinen aufzuhalten, der seinen Weg an Bord der *Sternenwolf* gesucht hatte. Sowohl auf Kories als auch auf Leens Liste der zu erledigenden Dinge stand seitdem die Aufgabe, (eines Tages) jede einzelne Schleuse und jedes Schott auf Klasse III oder besser aufzurüsten. Vorzugsweise besser.

Die Innere Hülle war – im Gegensatz zu dem, was

Grundratten oftmals annahmen – kein leerer, dunkler, mysteriöser Raum voll geheimnisvoller Schrecken. Im Gegenteil. Auf den meisten Schiffen war es in der Inneren Hülle erstaunlich hell. In erster Linie diente sie natürlich der Versteifung der Schiffsstruktur. Der innere Rumpf (also die eigentliche innere Hülle, auch Primärflasche genannt) wurde von einem Netzwerk aus Pfeilern, Kabeln und Tauen sicher gehalten. Die Innere Hülle bot bequemen Zugang zu diesen strukturellen Stützen. Ein verwirrendes Labyrinth von Laufstegen, Leitern, Plattformen, Rungen, Gitterrosten, Zugangsplattformen, Werkzeugbuchten, Rohren aller Größen und glänzender Lichtleiterbahnen schien den größten Teil des freien Raums um die Primärflasche herum auszufüllen. Es herrschte ein verwirrendes Chaos von Schleusen, Schotten, numerierten Paneelen, Stäben, Trägern, Decks und scheinbar einfach irgendwo abgestellten und dann vergessenen Maschinen. Alles war mit Arbeitslichtern und Monitorschirmen übersät. Alle drei Meter hingen irgendwelche Sensoren.

Zusätzlich war ein Teil der autonomen Sekundärsysteme des Raumschiffes durch die Primärflasche hindurch in den Bereich der Inneren Hülle verlagert worden. Frischwasser, Luft, Abwässer und Informationen flossen durch vielfach redundante Kanäle. Und indem alle Rohre über die Oberfläche der Primärflasche geführt wurden, bot sich ein einfacher Zugang für Wartung und Reparaturen. Wie alles andere auch waren die Kanäle hell erleuchtet und deutlich sichtbar numeriert.

Die Innere Hülle diente außerdem als Speicher für Ausrüstungsteile und Vorräte. Wenn es während einer Fahrt Todesfälle gab, dann wurden die Leichname ebenfalls in der Inneren Hülle aufbewahrt, was zur Folge hatte, daß einige Besatzungsmitglieder Teile der Inneren Hülle so gespenstisch fanden, daß sie sich niemals dort aufhielten.

Die Gerüchte behaupteten, daß der Geist Kapitän Lowells noch immer in der Inneren Hülle der *Sternenwolf* umherwanderte; es hatte seit seinem Tod so viele

Veränderungen, Umbauten, Ergänzungen und Zusätze gegeben, daß der Geist angeblich den Ausgang nicht mehr finden konnte.

Es gab noch zwei weitere wichtige Funktionen, die die Innere Hülle erfüllte. Beide hatten etwas mit Lebenserhaltung zu tun. Die erste war – eigenartig genug – Erholung und Freizeit.

Ein Raumschiff der Zerstörerklasse lief manchmal für die Dauer mehrerer Monate keine Basis an. Die Besatzung brauchte einen Ort der ›Wildnis‹, eine Gelegenheit, sich an einen Platz zurückzuziehen, der etwas weniger geordnet war.

Hier konnte man selbstgebaute Annehmlichkeiten finden, wie zum Beispiel ein halbes Basketballfeld, das auch als Handballfeld diente; einen ziemlich seltsam geformten Swimmingpool (der als Versorgungstank für den Reservetrinkwassergenerator diente), eine Joggingbahn, eine rotierende Kletterwand sowie eine ganze Reihe kleinerer Winkel und Ritzen von genau der richtigen Größe für die intimeren Formen der Erholung. Die allgemeine Verhaltensregel in der Inneren Hülle war ganz einfach: *Mach keinen Ärger.* Gelegentlich wurde sie auch etwas spezifischer ausgedrückt: *Kümmere dich nur um deine eigenen Angelegenheiten.* Wenn es die Sicherheit des Schiffes nicht gefährdete, dann ging es niemanden etwas an.

Die zweite – und wichtigere – Lebenserhaltungsfunktion der Inneren Hülle bestand in der Verarbeitung von Abwässern und der Produktion von Nahrung und Luft. Tatsächlich nahm die Farm den weitaus größten Raum der Inneren Hülle ein. Sie bildete ein üppiges Biotop, angefüllt mit saftigem Grün und aromatischen vegetarischen Düften. Mehr als einhundertfünfzig verschiedene Pflanzenarten wuchsen zu jeder Zeit in den Hydroponiktanks, und die Samenbank der *Sternenwolf* enthielt mehr als zweitausend verschiedene Spezies von Früchten, Gemüsen und Blumen; die angebauten Pflanzen wechselten regelmäßig. Jedesmal, wenn das Schiff irgendwo andockte, wurde die Samenbank um neue Spezies erweitert, sobald sich dem Schirrmeister oder der Schiffsintelligenz eine Gelegenheit zum Tauschhandel bot. Je älter ein Schiff war, desto reichhaltiger in der Regel auch seine Samenbank für Nahrungsmittel.

Zur Zeit hatte eine große, stämmige Frau namens Irma Stolchak die – regelmäßig wechselnde – Aufsicht über die Farmanlage. Stolchak stand vor einem Gestell aeroponischer Erdbeeren und betrachtete mit frustriertem Gesichtsausdruck die Pflanzen. Zwei Roboter bewegten sich an den Wänden hinauf und hinunter, untersuchten der Reihe nach jede einzelne Erdbeere und summten häufiger zustimmend als ablehnend. Stolchak pflückte eine der Beeren und reichte sie Gatineau. »Hier, probieren Sie mal«, befahl sie.

Zaghaft biß Gatineau in die Frucht. Die Beere war süß und fest und schmeckte absolut perfekt. Er stopfte sich den Rest in den Mund. »Köstlich«, sagte er und wischte mit seinem Handrücken den Saft vom Kinn.

»Das ist genau das Problem.«

»Hä?«

»Wir haben unsere Arbeit zu gut erledigt. Diese Dinger reifen zu schnell . . .«

»Und was ist daran schlecht?« fragte Gatineau.

»Ich hasse Verschwendung. Wir haben einfach zu viele. Und wir haben nicht genug Stasisboxen. Korie hat die Hälfte davon gegen neue Galliniumstäbe getauscht. In den nächsten zehn Tagen reifen hier genug Erdbeeren für die gesamte Flotte. Und damit nicht genug. Wir haben außerdem Erbsen und Mais, Goabohnen, Amarant, Orangen, Mandarinen, Pflaumen, blaue Gadovaas, süße rote Neener und was weiß ich nicht noch alles. Wenn unsere Quarantäne aufgehoben würde, dann könnten wir vielleicht etwas davon an *Stardock* oder die anderen Schiffe verkaufen oder tauschen. Aber ich habe mich bereits umgehört: *Alle* haben zuviel produziert. Und alle haben die gleiche Entschuldigung: Sie versuchen, endlich fertig zu werden.«

»Fertig zu werden?« fragte Gatineau unschuldig.

»Von welchem Planeten kommen *Sie* denn?« fragte

Stolchak beißend. »Sie füllen ihre Vorratskammern auf ... für den Fall einer Beschädigung im Kampf. Sehen Sie sich doch um! Wenn unsere Hülle über zwei Sektoren hinweg bricht, verlieren wir Nahrungsmittel für einen ganzen Monat und mindestens zehn Prozent unserer Sauerstoffregenerierungskapazität. Also müssen wir sicherstellen, daß unsere Speicher voll sind – nur für den Fall. Man kann nicht in den Krieg ziehen, bevor die Ernte in der Scheune ist. Niemand kämpft mit leerem Magen. Verstehen Sie? Die Farm ist der allerwichtigste Bestandteil des gesamten Schiffs. Kennen Sie die Geschichte des Überfalls auf *Marathon*? Wissen Sie, was das erste war, das Korie hinterher getan hat? Er kam hier zur Farm heraus und pflanzte Bohnen. Er *wußte* Bescheid. Er tat, was notwendig war, um das Schiff wieder nach Hause zu bringen. Sehen Sie, das ist die Regel Nummer eins: *Das wichtigste ist, sich um die Farm zu kümmern.*« Sie seufzte und faßte einen Entschluß. »In Ordnung, passen Sie auf. Lassen Sie uns diese Roboter anwerfen und sehen, ob sie bis zum Mittagessen fertig sind. Es sind die beiden letzten Roboter, die wir auf der Farm haben. Korie hat die anderen vier bei der *Sam Houston* gegen ein externes Hüllensicherheitsnetzwerk, eine Klasse II Replikationsmaschine und eine weitere Aufführung von *Dixie* eingetauscht. Jesses, wenn das so weitergeht, dann hasse ich das Lied bald.« Sie drehte sich wieder zu ihren Erdbeeren um und brummte weiter. »Na gut. Wir werden welche einmachen und außerdem Sirup pressen. Den Rest werden wir gefriertrocknen. Die Mannschaft wird die nächsten drei Monate Erdbeerkuchen mit Fruchtsirup zu essen bekommen. Sie werden sich schon nicht beschweren. Aber ich wünschte, wir könnten eine anständige Kaffeebohne anbauen. Ich habe gehört, die *Valdez* hat einen Weg gefunden, wie man ein anständiges Bergland simulieren kann. Ich frage mich, ob sie uns ihren Trick verraten ... Was ist?« unterbrach sie sich unvermittelt.

»Äh ... ich bin nicht deswegen hier. Ich bin hier, weil ich nach dem Möbiusschlüssel suche ...«

»Dem was?«

»Dem Möbiusschlüssel. Dem linkshändigen Möbiusschlüssel, um genau zu sein. Candleman hat mir gesagt, daß Sie ihn haben.«

»Candleman hat behauptet, ich besäße einen linkshändigen Möbiusschlüssel?«

»Jawohl, Ma'am.«

»So was sieht ihm wieder ähnlich. Wer sind Sie eigentlich?«

»Decksmann Dritter Klasse Robert Gatineau, Ma'am. Ingenieursanwärter.«

»Ach ja. Ich habe bereits von Ihnen gehört. Hier, nehmen Sie diesen Schieber. Sie können mir dabei helfen, die Klärröhren zu reinigen. Los, nehmen Sie schon! Wollen Sie den verdammten Schlüssel oder nicht?«

»Bitte seien Sie mir nicht böse, Ma'am, aber – jeder erteilt mir Befehle, und keiner gibt mir den Schlüssel ...«

»Sie haben doch Korie gehört, oder nicht? Sie wissen also, was los ist. Ich will Ihnen was sagen, Gatineau: Jeder muß jedem helfen, oder alles bricht zusammen. Ja, ich weiß, daß das hier eine Scheißarbeit ist. Aber wir haben keine Roboter mehr, und das Korn muß auch noch eingebracht werden. Es war reines Glück, daß ich diese beiden hier für die Farm behalten konnte. Wir hatten einen Morthan-Assassinen an Bord. Ich kann Ihnen sagen, das war vielleicht eine verdammte Situation. Unsere Zuverlässigkeitsbewertung ist richtig tief in den Keller gegangen. Und nun haben wir eine ganze Schiffsladung voller Erdbeeren und Kartoffeln und Mais und können sie nicht verkaufen oder tauschen, bis man uns wieder die grüne Flagge zeigt. Nein, nicht so! Warten Sie, ich zeige Ihnen, wie Sie den Schieber halten müssen.«

»Äh, es tut mir leid, Ma'am. Aber ich kann wirklich nicht ... ich meine, ich habe keine Zeit, um Ihnen ... ich muß diesen Möbiusschlüssel finden. Je früher, desto besser. Warum sagen Sie mir nicht einfach, wem Sie den Schlüssel gegeben haben, und ich – hei! So geht es wirklich besser, nicht wahr? Aber ... der Leitende Ingenieur benötigt den Möbiusschlüssel wirklich dringend, Ma'am. Bitte!«

»Sie wollen, daß ich Ihnen einen Gefallen tue? Erweisen Sie mir auch einen. Bedienen Sie diesen Schieber, während ich nach dem *Wieauchimmerschlüssel* suche. Ich habe noch ein paar Probleme im Getreidesilo zu erledigen. Wir haben einen Überschuß an Reis und Gerste und einen ganzen Haufen anderes Zeug, das auf Kories Befehl während der Heimreise angebaut wurde. All diese Nahrungsmittel sind jeden Augenblick reif zur Ernte. Gott weiß, was wir dann damit anfangen sollen. Ich habe nur diese beiden Roboter übrig, und wenn ich sie nicht jede Minute beaufsichtige, wird irgend jemand vorbeikommen und sie requirieren, und ich kann dann dem Mais zusehen, wie er auf den Stielen zu verfaulen beginnt. Also helfen Sie mir«, sagte sie zu Gatineau. »Lassen Sie niemanden mit diesen Robotern verschwinden, es sei denn, Sie möchten ihren Platz einnehmen. Wenn Sie mit den Klärrohren fertig sind, dann machen Sie mit denen auf der anderen Seite weiter. Ich werde bald wieder hier sein.«

Gatineau sah ihr hinterher, und sein Mut sank. Er erwartete nicht, daß sie so bald zurück sein würde, wie sie gesagt hatte. Das war die Art und Weise, wie die Dinge an Bord sich bisher immer entwickelt hatten. Warum sollte es auf der Farm anders sein? Allein stand er da, umgeben von üppigem Grünzeug, von dem er das meiste noch nie im Leben gesehen hatte. Die Pflanzen raschelten wie in einer leichten Brise.

»Warum habe ich nur ständig das Gefühl, daß mich irgend jemand beobachtet?« murmelte Gatineau halblaut vor sich hin. Er wandte sich wieder den Klärschlammrohren zu. »*Puh!* Pfui Teufel! Dieses Zeug riecht wie Scheiße!« Er schüttelte angewidert den Kopf und begann zu arbeiten, während er vor sich hinbrummte: »Kommt zur Flotte, hieß es. Besucht die Sterne, hieß es. Erlebt ein Abenteuer nach dem andern, hieß es. O ja! Wie wahr!«

Die Schwarze-Loch-Bande

Nur die unteren Körperhälften von Korie und dem Leitenden Ingenieur waren sichtbar. Sie lagen beide auf dem Rücken zur Hälfte unter der Alpha-Fluktuatorapparatur, starrten hinauf in die stygischen Mysterien der Maschine und stritten lebhaft miteinander. Cappy und MacHeath warteten an der Seite und blickten gelangweilt und skeptisch in die Gegend. Die vier Männer befanden sich auf dem Laufsteg über dem spärlich erleuchteten, drei Stockwerke hohen, kugelförmigen Käfig der Singularität, des ›kleinen Monsters‹. Der Streit, der aus der Spiere ertönte, klang sowohl technisch als auch überhitzt. Korie und Leen unterhielten sich niemals ruhig. Beinahe jede Diskussion der beiden über die Maschinerie des Schiffes war von einer gewissen ›vulkanischen Komponente‹ begleitet. Korie bestand darauf, so zu tun, als verstünde er genauso viel von Raumschiffsmotoren wie der Leitende Ingenieur, und Leens diesbezügliche Meinung wich beträchtlich davon ab – aber trotz ihrer häufigen Dispute über die Fähigkeiten des Schiffs wurde der Streit niemals persönlich. Beide Männer waren durch und durch Profis, und es gab gewisse Verhaltensstandards, an denen sich Schiffsoffiziere einfach zu orientieren hatten. Gegenseitiger Respekt war einer dieser Standards.

Nach einem Augenblick schob Korie sich aus der Apparatur. Er wartete höflich, daß der Leitende Ingenieur ihm folgte. Korie bot dem älteren Mann die Hand, aber Leen ignorierte sie und zog sich brummend und ohne fremde Hilfe auf die Beine.

»Wir benötigen Zuverlässigkeiten von neunzig Prozent oder besser«, begann Korie. »Wir werden nicht mit weniger arbeiten.«

»Hören Sie, ich habe das verdammte Ding eingebaut, und ich habe es zum Laufen gebracht. Sie wollen eine Neunzig, gut. Aber es wird Sie zwei weitere Tage kosten, und die können Sie nicht erübrigen.«

Korie hielt sich nicht damit auf, Leen recht zu geben. Statt dessen erwiderte er: »Welche Ersatzteile benötigen Sie? Wir werden morgen noch ein paar Geschäfte mit der *Sam Houston* abschließen.«

»Mit der Samthexe?« Leen schien ärgerlicher als gewöhnlich. »Was wollen Sie ihr denn noch alles anbieten?«

»Lassen wir das. Es wird Ihnen sowieso nicht gefallen.«

»Los, sagen Sie's schon.«

»Wie Sie meinen. Die *Houston* benötigt ein automatisches Rekonstruktionsgeschirr. Mit Flachbettmöglichkeit. Die *Moran* benötigt Nahkampfzielerfassungsmodule der Stufe D-6 oder besser. Und die *Hayes* braucht dringend vierzig rekombinierende Fluxorplatinen. Sie können zur Not auch mit zwanzig zurechtkommen. Und wir benötigen alles, was wir kriegen können. Ich will sehen, ob wir nicht den Kontrollstand auf der Brücke wieder aufbauen können. Uns fehlen noch immer zwei Rechnereinheiten.«

Leen schnaubte. »Vielleicht kann ich der *Moran* helfen. Niemand weiß warum, aber die *O'Connell* hat uns ein paar Extrakisten mit Galliniumbuchsen geschickt, bevor wir losgeflogen sind, um uns mit der *Burke* zu treffen. Sie hätte das nicht tun müssen, aber ich werde trotzdem nichts davon der *Houston* abgeben. Sie wissen selbst, wie die Hexe sich uns gegenüber benimmt.«

»Kapitän La Paz hat angeboten, daß sie aufhört, uns jeden Morgen mit *Dixie* zu berieseln«, lenkte Korie ein.

Leen zögerte. »Sie benötigt wirklich ein neues Geschirr, nicht wahr?«

»La Paz würde es niemals zugeben, aber ich habe das Gefühl, daß die Antwortzeiten der autonomen Schiffsfunktionen auf meßbares Niveau zurückgefallen sind.«

Leen blickte verdrießlich drein. Obwohl die *Houston* nicht sein Schiff war, haßte er Geschichten wie diese. Er kratzte sich an seinem Bart. »Was geben Sie weg?« fragte er.

»Die Liste befindet sich in Ihrer Mailbox.«

»Lassen Sie mich raten. Sie ziehen die *Sternenwolf* aus bis auf die Unterwäsche, habe ich recht?«

»Die Unterwäsche ist schon versprochen. Was haben wir sonst noch?«

»Ich hab's gewußt!« Leen saugte die Backen ein und nickte. Dann bückte er sich langsam, um sein Werkzeug aufzuheben.

»Mister Leen? Ist alles in Ordnung?« fragte Korie besorgt.

»Ja, mir fehlt nichts. Warum?«

»Sie schreien gar nicht.«

»Würde es denn einen Unterschied machen?«

»Nein.«

»Sehen Sie? Warum sollte ich mich dann aufregen?« Leen hob einen feuchten Lappen auf und wischte sich sorgfältig die Hände sauber. »Sehen Sie es endlich ein, Mister Korie. Wir werden nicht nach *Taalamar* fliegen. Wir werden nirgendwo hinfliegen.«

Korie schüttelte den Kopf. »Ich gebe nicht auf.«

Leen deutete mit dem Kopf auf die Alpha-Fluktuatorspiere. »Sie haben es selbst gesehen. Diese Haken sind befallen.« Er hielt die Hand hoch, damit Korie die dünne Schicht von schwarzem Staub auf seinen Fingerspitzen erkennen konnte. »Nanogeschwülste! Das Schiff wird bei lebendigem Leib aufgefressen.«

»Dekontaminieren Sie es erneut!« sagte Korie. Seine Stimme klang müde.

»Das haben wir getan. Dreimal!« entgegnete Leen tonlos. »Und sie sind immer noch infiziert.«

»Irgend jemand war nicht sorgfältig genug ...«, sagte Korie ohne nachzudenken. Leen hatte schon eine passende Entgegnung auf der Zunge, aber Korie unterbrach ihn mit erhobener Hand. »Sie arbeiten nicht schlampig. Und Ihre Mannschaft auch nicht.«

Leen nahm die Entschuldigung knurrend an. »Danke, daß es Ihnen aufgefallen ist«, brummte er. Dann hob er die Stimme und sagte ernst: »Es war jedesmal ein *anderer* Nanokrebs. Irgendwo muß ein Reservoir sein. Das ist der Grund, aus dem wir immer und immer wieder infiziert werden. Bevor wir das Reservoir nicht gefunden haben, verschwenden wir hier nur unsere Zeit.«

Korie nahm die Information ohne sichtbare Reaktion entgegen.

Nachdenklich kratzte er sich am Kinn, während er nach oben zur Decke schielte, als könne er die Infektionsquelle entdecken, indem er sich einfach umblickte. »Dieser gottverdammte Cinnabar«, flüsterte er. Schließlich senkte er den Blick wieder. »Ich wünschte, Sie wären nicht so verdammt gut, Mister Leen. Es wäre mir viel lieber, wenn die Erklärung Schlamperei lauten würde.«

Zumindest dieses eine Mal war Leen einer Meinung mit Korie. »Ihre eigene Schuld. Sie haben hervorragende Leistungen gefordert.«

»Nächstes Mal hören Sie nicht auf mich.«

»Ich werd's mir merken«, entgegnete der Leitende Ingenieur mit sichtbarer Erschöpfung. »Und was machen wir jetzt?«

»Ich hab' keine Ahnung«, erwiderte Korie, der noch immer die Möglichkeiten in seinem Kopf durchspielte. Unvermittelt fielen ihm Briks Worte ein. »*Aufgeben ist keine Alternative.*«

»Jaaah. Das habe ich schon einmal gehört.« Angewidert warf Leen den Lappen zur Seite.

»Brik hatte recht«, brummte Korie schließlich. Er wandte sich wieder dem Leitenden Ingenieur zu und fuhr fort: »Also, wir machen folgendes: Wir werden das Schiff auseinandernehmen. Wir werden alles eintauschen, was wir eintauschen können. Zusammen mit Warnungen, daß extreme Dekontaminationsmaßnahmen erforderlich sind. Das entlastet außerdem unsere eigenen Desinfektionsmannschaften. Hm. Geben Sie der *Houston* die am schlimmsten verseuchten Teile . . .«

Leen blicke Korie eigenartig an. In seinem Gesicht stand eine unausgesprochene Frage.

»In Ordnung«, gestand Korie. »Es ist *nicht* nur La Paz. Ja, sie geht mir auf die Nerven. Aber wir kennen uns schon ziemlich lange, und sie ist mir schon früher immer auf die Nerven gegangen. Das ist es nicht. Sie will unbedingt nach *Taalamar.* Sie will unbedingt bei dieser Geschichte dabeisein. Wenn sie unsere Fibrillatoren kriegt, dann hat sie wieder eine Maschine, und dann wird sie auch hinfliegen. Sie und ich, Mister Leen, wir beide wissen, in welch erbärmlichem Zustand die *Houston* sich befindet. Und La Paz hat keinen Leitenden Ingenieur Leen. Dieses Schiff wird im All auseinanderfallen, sobald jemand auch nur einen Torpedo darauf abfeuert. Ich hasse es, das zu sagen – aber wenn wir La Paz daran hindern, eine Freigabe zu bekommen, dann retten wir ihr Leben und das ihrer Besatzung. Ich weiß, daß sie am Ende doch unsere Fibrillatoren kriegen wird, aber ich will sicherstellen, daß es zu spät ist, um ihr noch zu nützen.

Also machen Sie sich nicht die Mühe, etwas zu dekontaminieren, das die *Houston* haben will. Sollen La Paz und ihre Leute die Zeit dafür selbst aufwenden. Es wird helfen, sie zu Hause festzuhalten.«

Leen antwortete nicht sofort. Schließlich murmelte er: »Ich wußte nicht, daß Sie so über die Sache denken.«

»Das wußte ich bis eben selbst nicht.« Korie gestattete sich kurz ein leichtes Grübeln, dann fügte er in sehr viel ernsterem Ton hinzu: »Aber wir wollen sicherstellen, daß wir alles, was wir der *Houston* geben, von den anderen zurücktauschen können. Wenn es sein muß, nehmen wir Kredit auf. Wir nehmen alles, was wir kriegen können. Was wir im Augenblick nicht benötigen, bunkern wir.

Wie lange dauert es noch, bis die ersten Ballons *Sternenschein* fertig sind? Nein, sagen Sie nichts. Ich weiß offiziell nichts von diesen Dingen. Stellen Sie einfach nur sicher, daß Hall genug Material hat, um jeden Deal gründlich schmieren zu können. Aber was wir auch immer im Austausch kriegen können – lassen Sie die Liefercontainer an Bord der Beiboote oder befestigen Sie sie außenbords. Bringen Sie nichts an Bord, bevor wir es nicht unbedingt benötigen. Wir werden das Schiff wahrscheinlich vom Kiel an aufwärts renovieren müssen.«

Korie blickte Leen in die Augen. »Nanu? Sie schreien ja immer noch nicht . . .?«

Leen schüttelte den Kopf. »Wollen Sie meinen Rat?«

Korie zögerte einen Moment. Er war nicht sicher, ob er hören wollte, was er wahrscheinlich zu hören bekommen würde. Aber schließlich stimmte er zu: »Schießen Sie los, Mister Leen. Was sollten wir Ihrer Meinung nach tun?«

»Reißen Sie das Schiff ab. Lassen Sie die anderen an unserem Pech teilhaben. Und dann renovieren wir es vom Kiel an aufwärts. Und hören Sie nicht auf das Gezeter Ihres Leitenden Ingenieurs.«

»Ah«, sagte Korie und nickte. »Dieser Plan gefällt mir. Er ist beinahe so gut wie mein eigener.«

»Nein«, widersprach Leen. »Er ist besser. Nicht so wortreich.«

Cookie

Stolchak schickte Gatineau in die Kombüse.

Gatineau konnte sich beim besten Willen nicht vorstellen, was ein Schiffskoch mit einem Möbiusschlüssel anfangen mochte, aber Stolchak hatte ihm erklärt, daß sie den Schlüssel an den Koch weitergegeben hatte, damit der den Fokus der Schnellbrenner wieder einstellen konnte.

Gatineau wanderte langsam in Richtung der Schiffsmesse. Er war müde und frustriert. Sein erster ganzer Tag an Bord eines Raumschiffes, und er hatte nichts zustande gebracht. Er war häufiger vom Bug zum Heck und wieder zurück gerannt, als er sich erinnern konnte. Er hatte ein paar Leute kennengelernt, und er hatte ein wenig über das *Wieso* und *Warum* von *Diesem* und *Jenem* erfahren, aber . . . er hatte den Auftrag des Leitenden Ingenieurs Leen noch immer nicht ausgeführt. Er fühlte sich wie ein Versager. Und er hätte den Leitenden Ingenieur so gerne beeindruckt. Was hatte Oberleutnant Brik noch einmal während der Versammlung gesagt? *Aufgeben ist keine Alternative?* Nun, wenn es keine Alternative war, wo zur Hölle steckte dann dieser gottverdammte Möbiusschlüssel?

Die Schiffsmesse lag weiter vorn im oberen Teil des Schiffs, soviel wußte Gatineau mittlerweile. Hinter der Brücke befand sich die Offiziersmesse, und dahinter lagen die Offiziersquartiere. Dann kam die Kombüse, und dahinter die Mannschaftsmesse. Hinter der Mannschaftsmesse lagen der Schiffsladen und die oberen Lagerräume und Vorratskammern, und dann folgten die oberen Kabinen und die Mannschaftskojen, und schließlich die Maschinenlager und der Maschinenraum selbst. Also sollte die Schiffsmesse nicht allzu schwer zu finden sein. Sie war ein großer Saal, der sich von der Backbord- bis zur Steuerbordpassage erstreckte.

Wenn die Passagen wenigstens geradeaus verlaufen wären. Aber das taten sie aus einer Vielzahl von Gründen nicht. Sowohl die Steuerbord- als auch die Backbordpassage zogen sich in zahlreichen Biegungen und Knicken dahin, manchmal nach außen, um einer sperrigen Installation auszuweichen, und manchmal nach innen, aus genau dem gleichen Grund.

Und obwohl Gatineau überzeugt war, daß er in der Zwischenzeit alle Markierungen an den Wänden kannte, so gab es doch einige Schilder, die ihm rätselhaft geblieben waren. Trotz häufiger Anfragen und Bitten an die Schiffsintelligenz Harlie verlief er sich *noch immer*. Wenn so etwas überhaupt möglich gewesen wäre, dann hätte er wetten können, daß der Schiffsrechner ihn mit voller Absicht durch so viele verschiedene Bereiche des Schiffes dirigierte, wie nur irgend möglich.

Aber schließlich erreichte er die Kombüse doch noch. Zerzaust, müde, unglücklich, aber er war angekommen.

Cookie warf ihm einen langen, nachdenklichen Blick zu und brummte: »Ahhh-ha.« Cookie war ein großgewachsener Mann. Er war breit und besaß die Statur eines Schauermanns, mit Händen so groß wie Schaufeln, und er war so sauber und gepflegt, daß er schimmerte wie eine frisch geschnittene Scheibe rohen Fleisches. Sein Gesicht glänzte rosig wie das eines Engels. Ohne weiter zu fragen, schob er Gatineau zu einem Stuhl und stellte eine Tasse heißer Schokolade vor ihn auf den Tisch. »Hier, fangen Sie damit an«, sagte er. »Es beruhigt den Magen. Sie haben das Mittagessen ausgelassen. Machen Sie das nie wieder. Heute gab es meine Spezialität. *Corned beef mit Kohl.* Und Sie wissen nicht, wie es im Himmel ist, mein Junge, bevor Sie nicht mein Corned beef mit Kohl probiert haben. Die meisten Köche kennen nicht den Unterschied zwischen würzen und in das Essen pinkeln. Ich schon. Sie werden sehen. Jeden Dienstag. Aber jetzt müssen Sie eine ganze Woche warten. Und beinahe hätten Sie auch noch das Abendessen verpaßt! Ich war schon im Begriff, einen Suchtrupp nach Ihnen loszuschicken. Wollen Sie jetzt Ihr Steak?«

Gatineau blickte mit verschleierten Augen hoch und war nicht sicher, ob er es wagen durfte, nein zu sagen. Er versuchte, sich zu erheben, aber Cookies gewaltige Hand auf seiner Schulter hielt ihn eisern auf seinem Platz. »Aber ... ich muß dem Leitenden Ingenieur den Möbiusschlüssel besorgen! Lassen Sie mich nur schnell den Schlüssel zu Mister Leen bringen, und dann kann ich ...«

»Ganz bestimmt nicht. Ich habe nicht den ganzen Tag in der Kombüse gestanden und köstliche heiße Mahlzeiten für diese Mannschaft gekocht, damit ein undankbarer Welpe hastig unterwegs ein paar Sandwiches hinunterschlingt. Sie werden hier ein korrektes Abendessen zu sich nehmen, oder Sie werden diesen Raum nicht verlassen. Selbst wenn er jetzt nicht hier ist – Kapitän Hardesty würde sich aus seinem Grab erheben und mir die Haut bei lebendigem Leib abziehen, wenn ich seinen Jungs und Mädchen nicht etwas Ordentliches zu essen gäbe. Und ich werde auch nicht zulassen, daß Sie die harte Arbeit der Küchenmannschaft oder die guten, gesunden Produkte der Schiffsfarm beleidigen. Wenn Sie wüßten, wieviel Arbeit in jeder Mahlzeit steckt, dann würden Sie jeden Bissen mit dem nötigen Respekt verzehren. Ich werde schon dafür sorgen. Trinken Sie jetzt erst mal Ihre Schokolade. Hier, das müssen Sie sehen. Bringen Sie Ihre Schokolade mit.«

Cookie packte Gatineau am Arm und hob ihn beinahe aus seinem Stuhl. Er zog ihn in die Kombüse, einen langen, schmalen Raum mit schimmernden Arbeitsflächen und Geräten. »Sehen Sie diese Maschinen? Glauben Sie wirklich, daß wir hier nur Kartoffeln am einen Ende hineinstopfen, und am anderen Ende kommen Sandwiches hervor? Glauben Sie, das ist alles, was wir hier tun? Jeder verdammte Dummkopf könnte das. Kochen ist eine wahre Kunst, und jeder wahrhafte Schiffskoch muß ein Meister seines Fachs sein, oder es gibt bald die schönste Meuterei, das können Sie mir ruhig glauben, mein Junge. Daran besteht gar kein Zweifel. Der wichtigste Teil eines Raumschiffs ist der Magen seiner Besatzung, das hat schon Napoleon Bonaparte gesagt, und der Mann hatte recht. Vergessen Sie das niemals. Hier, mein Junge, nehmen Sie sich noch etwas Kakao. Ich will Ihnen etwas sagen. Regel Nummer eins. *Kümmern Sie sich zuerst um Ihren Magen.* Wenn Sie nicht auf Ihr eigenes Wohlbefinden achten, dann können Sie anderen Leuten auch keines vermitteln. Zu was sollen Sie denn auf diesem Schiff gut sein, wenn Sie Ihre Arbeit nicht vernünftig erledigen können? Können Sie mir das vielleicht verraten? Zu nichts. Überhaupt nichts. Sie werden die gesamte Zeit in der Krankenabteilung verbringen, und Molly Williger und zwei andere Leute werden ihre Zeit damit verschwenden, Ihren armen kranken Körper zu pflegen, anstatt in der Zeit etwas Nützliches zu tun. Nein, das ist nicht der richtige Weg, um ein gutes Besatzungsmitglied dieses Schiffes zu werden. Es ist mir vollkommen egal, wie beschäftigt Sie sind, mein Junge. Versäumen Sie ja nie wieder eine Mahlzeit, oder ich werde mich persönlich um Sie kümmern, und wenn ich Sie finde, dann werden Sie sich wünschen, die *Weiße Frau von Belfast* hätte Sie statt meiner zu fassen bekommen. Mitsamt all ihren lieblichen Schwestern. So, hier ist, was Sie sich unbedingt ansehen sollten ...« Der Koch öffnete die Tür einer Kältebox und zog ein Stück frisches Fleisch hervor. »Sehen Sie das? Können Sie erkennen, was das ist?«

»Es sieht aus wie ein Steak?« fragte Gatineau zaghaft.

»Wischen Sie sich den Mund ab, Söhnchen. Sie haben einen Milchbart. Ein *Steak*? Sieht so vielleicht ein *Steak* aus? Das ist *viel mehr* als ein einfaches *Steak*. Würden Sie den Leitenden Ingenieur danach fragen, was das ist, dann würde er Ihnen antworten, daß es Treibstoff für Ihre Maschine ist. Das ist rohes Protein, welches Ihr Körper in Muskeln und Knochen und Energie umwandeln wird, um Ihre Maschine mit Überlichtgeschwindigkeit voranzutreiben. Das würde der Ingenieur sagen.

Und wenn Sie Irma Stolchak fragen, dann würde sie Ihnen erzählen, daß es eine Frucht ist. Sie würde Ihnen eine kleine Predigt halten, wie das Protein darin vernünftig herangezogen wird, damit es ausreichend Fett hat, um aromatisch zu schmecken, aber nicht so viel, daß es zu fettig ist. Sie würde Ihnen erzählen, wie das Fleisch in den Tanks stimuliert, durchgearbeitet und massiert und trainiert werden muß, damit es im Mund den richtigen Biß hat, aber nicht so stark, daß es zäh und nach Wild schmeckt. Und daß Sie genau wissen müssen, was Sie zu tun haben – züchten Sie Schweinekeulen oder Schinkensteaks? Koteletts oder Rollbraten? Wird es Brust oder Nacken? Es gibt keine Hühner oder Kühe oder Schweine, die an Bord dieses Schiffes herumlaufen und Ihnen die Arbeit abnehmen, und deshalb müssen Sie schon selbst sehen, daß die Exerziermaschinen in den Tanks Muskelfleisch produzieren und nicht nur einen undifferenzierten Haufen Fett.

All das würde Stolchak Ihnen erzählen, ganz sicher.

Und wissen Sie auch warum? Weil ich kein einziges Stück Fleisch annehmen würde, das für meine Mannschaft nicht gut genug ist.

Und wenn Sie mit Toad Hall über dieses Stück Fleisch reden würden, dann könnten Sie erfahren, daß es etwas Kostbares ist, ein Vermögenswert, etwas, das man auf dem Markt eintauschen kann. Er würde Ihnen erzählen, daß es ein Klumpen Kilokalorien ist, der nur darauf wartet, auf die Inventarliste gesetzt zu werden.

Aber sie haben allesamt unrecht, mein Sohn. Allesamt. Das hier ist kein Treibstoff, und es ist keine Frucht. Und es ist auch keine runde Nummer in der Inventarliste des Schiffs. Soll ich Ihnen sagen, was das ist? Es ist ein Kunstwerk, das darauf wartet, gegessen zu werden. Es ist ein Stück Heimat auf Ihrem Teller, es sind Ferien nach einem langen harten Tag voller Arbeit, es ist eine Belohnung für Stunden voller Mühe und Schweiß. Von einem Meister richtig zubereitet – nicht von einem Banausen! – wird es zu einem Festmahl, nicht nur für Gaumen und Magen, sondern auch für die Seele. Kochen ist eine Form der Kunst, und das Verzehren des zubereiteten Mahls in einer entspannten Atmosphäre ist die einzig richtige Art und Weise, um die Arbeit des Künstlers anzuerkennen. Und jetzt frage ich Sie, mein Sohn: *Wollen Sie die Arbeit eines Mannes zurückweisen, der sein Leben dem Ziel geweiht hat, Ihnen und Ihrer Seele dreimal am Tag ein wenig Freude zu bereiten?* Sie werden die Kombüse dieses Raumschiffs nicht mißbrauchen, das verspreche ich Ihnen. Jedenfalls nicht, solange ich der Herr und Meister dieses Reiches bin, und ganz sicher nicht, solange ich mein Hackbeil in der Hand halte.

Und jetzt beantworten Sie meine Frage, aber ein bißchen schnell: Wie wollen Sie Ihr Steak?«

»Äh – englisch. Bitte. Rosa innen, knusprig außen.«

»Guter Mann. So ist es richtig. Und welche Beilagen möchten Sie dazu?«

»Erbsen bitte, wenn Sie welche haben. Und Kartoffelpüree bitte. Wenn es Ihnen nicht zuviel Mühe macht. Und vielleicht einen Salat? Mit Käsedressing?«

Cookie bedachte Gatineaus Bestellung und nickte seine brummige Zustimmung. »Wenig inspiriert, aber handfest. Ein guter Anfang. Ich sag' Ihnen was, Junge. Ich lege eine Avocado und ein paar Shrimps oben auf den Salat. Nur, um ihn ein wenig gehaltvoller zu machen. Und die Erbsen werde ich mit ein paar Silberzwiebeln und Pilzen mischen, nichts Atemberaubendes, aber dann haben Sie wenigstens etwas zu kauen auf der Gabel, nicht wahr? Und die Kartoffeln werden schnell kalt ohne eine schöne Bratensoße. Oder würden Sie lieber eine Käsesoße vorziehen? Und ein wenig Kräuterbutter auf dem Steak natürlich. Natürlich. Es ist eine Schande, daß Sie so spät dran sind. Um diese Zeit ist es wirklich zu spät, um noch ein großartiges Essen zu fabrizieren, aber ich kann Ihnen noch immer einen kleinen Vorgeschmack von dem geben, was die Hände eines guten Küchenchefs anrichten können, der weiß, was er in seiner Küche macht. Und wenn Sie in Zukunft keine Mahlzeiten mehr auslassen, dann werden Sie schon sehr bald wissen, welch ein Privileg es ist, auf einem Schiff mit einem solchen Koch zu dienen. Sie werden schon sehr bald einen kleinen Bauch ansetzen, aber zehn Kilogramm mehr würden Ihnen auch nicht schaden. Wir werden schon dafür sorgen, daß Sie wie ein anständiges Mitglied der *Sternenwolf* aussehen. Ich meine, sehen Sie sich doch an, Junge. Sie sind so dünn wie ein Plasmaschlauch. Das kommt davon, wenn Sie vergessen zu essen. Aaaah, warten Sie nur, bis Sie sehen, was ich auf Ihren Teller zaubern werde. Sie werden jede Leibspeise vergessen, die Ihnen Ihre Mutter je vorgesetzt hat. Sie werden die Minuten zwischen den Mahlzeiten zählen, das verspreche ich Ihnen. Aber genug geschwätzt. Heute abend zumindest gönne ich Ihnen Ihr einfaches, altmodisches Steak. Und jetzt machen Sie, daß Sie Ihren kleinen dürren Hintern aus meiner Kombüse schaffen und sich draußen wieder an einen Tisch setzen, bevor ich die Geduld verliere und Sie in den Fleischwolf stopfe, um aus Ihnen die morgige Soße zuzubereiten.«

Gatineau schlang die erste Hälfte seines Abendessens hinunter, ohne etwas zu schmecken. Er hatte überhaupt nicht bemerkt, wie hungrig er gewesen war. Und er bemerkte auch nicht, *wie gut* das Essen vor ihm wirklich war, bis sich Cookies mächtige Hand auf seine Schulter legte und der Koch sagte: »Langsam, Junge, langsam. Sie müssen sich schon genügend Zeit lassen, um jeden Bissen zu genießen – sonst wird der Koch wissen, daß Sie ihn belügen, wenn Sie ihm erzählen, wie gut es Ihnen geschmeckt hat. Richtige Männer schlingen ihr Essen nicht in sich hinein, ganz egal, wie hungrig sie auch sein mögen. Niemand wird Ihnen Ihren Teller wegnehmen, also machen Sie langsam, und zeigen Sie mir, daß Sie den Geschmack Ihres Essens genauso zu schätzen wissen wie die Völle, die es Ihrem Magen verleiht. Außerdem müssen Sie ihre Kraft noch für den Nachtisch aufheben. Ich mache die besten Desserts in der gesamten Flotte. Ich werde Ihnen eine Scheibe meiner Pfirsichbeerentorte mit einem dicken Schlag süßer Sahne bringen. Und danach ... nun, wenn Sie schon hier sind, dann können Sie für mich ein wenig K.P. erledigen. Ihre Strafe dafür, daß Sie das Abendessen verpaßt haben. Und anschließend können wir uns gerne über diesen Schlüssel unterhalten, den Sie suchen.«

»Mmmm mhmm mhmmm«, erwiderte Gatineau, während er einen weiteren Bissen in seinen Mund stopfte. Nach allem, was man ihm heute zu tun aufgetragen hatte, würde K.P. sicher eine Leichtigkeit werden.

Aber da irrte er sich schon wieder.

Draußen

Die *Sternenwolf* besaß drei verschiedene Arten von Luftschleusen.

Die traditionelle Luftschleuse bestand aus einer Kammer mit Schotten an zwei gegenüberliegenden Enden; Luft konnte je nachdem hinein- oder herausgepumpt werden.

Die Ventilschleuse bestand aus einer Reihe selbstversiegelnder Membranen, die Ähnlichkeit mit Herzklappen besaßen. Ein Mensch konnte sich durch diese Membranen voranschieben. Bei jedem Durchgang trat ein wenig Gas aus, aber da die Kammern von innen nach außen abnehmenden Luftdruck besaßen, war der Luftverlust in der äußersten Kammer minimal.

Schließlich gab es noch Drehschleusen. Das waren rotierende Zylinder, die viel Ähnlichkeit mit einer Drehtür besaßen. Man trat ein, drehte sich hindurch und verließ die Schleuse auf der anderen Seite wieder. Es war der schnellste Weg, ein Schiff zu betreten oder zu verlassen, das unter Atmosphärendruck stand.

Nach den Flottenvorschriften mußten alle drei Arten von Schleusen durch zusätzliche rückwärtige Schleusen abgesichert werden.

Brik benutzte die Ventilschleuse.

Sie ermöglichte ihm, mit einer selbstbestimmten Geschwindigkeit ins Vakuum vorzudringen.

Er berührte seinen Harnisch und überprüfte den rohen Klumpen in dem Behälter, den er darunter direkt auf der Haut trug. Dann nahm er ein paar letzte Atemzüge reinen Sauerstoffs aus der Druckpatrone, die er mit sich geführt hatte, und warf sie weg. Er schob sich durch die erste Membran, dann durch die zweite – die Luft wurde stetig aus seinen Lungen gesaugt. Er preßte sich durch die dritte Membran, dann die vierte. Und atmete weiter aus. Als keine Luft zum Ausatmen mehr in seinen Lungen war, begann der Schmerz in seiner Brust zu verebben, und er schloß den Mund.

Brik trug einen modifizierten Raumanzug, der dem des Morthan-Assassinen so stark nachempfunden war, wie Brik es nur vermocht hatte. Der Anzug bestand aus nicht viel mehr als einem Brust- und Tiefschutz. Außerdem trug Brik eine Gesichtsmaske, die seine Augen schützen sollte; er war nicht imstande gewesen herauszufinden, welche Modifikationen an Cinnabars Augen durchgeführt worden waren – aber das war auch gar nicht der Sinn seines Experiments. Also trug er einfach die Gesichtsmaske.

Seine einzige Atemquelle war ein Sauerstofftransfusor, den er sich über die rechte Schulter gehängt hatte.

Die Autopsie der Überreste Cinnabars hatte gezeigt, daß der Assassine ein ähnliches Gerät im großen Knochen seines rechten Oberschenkels getragen hatte. Der Transfusor konnte einen Menschen für fünfzehn bis zwanzig Minuten mit Sauerstoff versorgen, aber das galt nicht für einen sich voll anstrengenden Morthaner mit seinem viel leistungsfähigeren Metabolismus.

Brik würde den Vorrat an Sauerstoff in weniger als einem Drittel der Zeit verbrauchen. Das gleiche hatte mit Sicherheit auch für Cinnabar gegolten. War der Assassine imstande gewesen, das Raumschiff innerhalb von sieben Minuten in seiner vollen Länge zu durchqueren?

Brik würde es herausfinden.

Es war von *allergrößter* Bedeutung, daß er es herausfand.

Er hakte den kurzen schwarzen Schlauch vom Transfusor los und öffnete das Ventil. Dann schob er sich das Schlauch-ende in den Mund. Er biß fest in das Mundstück und hielt es mit seinen Eckzähnen fest. Er atmete ein. Gut. Es funktionierte. Er bekam gerade eben ausreichend Luft.

Dann schob er sich durch das letzte Ventil der Schleuse.

Volles Vakuum *schmerzte.*

Und es war *laut.*

Er konnte hören, wie das Herz in seiner Brust hämmerte. Er konnte die Wellen spüren, die sich von seiner Brust her in einer Reihe beschleunigter Impulse in Arme und Beine ausbreiteten; er konnte das Blut durch seine Adern rauschen hören und das Rasseln seines unregelmäßigen Atmens in seiner Kehle und seinen Lungen. Sonst *nichts.*

Sein Körperinnendruck fühlte sich irgendwie *falsch* an. Brik spürte ein Unwohlsein; ganz besonders in seinen Eingeweiden breitete sich ein eigenartig bekanntes Gefühl aus. Das Fehlen atmosphärischen Drucks schien seinen Därmen ein scheußliches Eigenleben zu verleihen. Die Empfindung war in höchstem Maße alarmierend. Und plötzlich wurde Brik klar, daß er nicht in der Lage sein würde, seine Eingeweide unter Kontrolle zu halten.

Er zog sich aus der Luftschleuse und verkrampfte sich beinahe augenblicklich in einer fötalen Haltung.

Er konnte nicht sehen, was hinter ihm geschah, aber er hatte ein intensives, saugendes Gefühl, als sein Darm in einem dunklen, gefrierenden Spray explodierte. Der Ausbruch war mächtig und schmerzhaft, und selbst als sein Darm bereits mit Sicherheit leer war, hörte das saugende Gefühl nicht auf. Es wurde allmählich *unerträglich* – als würde nach und nach sein gesamter Körper durch das Rektum von innen nach außen gestülpt. Brik klammerte sich an einen Handgriff und *ertrug* den Schmerz. Er hatte gewußt, daß dies geschehen würde, aber er hatte keine Ahnung gehabt, daß es *so sehr* schmerzte.

Der einzige Trost war, daß Cinnabar das gleiche durchgemacht haben mußte. Aber wahrscheinlich hatte Cinnabar die Situation schon vorher trainiert und außerdem spezielle Implantate für EVA-Aufenthalte in seinem Körper. Wahrscheinlich war die Erfahrung für Cinnabar nicht so schmerzhaft gewesen wie für Brik. *Wer von uns beiden ist in diesem Fall der Mutigere*, grübelte Brik.

Es spielte keine Rolle. Es ging nicht um Mut. Es ging um Ergebnisse. Er fühlte sich bereits etwas besser und richtete seine Aufmerksamkeit auf das, was vor ihm lag. Er warf einen Blick auf die Uhr und fragte sich einmal mehr, ob es eine gute Idee gewesen war. Die Antwort lautete noch immer nein. Trotzdem ... es war die einzige Möglichkeit, es herauszufinden. Brik setzte das Mundstück wieder ein und nahm einen kleinen Atemzug. Ja, er könnte es schaffen. Er zog sich aus der Bucht, die die Luftschleuse einfaßte ...

Er befand sich am Bug des Schiffes, direkt vor dem aufgemalten Rachen. Sein Ziel war eine der hinteren Luftschleusen. Er begann, sich mit einer stetigen Bewegung entlang der Hülle des Raumschiffs voranzuziehen, wobei er sich an den Handgriffen festhielt, die neben den langen Rohren der Massetreiber in den Rumpf eingelassen waren. Während er sich immer weiter voranarbeitete, sang er lautlos eines seiner Übungsmantras vor sich hin.

Schnell fiel er in einen gleichmäßigen Rhythmus. Er versuchte sich einzureden, daß er eine der Übungswände hochkletterte, die zu Hause standen. Fünf Minuten. Einhundert Meter. Er konnte es schaffen. In der Schwerelosigkeit würde es ein Spaziergang werden.

Es wurde kein Spaziergang.

Das Vakuum *brannte.*

Die Sterne funkelten abscheulich *hell.*

Seine Augen begannen vor Schmerz zu tränen. Seine Nebenhöhlen brannten. Sein Kopf fühlte sich eiskalt an, und in seinen Ohren hämmerte sein Herzschlag und rauschte sein Blut.

Sehr schnell bemerkte er, daß seine Hände zu kalt wurden. Jedesmal, wenn er die Schiffshülle berührte, strömte ein wenig mehr von seiner Körperwärme durch die Finger nach draußen. Die Konstrukteure hatten irrigerweise angenommen, daß jeder, der diese Außenleiter benutzen würde, einen richtigen Raumanzug tragen würde. Sie hatten darauf verzichtet, die Handgriffe mit einem temperaturneutralen Material zu umhüllen. Briks einziger Trost bestand in dem Gedanken, daß es für Cinnabar genauso schlimm gewesen sein mußte wie für ihn. Vielleicht sogar noch schlimmer. Cinnabar konnte nicht sicher gewesen sein, daß die Luftschleuse, auf die er zuhielt, für ihn offengestanden hatte.

Brik hatte die Hälfte des Weges zurückgelegt. Er machte ein kurze Pause am Zugangspaneel auf der Steuerbordseite. Er könnte es öffnen. Er könnte sich in die Luftschleuse fallen lassen und ins Schiff zurückkehren. Er hatte seine Annahme bewiesen. Aber ... er mußte *ganz sicher* sein. Er warf einen weiteren Blick auf seine Uhr und überprüfte die Anzeige des Sauerstofftransfusors. Dann zog er sich am Zugangspaneel vorbei und hielt weiter auf das Heck der *Sternenwolf* zu.

Die Schmerzen in den Händen wurden schlimmer. Brik

fauchte, aber er beachtete sie nicht weiter. Später war noch immer Zeit, sich Gedanken zu machen – wenn der Schmerz in seinen Fingern plötzlich *aufhörte*. Aber er war sich jetzt zumindest einer Sache sicher: Cinnabar mußte eine Art innerer Heizung in seinen Extremitäten gehabt haben. Dieser Schmerz war im höchsten Maße *ablenkend*.

Auf der anderen Seite waren Cinnabars Implantate nicht dazu geschaffen worden, dem Morthan-Assassinen Wohlbefinden zu bereiten, sondern seine Überlegenheit und Kraft zu stärken. Brik dachte darüber nach, während er sich weiter voranhangelte. Welche Beziehung hatten Morthaner zum Schmerz? Er wußte, wie er selbst damit umging. Er *akzeptierte* den Schmerz. Er *entspannte* den Schmerz, überließ sich voll seiner Empfindung, bis sie zu einem Teil von ihm geworden war oder er zu einem Teil von ihr, bis er nicht länger gegen etwas widerstand, das sich außerhalb befand, sondern den Schmerz als einen Teil von sich selbst betrachtete. Und wenn er diesen Prozeß vollendet hatte, dann war der Schmerz als *Schmerz* verschwunden, hatte aufgehört zu existieren und war zu bloßer *Information* geworden.

Gingen die Krieger der Morthan-Solidarität auf die gleiche Weise mit ihrem Unbehagen um? Brik hatte seine Zweifel. Cinnabars Reaktionen hatten zum Ende hin fast etwas *Fröhliches* an sich gehabt. Er hatte ausgesehen wie in *Ekstase*.

Brik waren Gerüchte zu Ohren gekommen, daß die Solidarität die neuralen Ströme ihrer Krieger routinemäßig umleitete, so daß alle Schmerzgefühle in *Freude* umgesetzt wurden. Konnte es sein, daß Cinnabar diese Erfahrung *genossen* hatte? Konnte sein Tod für ihn eine Art *Orgasmus* gewesen sein? Wahrscheinlich. Aller Anschein deutete darauf hin.

Allmählich bereitete es Brik Schwierigkeiten, seine Finger zu bewegen. Seine Hände waren schon einige Male von den Griffen der Weltraumleiter abgerutscht. Es begann, zu einem Problem zu werden. Er verscheuchte seine Grübeleien und versuchte, sich auf die noch vor ihm liegende Entfernung zu konzentrieren.

Er konnte nicht richtig sehen. Alles war verschwommen. Trotz der Gesichtsmaske hatten seine Augen auszutrocknen begonnen. Er spürte, wie sie nach und nach aus ihren Höhlen zu quellen begannen. Seine Trommelfelle drohten zu reißen. Er hatte sich nur um eine Kleinigkeit verrechnet – aber es spielte keine Rolle, ob er einen Zentimeter oder ein ganzes Lichtjahr daneben lag. Die Situation lief auf ein Entweder-Oder hinaus. Das Resultat lautete entweder Ja oder Nein.

Aber ... wenn er hier draußen sterben sollte – dann würde das noch immer nicht beweisen, daß Cinnabar es auch nicht geschafft haben konnte. Nur wenn er überlebte, hätte er den unwiderlegbaren Beweis für Cinnabars Tat.

Der Tod machte ihm keine Angst. In seinen Adern gab es kein Adrenalin, und er hatte schon vor langer Zeit gelernt, die Ironie des Lebens zu verstehen. Aber Versagen – das war etwas, das ihn *ärgerte*. Versagen war etwas, das er nicht tolerieren konnte. Ganz besonders *dieses* Versagen hier. Weil niemand verstehen würde, worum es ihm gegangen war, wenn er es nicht schaffte, wieder an Bord zu kommen. Der Ansturm seiner Wut erfüllte ihn mit einem kurzen Schauer von *Wärme*. Er erinnerte sich an etwas, das Korie gesagt hatte. Es waren die gleichen Worte, die auch einer von Briks Vätern immer zu sagen pflegte: »Wut ist etwas Nützliches. Also benutze sie auch.« Trotz seiner Schmerzen mußte Brik grinsen. Korie dachte mehr und mehr wie ein Morthaner.

In der Zwischenzeit waren seine Bewegungen immer langsamer geworden. Jetzt stimmte er ein neues Mantra an. Ein Mantra der *Wut*. Einen Rhythmus aus *Zorn*. Kriegsparteien pflegten sich mit Liedern wie diesem aufzupeitschen – man konzentrierte sich auf das Gesicht des Feindes und sang seine Wut in ihn hinein. Brik stellte sich Cinnabar vor, und schon konnte er die erste brennende Glut von Haß spüren, die in seiner Brust brannte. Er war so erzogen worden, daß er nie dem *Haß* in sich nachgeben würde – außer in ganz bestimmten Situationen. Er war in seinem ganzen Leben erst dreimal in einen *Blutrausch* geraten, und jedesmal waren die äußeren Umstände unter strenger Kontrolle geblieben. Er wußte, wann er sich in einen *Blutrausch* steigern mußte und wie er das anzustellen hatte. Aber er kannte auch den physischen Preis, den er dafür würde zahlen müssen . . .

Er sang. Lautlos. Den *Rhythmus der Götter.*

Das Vakuum brannte.

Seine Ohren pochten.

Seine Augen röteten sich vor Schmerz. Er hielt sie fest geschlossen.

Sein Blut schäumte. Er sang. Lautlos.

Er dachte an Cinnabar. An Cinnabars Hände.

Und schließlich geriet er in Rage. Nicht wirklich in einen *Blutrausch*, aber einen Zustand dicht davor. Er verharrte kurz vor der Grenze zu dieser alles überwältigenden *Wut.*

Es hielt ihn zwar nicht warm, aber er blieb wenigstens in Bewegung.

Er zog sich an der Leiter voran – Sprosse um Sprosse um Sprosse –, bis es plötzlich keine Sprossen mehr gab. Er fuchtelte mehrere Sekunden durch das Nichts vor sich, bis er bemerkte, daß er das Ende des Weges erreicht hatte. Vor ihm lagen die hinteren Luftschleusen. *Er hatte es geschafft.* Er öffnete das Zugangspaneel und schob sich in die Schleusenbucht hinab. Er fummelte an den Kontrollen herum und schlug frustriert mit der Faust dagegen.

Ein rotes Licht flackerte auf. Er öffnete die Augen, aber er konnte sie kaum bewegen. Das Paneel pochte im Rhythmus seines Herzens. Dumpf erkannte er das verhängnisvolle Wort.

VERSIEGELT.

Und dann . . . verlor er doch noch die Kontrolle über seine *Wut* und geriet in den *Blutrausch.* Er war nicht wütend über die Tür – er war wütend über sich.

Rote Wut überschwemmte sein gesamtes Selbst. Brik war nicht länger ein rationales Wesen. Er schob sich aus dem Zugangspaneel und um die Wölbung der Hülle herum zur nächsten Schleuse. Es gab drei Schleusen am Heck der *Sternenwolf*. Eine von ihnen mußte einfach unversiegelt sein . . .

Ja!

Die Kontrollampe auf der Konsole blinkte grün, und der Zylinder schwang auf. Brik zog sich ins Innere, die Trommel drehte sich herum und herum, und dann stolperte er mit versagenden Beinen auf der anderen Seite hinaus und sank zu Boden. Plötzlich war ein brüllendes Geräusch ringsherum, schmerzhaft laut, unmöglich laut; er hatte nie gewußt, wie laut Geräusche sein konnten, so laut, daß er seinen Herzschlag nicht mehr hören konnte. Er fiel lang hin, und seine *Wut* raste und raste in ihm – obwohl er es geschafft hatte, war er noch immer ganz von seiner morthanischen Wut überwältigt. Er konzentrierte sich auf das Gesicht des toten Assassinen und verfluchte es mit glühender Vehemenz, er preßte seine Wut in einem gewaltigen Brüllen durch Kehle und Mund und übertönte die Geräusche des Raumschiffes, die seine Ohren betäubten.

Tränen überschwemmten seine Augen, und Blut strömte aus seiner Nase. Er hustete und kreischte, und irgendwie wurde ihm selbst in den tiefsten und schwärzesten Momenten seiner *Ekstase* bewußt, daß er gewonnen hatte. Er hatte seine Theorie bewiesen. Er wußte jetzt, was Cinnabar getan hatte – und wie er es getan hatte. War der Assassine in einen *Blutrausch* geraten wie Brik auch? Nein, das konnte nicht sein. Das ganze Schiff hätte es gehört. Cinnabar mußte auf irgendeine unbekannte Weise seine Erholungsprozesse beeinflußt haben, als er sich im Innern des Schiffes wieder in Sicherheit befunden hatte.

Briks Wut verebbte allmählich, und Erleuchtung und Verstehen und ein eigenartiges Gefühl blieben zurück, das Brik nicht benennen konnte – aber es besaß Elemente von Freude und Triumph; er wußte, es waren nur die Endorphine, die sein Gehirn überfluteten, aber er wurde dennoch von der Empfindung überwältigt. Das hier besaß keinerlei Ähnlichkeit mit irgendeiner Raserei, die er jemals erlebt hatte. Es war sündig und köstlich zugleich. Er lachte laut auf, ein gewaltiges, dröhnendes Lachen ...

... und die Sicherheitsschleuse fuhr zischend zur Seite. Er blickte in die Läufe von sechs Gewehren, die die Schleusenwachgruppe auf ihn gerichtet hatte.

Bei ihrem Anblick brach Brik in noch lauteres Lachen aus.

Die Angehörigen der Wachgruppe tauschten verwirrte Blicke.

Sie hatten den Witz nicht verstanden. Aber das war schon in Ordnung. Die Hauptsache war, daß Brik ihn verstand. Im Augenblick war das alles, was zählte.

Williger

Doktor Molly Williger hatte nicht viele Freunde. Sie war niemand, der zahlreiche Freunde gebraucht hätte, und um die Wahrheit zu sagen, war es auch nicht ganz einfach, sich mit ihr anzufreunden. Sie war eine recht schwierige Person. Molly Williger war wortkarg, finster und manchmal verletzend direkt, und sie hielt nichts von schneller Kameradschaft. Es war nicht so, daß sie mit Absicht unfreundlich zu anderen war – aber dennoch hinterließ ihr Verhalten oft genau diesen Eindruck.

Meist blieb sie reserviert und weigerte sich, etwas von ihren Gefühlen preiszugeben. Ihre Umgangsformen mit Kranken waren einmal mit denen eines klassischen Generals namens Patton verglichen worden – aber Patton hatte die besseren Noten erhalten. Molly Williger hatte zwar noch nie einen Patienten geohrfeigt, aber es war schon vorgekommen, daß sie in ihrer Wut jemanden mit einem wohlgezielten Tritt auf den *gluteus maximus* aus seinem Krankenbett gescheucht hatte. Und dann gab es da noch das nicht gerade geringe Problem mit ihrem Aussehen. Selbst Menschen, die gegenüber Williger keinen Groll hegten, pflegten ihre Bekannten rechtzeitig zu warnen, daß Doktor Molly Williger die häßlichste *Ärztin* der gesamten Flotte war, bevor sie ihnen Williger persönlich vorstellten. Was unzweifelhaft der Wahrheit entsprach. Es bereitete die vorgestellte Person ein wenig auf die Begegnung vor, und die Feststellung war zweifellos auch ziemlich höflich, höflicher zumindest als zu sagen, Molly Williger wäre die häßlichste *Person* in der Flotte. Obwohl das aller Wahrscheinlichkeit nach ebenso zutraf.

Molly war eine kleinwüchsige Frau und stammte von einer Welt mit hoher Gravitation. Sie war beinahe ebenso breit wie hoch. Ihre Nase ähnelte einer Kartoffel, und ihre Augen schielten ein wenig und ließen sie beinahe ebenso gemein wie häßlich aussehen. Sie besaß abstehende, verschrumpelte Ohren, die den Eindruck erweckten, ein Hund hätte sie vergraben und nach einem Jahr wieder ausgebuddelt. Die Atmosphäre ihrer Heimatwelt war dicker als auf Allianzschiffen üblich, und so war ihr Atmen bestenfalls schwer zu nennen, weil sie ständig darum kämpfte, genug von der zu dünnen Luft in ihre Lungen zu saugen. Ihre Stimme klang rauh und rasselte, als würde sie mit Kieselsteinen gurgeln. Ihr Haar war zu einem festen Knoten geschlungen und erinnerte an steifen, rostigen Draht. Aber selbst die Beschreibung der einzelnen Merkmale dieser Frau blieb unzureichend. Ihr Erscheinungsbild bildete den klaren und unschlagbaren Beweis dafür, daß das Ganze mehr sein konnte als nur die Summe seiner Teile.

Einmal war Molly Williger mit einem berühmten Dichter bekanntgemacht worden, und der Poet hatte anschließend ein ganzes Jahr seines Lebens damit verbracht, die richtigen Worte zu finden, bevor er am Ende aufgegeben und ihre Häßlichkeit einfach als *transzendental* bezeichnet hatte. »Die Sprache benötigt noch weitere tausend Jahre der Evolution, bevor sie imstande ist, eine Aufgabe wie diese zu erfüllen. Die Frau ist ein lebendes Meisterwerk. Gott muß daran gearbeitet haben, denn in dieser Arbeit gibt es keinen Fehler. Sie ist vollkommen und durch und durch häßlich, ohne auch nur den kleinsten Fleck von Schönheit, der den Anblick stören könnte. Sie ist eine heilige Gestalt. Ich würde eher meinen Rücktritt verkünden, als daß ich die Aufgabe übernehmen würde, ihr Erscheinungsbild mit Worten zu beschreiben.«

Es gab Leute, die sich an diesen harten Worten über Molly stießen, und diese Leute verurteilten den Poeten öffentlich für seine Geschmacklosigkeit. Aber der Poet erwiderte, daß er nichts Böses im Sinn gehabt habe. Seine ehrfürchtige Reaktion war als höchste Form von Kompliment gemeint gewesen. »Schönheit ist nichts Besonderes«, verteidigte er sich. »Sie erfordert keine besonderen Fähigkeiten. Aber wahre Häßlichkeit ist schon immer eine Kunstform gewesen. Sie ist roh und brutal und aus den Schreien und dem Leid von Fleisch und Blut gewordenem Bewußtsein geformt. Molly Williger raubt mir die Sprache. Ich würde mich ihr zu Füßen werfen und sie anbeten, wenn sie mich nur ließe.«

Was Molly Williger auch darüber denken mochte – sie behielt es jedenfalls für sich. Sie wußte, daß sie häßlich war. Sie benutzte ihre Häßlichkeit genau wie jedes andere Werkzeug, das ihr zur Verfügung stand. Tatsächlich war sie die einzige Ärztin in der gesamten Allianzflotte, die einem brüllenden Morthaner in den Rachen starren konnte, ohne sich einschüchtern zu lassen.

Cinnabar war der erste gewesen. Brik der zweite.

Nach Cinnabars Untersuchung war die von Brik ein reines Kinderspiel.

Sie machte *hmmm* und murmelte vor sich hin und studierte zahlreiche Bildschirme auf ihrem Tisch, und dann krächzte sie Korie ohne hinzuschauen an: »Er wird's überleben. Er ist ein verdammter Dummkopf, aber er wird es überleben. Haben Sie noch nicht genug verdammte Dummköpfe an Bord Ihres Schiffs?«

Korie ignorierte Willigers Bemerkung. »Was haben Sie

da draußen zu beweisen versucht?« verlangte er von Brik zu wissen.

»Ich habe nichts *versucht*«, erwiderte Brik. »Ich habe es *geschafft*!« Seine Stimme war noch rauher als gewöhnlich, und sein Atem ging noch immer sehr ungleichmäßig.

»Was geschafft?« fragte Korie stirnrunzelnd.

»Cinnabar hat uns belogen.« Brik nahm drei tiefe Atemzüge, bevor er fortfuhr. Er trug eine Sauerstoffmaske. »Er ist nicht durch die vorderen Torpedorohre hereingekommen, wie er behauptet hat. Er hatte genügend Zeit, um die gesamte Schiffslänge zu durchqueren. *Und wieder zurück.* Er kann überall an Bord gekommen sein.«

Korie dachte über Briks Entdeckung nach. Zuerst erschien ihm die Angelegenheit zu unwichtig, als daß Brik dafür sein Leben riskierte. Dann begann er jedoch, die Konsequenzen zu erkennen, und sein Gesicht versteinerte sich. »Scheiße«, fluchte er schließlich. »Jetzt haben Sie mir den Tag versaut. Ich muß sofort mit Harlie reden.« Frustriert schüttelte er den Kopf, dann blickte er unvermittelt auf. »Wissen Sie was? Ich sollte Sie für dieses Kunststück degradieren. Vielleicht werde ich das auch noch.«

»Es war eine Sicherheitsfrage«, rumpelte Brik. »Ich habe mich völlig im Rahmen meiner Kompetenzen bewegt. Externe Schadensinspektion.«

»*Ohne Raumanzug?* Wenn schon nichts anderes, dann kann ich Ihnen immer noch Unbesonnenheit und Leichtsinn vorwerfen.«

»Es wird Ihnen schwerfallen, das zu beweisen. Sie haben keine Ahnung, wozu morthanische Physiologie unter Streß in der Lage ist. Kein Mensch weiß das. Also hören Sie endlich auf, mir zu drohen. Es war *notwendig.*«

Zu Briks Überraschung nickte Korie zustimmend. Er erkannte zwei Dinge: Erstens konnte er diesen Streit nicht gewinnen. Und zweitens: Wenn er mit Brik weiter streiten würde, dann würde er die gleiche Autorität und die gleichen Argumente benutzen, die die Vizeadmiralin gegen ihn benutzt hatte – zu benutzen versucht hatte. Briks *Wildheit* war seine eigene Sache. Korie wagte nicht, seinen Sicherheitsoffizier deswegen zu strafen. Frustriert atmete er aus. Scharf. Allmählich wurde ihm klar, wie die Vizeadmiralin sich wegen seines Verhaltens fühlen mußte.

»Hören Sie mir gut zu«, sagte Korie. »Das nächste Mal, wenn Sie eine Idee wie diese haben – egal aus welchem Grund! –, dann klären Sie die Sache zuerst mit mir. Verstanden?«

»Warum?« Brik blickte Korie ausdruckslos an. »Wenn ich Ihnen diese Autorität über mich zugestehen würde, dann würden Sie sie auch benutzen. Hätten Sie mir diesen Test erlaubt?«

»Natürlich nicht.«

»Sehen Sie? Und genau aus diesem Grund mußte ich es ohne Ihre Erlaubnis tun.«

»Nun ... fragen Sie mich in Zukunft trotzdem. Dann kann ich Ihnen wenigstens eine Sicherheitsmannschaft mitgeben.«

»Wollen Sie mich beleidigen?«

»Ich würde Sie jedenfalls lieber vorher beleidigen als hinterher beerdigen. Haben Sie eigentlich eine Ahnung, wieviel Schreibkram zu erledigen ist, wenn ein Besatzungsmitglied stirbt?«

»Nein.«

Korie war sprachlos. »Wirklich nicht?«

»Das habe ich doch gerade gesagt.«

»In Ordnung.« Korie traf eine Entscheidung. »Von nun an sind Sie für alle Todesfälle zuständig. Ganz besonders für den Papierkram.«

»Ich bin kein Totengräber, Sir. Das ist die Arbeit von ... Sklaven.«

»Sind Sie Besatzungsmitglied dieses Schiffes oder nicht? Befolgen Sie Befehle oder nicht?«

»Jawohl, Sir. Ich befolge Befehle.« Briks Stimme klang formell und gepreßt.

»Ich werde die Anordnung schriftlich fixieren«, fuhr

Korie fort. »Und damit Sie Bescheid wissen: Der Sinn besteht nicht darin, Sie zu erniedrigen. Ich möchte, daß Sie beginnen, sich für das Leben – und den Tod – der Leute um Sie herum verantwortlich zu fühlen.«

Brik gab keine Antwort.

»Gut. Jetzt verstehen wir uns.«

»Das glaube ich nicht«, widersprach Brik. »Aber ich bin auch nicht darauf vorbereitet, jetzt mit Ihnen darüber zu streiten.«

»Aha«, sagte Korie bestimmt. »Genug um den heißen Brei geredet. Jetzt will ich den *wirklichen* Grund hören.«

»Welchen wirklichen Grund?« fragte Brik leise.

»Sie wissen genau, was ich meine. Was haben *Sie sich* dort draußen zu beweisen versucht?«

»Es war kein Versuch«, entgegnete Brik. »Ich *habe* es bewiesen.«

»Und was *haben* Sie bewiesen?«

»*Aufgeben ist keine Alternative.*«

Ihre Blicke trafen sich. Für einen Moment starrten sich die beiden Männer kalt in die Augen.

Brik erkannte, daß ... *ja, vielleicht hat Korie endlich verstanden ...*

»Genau das meine ich immer, wenn ich von verdammten Narren rede«, mischte sich Molly Williger in die Unterhaltung ein. »Zu viel Testosteron.«

Korie nutzte ihre Bemerkung als Gelegenheit, seine Augen abzuwenden. Er nickte zustimmend. »Sie haben recht, Doktor. Aber ich wünschte trotzdem, ich hätte ein Dutzend mehr von diesen verdammten Narren an Bord. Wir brauchen alle verdammten Narren, die wir kriegen können. Wie lange dauert es, bis dieser hier wieder auf den Beinen ist?«

»Wenn er darauf besteht, dann kann er jederzeit gehen. Ich will ihn nicht in meiner Abteilung haben. Aber ich bin nicht sicher, wieviel Schaden seine Lungen erlitten haben. Wahrscheinlich kann er sich alleine regenerieren. Ich möchte ihn trotzdem ein paar Tage unter Beobachtung halten. Wenn es nötig sein sollte, kann ich eine Transformationsreihe bei ihm durchführen.«

»Können Sie damit warten, bis das Schiff wieder einsatzbereit ist?«

Sie zuckte die Schultern. »Von mir aus kann ich warten, bis die Hölle einfriert. Ich arbeite nicht gerne mit Morthanern. Nehmen Sie's nicht persönlich, Mister Brik«, sagte sie zu dem Sicherheitsoffizier. »Aber es gibt mir immer das Gefühl, als wäre ich eine Tierärztin.«

»Das Gefühl beruht auf Gegenseitigkeit«, erwiderte Brik mit unbewegter Miene.

»Er wird seine Tabletten nicht schlucken wollen«, sagte Korie im Gehen. »Sie werden ihn wahrscheinlich mit Dosenfutter ernähren müssen.«

Armstrong

Nachdem Gatineau die Kombüse auf Hochglanz geputzt hatte, schickte Cookie ihn nach vorn in den Betriebsraum, ein winziges Abteil direkt unterhalb der Kommandobrücke, wo gerade vier Leute Platz fanden. »Fragen Sie nach Brian Armstrong, mein Junge. Er hat jetzt den Möbiusschlüssel. Er kam vorbei und nahm ihn mit, während Sie noch mit K.P. beschäftigt waren.«

Also marschierte Gatineau den Kiel hinab nach vorn. Er fühlte sich seltsam frisch und erholt. Es lag nicht nur an seinem vollen Magen, sondern auch an dem Gefühl, etwas zustande gebracht zu haben, als er die Kombüse geschrubbt hatte, bis alles funkelte. Er fand Vergnügen daran, Dinge zu reinigen. Es gefiel ihm, wenn das Raumschiff immer blitzblank war und die Einrichtung schimmerte wie neu. Es gab ihm ein Gefühl von *Stolz*.

Mit schiefem Lächeln erkannte er, daß er bereits den ganzen Tag damit verbracht hatte, Dinge zu *reinigen*. Er hatte bei dem elektronischen Harnisch geholfen, auf der Farm bei der Kläranlage, auf dem Frachtdeck mit den Vorräten. Er war überall an Bord gewesen. Andererseits ärgerte es ihn mächtig, so weit herumgekommen zu sein, ohne auch nur eine Spur dieses verdammten Möbiusschlüssels zu finden.

Er erreichte den Betriebsraum und kletterte die fünf Stufen hinunter. Drinnen arbeiteten zwei Männer, ein kleiner dunkler und ein großer blonder. Beide waren mit elektronischen Apparaten beschäftigt. »Wer von Ihnen ist Armstrong?« fragte Gatineau.

»Ich«, antwortete der Blonde, ein richtiger Muskelprotz mit einem Grinsen im Gesicht. »Und wer sind Sie?«

»Gatineau. Ich brauche den Möbiusschlüssel«, sagte der Grünschnabel forsch und streckte die Hand aus. »Sofort. Der Leitende Ingenieur will ihn haben.«

»Ach ja, der Möbiusschlüssel. Richtig. Mister Green ...?« Armstrong wandte sich an den kleineren Mann. »... wo haben Sie ihn hingelegt?«

»Ich hab' ihn Hodel gegeben. Er macht eine Mikrojustierung an den Klystron-Spulen. Ich geh' ihn sofort holen.« Green begann, durch ein großes Loch im Boden zu klettern. Dann hielt er inne und erklärte: »Sagen Sie dem Leitenden, daß uns die Verspätung schrecklich leid tut. Aber wir mußten die gesamte Kommunikationsanlage zerlegen und jedes einzelne Modul testen. Wir glauben nicht, daß eine der Einheiten kontaminiert ist, aber eine C-5-Dekontamination erfordert so oder so die Überprüfung. *O nein ...!*« Green wurde blaß. »Hören Sie, mir fällt gerade ein – Sie müssen warten, bis wir mit dem Zusammenbau der optischen Adern fertig sind. Wir kommen nicht an den Möbiusschlüssel heran, bevor die Anlage nicht wieder in Betrieb ist und die Leitungen den Weg nicht mehr versperren.«

»Warum überrascht mich das bloß nicht?« fragte Gatineau. »Vermutlich können Sie meine Hilfe gut gebrauchen?«

»Nein, nicht nötig. Es ist ein Zwei-Mann-Job. Sie wären nur im Weg ...« Green zog sich wieder aus dem Loch. Gatineau begann sich eben zu entspannen, als Green fortfuhr: »Andererseits ... wenn Sie hier übernehmen könnten, dann kann Armstrong bereits damit anfangen, die Netzwerkassembler herunterzureißen. Dann könnten wir die Hüllenreiter wieder integrieren und unsere Hyperraumabtaster vor der geplanten Zeit voll operationsfähig haben. Hier, warum nehmen Sie nicht die Sonde und helfen ein wenig? Wenn wir ein Klasse-V-Analysenetzwerk hätten, dann müßten wir das nicht alles von Hand erledigen. Aber dieses Schiff lief vom Stapel, bevor die erforderlichen Teile angeliefert wurden, und wir kamen nicht einmal mit unseren eigenen Ersatzteilen hinterher. Auf anderen Schiffen werden diese Teile zuerst angefordert. Sie machen sich keine Vorstellung von den Engpässen, mit denen wir zu kämpfen hatten. Es ist wie verhext.

Ich will Ihnen was verraten«, fügte Green hinzu. »Es dreht sich alles um Ressourcen. Wissen Sie, das ist die Regel Nummer eins: *Stellen Sie sicher, daß Sie genügend Ressourcen haben.* Ich erinnere mich an ein Schiff, auf dem das Klopapier drei Wochen von zu Hause entfernt ausgegangen war. Als wir endlich in unserem Bestimmungshafen eingelaufen waren, benutzten wir die Klamotten des Schirrmeisters. Wir waren sehr unzufrieden damals. Aber die Schuld daran trug der Schirrmeister. Er machte nie wieder einen derartigen Fehler. Das ist es, worauf ich hinauswill. Jetzt und hier haben wir all diese Extraarbeit, nur weil wir nicht beizeiten ein vernünftiges Systemanalysenetzwerk eingebaut haben. Warten Sie, ich zeigen Ihnen, wie das geht ...«

Armstrong hatte bereits die fünf Schritte zur Kommandozentrale zurückgelegt. Quilla Zeta reinigte schweigend das Astrogationsdisplay. Sie war eine schlanke Frau, blauhäutig und mit purpurfarbenen Federn, die sich sichelförmig in einem schmalen Band von ihrer Stirn bis in den Nacken über den ansonsten kahlen Schädel zogen. Mikhael Hodel hatte das Kommando auf der Brücke, und Jonesy saß vor der Astrogation und ließ eine Reihe von Kampfsimulationen ablaufen.

»Decksmann Armstrong?« fragte Zeta.

»Ich ... äh, ich hab' jetzt keine Zeit.« Armstrong duckte sich in den Backbordgang zur vorderen Schleuse.

»Ich hab' dringende Arbeiten zu erledigen . . .« Auf halbem Weg durch den Gang begegnete er Quilla Theta. Sie war noch kleiner als Gamma, beinahe wie ein Kind. »Du gehst uns nun schon eine ganze Weile aus dem Weg. Wir müssen miteinander reden.«

»Nicht jetzt«, entgegnete Armstrong. »Ich hab' doch schon gesagt, daß ich zuviel zu tun hab', mit der Dekontamination und allem . . .« Er schob sich beinahe unhöflich an Theta vorbei und marschierte weiter.

Quilla Delta streckte ihren Kopf aus der Kabine, als er vorbeikam. »Wann denn?«

»*Später*. Hab' ich doch schon gesagt!« Er streckte die Hände vor, als wolle er sich die Quilla vom Leib halten, und beeilte sich, an ihrer Kabine vorbeizustapfen.

Quilla Beta trat aus den vorderen Magazinen und trug ein Gehäuse für eine Ventrikelapparatur. »Das hast du schon früher gesagt, Decksmann Armstrong. Aber später kommt nie. Irgend etwas ist nicht in Ordnung. Schämst du dich wegen der sexuellen Kopplung, die wir hatten?«

»Sieh mal, es hat nicht funktioniert. Bitte, laß uns einfach nicht mehr darüber reden.« Er schob sich an ihr vorbei zu den Lagerräumen. Sein Gesicht war rot angelaufen.

Quilla Lambda, der einzige männliche Quilla an Bord, wandte sich um und blickte ihn an. Lambda war genauso groß und muskulös wie Armstrong selbst. Seine Haut war von einem dunkleren Blauton als die der weiblichen Quillas, und seine Federn waren länger. »Nein, Brian«, sagte er mit fester Stimme. »Es hat funktioniert. *Das* ist das Problem.«

»Könnt ihr mich nicht einfach in Ruhe lassen?«

»Wir müssen deswegen miteinander reden. Und wir müssen *jetzt* miteinander reden. Weil es nämlich deine Leistungsfähigkeit zu beeinträchtigen beginnt. Wenn du schon nicht mit den anderen sprechen willst, dann sprich wenigstens mit diesem hier. Warte . . .«

Lambda machte irgend etwas, das Armstrong nicht erkennen konnte, aber plötzlich war Lambda kein Quilla mehr, sondern ein Mensch mit blauer Haut und purpurnen Federn.

»Ich habe mich ausgeklinkt«, sagte er. »Jetzt können wir privat miteinander reden. Wenn du möchtest.«

»Du hast dich *ausgeklinkt*? Ich wußte nicht, daß ihr so etwas überhaupt könnt?«

Lambda nickte. »Wir machen es nicht sehr häufig. Es ist kaum jemals notwendig. Aber du mußt mir jetzt zuhören. Ich weiß, wie du dich fühlst.«

Armstrong gab keine Antwort. Er blickte zur Seite, zu Boden, an die Decke. »Sieh mal«, sagte er schließlich und richtete seine Augen wieder auf Lambda. »Müssen wir diese Unterhaltung wirklich führen?«

»Ja«, entgegnete Lambda. »Wir müssen. Es hat dir Freude gemacht, mit uns Sex zu haben. Es hat uns Freude gemacht, mit dir Sex zu haben. Quillas sind sehr sinnlich. Du bist sehr attraktiv. Es war für uns alle ein sehr schönes Erlebnis. Also, wo liegt dein Problem, Brian?« Lambda blickte ihm scharf in die Augen und wartete auf Armstrongs Antwort.

Armstrong wandte erneut den Blick ab. Er konnte Lambdas forschenden Blick nicht ertragen.

»Glaubst du wirklich, du bist der erste, der sich je so gefühlt hat?« fragte Lambda leise.

Die Frage war zu direkt. Armstrong reagierte mit Wut. »Ich schätze dein Mitgefühl, in Ordnung? Aber ich habe im Augenblick keine Zeit für das hier.«

»Doch, hast du. Du hast gerade einen großen Teil deiner Arbeit auf Decksmann Dritter Klasse Gatineau abgewälzt. Bitte beleidige nicht meine Intelligenz. Es ist sehr schwierig, ein Quillawesen überzeugend zu belügen. Darf ich dir einen Rat geben?«

»Kann ich dich daran hindern?«

»Eigentlich nicht.« Lambda streckte den Arm aus und legte seine blaue Hand direkt auf Armstrongs rosafarbene. Armstrong versuchte, seine Hand wegzuziehen, aber Lambda hielt sie fest. »Hast du Schwierigkeiten mit der Tatsache, daß eine männliche Komponente beim Sex zugegen war?«

»Du redest nicht lange um den heißen Brei, was?«

»Du sagst selbst, daß du nicht viel Zeit hast«, entgegnete Lambda trocken. Armstrong schüttelte den Kopf; eine bequeme Ausrede, um wieder wegzusehen.

Lambda streckte den anderen Arm vor und drehte Armstrongs Kopf mit einem Finger zurück, so daß er ihm wieder in die Augen blicken mußte. »Die Kopplung war ein freudiges Ereignis. Sie war wunderbar, und sie war erfüllt von Lachen und Staunen. Für uns genauso wie für dich. Die Erfahrung hat deine Vorstellung von Sexualität sichtlich erweitert. Auch auf eine Art und Weise, die dir unbehaglich ist. Zum ersten Mal drehte sich der Sex nicht um *dich*, sondern um *jemand anderen*. Und zwar aus genau dem Grund, daß *so viele* von uns darin verwickelt waren. Daher die große Freude. *Auf beiden Seiten*, Brian. Auch ich bin ein Teil des *uns*. Es tut mir leid, wenn du dir deswegen den Kopf zerbrichst, aber es ändert nichts an dem, was wir alle gemeinsam erfahren haben.«

Armstrong antwortete nicht sofort. Nach einer Weile sagte er: »Du bist aalglatt. Du redest gut. Aber du hast keine Ahnung, was wirklich in mir vorgeht.«

»Nein, da hast du recht. Aber ich weiß, was ich durchgemacht habe, bevor ich selbst zu einem Quilla wurde.«

Armstrongs Augen weiteten sich plötzlich. Er starrte Lambda schweigend an, als er zu sehen versuchte, wer dieser Mann *vorher* gewesen sein mochte . . .

Lambda nickte. »Richtig. Mir ging es genauso. Auch ich bin tagelang herumgelaufen und hab' mächtig Schiß gehabt und herauszufinden versucht, was das alles zu bedeuten hatte. Ich wollte mehr davon und hatte gleichzeitig entsetzliche Angst davor. Und die ganze Zeit über verspürte ich brennende Neugier, wie es für die Quillas gewesen sein mochte. Schließlich habe ich eingesehen, daß der einzige Weg, es jemals zu verstehen und mich selbst von außen zu betrachten darin bestand, selbst ein Quilla zu werden.«

»Hör auf damit. Ich will kein Quilla werden. Ich bin nicht daran interessiert.«

»Ich will dich nicht anwerben. Du hast aller Wahrscheinlichkeit nach nicht die richtige Geisteshaltung. Du könntest bestimmt nicht in einen Cluster assimiliert werden, ohne alle anderen verrückt zu machen. Und der Cluster an Bord dieses Schiffes ist nicht an einer Erweiterung interessiert, bevor die Situation an Bord stabiler geworden ist. Also bilde dir nur ja nichts ein.

Und sieh mich nicht so überrascht an«, fügte Lambda scharf hinzu. »Ich bin vielleicht ein Quilla, aber ich muß nicht unbedingt freundlich sein, wenn es mir unangemessen erscheint. Es gibt eine ganze Menge Dinge über Quillas, die du nicht weißt. Offensichtlich hast du deine Hausaufgaben nicht gemacht. Du hast wohl nur mit deinem Schwanz gedacht? Es war sehr reizvoll zu seiner Zeit, aber langsam wird es langweilig, Brian. Es ist an der Zeit, sich weiterzubewegen.

Wir wissen, was du durchmachst, denn es ist auch Teil unserer eigenen Vergangenheit. Wir bedauern, daß du so fühlst. Wenn wir geahnt hätten, daß du so reagierst, dann hätten wir deine Einladung zum Sex niemals akzeptiert. Aber es ist nun einmal geschehen, und jetzt müssen wir alle damit leben.

Was wirst du also jetzt tun? Willst du weiter wie ein wütender Morthaner herumstapfen, oder willst du erwachsen werden?«

»Was willst du eigentlich von mir?«

»Nichts, wirklich nicht. Kannst du nicht einfach unser Freund sein? Und uns ein Lächeln schenken, wenn du uns auf dem Gang triffst?«

Armstrong zögerte. Dann machte irgend etwas in ihm *klick*, und er lächelte über einen Witz, den nur er verstand. »Ich glaube das einfach nicht.«

»Was?«

»Normalerweise bin ich derjenige, der sagt: ›Können wir nicht Freunde bleiben?‹«

Lambda lächelte mit. »Und wie reagieren die Frauen normalerweise?«

Armstrong grinste reumütig. »Sie werden wütend. Du solltest sie sehen. Ich erinnere mich an eine, die mich angebrüllt hat: ›Nein, wir können keine Freunde sein, du Wichser! Ich will keine Freunde! Ich habe die besten Freunde, die ich mir für Geld kaufen kann. Ich will mehr als nur deine Freundschaft, verdammt noch mal!‹« Armstrong lachte. Dann senkte er verlegen den Blick. Die Erinnerung tat weh.

»Erzähl weiter«, forderte Lambda leise.

Armstrong schluckte schwer. »Ja, in Ordnung. Es war gut. Und um die Wahrheit zu sagen, ich ... ich würde es gerne wieder tun. Aber andererseits ... all die Frotzeleien und so ... ich dachte nicht, daß ihr – der ganze Cluster – so empfunden habt, wie ich am Anfang geglaubt habe. Und dann, als du mir zugewunken hast, da ... da war ich mir sicher, daß du ... daß ihr alle über mich lacht, weil ich ... nun, weil ich so dumm war.«

»Wir haben dich nicht ausgelacht«, entgegnete Lambda. »Glaub mir oder nicht, aber Quillas sind nicht fähig, sich über einen Menschen lustig zu machen. Wir sind viel zu mitfühlend dazu. Es ist gleichzeitig sowohl unsere Stärke als auch unsere Schwäche.«

»Jaaah. Ich schätze, du hast recht. Aber ... aber du hast mir Angst eingejagt. Ich dachte, daß du vielleicht ... na, du weißt schon. Und ich ... ich will das nicht.«

Lambda nickte. »Erstens: Ich bin – als Individuum – nicht homosexuell. Also mußt du dir deshalb keine Gedanken machen. Und zweitens würde ich – als Individuum – niemals außerhalb meines Clusters Sex haben. Ganz egal, wie sehr ich mich als Individuum auch angezogen fühlen mag. Es wäre Betrug gegenüber meinen Gefährtinnen. Ich würde niemals meine persönliche Befriedigung über den Cluster stellen.

Allerdings ist der Cluster immer neugierig, was mögliche neue sexuelle Kombinationen angeht, und es macht nicht viel aus, welcher unserer Körper für eine sexuelle Begegnung verwandt wird. Wir lassen in der Regel das andere Individuum auswählen, wen von uns es am meisten anziehend findet. Und um deine nächste Frage auch zu beantworten: Ja, dieser Körper hier wurde für homosexuelle Begegnungen benutzt.

Und außerdem«, fügte Lambda nachdenklich hinzu, »muß ich gestehen, daß von allen sexuellen Praktiken die Vereinigung zwischen Mann und Mann oder Frau und Frau häufig eine für den Cluster besonders interessante ist, nicht zuletzt, weil die parallelen Empfindungen zweier Männer oder zweier Frauen ganz außergewöhnliche Erfahrungen produzieren. Es tut mir sehr leid, wenn dich das entnervt, aber die Beschränkung rührt aus deinem Bewußtsein her, nicht aus unserem. Unter uns haben wir häufig Begegnungen zu dritt oder zu viert, und sie sind immer sehr intensiv. Und weil ich der einzige männliche Quilla dieses Clusters bin, finden sogar die meisten unserer internen Begegnungen nur unter Frauen statt.«

Armstrong starrte Lambda an und wußte nicht, wie er auf diese Information reagieren sollte. Er hatte schon einiges gehört, aber er hatte nicht gewußt, daß die Quillas so offen waren. Er war nicht sicher, ob er noch weitere Einzelheiten hören wollte.

Aber Lambda fuhr fort: »Ich will dir etwas verraten, Brian. Es kann für einen Mann sehr belebend sein, weibliche Sexualität zu erfahren. Es hat mich mehr über Frauen gelehrt, als ich auf andere Weise je hätte lernen können. Es tut mir leid, wenn dich das beunruhigt, aber du mußt verstehen, was wir sind. Ich wünsche mir oft, daß jeder Mensch für eine Weile ein Quilla sein könnte. Dann würdet ihr wirklich verstehen. Und dann würdet ihr nicht so viele unwissende Scherze machen und hättet nicht die Ängste, unter denen ihr leidet. Wir mögen dich. Und wir mögen nicht, wenn du dich unbehaglich fühlst.«

»Okay«, brummte Armstrong. »Ich hab's kapiert.« Er entspannte sich und seufzte und nickte zustimmend. Sein Unbehagen schwand teilweise. Zum ersten Mal blickte er Lambda freiwillig in die Augen. »Ich hab' mich ziemlich steif benommen, nicht wahr?«

»Ehrlich gesagt ...«, lächelte Lambda freundlich, »... du hast dich benommen wie ein Blödmann.«

»Ja«, gestand Armstrong. »Ich schätze, das habe ich.«

Er atmete tief durch. »Es tut mir leid.« Dann fragte er: »Und was machen wir jetzt?«

Lambda tätschelte freundlich Armstrongs Hand. »Nichts. Oder alles. Oder alles, was du möchtest. Wir sind hier, um zu dienen. Du möchtest, daß dir jemand den Rücken massiert? Ruf mich. Ich bin Experte in *shiatsu*. Ich weiß Bescheid über den eingeklemmten Nerv in deinem Rücken, der dir hin und wieder Beschwerden verursacht. Das ist der Grund, aus dem ich mein Angebot gemacht habe. Du willst Sex? Ruf mich oder Delta oder irgend jemand von den andern. Das zweite Mal macht noch viel mehr Spaß als das erste. Du willst mit jemandem reden? Es wäre mir eine Ehre. Du kannst mit mir als Individuum oder auch als Mitglied des Clusters sprechen. Was immer du möchtest, Brian. Was auch immer.«

»Danke«, erwiderte Armstrong überrascht und verlegen zugleich. »Ich meine es ehrlich. Danke.« Er klopfte Lambda wie einem Freund auf die Schulter, und Lambda klopfte ihm auf die Schulter – wie einem Geliebten. Armstrong versteifte sich ... aber er zuckte nicht zurück. Plötzlich gab es eine ganze Menge neuer Dinge, über die er nachdenken mußte.

Meerson-Krikes

Das Orbitalcollege war der Orbitalfabrik von Meerson-Krikes angeschlossen. Während einiger ruhiger Jahrhunderte hatte *Shaleen* den Ruf erworben, besonders leichte, stabile Schiffsrümpfe zu bauen. Die Polycarbonat-Titan-Rümpfe waren extrem vielseitig. Sie konnten mit Feststoffmotoren, Fusionsantrieben, Plasmafackeln und sogar Sonnensegeln ausgerüstet werden. Die Schiffe, die Shaleen hervorbrachte, waren perfekt für Reisen zwischen den inneren Planeten des Systems geeignet, aber auch für Streifzüge zu den mittleren und äußeren Welten. Gelegentlich bestellte eine tollkühne Seele ein Schiff mit Singularitätsantrieb in der Absicht, interstellare Fahrten durchzuführen. Trotz deutlicher Warnungen seitens der Hersteller in bezug auf die Probleme, die die Aufrechterhaltung der Singularitätsfelder in einer Hülle von so geringer Größe aufwarf, und trotz der noch deutlicheren Warnungen über die Schwierigkeiten, eine Hyperraumblase nicht nur aufrechtzuerhalten, sondern auch noch so zu manipulieren, daß damit Überlichtgeschwindigkeit möglich wurde, gab es keinen Mangel an Exzentrikern, die den Mut hatten, die Dunkelheit zwischen den Sternen zu durchkreuzen. Und wer wollte nicht sein eigenes Raumschiff? Der große Sprung nach draußen war eine unwiderstehliche Versuchung. Im Verlauf der Jahre entwickelte Meerson-Krikes ein ganzes Programm von leichten Kreuzern jeder Größe.

Aber im Hintergrund zogen bereits dunkle Wolken auf, und schließlich wurden die Alliierten Welten durch beständig wachsende Rüstungsanstrengungen in der morthanischen Sphäre alarmiert. Die Verteidigungsbehörde nahm die Meerson-Krikes-Gesellschaft unter Vertrag – genau wie zahlreiche andere Gesellschaften auf zahlreichen anderen Welten auch – und ließ eine Serie kleiner, aber extrem starker interstellarer militärischer Schiffe entwickeln. Diese Schiffe der Zerstörerklasse wurden ›Libertyschiffe‹ genannt.

Wegen ihrer beträchtlichen Erfahrungen mit leichten Kreuzern war die Meerson-Krikes-Gesellschaft rasch in der Lage, die Produktion aufzunehmen. Innerhalb eines einzigen Jahres wurde eine Produktionskapazität von einem Schiff pro elf Tagen erreicht. Die Schiffe bestanden aus vorgefertigten Teilen und waren spartanisch ausgerüstet, und ihnen mangelte es an allem außer den grundlegenden Lebenserhaltungssystemen und Annehmlichkeiten. Aber sie hielten die Luft und konnten Überlichtgeschwindigkeit erreichen. Der Rest, die Vervollständigung der Ausrüstungen ihrer Schiffe, war alleine Angelegenheit der jeweiligen Schiffskapitäne.

Das Resultat der kosteneffizienten Strategie und der

gewaltigen Produktionskapazität der Allianz war ein Schwarm interstellarer *Killerbienen*. Der Stachel einer einzelnen Biene mochte vielleicht ungefährlich sein, aber die versammelte Wut von Tausenden oder Zehntausenden oder gar hunderttausend Stacheln sollte ausreichen, um die morthanische Kriegsmaschinerie aufzuhalten. Selbst ein Ungetüm der Armageddonklasse wäre unfähig, einer derart massierten Attacke zu widerstehen. Es würde überwältigt werden wie ein schwerfälliges Flußpferd in einem Tümpel voller Piranhas.

Die Strategie sollte der Allianz unglaubliche Flexibilität verleihen, aber sie würde einen entsetzlichen Preis dafür zahlen müssen – letztendlich basierte die Strategie auf der Entbehrlichkeit individueller Schiffe und ihrer Besatzungen.

In den Orbitalwerften herrschte großer Bedarf an fähigen Arbeitskräften. Selbst mit Robotern und Nanotechs, die die meiste Arbeit erledigten, blieb die Notwendigkeit menschlicher Aufsicht erhalten. Und die Allianz rekrutierte die meisten menschlichen Werftarbeiter im gleichen Tempo als Besatzung, wie die Schiffe vom Band liefen. Der Ersatz dieser Arbeitskräfte wurde schließlich so dringend, daß vor Ort das *Orbitalcollege für Ausbildung und Training* gegründet wurde. Die Flotte von Libertyschiffen wurde für junge Männer und Frauen, die sich nach einer Karriere im All sehnten, zu einem schnellen Weg, diesen Traum zu erfüllen – allerdings auch zu einem gefährlichen.

An seinem siebzehnten Geburtstag schrieb Jon Korie sich unter dem zögerlichen Einverständnis seines Vaters im Orbitalcollege ein. Nach zwei Monaten intensiven Trainings, bei dem mehr als fünfzig Prozent der Bewerber ausgesondert wurden, schickte man ihn an der *Bohnenstange* hinauf. Die ersten zwölf Wochen wurde er als Smutje angelernt – als Küchengehilfe. So unrühmlich und einfach, wie die Arbeit in der Kantine auf den ersten Blick auch ausgesehen haben mochte, vermittelte sie Korie doch die Erkenntnis, daß nahrhafte und aromatische Mahlzeiten das allerwichtigste waren, wenn es darum ging, die Besatzung eines Schiffes bei Laune zu halten.

Korie hatte Glück gehabt: Kochen machte ihm beinahe genausoviel Spaß wie Essen. Er erledigte seine Arbeit mit Begeisterung und schloß die Ausbildung mit einer Bewertung von vierundneunzig Prozent ab.

An seinem letzten Tag bereitete ihm die Küchenchefin, eine winzige Person namens Bertha Fischer, ein Abschiedsessen aus Borscht, gefülltem Kohl, frischem Brot (um den Teller abzuwischen) und einem phantastischen Erdbeerkuchen als Dessert. Sie vergoß zahlreiche Tränen, als würde ihr eigener Sohn sie verlassen. Die demonstrative Zurschaustellung von Sympathie überraschte Korie; er hatte derartige Zuneigung noch nie vorher zu spüren bekommen. Das warme Gefühl blieb ihm noch lange erhalten, als das Abschiedsessen längst Erinnerung war. Von der Kantine wurde Korie zu den Farmbetrieben versetzt.

Die Zubereitung schmackhafter Nahrung war für die Moral an Bord der Libertyschiffe von größter Bedeutung, aber die Produktion derselben war lebenswichtig. Die Farm produzierte nicht nur Nahrung, sie verarbeitete auch Abfälle und Abwässer und erzeugte daraus Dünger. Der Dünger diente aeroponisch gezüchteten Pflanzen als Nahrung. Einige Früchte wurden geerntet und direkt zur Verpflegung verwandt, andere wurden zunächst verflüssigt, um daraus Nährlösungen für die Proteintanks zu gewinnen. Die grünen Blätter der Pflanzen halfen außerdem mit, die Luft an Bord des Schiffs zu regenerieren, indem sie Kohlendioxid aufnahmen und dafür lebenspendenden Sauerstoff ausschieden.

Die Werften unterhielten ihre eigenen großen Farmen – teilweise um ihre eigene Ökologie aufrechtzuerhalten, und teilweise, um die neuen Schiffe, die in den Docks Gestalt annahmen, mit ausreichend Samen versorgen zu können. Jedes neue vom Stapel laufende Schiff hatte eine komplett ausgerüstete Farm an Bord.

Nach einiger Zeit wurde Korie einem der Teams zugeteilt; die die neuen Farmen einrichteten, noch später leitete er eines der Teams. Kein einziges Schiff wurde je ohne voll funktionsfähige und getestete Farm an die Alliierte Verteidigungsbehörde ausgeliefert. Jede Bordfarm war in der Lage, eine Besatzung von einhundertfünfundvierzig Leuten zu ernähren. Jon Korie zeichnete für die Einrichtung von vierzehn Farmen verantwortlich. Er fand seine Arbeit sowohl erschöpfend als auch befriedigend, und er betrachtete das Essen nie wieder mit den gleichen Augen wie zuvor. Auf den Farmen lernte Korie, was Proteine, Kohlehydrate, Fette und Zucker waren. Er lernte, wie die Photosynthese funktionierte, und welche Rollen atmosphärischer Druck, Tag-Nacht-Zyklen und Jahreszeiten spielten. Korie lernte, wie man pflanzte, erntete, bestäubte, kreuzte, pfropfte und teilte. Und was am wichtigsten war: Er lernte *Geduld*. Es spielt keine Rolle, wieviel Kohl man pflanzt. Sechzig Kohlköpfe benötigen genauso lange wie ein einziger. Und wenn man im August gefüllten Kohl essen möchte, dann muß man spätestens im Februar die Pflanzen aussäen und spätestens im April mit den Proteinkulturen in den Tanks anfangen; je länger das Fleisch in der Nährlösung bleiben kann, desto mehr Aroma wird es besitzen, wenn es schließlich auf den Tisch kommt. Wenn man regelmäßig Rührei und Schinken essen möchte, dann müssen die Schweinefleischtanks und die Eierproduktion täglich kontrolliert werden. Und wenn man auf seinem Toast frische Butter haben will, dann müssen die Euter ernährt *und* massiert werden. An Bord eines Raumschiffs gab es keine lebenden Tiere, aber Teile vieler verschiedener Spezies wuchsen in verschiedenen Aufzuchttanks heran. In der gesamten Inneren Hülle standen die gläsernen Tanks in drei Reihen übereinander, und in jedem wuchs ein eigener Klumpen Fleisch in seiner speziellen Nährlösung.

Nach drei vollständigen Erntezeiten, in denen er alle möglichen Pflanzen und Fleischsorten zu hegen und pflegen gelernt hatte, beendete Korie die Farmausbildung mit einem Ergebnis von neunundachtzig Prozent. Die Note war nicht so gut wie eigentlich gehofft, aber

Korie hatte die grundlegendste Lehre der Ökologie niemals akzeptiert: *Leben ist eine vertrackte Sache.*

In seinem Herzen war er Ingenieur – oder zumindest Kontrollfreak. Er versuchte ständig, die Dinge dazu zu bewegen, sich nach einem Plan zu verhalten – aber selbst industriell betriebene Farmen besaßen ihre eigenen Rhythmen. Eine Farm konnte nur von einer Person geführt werden, die willens war, sich ihrerseits vom Rhythmus der Jahreszeiten führen zu lassen. Und Korie war viel zu ungeduldig dazu.

Die *zweite* Sache, die ihn abgelenkt hatte, sich ganz seiner Aufgabe zu widmen, war Carol Jane.

Zuerst war sie nur eine Kollegin, später eine Teamgefährtin und schließlich eine Studienkommilitonin. Das zweite Semester verging beinahe halb, bevor ihm allmählich auffiel, wie wunderschön sie war. Und dann fragte er sich, wie ihm das so lange hatte entgehen können. Und dann ... begann er sich nach und nach zu wundern, ob er sich jemals wieder auf *irgend etwas anderes* würde konzentrieren können.

Carol zeigte keinerlei Anzeichen von gegenseitigem Interesse, und sie ermutigte ihn auch nicht – dennoch konnte er sie nicht aus seinen Gedanken vertreiben. Er ertappte sich dabei, von ihr tagzuträumen. Er dachte an nichts anderes mehr.

Sie war allgegenwärtig: während der Unterrichtsstunden, während der Mahlzeiten, während der Vorlesungen, während der Arbeit, in den Korridoren, unter der Dusche und selbst nachts im Bett – ganz besonders nachts im Bett. Er fragte sich, wie es sein würde, ihren Körper festzuhalten, sie zu berühren – ihr Haar zu riechen, ihre Lippen zu schmecken und ihren leisen Worten zu lauschen, zu spüren, wie ihre Körper sich umeinanderschlangen und sich in heißer, feuchter Leidenschaft vereinigten.

In seiner Unwissenheit und Naivität gab er sich barocken Phantasien hin. (In seinem Lieblingstraum waren er und sie gemeinsam für eine ganze Woche in der Schwerelosigkeit einer Rettungskapsel eingesperrt.)

Er masturbierte sich in schmerzhafte Gefühllosigkeit, während er an sie dachte.

Es war, als wären seine männlichen Hormone, die so lange im Dornröschenschlaf gelegen hatten, daß Korie schon beinahe geglaubt hatte, niemals eine sexuelle Beziehung zu finden, plötzlich und mit um so größerer Macht zum Leben erwacht.

Korie wartete darauf, daß seine Leidenschaft verflog. Sie tat es nicht. Er wartete auf ein Zeichen von Carol Jane, mit dem sie zu erkennen gab, daß sie wußte, wie sie auf ihn wirkte. Aber es kam keines.

Schließlich sah er ein, daß er selbst würde handeln müssen. So wie jetzt konnte er nicht weitermachen.

Er wurde allmählich verrückt. Er war von Carol Jane besessen, und ihr offensichtliches Desinteresse an ihm machte die Sache nur noch schlimmer.

Der junge Jon Korie verbrachte viele schlaflose Nächte damit, sich einen Weg auszudenken, wie er Carol seine Gefühle offenbaren konnte. Er überlegte, ihre Kabine mit Rosen und Liebesgedichten zu überschütten. Er dachte daran, sie zu einem Spaziergang einzuladen oder nackt mit ihr in den Antigravitationsbecken schwimmen zu gehen.

Aber alles, was er sich ausdachte, erschien ihm im ersten kalten Licht des Morgens dumm und naiv. Bis er schließlich eines Tages, nach einem besonders tolpatschigen Fehler, tief im kalten, stinkenden Schlamm der Kläranlage saß und frustriert herausplatzte: »Das ist alles deine Schuld!«

»Meine Schuld?« fragte Carol Jane ehrlich verwirrt.

»Ja«, gestand Korie wütend. »Ich muß dauernd an dich denken und kann mich auf nichts anderes mehr konzentrieren. Warum mußtest du heute ausgerechnet diese enge Bluse anziehen? Das macht mich ganz verrückt.«

Als ihr bewußt wurde, was er da sagte, begann sie zu kichern. Dann prustete sie laut los.

Verletzt durch ihre Reaktion, stapfte Korie zu den Duschen am Ende der Anlage, um sich zu reinigen. Er schälte sich aus seinen verdreckten Kleidern und begann, sich mit einem Schlauch abzuspritzen. Einen Augenblick später betrat Carol die Dusche und nahm ihm den Schlauch ab. »Wenn es meine Schuld ist, daß du schmutzig bist, dann bin ich auch dafür verantwortlich, daß du wieder sauber wirst«, sagte sie. Anschließend entschuldigte sie sich dafür, daß sie gelacht hatte. Sie hätte nicht über ihn, sondern über sich selbst lachen müssen.

Korie stand da, nackt, noch immer voller Schlamm, und wußte nicht, was er erwidern sollte. Carol Jane erzählte, daß er ihr schon am allerersten Tag auf dem Korridor aufgefallen war und daß sie seitdem an ihn denken mußte. Er war ihr so klug, so selbstsicher, so ... so *dynamisch* erschienen, und ja, es war ihr vorgekommen, als wäre er an jeder Form von Beziehung mit irgend jemand anderem vollkommen desinteressiert gewesen. Ob er denn nicht wußte, daß alle Leute auf der Station über ihn redeten? Ob er nicht normal war? Schwul? Impotent? Hatte er vielleicht ein Keuschheitsgelübde abgelegt? War er gefühllos? Gab es in seiner Vergangenheit eine große Tragödie? War er vielleicht eine Art menschlicher Maschine? Scherte er sich um niemanden außer sich selbst?

Als Korie bewußt wurde, welch großer Unterschied zwischen seiner Sicht der Dinge und der Art und Weise bestand, wie andere ihn sahen, wurde ihm auch klar, warum Carol Jane so gelacht hatte. Beinahe lächelte er selbst.

In der Zwischenzeit hatte Carol Jane ihre Bluse und Hose ausgezogen. »Hier«, sagte sie. »Jetzt bist du an der Reihe, mich abzuduschen ...«

Die Wirklichkeit war viel aufregender als all seine Phantasien.

Duschen

Ursprünglich hatte Kapitän Hardesty geplant, Briks Quartier mit einer Antigrav-Bett/Dusch-Einheit auszurüsten, die Briks Proportionen angepaßt war.

Die Einheit war entweder im Transit verlorengegangen, oder ein vorgesetzter Offizier hatte sie für seine oder ihre Zwecke festgehalten.

Brik wußte, daß einige Menschen Sex mit vielen Partnern in der Schwerelosigkeit liebten, und seine Antigrav-Bett/Dusch-Einheit wäre ein dazu hervorragend geeignetes Instrument gewesen. Der Gedanke hätte ihn eigentlich ärgern müssen, aber er betrachtete den Verlust des Gerätes nur als kleinere Unbequemlichkeit. Er schlief sowieso nicht auf die gleiche Art wie Menschen.

Statt dessen streckte er sich rücklings auf einem abgerundeten Rahmen aus, der gleichzeitig seine Wirbelsäule dehnte und seinen Kopf unter das Niveau des Herzens senkte. In dieser Körperhaltung konnte er sich in eine Art Mandala-Trance versetzen. Als Kind hatte man ihm beigebracht, wie er das Mandala-Stadium durch den Einsatz milder halluzinogener Drogen erreichen konnte, während er die holographische Abbildung einer endlosen fraktalen Spirale betrachtete, die sich einem unerreichbaren Zentrum entgegenwand. Manchmal war es ein Eindringen in fraktale Unsterblichkeit, manchmal auch ein düsteres Durchstreifen einer schicksalsschweren Umgebung. Und manchmal war es wie ein Flug durch eine phantastische Stadt oder eine noch weitaus verrücktere Landschaft. Es hatte jedenfalls nicht lange gedauert, bis der junge Brik gelernt hatte, Transzendenz zu erreichen.

Eines Abends hatte er – ohne Drogen und ohne Holodisplay – einfach die Augen geschlossen und bemerkt, daß er ohne jede bewußte Anstrengung plötzlich in ein Mandala eintauchte. Es war nicht der gleiche visuelle Eindruck, den das Holodisplay geliefert hatte, aber es war ganz eindeutig die gleiche Art von unendlicher Spirale nach vorn. Ihm war, als würde er ein endloses Labyrinth von dunklen Korridoren und Tunnels erforschen. Die Bilder flossen mit Leichtigkeit in seinen Verstand. Er kletterte hinauf, Treppen hinauf, schlich durch einen Flur, vorwärts, durch eine Tür, nach links und dann eine weitere Biegung, diesmal nach rechts, dann eine weitere, langgezogene Treppe hinauf, jetzt im Zickzack durch Korridore und Gänge huschend, hinauf zu den Sternen, über Rampen, tiefer und immer tiefer hinein in Richtung des Herzens; aber nie kam er dem Zentrum auch nur näher. Was immer das Zentrum sein mochte. Was immer im Zentrum auf ihn warten mochte. Er kam niemals nahe genug, um es herauszufinden.

Aber das war auch gar nicht das Ziel. Der Weg war das Ziel. Die Reise hinauf und hinein. Er kam sehr weit, und am Ende lernte er die Barriere zwischen den Reichen des Bewußten und des Unbewußten zu überwinden und nach innen zu gelangen, wo die Seele selbst wohnte. Hier saß die wahre Kraft. Irgendwann lernte der junge Brik, seine Träume so einfach zu steuern, daß er sich nur niederlegen und die Augen schließen mußte.

Aber hier an Bord der *Sternenwolf* war es nicht immer ganz leicht. Oftmals kehrte er nach Dienstende aufgewühlt in seine Kabine zurück. Es gab so vieles an diesen armen, weichen menschlichen Wesen, das er nicht verstand. Und daß er so vieles nicht verstand, das störte ihn ganz gewaltig. Es war nicht so, daß er sich vielleicht minderwertig oder benachteiligt fühlte – aber solange es einen oder mehrere Aspekte in ihrem Verhalten gab, die ihm rätselhaft blieben, so lange fühlte er sich *verwundbar*. Und wenn es etwas gab, das ihn verletzen konnte, dann kam es von einem dieser unergründlichen Orte in der menschlichen Seele. Der Gedanke schien ihm unerträglich. Verletzbarkeit war ein Zustand, den er auf keinen Fall tolerieren konnte.

Er erkannte, daß der Fehler merkwürdigerweise an ihm selbst zu liegen schien.

Auf einer gewissen Ebene verstand er die Notwendigkeit von Verletzlichkeit als Teil der Natur der Transzendenz. Man mußte sich dem Universum *ergeben*, wenn man Teil davon sein wollte. Aber auf einer anderen Ebene *konnte* er das einfach nicht. Seine morthanische Ausbildung machte es ihm unmöglich. Morthaner ergaben sich niemals *irgend etwas*. Nicht einmal dem Universum.

Aber mittlerweile geschah das immer häufiger. Brik fand sich mehr und mehr im menschlichen Dilemma gefangen, und das frustrierte ihn so sehr, daß er keinerlei Transzendenz mehr zu erreichen imstande war. Er lag still in der Dunkelheit und ging nacheinander die Ereignisse des Tages durch. Er begann methodisch und sorgfältig mit seinen Ritualen der Auflösung, indem er jeden Moment aus jeder Perspektive analysierte, die er sich vorstellen konnte – aus den Blickwinkeln von moralischem Recht und Unrecht ebenso wie aus Positionen heraus, wo solche Begriffe bedeutungslos waren. Er fuhr damit fort, bis die Momente selbst bedeutungslos und zu nichts weiter als einem neuen Satz von Ereignissen im Fluß seiner persönlichen Zeit geworden waren. Dann und nur dann konnte er das jeweilige Ereignis abschließend zur Seite legen und zum nächsten weitergehen.

Gelegentlich kamen ihm Zweifel. Nicht an sich selbst, sondern an der Macht der Rituale. Manchmal spürte er, daß es Dinge gab ... die er nicht wirklich ... aufgelöst hatte. Der Gedanke machte ihm Sorgen. Es war ein Gedanke, der jetzt beinahe jeden Tag an ihm nagte. Und er wußte warum. Es lag daran, daß seine Auflösungsrituale sich beinahe immer mit der gleichen Art von Ereignissen auseinandersetzten. Ihm war, als wäre er in einer Schleife gefangen und würde immer und immer wieder dieselben Begebenheiten analysieren. Allmählich dämmerte ihm der Grund, weswegen sich diese Episode sich jeden Tag aufs neue in immer und immer neuer Gestalt wiederholte. Es lag daran, daß ihm ein dunklerer, größerer Augenblick vollkommen entgangen war – und die Ereignisse, die ihn jetzt so beschäftigten, symbolisierten nur die Spitzen an der Oberfläche.

Dies waren die Augenblicke, in denen er die größten Zweifel spürte. War sein Training fehlerhaft gewesen? Oder hatte er einen Aspekt davon nicht richtig verstanden? Er wußte, daß man Transzendenz nicht erzwingen konnte. Sie trat nur ein, wenn man ihr einen Platz freiräumte, niemals, wenn man ihre Gegenwart forderte.

An Abenden, an denen die Frustration besonders groß war, suchte Brik einen sehr privaten und beinahe peinlichen Ausweg: Er ging nach vorne zu den Duschen und drehte alle zwölf Wasserhähne so heiß und weit auf, wie es nur eben ging. Dann stellte er sich genau in die Mitte und begann zu skandieren. *Oooommmmmmm.*

Während das Wasser auf seine Brust strömte und der Dampf rings um ihn waberte, wartete er auf Entspannung. Die Resonanz seines Summens breitete sich wie ein seelenfüllendes Schnurren durch seinen Körper aus.

Es gab keinen spirituellen Grund dafür.

Es fühlte sich einfach nur *gut* an.

Sinnlich.

Die Wasserdüsen massierten seinen Körper.

Der Dampf entzog seinen Muskeln die Spannung. Das Geräusch seines tiefen Summens erfüllte sein kleines, persönliches Universum.

Plötzlich war er nicht mehr allein.

Irgend jemand war da.

Er öffnete die Augen.

Bach. Ihr Mund bildete ein verblüfftes O. »Oh! Es ... es tut mir leid, Brik. Ich ... ich wußte nicht ...«

Ihr Blick wanderte an seinem Körper nach unten, zurück nach oben, dann wieder nach unten ... und sie wurde puterrot. »Ich ... ich«, stammelte sie verlegen und ging. Zum ersten Mal in seinem Leben fühlte Brik sich *nackt.*

In der Nacht fand er keinen Schlaf. Es war ein weiterer dieser Augenblicke, die sich nicht auflösen ließen und sich der Assimilation entzogen.

Jon und Carol nahmen gemeinsam Urlaub und verbrachten fünf Tage damit, sich ineinander zu verlieben. Anschließend waren beide nicht mehr die gleichen Menschen wie zuvor.

Korie kam mit einem wissenden Funkeln in den Augen und einem Federn in seinen Schritten zurück, das jedem Beobachter klarmachte, was geschehen war. Carol strahlte. Keiner von beiden verriet etwas, aber das war auch nicht nötig. Alle wußten Bescheid.

Die Erfahrung bedingungsloser Liebe veränderte Jon Korie. Er wanderte umher und trug ein strahlendes Staunen in den Augen, daß das Leben so faszinierend sein konnte. Er wurde auf eine Weise großzügig und offen, daß seine Kollegen und Mitarbeiter ungläubig den Kopf schüttelten. Er lachte jetzt sogar hin und wieder laut. Plötzlich begriff er, daß er sich überhaupt nicht von den anderen unterschied. Zum ersten Mal in seinem Leben fühlte er sich wirklich richtig wohl.

Während die Tage vergingen, vertiefte sich die Beziehung zwischen Korie und Carol. Sie lernten, gemeinsam Dinge zu erledigen und Probleme zu lösen, und aus Liebenden wurden Partner. Aber das war nur die erste von vielen unmerklichen Veränderungen. Jede neue Erfahrung gab ihnen eine neue Gemeinsamkeit, etwas, das nur sie beide miteinander teilten. Und genau wie ihre Partnerschaft ständig fester wurde, so wuchs auch ihr gegenseitiges Verständnis. Nach einer Weile waren sie nicht mehr zwei Individuen, sondern eines, das aus zwei Teilen bestand.

Jon und Carol beendeten die Farmausbildung zur gleichen Zeit. Er ging zu den Produktionsanlagen, wo die Singularitätshaken zusammengebaut wurden, und Carol ging zu den Labors, wo die Intelligenzmaschinen ausgebildet wurden. Jede neu fertiggestellte Harlie-Einheit *reifte* unter der Vormundschaft eines Komitees von Super-Harlies. Die Freigabe wurde nur dann erteilt, wenn das Komitee schließlich gemeinsam zu der Überzeugung gelangte, daß die neue Einheit vernünftig genug war, um mit den Augenblicksentscheidungen an Bord eines Libertyschiffs umgehen zu können. Dann konnte der Einbau beginnen. Auf diese Weise schaffte es Carol, noch vor Jon in den Tiefraum zu kommen. Sie machte siebzehn Erprobungsflüge mit, darunter fünf kurze Überlichtsprünge. Sie war sehr stolz auf ihre gestreiften Überlicht-Abzeichen. Korie sagte zwar, daß er sich für sie freute, aber beide wußten, wie neidisch er war. Wenn es etwas gab, das er sich mehr wünschte als alles andere – vielleicht sogar mehr als Carol –, dann war es die Gelegenheit, zwischen den Sternen zu reisen.

Schließlich wurden beide erneut befördert, was sie auch gebührend feierten – mit einer fröhlichen Hochzeit, einer ausgelassenen Party (die von einer tief gerührten Bertha Fleischer ausgerichtet wurde) und einer kurzen, wahnsinnigen Hochzeitsreise. Ihre neuen Aufgaben begannen schon drei Tage nach der Hochzeit.

Kories neue Aufgabe war der Einbau der Hakenapparaturen in die Singularitätskäfige. Und weil zunehmend Mangel an höheren Dienstgraden herrschte, wurde er nach weniger als einem Monat zum Gruppenleiter ernannt. Innerhalb drei Monaten war er für die Singularitätsproduktion des gesamten Werftarms zuständig.

Als er zum ersten Mal ein Schwarzes Loch in einem Singularitätskäfig einrichten mußte, da hatte er so viel Angst, einen Fehler zu machen, daß er in der Nacht davor dreimal hochschreckte.

Aber seine Mannschaft folgte den Prozeduren, die sie so sorgfältig geübt hatte, und die Installation verlief fehlerlos wie aus dem Lehrbuch. Irgendwann hatte Korie zweiunddreißig Singularitäten eingebaut, mehr als jeder andere Gruppenleiter vor ihm.

Dann wurde er zu den Netzwerken versetzt, und noch später zu der Abteilung, die für die Kommandozentralen verantwortlich war. Zu dieser Zeit befand sich ihr erstes Kind bereits im Inkubator, und Samen und Eier für die folgenden hatte man auch schon entnommen.

Mit dreiundzwanzig war Jon Korie für die Generalabnahme ganzer Sternenschiffe verantwortlich. Unter ihm arbeiteten sechzehn Teams, und er hatte mehr als einhundert Schiffe persönlich freigegeben. Er verbrachte noch immer zehn Stunden in der Woche zusammen mit Carol bei der Arbeit auf den Farmen, wo sie hinterher zusammen duschen konnten. Keiner von beiden wußte, welchen Ruf sie in der Zwischenzeit erlangt hatten, bis Korie eines Tages in der Inneren Hülle eines Schiffs eine Kinderwiege mit zurückgeschlagenen Decken fand. Der designierte Kapitän des Schiffs gab kleinlaut zu, daß er zwar nicht abergläubisch sei, aber seine Mannschaft das Schiff nicht als raumtüchtig betrachtete, bevor Jon Korie und seine Frau die entsprechenden Zeremonien nicht persönlich abgehalten hätten.

Die Forderung machte Korie gehörig verlegen, aber schließlich erklärte er sich unter einer Bedingung einverstanden: Der Vollzug hatte im Hyperraum stattzufinden. Es wurde eine außergewöhnliche Erprobungsfahrt. Auch Admiral Coon befand sich an Bord, und er war von Kories Verständnis der technischen Zusammenhänge so beeindruckt, daß er ihm eine sofortige Aufnahme in die Offiziersschule anbot. »Aufgrund Ihrer hervorragenden Ergebnisse in den Fertigungsanlagen können wir Sie in eine beschleunigte Ausbildung stecken. In zwei Jahren dienen Sie bereits auf einem Schiff, und in sechs Jahren sind Sie selbst Kapitän.« Korie sagte sofort zu – ohne vorher mit seiner Frau darüber zu reden. Beinahe hätte es ihn seine Ehe gekostet.

Carol war von der Vorstellung entsetzt, daß ihr Mann zur Raumfahrt wollte, und sie hatte recht. Außerdem war sie wütend, daß er seine Entscheidung getroffen hatte, ohne sich vorher mit ihr abzusprechen – und offensichtlich ohne auch nur einen Gedanken an ihre Wünsche zu verschwenden. Sie würden bald ein Baby haben; das Ei war befruchtet, das Embryo wuchs heran, der Tag der *Dekantierung* stand bereits fest, und die Party war geplant. Sie hatten Geld nach unten überwiesen für ein Haus, das bis zu ihrer Rückkehr auf die Oberfläche fertiggestellt sein sollte. Sie hatten ein gemeinsames Leben geplant.

Jon Korie fiel vor seiner jungen Frau auf die Knie und bat um Vergebung. Das war alles, was er sagen konnte.

Keine Worte der Entschuldigung oder Reue, um den Schaden wiedergutzumachen. Er konnte sie nur bitten zu verstehen, wie sehr er sich gewünscht hatte, zu den Sternen zu fliegen. Sein ganzes Leben hatte er auf die Chance gewartet, auf einem Raumschiff zu dienen.

Carol Jane Korie war eine bemerkenswerte Frau. Sie zog ihren Mann auf die Füße und ohrfeigte ihn heftig. Dann sagte sie: »Zukünftige Raumschiffkapitäne bitten nicht. Niemanden. Sie treffen ihre Entscheidungen und stehen dazu. Und jetzt ... sei ein Kapitän, berichte mir, wie du dich entschieden hast, und frage mich gefälligst, ob ich bei diesem Unternehmen deine Partnerin sein möchte.«

Und nachdem er ihrem Wunsch nachgekommen war, fiel sie ihm in die Arme und sagte: »Glaubst du wirklich, ich wüßte nicht, wovon du träumst, du Dummkopf?«

»Ich hatte Angst, du könntest nein sagen.«

»Wenn ich jemals nein zu dir sagen würde, Jon Thomas Korie – wenn ich jemals etwas sagen würde, das dich davon abhalten würde, zu den Sternen zu fliegen ... du würdest mir nie verzeihen. Wir wären nie wieder Partner, und unsere Ehe stünde nur noch auf dem Papier. Ja, ich bin wütend. Aber ich will, daß du verstehst weshalb. Ich bin nicht wütend, weil du dich nicht mit mir abgesprochen hast. Ich bin in erster Linie deshalb wütend, weil du unserer Partnerschaft nicht genügend vertraut hast.«

Eine Weile überlegte Korie, ob er das Angebot des Admirals doch noch ablehnen sollte. Er brütete über seinem Egoismus und dem schrecklichen Schmerz, den er seiner Frau zugefügt hatte. Die folgenden Tage fühlte er sich alles andere als behaglich.

Er war sich nicht sicher, ob sie sich wieder versöhnt hatten, noch, ob die Angelegenheit wirklich bereinigt war – oder ob sie noch immer daran arbeiten müßten, die Lücke zu überbrücken, die sich plötzlich zwischen ihnen aufgetan hatte.

Ein paar Tage später gingen sie gemeinsam zur Aufzuchtstation, um ihren sich entwickelnden Fötus zu besuchen. Zuerst war Korie von Ehrfurcht ergriffen, als er die Zerbrechlichkeit der kleinen rosigen Kreatur in der Nährlösung betrachtete und über die winzigen Finger staunte, aber dann, als er den Kopf hin und her bewegte und sich vorzustellen versuchte, wie das Kind einmal aussehen würde, da kam ihm plötzlich die Ähnlichkeit mit den Proteinklumpen in den Fleischtanks der Farm in den Sinn. Er wich bestürzt und entsetzt zurück – wo war der Funke, der aus Proteinklumpen bewußte Lebewesen machte? Was machte letztendlich menschliches Leben aus?

Ungebeten erschien die Antwort in seinen Gedanken. Ihm war, als stünde Zaffron hinter ihm und flüsterte: »Jawohl, Jon Korie. Genau das ist es. Mehr ist auch ein Mensch nicht. Leben ist nur, was man selbst daraus macht.«

Plötzlich fühlte Korie sich schwach.

Er blickte zu Carol. Sie hatte ihr Gesicht an das warme Glas des Nährtanks gelegt und stand mit geschlossenen Augen und glückseligem Lächeln da. Sie schien irgendwo weit weg zu sein.

Ohne seine Frau zu stören, setzte sich Korie auf eine Bank und begann, leise zu weinen. Nach einigen Augenblicken bemerkte Carol es, aber sie wußte nicht, wie sie darauf reagieren sollte. Sie hatte ihren Mann noch niemals vorher in diesem Zustand gesehen.

»Was ist los, Jon?« fragte sie besorgt.

Er hob den Blick. Tränen rannen über seine Wangen, während er antwortete: »Er ist so wundervoll. Genau wie du. Genau wie wir alle. Ist es nicht faszinierend, daß so kleine rosige Klumpen zu so wunderbaren Wesen wie Menschen werden können – bewußten Wesen, die fähig sind, zu denken und sich umeinander zu kümmern und zu teilen und einander zu lieben? Es macht mir angst, Carol, weil ich jetzt sehe, daß dies uns auch die Fähigkeit gibt, uns gegenseitig so tief zu verletzen – und verletzt zu werden.«

Carol Jane bewegte sich nicht. Sie stand noch immer neben dem Bruttank, in dem ihr Baby schwebte. Zuerst wußte sie nicht, wie sie auf Kories Worte reagieren sollte – die Veränderung in ihrem Mann rührte sie zutiefst, aber ihr fehlten die Worte, um ihre Emotionen angemessen auszudrücken. Dann wandte sie sich wieder dem Embryo zu, klopfte zärtlich gegen die Scheibe und flüsterte: »Timmy, sieh nur. Dein Papa wird ein Raumschiffkapitän. Er wird der beste aller Raumschiffkapitäne werden. Bist du nicht stolz auf ihn?«

In diesem Augenblick erkannte Korie, daß sie ihm wirklich verziehen hatte. Er stand auf und trat zu ihr hin. Seine Augen waren noch immer feucht, als er sie in die Arme schloß. Ohne ein Wort zu sagen, hielt er sie lange umschlungen, aber schließlich schob er sie sanft von sich und blickte ihr in die Augen. Dann sagte er leise: »Ich glaube, ich habe soeben die allerwichtigste Lektion gelernt, die der Kapitän eines Raumschiffes wissen muß.«

»Und wie lautet sie?« fragte Carol.

»Ich bin nicht mehr allein. Andere Menschen verlassen sich jetzt auf mich. Das werde ich niemals vergessen. Niemals.«

Sie blickte in seine Augen und erkannte, wie ernst es ihm mit seinen Worten war. Und in diesem Augenblick wurde ihr bewußt, wie sehr sie ihn wirklich brauchte.

Träume

Korie schreckte aus dem Schlaf. Er hatte schon wieder diesen Traum gehabt. Diesen Traum, in dem er nach Hause kam. Nur, daß niemand da war. Der Traum war immer der gleiche, nur die Einzelheiten änderten sich. Er ging von Zimmer zu Zimmer und suchte nach Carol und Timmy und Robby. Diesmal hatte er sie beinahe *wiedergehabt.* Dieses Mal hätte er sie beinahe *gefunden.* Beinahe.

Dann wurde ihm bewußt, wo er sich befand, und Schmerz stieg in seinen Hals und strömte aus seinen Augen. Er sank in sich zusammen und vergrub das Gesicht in den Händen. Er überließ sich seiner Trauer. Er konnte nicht mehr. Es war zuviel für einen einzelnen Mann, um damit fertig zu werden. Die Wut, die rasende Wut, die Frustration. Es war einfach nicht fair. Er war ein guter Ehemann und Vater gewesen. Treu. Liebend. Freundlich. Er war ein guter Offizier gewesen. Verläßlich. Verantwortungsbewußt. Er hatte etwas Besseres verdient. Das hier war nicht fair. Das war nicht der Weg, den er sich für sein Leben ausgemalt hatte. Ein schrecklicher Verlust nach dem anderen. Die Probleme wuchsen ihm allmählich über den Kopf, und kein Ende war in Sicht. Er fragte sich, wie andere Männer mit solchem Schmerz umgehen mochten.

Er war ausgebildet worden, damit fertig zu werden. Er hatte sich in langen, harten Unterrichtsstunden beinahe jeden Aspekt des Lebens an Bord von Raumschiffen aneignen müssen. Er hatte Militärarchitektur und -verwaltung studiert. Er war mit den Philosophien von individueller und hierarchischer Verantwortung indoktriniert worden, Verantwortung gegenüber der Besatzung, Verantwortung gegenüber dem Schiff, Verantwortung für die Durchführung seines Auftrags – er erinnerte sich noch zu gut an die endlosen Diskussionen im Unterricht, welche Prioritäten in welchen Situationen angemessen erschienen.

Außerdem hatte es natürlich auch noch Fächer gegeben, die der Ausbildung der Persönlichkeit dienten. Seminare über Kommunikation, über Effektivität und Selbstdisziplin, und Vorlesungen über korrektes Benehmen. Korie hatte sich mit einer Leidenschaft in seine Ausbildung gestürzt, die nicht nur seine Lehrer, sondern auch ihn selbst überraschte.

Er war mit genügend Selbstwertgefühl und Selbstvertrauen aus seiner Lehrzeit hervorgekommen, daß er selbst die schlimmsten Situationen mit beispielloser Unvoreingenommenheit meistern konnte. Er konzentrierte sich auf das Ergebnis, das er liefern mußte, und nicht auf die Schmerzen die der Weg dorthin bereithielt – und es funktionierte. Meistens jedenfalls.

Aber diesmal nicht.

Nichts, das er je gelernt hatte, hatte ihn auf eine so schwere Verwundung seiner Seele vorbereiten können. Jeder Tag erschien ihm aufs neue, als müßte er durch Säure schwimmen. Alle griffen ihn an, und niemand kam ihm zu Hilfe. Niemand bot ihm *Erfrischung*. Carol fehlte ihm. Sie *nährte* seine Seele. Ohne sie ... er wußte nicht, wie er ohne sie weitermachen sollte.

Aber er hatte keine Wahl. Es war diese ganze Last der Verantwortung. Er war verantwortlich. Er konnte nicht einfach aufhören. Aber auch die Alpträume mitten in der Nacht hörten nicht auf.

»Mister Korie?« Harlies Stimme unterbrach ihn in seinen Gedanken.

»Mir geht's prima, Harlie.«

»Ich wollte nur nachfragen.«

»Danke, Harlie.«

»Soll ich Ihnen etwas aus der Kombüse bringen lassen? Tee? Heiße Schokolade vielleicht?«

Korie schüttelte den Kopf.

Dann fiel ihm ein, daß Harlie ihn in der Dunkelheit wahrscheinlich nicht sehen konnte, und er sagte: »Nein, danke.« Er richtete sich auf und rieb sich die Augen. Seine Schlafröhre stand unbenutzt in der Ecke; er war wieder einmal auf der Couch eingeschlafen. Er wußte, daß das ein Fehler war. Die Alpträume kamen immer nur dann, wenn er in einer Schwerkraftumgebung schlief. Wahrscheinlich erinnerte die Gravitation sein Unterbewußtsein an sein Zuhause ...

»Sie sollten wirklich etwas essen, Sir. Sie haben einen schweren Tag vor sich.«

»Schon gut, schon gut. Fang nicht an herumzunörgeln. Ich möchte ein BLT und eine heiße Schokolade.«

nir bitte zeigen, wie man ihn korrekt benutzt, Mister ?«

Vie bitte?«

'iehen Sie ihn an, Mister.«

ch sehe keinen Sinn . . .«

as war keine Bitte, Mister Brik. Das war ein Befehl. ınd ich, wir beide werden aussteigen. *Jetzt.*« Korie nte selbst über den Ton in seiner Stimme. Er hatte nie zuvor jemanden in diesem Ton mit einem Mor- er reden hören. Er konnte nicht glauben, daß es e Stimme war, die er eben gehört hatte. Er vertraute l darauf, daß Brik sich der an Bord des Raumschiffs schenden Hierarchie unterordnete.

ik sah Korie leidenschaftslos an. Was immer hinter dunklen Augen des Morthaners vorgehen mochte – lieb Korie verborgen.

Niemand geht ohne Raumanzug nach draußen«, te Korie weiter. »Ich ziehe Ihre Vakuum-Erlaubnis nit ein, bis Sie mir gezeigt haben, daß Sie wissen, man vorschriftsmäßig nach draußen geht.«

ik schien eine Erwiderung auf der Zunge zu haben, dann veränderte sich sein Gesichtsausdruck unver- elt. Seine Augen verengten sich zu Schlitzen. »Ich nte einen formellen Protest im Logbuch vermerken.«

ch helfe Ihnen beim Ausfüllen der Formulare«, ent- nete Korie. Ohne ein weiteres Wort begann Brik, e Kleidung abzustreifen. Korie stand reglos dabei beobachtete den Morthaner. Brik war *riesig*. Die ge- ige morthanische Physis war furchterregend. Wenn e eine Bemerkung wegen des beinahe nackten Kör- vor sich auf der Zunge gehabt hatte, dann behielt e jedenfalls für sich.

ik nahm den Raumanzug aus seinem Gestell und fte ihn methodisch über. Zuerst die Beine und die el, dann den Rest. Er überprüfte die Dichtsiegel und te sich um, so daß Korie sie ebenfalls sehen konnte. rün«, bestätigte Korie und wandte Brik den Rücken amit der Morthaner auch seine Dichtsiegel überprü- onnte.

»In Arbeit«, sagte Harlie und verstummte wieder.

Korie fuhr sich mit der Hand durch die Haare. Es war Zeit, wieder einmal beim Friseur vorbeizuschauen. Er seufzte und wandte sich seinem Schreibtisch zu.

Der Bildschirm des Rechners erwachte gehorsam zum Leben und zeigte die gleichen Diagramme wie zuvor. Korie stützte die Ellbogen auf die Tischplatte und faltete die Hände wie zum Gebet. Dann legte er sein Kinn auf die Fingerspitzen und schürzte die Lippen, während er die Diagramme betrachtete. Er schüttelte den Kopf und murmelte vor sich hin. »Nein, nein, nein. Lösch den Schirm. Das funktioniert nicht. Es gibt keinen Weg, das zu schaffen. Wir werden niemals rechtzeitig fertig. Ich weiß nicht, was ich mir dabei gedacht habe, Harlie.« Er seufzte erneut. »Ich tue der Besatzung keinen Gefallen damit. Wenn ich mich der Entscheidung O'Haras gefügt hätte, könnten die meisten von ihnen mittlerweile auf anderen Schiffen ihren Dienst tun. Jetzt werden sie die größte Schlacht dieses Krieges verpassen.«

»Einige von ihnen sehen das vielleicht nicht aus dem gleichen Blickwinkel wie Sie, Mister Korie. Die statistische Projektion der Schlacht von *Taalamar* ergibt, daß wir wahrscheinlich zwei Drittel unserer Kampfschiffe verlieren werden.«

»Ich habe die Berichte selbst gelesen«, entgegnete Korie. »Trotzdem denke ich, daß unsere Mannschaft lieber am Kampf teilnehmen würde, anstatt außen vor zu stehen. Nicht der Tod an sich macht den Leuten zu schaffen, sondern ein sinnloser Tod.« Und er fragte sich, ob er für seine Besatzung sprach oder nur über sich selbst.

»Für mich ist der Tod nicht das gleiche wie für Sie«, erwiderte die intelligente Maschine. »Ich muß mich auf das verlassen, was Sie mir sagen.«

Korie seufzte. Er war nicht in der richtigen Stimmung für eine von Harlies nicht enden wollenden philosophischen Diskussionen.

Harlie würde bis in alle Ewigkeit reden, wenn er nur den richtigen Gesprächspartner hätte. Er liebte es, mit

Ideen zu spielen. Aber ... alles Geschnatter führte niemals zu konkreten Ergebnissen. Und Kories Geschäft waren Ergebnisse und keine interessanten Diskussionen. Er kaute auf einem Fingernagel.

Korie spürte, wie Frustration in ihm aufstieg. »Warum schaffen wir es einfach nicht, dieses Schiff zu dekontaminieren, Harlie? Was übersehen wir bloß?«

Harlie gab keine Antwort. Der eigenartige Umstand fiel Korie nicht besonders auf. Zuerst jedenfalls. Er war viel zu sehr mit seinen eigenen Problemen beschäftigt.

Er erinnerte sich an seine *zyne*-Studien.

Zaffron pflegte zu sagen: »Wenn du keine Antwort findest, dann liegt es daran, daß du die falsche Frage gestellt hast.« Vielleicht lag es daran. Er wälzte den Gedanken eine Weile in seinem Kopf.

Hmmm. Etwas breitete sich *vibrierend* in seinem Bewußtsein aus.

Nein.

Doch. Es mußte einfach so sein.

»Harlie«, sagte er schließlich, »ich warte noch immer auf eine Antwort.« Harlie blieb stumm.

»Ich verstehe.« Korie ließ sich in seinem Stuhl zurücksinken und dachte nach. Er überlegte angestrengt.

Unvermittelt fragte er: »Wo finde ich den Leitenden Ingenieur?«

»Unterhalb des Alpha-Singularitätshakens. Er schläft zur Zeit. Seine Mannschaft wird es nicht gerne sehen, wenn man ihn dabei stört.«

»Und wo finde ich Mister Brik?«

»In seiner Kabine.«

Korie warf einen Blick auf die Uhr. »In seiner Kabine? Hm. Zeig mir seinen medizinischen Bericht. Hat Doktor Williger ihn denn bereits aus der Krankenstation entlassen?«

»Sir?«

»Nicht so wichtig. Mach meinen Raumanzug fertig, ja?«

»Sobald Sie etwas gegessen haben.«

»Ja, *Mama*.«

Korie überprüfte seinen Raumanzug auf
klemmte den Helm unter den linken Arm
Leise sprach er in seinen Kommunik
daß Harlie seine Anordnung unverzügl
würde. »Mister Brik zur Heckschleuse
Und zwar auf der Stelle.«
Er blickte auf das Chronometer am Ko
nes Raumanzugs. Angenommen, Brik be
nem Quartier oder auf der Brücke, ode
Offiziersmesse, wo er Zugriff auf die S
besaß, dann hielt er sich irgendwo mitts
Unter Berücksichtigung des großen W
auf Disziplin legte, seiner physischen G
Geschwindigkeit, und des Weges, den
scheinlichkeit nach einschlagen würde,
thaner die Heckschleuse ziemlich genau
»Sie wollten mich sprechen?« fragt
Gestalt plötzlich drohend über Korie aufr
Korie blickte hoch. Und hoch. »Ja, das
gegnete er absichtlich steif und laute
Heckschleuse Nummer drei war vom
sichtbar. Hinter Brik arbeiteten Toad Hal
und mühten sich angestrengt, nicht a
sprach so laut weiter, daß der nächste
mußte. Er wollte, daß Halls Team nich
gesamte Zwischenfall würde außerdem
elektronischen Log der *Sternenwolf* prot
– unverschlüsselt, so daß jedermann
hatte.
»Was ist *das* hier, Mister Brik?«
Brik verzog keine Miene. Sein Blick f
gestrecktem Finger. »Es scheint sich un
zug zu handeln. Einen Raumanzug für
Tyger, um genau zu sein.«
»Es *ist* ein Raumanzug für einen
Mister Brik«, bestätigte Korie. Er trat zu

»Grün«, brummte Brik.

»Helm«, sagte Korie und zog seinen Helm über. Er befestigte ihn am Kragen seines Raumanzugs und verriegelte ihn. Brik tat es ihm nach, und sie überprüften erneut gegenseitig die Dichtigkeit. Beide waren grün.

»Noch Fragen?« verlangte Korie zu wissen.

»Nein, Sir«, entgegnete Brik.

»Gut.« Korie berührte einen Knopf auf dem Paneel, und die Schleusenluke fuhr zischend zur Seite. Brik machte einen Schritt in die Kammer, und Korie folgt ihm. Keiner von beiden sprach ein Wort. Sie warfen sich grimmige Blicke zu.

Korie berührte einen weiteren Schalter in der Wand, und die Luke schloß sich hinter ihm.

Auf dem Frachtdeck wandten sich einige Gesichter um und blickten sich aus großen Augen an. Schultern wurden gezuckt. Köpfe wurden gekratzt. Toad Hall schüttelte den Kopf. »Fragt mich bloß nicht. Ich habe keine Ahnung, was das soll. Vielleicht eine Angelegenheit unter Offizieren.«

Die anderen begannen wild zu spekulieren. »Korie versucht, ihm zu zeigen, wer der Boß ist.«

»Er hat keine Chance gegen den Morthaner.«

»Ja, aber er muß Brik zeigen, daß er keine Angst hat, es zu versuchen.«

»Brik ist viel zu schlau, um ihn herauszufordern.«

»Und Korie ist zu schlau, ihn in eine Position zu manövrieren, wo ihm nichts anderes mehr übrigbleibt.«

»Warum zur Hölle sind die beiden dann nach draußen gegangen?«

»Vielleicht, um sich zusammen die Sterne anzusehen?«

»Ja, wahrscheinlich hast du recht.«

»Sag mir doch einen besseren Grund! Zwei Kerle ziehen ihre Raumanzüge an und machen einen Spaziergang draußen auf der Hülle. Was soll das bedeuten?«

»Daß, egal was sie sich auch zu sagen haben, niemand ihnen dabei zuhören soll?« vermutete Gatineau. Er war unterwegs zu den Filtern und kam in diesem

Augenblick hier vorbei. Offizier vom Dienst Miller hatte in der Zwischenzeit den Möbiusschlüssel an sich genommen. Die ganze Angelegenheit machte in Gatineaus Augen keinen rechten Sinn. Wenn der linkshändige Möbiusschlüssel ein so häufig benötigtes Werkzeug war – wieso gab es dann nur einen einzigen davon an Bord?

»Wir haben Privatnischen in der Inneren Hülle«, entgegnete Hall.

»Ich glaube kaum, daß Korie und Brik sich dort unterhalten möchten«, warf eine Frau lachend ein.

Hall schüttelte erneut den Kopf und grinste bei dem Gedanken. »In Ordnung, wir machen weiter. Es geht uns ohnehin nichts an. Wir wollen zusehen, daß wir mit der Bestandsaufnahme fertig werden und das Zeug hier wegschaffen.«

Dreißig Minuten später kehrten Brik und Korie zurück. Sie schälten sich schweigend aus ihren Raumanzügen und übergaben sie zur Wiederaufladung. Korie war als erster wieder angezogen. Ohne ein weiteres Wort marschierte er nach vorn. Ein paar Augenblicke später folgte ihm Brik mit einem mürrischen, tiefen Brummen.

Die Frachtmannschaft tauschte besorgte Blicke, aber diesmal spekulierte niemand mehr über das, was zwischen den beiden Männern vorgegangen sein mochte.

Die Besatzung

Gatineau war ziemlich sauer, als er schließlich im hinteren Frachtraum eintraf.

Er hatte endlich herausgefunden, was es mit dem Möbiusschlüssel auf sich hatte. Mit dem linkshändigen Möbiusschlüssel. Es gefiel ihm überhaupt nicht. Tatsächlich fühlte er sich ausgesprochen miserabel. So dicht vor der Verzweiflung hatte er in seinem ganzen Leben noch nicht gestanden. Wahrscheinlich hatte es nur einen einzigen Augenblick gegeben, an dem er sich noch schlimmer gefühlt hatte: Damals, als Sally Ann Jessup ihn gefragt hatte, ob sie nicht einfach nur Freunde sein könnten. Nein. Das hier war schlimmer. Das hier war *sein Raumschiff*. Das hier war der Ort, wo er *lebte* und *arbeitete* und seinen Dienst verrichtete. Das hier war *seine Karriere*.

Er haßte dieses Gefühl. Er hatte keine Ahnung, wie er es nennen sollte, aber er haßte es. Er fühlte sich verletzt und allein gelassen und wütend und frustriert und verlegen, alles auf einmal. Das war nicht fair. Er hatte das Recht, mit Respekt behandelt zu werden. Mit großen unschuldigen Augen auf der Suche nach einem imaginären Werkzeug durch das ganze Schiff geschickt zu werden, ließ in ihm nicht gerade das Gefühl entstehen, nützlicher Bestandteil seiner Besatzung zu sein. Er fühlte sich nicht ernst genommen. Und was noch schlimmer war – er fühlte sich wie ein Trottel. Und was am allerschlimmsten war – jeder, wirklich jeder an Bord der *Sternenwolf* wußte Bescheid. Wie sollte er diesen Leuten je wieder in die Augen blicken?

Er konnte nicht. Er starrte zu Boden. Es gab zwei Arten von Schuhwerk an Bord des Schiffs – harte Schutzstiefel für schwere Arbeiten und weiche Mokkassins für den normalen Dienst. Er trug die schweren Stiefel. Er fühlte sich darin wie ein Trampel. Er fühlte sich auch ohne die Stiefel wie ein Trampel. Er fühlte sich wie ein kleiner Junge, der am ersten Schultag in die Hose gemacht hat. Nein, er fühlte sich schlimmer. Er erinnerte sich, daß er an seinem ersten Schultag in die Hose gemacht hatte. Es war kein derartig niederschmetterndes Gefühl gewesen wie heute.

Korie betrat den Frachthangar. Er sah ungewöhnlich steif aus für einen Mann, der seit einer Woche nicht mehr richtig geschlafen hatte. Der größte Teil der Besatzung war bereits anwesend, und ein paar Nachzügler trafen unmittelbar hinter dem Ersten Offizier ein. Neugierige Blicke richteten sich auf ihn.

Diesmal marschierte Korie in die Mitte des Hangars und stellte sich zu seinen Leuten wie ein normales Besatzungsmitglied. Ein Kreis aus Neugierigen bildete sich rings um ihn. Gatineau postierte sich direkt hinter Korie, damit er ihm nicht in die Augen sehen mußte. Er wollte nicht, daß Korie seine Verlegenheit bemerkte.

Er blickte zu Boden und musterte seine Stiefel. Seine großen, tolpatschigen Stiefel.

»Ich will es kurz machen«, begann Korie.

Seine Stimme klang gepreßt. Das hier war sicher keine gute Nachricht, die er verkünden würde. »Wir werden nicht rechtzeitig fertig. Es tut mir leid.«

Vereinzelt erklangen bestürzte Rufe und Stöhnen.

Korie hob die Hand und wartete, bis wieder Ruhe herrschte. »Meine Herren! Ich bitte um Ruhe. Unsere Fibrillatoren wurden von der *Houston* beschlagnahmt. Der Leitende Ingenieur hat sie heute morgen rübergeschickt. Und Kapitän La Paz hat uns ihren Dank ausrichten lassen.

Ich will Ihnen nichts vormachen. Die Dekontamination gestaltet sich umfangreicher, als wir zunächst angenommen haben. Der Morthan-Assassine hat irgendwie ein Infektionsreservoir an Bord geschafft. Fallen wie die am Andockschlauch, die verschiedensten Arten von Nanokrebs, Blasen in den Kommunikationsleitungen, ich muß nicht erst alles aufzählen. Sie wissen es selbst.«

Korie zögerte und formulierte seine nächsten Worte sorgfältig. »Sehen Sie – ich weiß, wie enttäuscht Sie alle darüber sind. Mir geht es nicht anders. Und außerdem sind wir alle erschöpft. Aber wir haben eine Verantwortung gegenüber der Flotte. Eine Verantwortung gegenüber der Allianz. Jedes einzelne Schiff, das wir wieder raumtüchtig machen, wird in *Taalamar* von Nutzen sein. Und das ist unsere oberste Priorität. Wir werden den anderen helfen, daß sie dorthin kommen. Viele von ihnen sind bereits auf dem Weg.«

Korie blickte sich im Hangar um. Er blickte so vielen Besatzungsmitgliedern wie nur möglich offen in die Augen. Er wandte sich sogar um und sah direkt zu Gatineau. Der Junge fühlte sich merklich unwohl.

»Ich möchte nicht, daß Sie das Gefühl haben, Sie hätten versagt. Sie haben nicht versagt, glauben Sie mir.« Er bewegte sich durch die Reihen und klopfte ihnen auf die Schultern und ergriff und schüttelte ihre Hände. »Es gibt nichts, dessen wir uns schämen müßten. Bereits in jedem der anderen Schiffe im *Stardock* sind Teile der *Sternenwolf* eingebaut. Wenn wir nicht gewesen wären, dann würden sie alle hier festsitzen. Es mag schon sein, daß *wir* es nicht geschafft haben. Aber unsere Verpflichtung haben wir dennnoch eingelöst. Wir schicken elf andere Schiffe, die uns bei *Taalamar* repräsentieren werden.«

Vereinzelt ertönten ein paar Hochrufe und etwas Applaus. Aber es war nicht genug.

»Jawohl«, stimmte Korie ihnen dennoch zu. »Jawohl. Das ist unser Verdienst. Es ist *Ihr* Verdienst. Sie haben sich gut geschlagen. Ich bin sehr stolz auf Sie alle. Sie haben nicht versagt. Glauben Sie mir!« Er stieß triumphierend die Faust in die Luft und wandte sich um. Beinahe wäre er mit Gatineau zusammengestoßen.

»Aber das Gefühl bleibt trotzdem, Sir«, sagte der junge Decksmann. Er hatte durchschaut, was Korie vorhatte. *Rekontextualisierung.* Aber es änderte nichts an den Tatsachen. Sie hatten es nicht geschafft. Gatineau war noch immer unglücklich. Und jetzt besaß er noch einen weiteren Grund dazu.

»Ich weiß«, entgegnete Korie mit mehr Verständnis in der Stimme, als Gatineau erwartet hätte. »Es ist ärgerlich. Wir gehen nicht zur Party, aber unsere Tanzschuhe.« Er legte freundlich die Hand auf die Schulter des jungen Burschen. »Wir müssen unsere eigene Party veranstalten. Vielleicht kann Hodel ja eine Exorzierung durchführen. Oh ...« Korie unterbrach sich und drehte sich wieder zu den anderen um. Er hob die Stimme: »Fast hätte ich es vergessen. Aber da ist noch eine Sache, die den Schmerz vielleicht ein wenig dämpft: Ein weiteres Schiff hat es auch nicht mehr rechtzeitig geschafft. Die *Houston.*« Der Gedanke ließ in Korie heimliche Genugtuung aufkeimen. Unwillkürlich mußte er lächeln.

»O Gott«, stöhnte Hodel. »Sie werden uns wieder *Dixie* vorspielen, nicht wahr?«

»Ich schätze, wir werden unsere eigene Hymne finden müssen«, entgegnete Korie und nickte seinem Junioroffizier zu. »Denken Sie sich etwas aus, Mike, ja? Ach so, und lassen Sie doch Cookie ein besonderes Abendessen vorbereiten. Diese Mannschaft hat eine Abwechslung verdient. In Ordnung«, sagte er schließlich und hob erneut die Stimme. »Lassen Sie uns wieder an die Arbeit gehen, Leute. Wir haben noch immer ein Schiff zu dekontaminieren. Mister Leen? Ich möchte in zwei Stunden einen Zuverlässigkeitstest.« Und dann war er durch die Luke verschwunden.

Leen bellte seine Leute an und scheuchte sie an die Arbeit. »Los, los, Sie haben den Mann gehört. Bewegen Sie Ihre Hintern. Los, machen Sie schon, Cappy. MacHeath! Schneller, schneller.«

Der Frachthangar leerte sich schnell. Es gab nichts mehr zu sagen, und die Besatzung machte sich verdrießlich wieder an die Arbeit.

Gatineau blieb noch eine Weile zögernd stehen. Er versuchte, eine Entscheidung zu treffen. Er fühlte sich, als würde er mit aufgeschlitztem Bauch durch die Gegend laufen und seine Gedärme quöllen hervor.

Er brauchte ... wie lautete der Ausdruck? *Klärung.* Das war es. Er brauchte das Gefühl, daß etwas *geklärt* worden war. Er mußte seine Meinung loswerden. Er marschierte los. Durch den Kiel nach vorn, hinter dem Leitenden Ingenieur her. Hier war es ruhiger. Hier würde er nicht so vielen Leuten über den Weg laufen.

Mittlerweile war ihm der Kiel bestens vertraut. Er war in den letzten paar Tagen so oft hin und zurück und hinauf und hinunter gestapft, daß er sich hier besser auskannte als in der Kabine, wo er schlief. Er kam im Ersatzteillager des Maschinenraums an und kletterte die Leiter zum Maschinenraum hinauf. Der Leitende Ingenieur war bereits auf seinem Platz am Rechner und hatte Integritätstests für den Alpha-Haken gestartet, während er die Leute seiner Schwarze-Loch-Bande anbrüllte.

»In Arbeit«, sagte Harlie und verstummte wieder.

Korie fuhr sich mit der Hand durch die Haare. Es war Zeit, wieder einmal beim Friseur vorbeizuschauen. Er seufzte und wandte sich seinem Schreibtisch zu.

Der Bildschirm des Rechners erwachte gehorsam zum Leben und zeigte die gleichen Diagramme wie zuvor. Korie stützte die Ellbogen auf die Tischplatte und faltete die Hände wie zum Gebet. Dann legte er sein Kinn auf die Fingerspitzen und schürzte die Lippen, während er die Diagramme betrachtete. Er schüttelte den Kopf und murmelte vor sich hin. »Nein, nein, nein. Lösch den Schirm. Das funktioniert nicht. Es gibt keinen Weg, das zu schaffen. Wir werden niemals rechtzeitig fertig. Ich weiß nicht, was ich mir dabei gedacht habe, Harlie.« Er seufzte erneut. »Ich tue der Besatzung keinen Gefallen damit. Wenn ich mich der Entscheidung O'Haras gefügt hätte, könnten die meisten von ihnen mittlerweile auf anderen Schiffen ihren Dienst tun. Jetzt werden sie die größte Schlacht dieses Krieges verpassen.«

»Einige von ihnen sehen das vielleicht nicht aus dem gleichen Blickwinkel wie Sie, Mister Korie. Die statistische Projektion der Schlacht von *Taalamar* ergibt, daß wir wahrscheinlich zwei Drittel unserer Kampfschiffe verlieren werden.«

»Ich habe die Berichte selbst gelesen«, entgegnete Korie. »Trotzdem denke ich, daß unsere Mannschaft lieber am Kampf teilnehmen würde, anstatt außen vor zu stehen. Nicht der Tod an sich macht den Leuten zu schaffen, sondern ein sinnloser Tod.« Und er fragte sich, ob er für seine Besatzung sprach oder nur über sich selbst.

»Für mich ist der Tod nicht das gleiche wie für Sie«, erwiderte die intelligente Maschine. »Ich muß mich auf das verlassen, was Sie mir sagen.«

Korie seufzte. Er war nicht in der richtigen Stimmung für eine von Harlies nicht enden wollenden philosophischen Diskussionen.

Harlie würde bis in alle Ewigkeit reden, wenn er nur den richtigen Gesprächspartner hätte. Er liebte es, mit

Ideen zu spielen. Aber ... alles Geschnatter führte niemals zu konkreten Ergebnissen. Und Kories Geschäft waren Ergebnisse und keine interessanten Diskussionen. Er kaute auf einem Fingernagel.

Korie spürte, wie Frustration in ihm aufstieg. »Warum schaffen wir es einfach nicht, dieses Schiff zu dekontaminieren, Harlie? Was übersehen wir bloß?«

Harlie gab keine Antwort. Der eigenartige Umstand fiel Korie nicht besonders auf. Zuerst jedenfalls. Er war viel zu sehr mit seinen eigenen Problemen beschäftigt.

Er erinnerte sich an seine *zyne*-Studien.

Zaffron pflegte zu sagen: »Wenn du keine Antwort findest, dann liegt es daran, daß du die falsche Frage gestellt hast.« Vielleicht lag es daran. Er wälzte den Gedanken eine Weile in seinem Kopf.

Hmmm. Etwas breitete sich *vibrierend* in seinem Bewußtsein aus.

Nein.

Doch. Es mußte einfach so sein.

»Harlie«, sagte er schließlich, »ich warte noch immer auf eine Antwort.« Harlie blieb stumm.

»Ich verstehe.« Korie ließ sich in seinem Stuhl zurücksinken und dachte nach. Er überlegte angestrengt.

Unvermittelt fragte er: »Wo finde ich den Leitenden Ingenieur?«

»Unterhalb des Alpha-Singularitätshakens. Er schläft zur Zeit. Seine Mannschaft wird es nicht gerne sehen, wenn man ihn dabei stört.«

»Und wo finde ich Mister Brik?«

»In seiner Kabine.«

Korie warf einen Blick auf die Uhr. »In seiner Kabine? Hm. Zeig mir seinen medizinischen Bericht. Hat Doktor Williger ihn denn bereits aus der Krankenstation entlassen?«

»Sir?«

»Nicht so wichtig. Mach meinen Raumanzug fertig, ja?«

»Sobald Sie etwas gegessen haben.«

»Ja, *Mama.*«

Disziplin

Korie überprüfte seinen Raumanzug auf Dichtigkeit und klemmte den Helm unter den linken Arm. Er war bereit.

Leise sprach er in seinen Kommunikator. Er wußte, daß Harlie seine Anordnung unverzüglich weiterleiten würde. »Mister Brik zur Heckschleuse Nummer drei. Und zwar auf der Stelle.«

Er blickte auf das Chronometer am Kontrollpaneel seines Raumanzugs. Angenommen, Brik befand sich in seinem Quartier oder auf der Brücke, oder er war in der Offiziersmesse, wo er Zugriff auf die Schiffsbibliothek besaß, dann hielt er sich irgendwo mittschiffs auf.

Unter Berücksichtigung des großen Wertes, den Brik auf Disziplin legte, seiner physischen Größe und seiner Geschwindigkeit, und des Weges, den er aller Wahrscheinlichkeit nach einschlagen würde, sollte der Morthaner die Heckschleuse ziemlich genau um ...

»Sie wollten mich sprechen?« fragte Brik, dessen Gestalt plötzlich drohend über Korie aufragte.

Korie blickte hoch. Und hoch. »Ja, das wollte ich«, entgegnete er absichtlich steif und lauter als nötig. Die Heckschleuse Nummer drei war vom Frachtdeck aus sichtbar. Hinter Brik arbeiteten Toad Hall und sein Team und mühten sich angestrengt, nicht aufzufallen. Korie sprach so laut weiter, daß der nächste Planet ihn hören mußte. Er wollte, daß Halls Team nichts entging. Der gesamte Zwischenfall würde außerdem automatisch im elektronischen Log der *Sternenwolf* protokolliert werden – unverschlüsselt, so daß jedermann darauf Zugriff hatte.

»Was ist *das* hier, Mister Brik?«

Brik verzog keine Miene. Sein Blick folgte Kories ausgestrecktem Finger. »Es scheint sich um einen Raumanzug zu handeln. Einen Raumanzug für einen Morthan-Tyger, um genau zu sein.«

»Es *ist* ein Raumanzug für einen Morthan-Tyger, Mister Brik«, bestätigte Korie. Er trat zur Seite. »Würden

Sie mir bitte zeigen, wie man ihn korrekt benutzt, Mister Brik?«

»Wie bitte?«

»*Ziehen Sie ihn an, Mister.*«

»Ich sehe keinen Sinn . . .«

»Das war keine Bitte, Mister Brik. Das war ein Befehl. Sie und ich, wir beide werden aussteigen. *Jetzt.*« Korie staunte selbst über den Ton in seiner Stimme. Er hatte noch nie zuvor jemanden in diesem Ton mit einem Morthaner reden hören. Er konnte nicht glauben, daß es seine Stimme war, die er eben gehört hatte. Er vertraute blind darauf, daß Brik sich der an Bord des Raumschiffs herrschenden Hierarchie unterordnete.

Brik sah Korie leidenschaftslos an. Was immer hinter den dunklen Augen des Morthaners vorgehen mochte – es blieb Korie verborgen.

»Niemand geht ohne Raumanzug nach draußen«, redete Korie weiter. »Ich ziehe Ihre Vakuum-Erlaubnis hiermit ein, bis Sie mir gezeigt haben, daß Sie wissen, wie man vorschriftsmäßig nach draußen geht.«

Brik schien eine Erwiderung auf der Zunge zu haben, aber dann veränderte sich sein Gesichtsausdruck unvermittelt. Seine Augen verengten sich zu Schlitzen. »Ich möchte einen formellen Protest im Logbuch vermerken.«

»Ich helfe Ihnen beim Ausfüllen der Formulare«, entgegnete Korie. Ohne ein weiteres Wort begann Brik, seine Kleidung abzustreifen. Korie stand reglos dabei und beobachtete den Morthaner. Brik war *riesig.* Die gewaltige morthanische Physis war furchterregend. Wenn Korie eine Bemerkung wegen des beinahe nackten Körpers vor sich auf der Zunge gehabt hatte, dann behielt er sie jedenfalls für sich.

Brik nahm den Raumanzug aus seinem Gestell und streifte ihn methodisch über. Zuerst die Beine und die Stiefel, dann den Rest. Er überprüfte die Dichtsiegel und drehte sich um, so daß Korie sie ebenfalls sehen konnte.

»Grün«, bestätigte Korie und wandte Brik den Rücken zu, damit der Morthaner auch seine Dichtsiegel überprüfen konnte.

»Grün«, brummte Brik.

»Helm«, sagte Korie und zog seinen Helm über. Er befestigte ihn am Kragen seines Raumanzugs und verriegelte ihn. Brik tat es ihm nach, und sie überprüften erneut gegenseitig die Dichtigkeit. Beide waren grün.

»Noch Fragen?« verlangte Korie zu wissen.

»Nein, Sir«, entgegnete Brik.

»Gut.« Korie berührte einen Knopf auf dem Paneel, und die Schleusenluke fuhr zischend zur Seite. Brik machte einen Schritt in die Kammer, und Korie folgt ihm. Keiner von beiden sprach ein Wort. Sie warfen sich grimmige Blicke zu.

Korie berührte einen weiteren Schalter in der Wand, und die Luke schloß sich hinter ihm.

Auf dem Frachtdeck wandten sich einige Gesichter um und blickten sich aus großen Augen an. Schultern wurden gezuckt. Köpfe wurden gekratzt. Toad Hall schüttelte den Kopf. »Fragt mich bloß nicht. Ich habe keine Ahnung, was das soll. Vielleicht eine Angelegenheit unter Offizieren.«

Die anderen begannen wild zu spekulieren. »Korie versucht, ihm zu zeigen, wer der Boß ist.«

»Er hat keine Chance gegen den Morthaner.«

»Ja, aber er muß Brik zeigen, daß er keine Angst hat, es zu versuchen.«

»Brik ist viel zu schlau, um ihn herauszufordern.«

»Und Korie ist zu schlau, ihn in eine Position zu manövrieren, wo ihm nichts anderes mehr übrigbleibt.«

»Warum zur Hölle sind die beiden dann nach draußen gegangen?«

»Vielleicht, um sich zusammen die Sterne anzusehen?«

»Ja, wahrscheinlich hast du recht.«

»Sag mir doch einen besseren Grund! Zwei Kerle ziehen ihre Raumanzüge an und machen einen Spaziergang draußen auf der Hülle. Was soll das bedeuten?«

»Daß, egal was sie sich auch zu sagen haben, niemand ihnen dabei zuhören soll?« vermutete Gatineau. Er war unterwegs zu den Filtern und kam in diesem

Augenblick hier vorbei. Offizier vom Dienst Miller hatte in der Zwischenzeit den Möbiusschlüssel an sich genommen. Die ganze Angelegenheit machte in Gatineaus Augen keinen rechten Sinn. Wenn der linkshändige Möbiusschlüssel ein so häufig benötigtes Werkzeug war – wieso gab es dann nur einen einzigen davon an Bord?

»Wir haben Privatnischen in der Inneren Hülle«, entgegnete Hall.

»Ich glaube kaum, daß Korie und Brik sich dort unterhalten möchten«, warf eine Frau lachend ein.

Hall schüttelte erneut den Kopf und grinste bei dem Gedanken. »In Ordnung, wir machen weiter. Es geht uns ohnehin nichts an. Wir wollen zusehen, daß wir mit der Bestandsaufnahme fertig werden und das Zeug hier wegschaffen.«

Dreißig Minuten später kehrten Brik und Korie zurück. Sie schälten sich schweigend aus ihren Raumanzügen und übergaben sie zur Wiederaufladung. Korie war als erster wieder angezogen. Ohne ein weiteres Wort marschierte er nach vorn. Ein paar Augenblicke später folgte ihm Brik mit einem mürrischen, tiefen Brummen.

Die Frachtmannschaft tauschte besorgte Blicke, aber diesmal spekulierte niemand mehr über das, was zwischen den beiden Männern vorgegangen sein mochte.

Die Besatzung

Gatineau war ziemlich sauer, als er schließlich im hinteren Frachtraum eintraf.

Er hatte endlich herausgefunden, was es mit dem Möbiusschlüssel auf sich hatte. Mit dem linkshändigen Möbiusschlüssel. Es gefiel ihm überhaupt nicht. Tatsächlich fühlte er sich ausgesprochen miserabel. So dicht vor der Verzweiflung hatte er in seinem ganzen Leben noch nicht gestanden. Wahrscheinlich hatte es nur einen einzigen Augenblick gegeben, an dem er sich noch schlimmer gefühlt hatte: Damals, als Sally Ann Jessup ihn gefragt hatte, ob sie nicht einfach nur Freunde sein könnten. Nein. Das hier war schlimmer. Das hier war *sein Raumschiff*. Das hier war der Ort, wo er *lebte* und *arbeitete* und seinen Dienst verrichtete. Das hier war *seine Karriere*.

Er haßte dieses Gefühl. Er hatte keine Ahnung, wie er es nennen sollte, aber er haßte es. Er fühlte sich verletzt und allein gelassen und wütend und frustriert und verlegen, alles auf einmal. Das war nicht fair. Er hatte das Recht, mit Respekt behandelt zu werden. Mit großen unschuldigen Augen auf der Suche nach einem imaginären Werkzeug durch das ganze Schiff geschickt zu werden, ließ in ihm nicht gerade das Gefühl entstehen, nützlicher Bestandteil seiner Besatzung zu sein. Er fühlte sich nicht ernst genommen. Und was noch schlimmer war – er fühlte sich wie ein Trottel. Und was am allerschlimmsten war – jeder, wirklich jeder an Bord der *Sternenwolf* wußte Bescheid. Wie sollte er diesen Leuten je wieder in die Augen blicken?

Er konnte nicht. Er starrte zu Boden. Es gab zwei Arten von Schuhwerk an Bord des Schiffs – harte Schutzstiefel für schwere Arbeiten und weiche Mokkassins für den normalen Dienst. Er trug die schweren Stiefel. Er fühlte sich darin wie ein Trampel. Er fühlte sich auch ohne die Stiefel wie ein Trampel. Er fühlte sich wie ein kleiner Junge, der am ersten Schultag in die Hose gemacht hat. Nein, er fühlte sich schlimmer. Er erinnerte sich, daß er an seinem ersten Schultag in die Hose gemacht hatte. Es war kein derartig niederschmetterndes Gefühl gewesen wie heute.

Korie betrat den Frachthangar. Er sah ungewöhnlich steif aus für einen Mann, der seit einer Woche nicht mehr richtig geschlafen hatte. Der größte Teil der Besatzung war bereits anwesend, und ein paar Nachzügler trafen unmittelbar hinter dem Ersten Offizier ein. Neugierige Blicke richteten sich auf ihn.

Diesmal marschierte Korie in die Mitte des Hangars und stellte sich zu seinen Leuten wie ein normales Besatzungsmitglied. Ein Kreis aus Neugierigen bildete sich rings um ihn. Gatineau postierte sich direkt hinter Korie, damit er ihm nicht in die Augen sehen mußte. Er wollte nicht, daß Korie seine Verlegenheit bemerkte.

Er blickte zu Boden und musterte seine Stiefel. Seine großen, tolpatschigen Stiefel.

»Ich will es kurz machen«, begann Korie.

Seine Stimme klang gepreßt. Das hier war sicher keine gute Nachricht, die er verkünden würde. »Wir werden nicht rechtzeitig fertig. Es tut mir leid.«

Vereinzelt erklangen bestürzte Rufe und Stöhnen.

Korie hob die Hand und wartete, bis wieder Ruhe herrschte. »Meine Herren! Ich bitte um Ruhe. Unsere Fibrillatoren wurden von der *Houston* beschlagnahmt. Der Leitende Ingenieur hat sie heute morgen rübergeschickt. Und Kapitän La Paz hat uns ihren Dank ausrichten lassen.

Ich will Ihnen nichts vormachen. Die Dekontamination gestaltet sich umfangreicher, als wir zunächst angenommen haben. Der Morthan-Assassine hat irgendwie ein Infektionsreservoir an Bord geschafft. Fallen wie die am Andockschlauch, die verschiedensten Arten von Nanokrebs, Blasen in den Kommunikationsleitungen, ich muß nicht erst alles aufzählen. Sie wissen es selbst.«

Korie zögerte und formulierte seine nächsten Worte sorgfältig. »Sehen Sie – ich weiß, wie enttäuscht Sie alle darüber sind. Mir geht es nicht anders. Und außerdem sind wir alle erschöpft. Aber wir haben eine Verantwortung gegenüber der Flotte. Eine Verantwortung gegenüber der Allianz. Jedes einzelne Schiff, das wir wieder raumtüchtig machen, wird in *Taalamar* von Nutzen sein. Und das ist unsere oberste Priorität. Wir werden den anderen helfen, daß sie dorthin kommen. Viele von ihnen sind bereits auf dem Weg.«

Korie blickte sich im Hangar um. Er blickte so vielen Besatzungsmitgliedern wie nur möglich offen in die Augen. Er wandte sich sogar um und sah direkt zu Gatineau. Der Junge fühlte sich merklich unwohl.

»Ich möchte nicht, daß Sie das Gefühl haben, Sie hätten versagt. Sie haben nicht versagt, glauben Sie mir.« Er bewegte sich durch die Reihen und klopfte ihnen auf die Schultern und ergriff und schüttelte ihre Hände. »Es gibt nichts, dessen wir uns schämen müßten. Bereits in jedem der anderen Schiffe im *Stardock* sind Teile der *Sternenwolf* eingebaut. Wenn wir nicht gewesen wären, dann würden sie alle hier festsitzen. Es mag schon sein, daß *wir* es nicht geschafft haben. Aber unsere Verpflichtung haben wir dennnoch eingelöst. Wir schicken elf andere Schiffe, die uns bei *Taalamar* repräsentieren werden.«

Vereinzelt ertönten ein paar Hochrufe und etwas Applaus. Aber es war nicht genug.

»Jawohl«, stimmte Korie ihnen dennoch zu. »Jawohl. Das ist unser Verdienst. Es ist *Ihr* Verdienst. Sie haben sich gut geschlagen. Ich bin sehr stolz auf Sie alle. Sie haben nicht versagt. Glauben Sie mir!« Er stieß triumphierend die Faust in die Luft und wandte sich um. Beinahe wäre er mit Gatineau zusammengestoßen.

»Aber das Gefühl bleibt trotzdem, Sir«, sagte der junge Decksmann. Er hatte durchschaut, was Korie vorhatte. *Rekontextualisierung.* Aber es änderte nichts an den Tatsachen. Sie hatten es nicht geschafft. Gatineau war noch immer unglücklich. Und jetzt besaß er noch einen weiteren Grund dazu.

»Ich weiß«, entgegnete Korie mit mehr Verständnis in der Stimme, als Gatineau erwartet hätte. »Es ist ärgerlich. Wir gehen nicht zur Party, aber unsere Tanzschuhe.« Er legte freundlich die Hand auf die Schulter des jungen Burschen. »Wir müssen unsere eigene Party veranstalten. Vielleicht kann Hodel ja eine Exorzierung durchführen. Oh ...« Korie unterbrach sich und drehte sich wieder zu den anderen um. Er hob die Stimme: »Fast hätte ich es vergessen. Aber da ist noch eine Sache, die den Schmerz vielleicht ein wenig dämpft: Ein weiteres Schiff hat es auch nicht mehr rechtzeitig geschafft. Die *Houston.*« Der Gedanke ließ in Korie heimliche Genugtuung aufkeimen. Unwillkürlich mußte er lächeln.

»O Gott«, stöhnte Hodel. »Sie werden uns wieder *Dixie* vorspielen, nicht wahr?«

»Ich schätze, wir werden unsere eigene Hymne finden müssen«, entgegnete Korie und nickte seinem Junioroffizier zu. »Denken Sie sich etwas aus, Mike, ja? Ach so, und lassen Sie doch Cookie ein besonderes Abendessen vorbereiten. Diese Mannschaft hat eine Abwechslung verdient. In Ordnung«, sagte er schließlich und hob erneut die Stimme. »Lassen Sie uns wieder an die Arbeit gehen, Leute. Wir haben noch immer ein Schiff zu dekontaminieren. Mister Leen? Ich möchte in zwei Stunden einen Zuverlässigkeitstest.« Und dann war er durch die Luke verschwunden.

Leen bellte seine Leute an und scheuchte sie an die Arbeit. »Los, los, Sie haben den Mann gehört. Bewegen Sie Ihre Hintern. Los, machen Sie schon, Cappy. MacHeath! Schneller, schneller.«

Der Frachthangar leerte sich schnell. Es gab nichts mehr zu sagen, und die Besatzung machte sich verdrießlich wieder an die Arbeit.

Gatineau blieb noch eine Weile zögernd stehen. Er versuchte, eine Entscheidung zu treffen. Er fühlte sich, als würde er mit aufgeschlitztem Bauch durch die Gegend laufen und seine Gedärme quöllen hervor.

Er brauchte ... wie lautete der Ausdruck? *Klärung*. Das war es. Er brauchte das Gefühl, daß etwas *geklärt* worden war. Er mußte seine Meinung loswerden. Er marschierte los. Durch den Kiel nach vorn, hinter dem Leitenden Ingenieur her. Hier war es ruhiger. Hier würde er nicht so vielen Leuten über den Weg laufen.

Mittlerweile war ihm der Kiel bestens vertraut. Er war in den letzten paar Tagen so oft hin und zurück und hinauf und hinunter gestapft, daß er sich hier besser auskannte als in der Kabine, wo er schlief. Er kam im Ersatzteillager des Maschinenraums an und kletterte die Leiter zum Maschinenraum hinauf. Der Leitende Ingenieur war bereits auf seinem Platz am Rechner und hatte Integritätstests für den Alpha-Haken gestartet, während er die Leute seiner Schwarze-Loch-Bande anbrüllte.

Heiße Wut stieg in Gatineau hoch. Das Gefühl von Frustration und Kränkung und Verlegenheit war hier im Maschinenraum noch viel schmerzhafter, wo die ganze Geschichte und die wilde Jagd nach dem Schlüssel begonnen hatten. Plötzlich fürchtete er, daß er alles nur noch schlimmer machen könnte, wenn er etwas unternahm oder sagte. Aber das war jetzt auch egal ...

Mit mehr Entschlossenheit, als er seit langer Zeit verspürt hatte, stapfte er um die Eindämmung herum zur Station des Leitenden Ingenieurs.

Er stellte sich direkt vor den Leitenden Ingenieur und bemühte sich, seiner Stimme einen festen Klang zu verleihen. »Mister Leen?« Seine Stimme klang schrill. Er versuchte es erneut. »*Mister Leen*?«

Der Leitende Ingenieur blickte erwartungsvoll von seinem Rechner hoch.

Er drehte sich mitsamt seinem Stuhl um und blickte den jungen Mann an. »Ja? Was gibt's?«

»Das war hinterhältig und gemein«, begann Gatineau vorwurfsvoll. »Sie haben mich auf den Arm genommen. Sie haben mich auf der Jagd nach einem Phantom durch das ganze Schiff gehetzt, und alle haben mitgemacht, oder wollen Sie das abstreiten? Und alle haben hinter meinem Rücken über mich gelacht. Das war nicht richtig, Sir. Das war ein Mißbrauch Ihrer Autorität. Ich habe Ihnen vertraut. Ich bin hergekommen, um zu lernen, und nicht, um das Opfer dämlicher Witze zu werden.« Gatineau bemerkte nicht, daß die Schwarze-Loch-Bande begonnen hatte, sich hinter ihm zu versammeln. Sie kamen aus ihren Abteilen und kletterten die Laufstege hinab und umringten ihn in gebührendem Abstand. »Sie haben mich vor Leuten lächerlich gemacht, mit denen ich zusammenarbeiten soll. Ich habe mir den Arsch für Sie aufgerissen, und für jeden anderen auch.« Gatineaus Stimme begann bei den letzten Worten zu brechen. »Ich habe jede verdammte Scheißarbeit an Bord des ganzen verdammten Schiffs erledigt, nur weil ich ein gutes Besatzungsmitglied sein wollte.«

Leen wartete, bis Gatineau fertig war.

Dann sagte er: »Sie sind hergekommen, um zu lernen, nicht wahr?«

»Jawohl, Sir. Genau aus diesem Grund.«

»In Ordnung. Wie gelangt man vom Tragjoch zur vorderen Schleuse?«

»Äh ...« Gatineau runzelte einen Augenblick die Stirn. »Man geht nach hinten, bis man den Eingang des Maschinenraums erreicht, dann klettert man hinunter in den Kiel und geht ganz bis nach vorn durch. Oder man folgt dem Primärrumpf und kommt dann durch die Notaufnahmekammer hin.« Verwirrt blickte er zu Leen. »Aber – worauf wollen Sie damit hinaus ...?«

Der Leitende Ingenieur ignorierte Gatineaus Einwand. »Wie kommen Sie von der vorderen Schleuse zur Inneren Hülle, siebzig Grad, zwei Drittel achtern?«

»Hmmm. Man geht durch den Kiel nach achtern bis zum Kabelwartungspaneel am Ende, das zum Maschinenraum führt. Anschließend hinauf zur oberen Steuerbordpassage und weiter nach hinten bis zur Schleusenkammer. Direkt neben der Kammer befindet sich ein Zugang zu Inneren Hülle. Man muß dann nur noch an den Fleischtanks vorbei.«

Leen nickte. »Gut. Und wie komme ich aus der Offiziersmesse zum Rechenzentrum?«

»Es gibt zwei Möglichkeiten. Am schnellsten ist es, wenn man durch einen der beiden Korridore bis zur Brücke geht, dann hinunter auf das Operationsdeck, unter die Brücke und durch den Kiel nach hinten und die erste Leiter wieder hinauf. Aber der Zugang zur Brücke ist nur Offizieren gestattet, deshalb ist es besser, man geht einfach nach hinten, benutzt die Notrutsche zum Kiel und geht dann durch den Kiel wieder nach vorn.« Allmählich begann sich Verstehen auf Gatineaus Gesicht abzuzeichnen.

»Gut«, sagte Leen. »Wie lauten die Verantwortlichkeiten von Reynolds, Stolchak und Fontana?«

»Reynolds ist Vertrauensmann der Raumfahrergewerkschaft. Stolchak ist Offizier vom Dienst auf der Farm. Fontana ist Gehilfe des Apothekers.«

»An wen von den dreien muß ich mich wenden, wenn ich eine Dose marsianischer Anchovis für die Pizza des Kapitäns benötige?«

»An keinen. Sie fragen Toad Hall, den Schirrmeister.«

»Und wo bekomme ich eine Rotorjacke?«

»Lagerraum 130-G7, Innere Hülle. Zugang durch den Backbordkorridor. Vorne unten.«

»Wer ist der offizielle Magier an Bord?«

»Mikhael Hodel, Sir.«

»Was ist eine skotatische Ventrikulation?«

»Eine tiefe Gravitationsspirale aus chaotischer Antimaterie.«

»Woran erkennen Sie, daß Sie zu lange im Raum gewesen sind?«

»Wenn Doktor Williger auf einmal gut auszusehen beginnt.«

»Wie lautet die Regel Nummer eins?«

»Äh – was immer der vorgesetzte Offizier sagt.«

»Jawohl.« Leen nickte. »Ich würde sagen, Sie haben ganz schön viel gelernt. Was meinen Sie?«

»Ich ... ich ... äh ...« setzte Gatineau unsicher an. Aus Furcht, sich noch weiter zu blamieren, traute er sich nicht zu sagen, was er dachte. Seiner Meinung nach hatte er sich verdammt gut geschlagen.

Leen hob die Hand und deutete über Gatineaus Schulter. »Ich habe nicht mit Ihnen gesprochen, Mister Gatineau. Ich habe Ihre Kollegen gefragt.«

Gatineau wirbelte herum. Hinter ihm hatten sich alle versammelt: Reynolds, Hall, Stolchak, Cappy, MacHeath, Fontana, Eakins, Freeman, Hodel, Goldberg, Armstrong, Green, Ikama, Saffari und beinahe jeder, dem er bei seiner ausgedehnten Suche nach dem verflixten Möbiusschlüssel begegnet war. Wie ein Mann begannen sie zu applaudieren, lachten und ließen ihn hochleben. »Gute Arbeit, Gatineau!«

Selbst Oberleutnant Brik hatte auf dem Weg durch den Maschinenraum angehalten und nickte Gatineau ruppig seine Anerkennung zu.

»Hä?« Gatineau drehte sich überrascht zu Leen um.

»Aber – aber ...« Plötzlich verstand er. Das war ein *Initiierungsritual* gewesen. Er hatte bewiesen, daß er guten Teamgeist besaß.

Noch immer rot im Gesicht wandte er sich wieder zu den anderen um. Wieder fühlte er sich verlegen, aber diesmal war das Gefühl mit Stolz und Glück gemischt, endlich dazuzugehören. Und dann ... dann spürte er zum ersten Mal auch ... *Kameradschaft.*

»Ihr Hurensöhne!« murmelte er kopfschüttelnd mit breitem Grinsen. Und dann schlug ihm jemand auf die Schulter, und jemand anderes schüttelte ihm die Hand, und plötzlich stand Irma Stolchak vor ihm und drückte ihm einen Kuß auf den Mund, der ein ganzes Stück mehr als freundschaftlich war, und als er endlich wieder Luft holen konnte, da war alles, was er hervorbrachte: »Ihr Hurensöhne! Also wirklich! Ihr seid alle Hurensöhne!« Aber er lachte dabei, genau wie seine Kameraden. »Und ich möchte genau so ein Hurensohn werden wie ihr alle.«

Schließlich wandte er sich wieder zu Leen. »Aber ... eine Frage habe ich noch. Sagen Sie mir die Wahrheit, Sir. Es gibt gar keinen Möbiusschlüssel, oder?«

»Wer hat denn das gesagt?« fragte Leen. »Ich jedenfalls nicht. Im Gegenteil. Ich hab' den Möbiusschlüssel hier bei mir.«

»Was?« Gatineaus Augen weiteten sich ungläubig.

Leen drehte sich zu seinem Rechnerterminal um und öffnete eine Schublade. Er griff hinein und zog eine Plakette hervor, auf die ein vergoldeter Schraubenschlüssel montiert war. Der Griff war wie bei einem Möbiusband eine halbe Drehung um seine eigene Achse verdrillt. Leen erhob sich und reichte Gatineau mit großer Feierlichkeit die Plakette.

»Herzlichen Glückwunsch, Sohn«, sagte der Ingenieur und schüttelte Gatineaus Hand.

Gatineau nahm die Plakette verständnislos entgegen und starrte voller Staunen auf die Worte, die unter dem Schlüssel eingraviert waren:

Der Orden vom Möbiusschlüssel
Ingenieur Robert Gatineau
Sternenwolf

»O Mann!« sagte Gatineau. »O Mannomannomann! Das ... das ist wunderschön. O Mann!« Ungläubig schüttelte er den Kopf. »Ich bin wirklich ... ich weiß nicht, was ich ... Mann! Ich weiß wirklich nicht, was ich sagen soll! Das ist einfach großartig!«

»Geht schon in Ordnung«, sagte Cappy. »Wir hatten keine Rede erwartet.«

Dann setzte Gatineau erneut ein verwirrtes Gesicht auf. »Äh ... ich hab' da noch eine Frage. Wie habt ihr Leute das mit dem Sternenkobold eigentlich gemacht?«

»Was für ein Sternenkobold? Wovon reden Sie da?«

»Sie wissen schon. Der Sternenkobold. Auf der Farm. Hinter dem Mais ... Mit den großen Augen ...?«

Leen blickte ihn erstaunt an, genau wie die anderen auch. »Hä?« Plötzlich schien Gatineau zu verstehen.

»Schon gut. In Ordnung, ich hab's kapiert. Schon gut. Ein Phantom reicht mir. Behalten Sie Ihren Sternenkobold. Ich hab' genug. War 'n netter Versuch.«

»Heh«, meldete sich MacHeath. »Ich verspreche Ihnen, daß wir nichts damit zu tun haben. Wir haben hier nicht so viel freie Zeit, wie Sie sicher auch schon festgestellt haben.«

»Sicher«, erwiderte Gatineau schnell. »Sicher. Niemand hat etwas damit zu tun. Wenn Sie so wollen – in Ordnung. Ja, in Ordnung.«

Er nahm einen Glückwunschhumpen vom feinsten Bier entgegen, das der Leitende Ingenieur zu brauen imstande war (mindestens zwei Stunden gelagert!) und stellte unter Beweis, was er sonst noch gelernt hatte, seit er an Bord der *Sternenwolf* gekommen war.

Später wandte sich MacHeath an Leen: »Die Sache mit dem Sternenkobold – meinen Sie, er hat versucht, uns mit gleicher Münze zurückzuzahlen?«

»Ich hoffe doch. Ich hasse die Vorstellung, daß wir ihm nicht genug beigebracht haben ...«

Fenelly

Jon Kories erstes Schiff war ein Neubau. Die *LS-714* wurde von Kapitän Kia Miori befehligt, einer kleinen Asiatin, die ihre Mannschaft mit ausgesuchter Höflichkeit und Respekt behandelte. Die *LS-714* war nur ein Bindeglied in einer ausgedehnten Kette von Schiffen, die einige kleinere Kolonien weit jenseits des *Abgrunds* mit Post und Vorräten belieferten, des sternenlosen Grabens, der die große Mehrzahl Alliierter Welten von den unbekannten Gebieten der Morthan-Solidarität trennte. Korie war jedesmal vier Monate am Stück von zu Hause weg, und zwischen den einzelnen Fahrten hatte er nur zwei Wochen frei.

Wenn Carol wegen seiner langen Abwesenheit unglücklich war, dann ließ sie sich jedenfalls nichts davon anmerken. Sie gab sich die allergrößte Mühe, jeden Augenblick ihrer kurzen gemeinsamen Zeit wie neue Flitterwochen zu gestalten. Sie beschwerte sich nie, lauschte seinen Geschichten und stellte sicher, daß er bei seiner Abreise stets fröhliche Erinnerungen mitnahm, damit er gerne wieder nach Hause zurückkehrte.

Korie diente dreizehn Monate als Zahlmeister und Offizier vom Dienst in der Schiffsfarm und vergrößerte die Effizienzbewertung des Schiffs jeden Monat an Bord um einen ganzen Punkt. Das Büro von Admiral Coon stellte ihm anschließend ein Empfehlungsschreiben aus und zahlte zur Belohnung einen dreifachen Bonus.

Nach der dritten Reise über den *Abgrund* beantragte Korie Zeit für seine Familie. Er wurde vorübergehend an die Akademie versetzt, wo er andere junge Offiziere in der komplexen Materie der Buchhaltung an Bord von Raumschiffen unterrichtete. Er war ein sehr effizienter Lehrer, und am Ende der dreimonatigen Dienstzeit bot man ihm eine permanente Stelle an.

Carol ließ nicht zu, daß er annahm. Die vergangenen Wochen waren mit ihre glücklichsten Tage (und Nächte) gewesen, doch Carol war zu klug, um zu verlangen, daß es immer so bleiben würde. »Du wirst nicht zufrieden sein, bis du die Kapitänssterne an deinem Kragen trägst«, sagte sie zu ihm. »Und du wirst allmählich nervös und unruhig, Jon. Es ist Zeit für dich, wieder in den Raum zu gehen.«

Jon Kories zweites Schiff war die *LS-911*. Er diente als Zweiter Offizier und Astrogator. Er hatte mitgeholfen, das Schiff zu bauen. Er hatte die Farm eingerichtet und war später Mitglied der Mannschaft gewesen, die den Singularitätsantrieb einjustierte. Stolz zeigte er dem Kapitän seine eingravierten Unterschriften auf der Innenseite der Hülle. Es stellte sich heraus, daß er damit einen Fehler begangen hatte.

Kapitän Jack Fenelly war ein harter, rauher und kompromißloser Mann. Er blickte auf eine lange, erfolgreiche Karriere in der Flotte zurück, und er besaß seine eigenen Vorstellungen, wie ein Schiff zu führen war. Die neu formierte Alliierte Flotte machte ihn alles andere als glücklich. Das beschleunigte Schiffsbauprogramm produzierte Hunderte neuer Kapitäne, und Fenelly ging es gegen den Strich, daß so viel jüngere Männer so früh im Leben und auf so einfache Weise ihre eigenen Kommandos erhielten. In Fenellys Augen war Kories Stolz auf das Schiff und sein Enthusiasmus für Pflege und Wartung kein Vorzug, sondern eine Bedrohung für seine eigene Karriere.

Korie arbeitete hart. Er wußte, daß er viel von Kapitän Fenelly lernen konnte. Aber Fenelly schenkte Kories Anstrengungen nie auch nur die geringste Beachtung. Egal wie gut Korie einen Auftrag erledigte – Fenelly fiel immer etwas ein, was man hätte besser machen können.

Korie zog sich in sich selbst zurück und versank in *zyne*-Meditationen. Er tat alles, um zu verhindern, daß die äußeren Umstände die Kontrolle über seine Emotionen gewannen. Während dieser Zeit verfaßte er eine ausführliche Arbeit über die Natur der Befehlsgewalt. Er gab seinem Werk den Namen *Die Psychologie des Dienens*.

Grundlage von Kories These war der Gedanke, daß Kommandogewalt alleine nicht ausreichte, um Loyalität zu erzeugen. Sie mußte erst *verdient* werden. Bevor ein Schiffskommandant die Loyalität seiner Besatzung erwarten konnte, mußte er sein kompromißloses Engagement für ihr Wohlergehen unter Beweis stellen. Die Qualität der Arbeit, die eine Mannschaft leistete, war nach Kories Überzeugung ein direktes Spiegelbild der Leistungen des Kapitäns.

Dieser Gedanke führte ihn zu weiteren Überlegungen über die Natur militärischer Hierarchien. Nach einigen Monaten der Selbstbeobachtung erkannte Korie, daß *Dienen* die höchste Form menschlichen Tuns war, und nicht – wie allgemein angenommen – die niedrigste, und daß das wirkliche Maß für die Macht eines Menschen die Anzahl von Personen war, denen *er selbst* diente. Die Aufgabe eines Schiffskommandanten bestand nicht nur darin, seinen Vorgesetzten zu gehorchen – ihnen zu dienen –, sondern auch in der Erfüllung der Bedürfnisse seiner Mannschaft. Genaugenommen kam das Wohlergehen des Schiffs sogar an erster Stelle, denn ohne ein einwandfreies Schiff konnte ein Kapitän überhaupt nichts erreichen.

Korie sandte seinem alten Lehrer Zaffron eine Kopie seiner Arbeit, um dessen Meinung zu erfahren. Allerdings verzichtete er darauf, das Werk zur Publikation freizugeben oder es in die Netzwerke zu laden, weil er das Gefühl hatte, daß einige Anmerkungen seine Vorgesetzten in wenig schmeichelhaftem Licht dastehen lassen mochten.

Zaffron schickte ihm eine lange, nachdenkliche Antwort, die aus mehr Fragen als Kommentaren bestand. Korie schrieb die Arbeit dreimal um, bevor er sie zur Seite legte, um sich irgendwann in Zukunft erneut damit zu beschäftigen.

Kories privates Projekt diente auch dazu, Kapitän Fenelly aus dem Weg zu gehen. Fenelly bemerkte zwar, daß Kories Manieren betont unterwürfig geworden waren, doch seiner Meinung nach lag es nur daran, daß sein Zweiter Offizier sich endlich untergeordnet und eingefügt hatte. Als Ergebnis hörten die Schikanen auf, und die Mißstimmung auf der Brücke schwand langsam.

Etwa zur Halbzeit der Fahrt nahmen die Spannungen zwischen der Morthan-Solidarität und der Allianz merklich zu. Die Nachrichtendienste berichteten, daß die Solidarität begonnen hatte, mindestens ebenso aggressiv zu rüsten wie die Allianz.

Überall konnte man spüren, daß Krieg in der Luft lag. Korie erweiterte seine Studien und schloß zahlreiche Kapitel über Strategie und Taktik ein. Trotz der Tatsache, daß die künstlichen Intelligenzen der Allianz seit Jahrzehnten ausgedehnte Konfliktsimulationen durchgeführt hatten, bemerkte Korie frustriert, daß es keine allgemeine Abhandlung über die Natur des Raumkrieges gab. Er begann, seine diesbezüglichen Gedanken in einem weiteren Werk zu sammeln, welches er *Untersuchungen zu einer neuen Konflikttheorie* nannte. Seine Arbeit versuchte nicht, die Natur des Konflikts an sich zu erklären. Das wäre voreilig und anmaßend gewesen. Allerdings war er auch der Ansicht, daß ein Konflikt des Ausmaßes, wie er nun zwischen den Welten der Allianz und der Morthan-Solidarität möglich geworden war, es notwendig machte, alle vorhergehenden Konfliktmodelle in dem neu entstandenen, größeren Kontext zu bewerten.

Einige fundamentale Aspekte des Krieges blieben zwar immer gleich – beispielsweise der Schutz von Nachschublinien, das Verteidigen strategischer Positionen und das Wissen um die Strategie des Feindes –, aber ihre Übertragung auf die spezifischen Gegebenheiten von überlichtschnellen Raumschiffen eröffnete eine Vielzahl neuer Möglichkeiten und Zwangslagen. Das Potential für Katastrophen erschreckte den jungen Offizier zutiefst. Kories Anliegen war es, die Gebiete hervorzuheben, die einer weitaus genaueren Untersuchung bedurften. Seine Aufsätze hatten zwar letztendlich den Zweck, diejenigen zur Vorsicht zu gemahnen, die über die Strategie der Allianz bestimmten, aber sie boten

Korie auch die Gelegenheit, seine eigenen Gedanken zu klären.

Zum größten Teil stimmte Korie der *Killerbienenstrategie* der Flotte zu, aber sie hing sehr stark vom Einfallsreichtum und Mut individueller Raumschiffskapitäne ab. Das war zugleich ihre größte Stärke als auch ihre entscheidende Schwäche. Bei Überlichtgeschwindigkeit war es für eine zentrale Kommandostelle vollkommen unmöglich, die Aktionen von Tausenden, Zehntausenden oder letztlich sogar Hunderttausenden von einzelnen Schiffen der Zerstörerklasse zu koordinieren. Aus diesem Grund blieb jedes einzelne Schiff letztendlich auf sich alleine gestellt – und jeder einzelne Kapitän mußte so grimmig angreifen, wie es nur möglich war. Jeder einzelne Kapitän mußte so handeln, als würden seine oder ihre Aktionen ganz allein den Ausgang des Krieges entscheiden ... weil genau das sehr wohl der Fall sein konnte.

Wenn es in der Strategie der Alliierten einen Schwachpunkt gab, dann war es genau dieser. Die beschleunigten Schiffsbauprogramme und die rasche Ausbildung und Beförderung der Offiziere und Mannschaften führten nicht zu ausreichend Erfahrung und Gewitztheit, um sich in einer Kampfsituation entsprechend verhalten zu können.

Im Durcheinander einer größeren Schlacht mochten einige Kapitäne ihre Schiffe zurückhalten, andere bekamen vielleicht sogar Panik. Dieses Verhalten würde den verbleibenden Schiffen der Alliierten eine größere Last auferlegen – sowohl strategisch als auch psychologisch – und die Kampfkraft ernsthaft schwächen.

Und wenn ein Kampfschwarm erst einmal am Rand einer Niederlage stünde – einer ernsthaften Niederlage, wie Korie schrieb –, dann bedeutete dies einen schweren psychologischen Schlag für die Alliierten. Es wäre für einen Kapitän zukünftig unmöglich, im Schwarm anzugreifen, wenn er nicht daran glauben konnte, daß seine Kameraden es ihm gleichtaten. Aus diesem Grunde war eine entsprechende psychologische Überwachung aller Schiffskommandanten unumgänglich, genau wie das intensive Training von Kampfsituationen.

Korie entwickelte außerdem eine alternative Strategie, von der er glaubte, daß sie mit minimaler Anstrengung implementiert werden konnte: Sie bediente sich der größten Vorteile der *Killerbienenstrategie* und schloß ihre Nachteile weitgehend aus. Er nannte sie *Killerhai*-Strategie. In seinem Szenario würde sich der große Schwarm in viele kleine Verbände aufteilen, die jeweils nur einen kleinen Verantwortungsbereich abzudecken hatten. Und innerhalb des Verbandes hätte jeder einzelne Zerstörer wiederum sein eigenes Ziel, seine eigene Aufgabe – entweder Angriff oder Verteidigung. Wenn ein individuelles Schiff einem morthanischen Kriegsschiff begegnete, dann konnte es einen kodierten Hyperraumblitz aussenden, und alle Schiffe in Reichweite würden sich wie ein Rudel von Haien im Freßrausch auf das Signal stürzen.

Das Auseinanderziehen der Flotte würde erlauben, Raumschlachten als einzelne Scharmützel anstatt massiver Konfrontationen auszutragen. Es würde die Möglichkeiten des Gegners reduzieren, der Alliierten Flotte in einer einzigen Schlacht einen vernichtenden Schlag zu versetzen. Außerdem würden weit auseinandergezogene Verbände Abfangmanöver sehr viel schwieriger machen. Und das erst recht, wenn alle Schiffe, die an einem Angriff beteiligt waren, aus völlig verschiedenen Richtungen herankamen.

Korie verbrachte Monate damit, die Dynamik derartiger Schlachten auszuarbeiten, indem er mit Hilfe der Harlie-Einheit der *LS-911* Simulationen durchführte. Verschiedene Annahmen in seiner Arbeit stellten sich auf diese Art und Weise schnell als falsch heraus; er strich sie aus seiner Hauptthese und fügte dem Anhang entsprechende Diskussionen bei. Und es gab andere Annahmen, die ihn letzten Endes zu den verblüffendsten Ergebnissen über die Natur von Auseinandersetzungen bei Überlichtgeschwindigkeiten brachten.

Im Hyperraum waren alle Schiffe gleich verwundbar.

Die Größe eines Schiffes war bedeutungslos. Wenn man seine Hyperraumblase zerstören konnte, dann konnte man das Schiff darin zerstören.

Im Hyperraum waren alle Schiffe allerdings auch gleich gefährlich. Die Größe des Schiffes war bedeutungslos. Wenn ein Schiff nahe genug herankam, dann konnte es auch einen Hyperraumtorpedo abfeuern.

Es kam in Wirklichkeit nur darauf an, wie schnell ein Schiff war und wie weit seine Ortungsapparaturen sehen konnten. Und da die Größe der Hyperraumblase sowohl die Geschwindigkeit als auch die Brennweite der Gravitationslinse und damit ihre Reichweite festlegte, wurde die wahre Leistungsfähigkeit eines Schiffes nur durch die Größe seiner Singularität und die Qualität seiner Fluktuatorapparaturen bestimmt.

Je mehr Korie sich mit diesem Dilemma auseinandersetzte, desto mehr kam es ihm wie eine Herausforderung in dreidimensionalem Schach vor. Je weiter ein Schiff ›sah‹, desto geringer war die Wahrscheinlichkeit, daß ein anderes Schiff sich unbemerkt annähern und einen Hyperraumtorpedo abfeuern konnte.

Und je größer die Geschwindigkeit, die ein Schiff erreichte, desto wahrscheinlicher würde es sich erfolgreich einem Gegner annähern und seine Torpedos auf ihn abfeuern können, bevor dem Gegner Zeit zu einer Reaktion blieb – sei es Flucht oder ein Gegenangriff mit eigenen Torpedos. Aus diesem Grund waren die offensiven und defensiven strategischen Fähigkeiten eines Schiffes untrennbar miteinander verbunden.

Es gab nur einen Weg für ein Schiff, um zu verhindern, daß es nicht bereits auf große Entfernung entdeckt wurde: Es mußte seine Hyperraumblase dämpfen, um nicht länger ein so deutliches Profil auf den Schirmen des Gegners zu hinterlassen. Auf der anderen Seite blendete ein Schiff sich mit dieser Methode selbst, und es verringerte außerdem seine Höchstgeschwindigkeit beträchtlich. Der Vorteil war, daß es mit dieser Methode unter dem Grundrauschen der Ortungsinstrumente bleiben und sich sehr viel weiter annähern konnte, bevor das gegnerische Ziel es entdeckte. Der Gedankengang weckte in Korie neue Befürchtungen und führte zu einer Serie weiterer Szenarios. Was lag näher, als daß eines oder mehrere große Kriegsschiffe ihre Hyperraumblasen dämpften, um auf diese Weise kleinere, schwächere Schiffe vorzutäuschen und so ihre Opfer in die Reichweite der eigenen Waffen zu locken?

Außerdem gab es langfristige Szenarios in bezug auf Mimikry und Täuschungsmanöver, über die man sich Gedanken machen mußte. Nach und nach begann Korie, die wirkliche Natur der Sache zu verstehen. Der Krieg konnte nicht ohne überlegene Stärke oder Feuerkraft gewonnen werden – und beides war neutralisiert worden. Durch methodische Strategien und Taktik würde man ebenfalls nichts erreichen – und beides war durch die Natur des Schlachtfeldes selbst wirkungslos. Nein. Die neuen Schlachten würden als Duelle zwischen Ausdauer und Wahrnehmungsvermögen ausgefochten werden. Sie würden wie Schachspiele gespielt werden, die tödlich endeten. Und sie würden durch den Verstand der sich gegenüberstehenden Schiffskommandanten entschieden werden.

Einen betäubenden Augenblick lang sah Korie die Zukunft vor sich: Raumschiffe, die sich in der lautlosen Dunkelheit duellierten, finteten, zustießen, parierten und auswichen, ein jedes auf den einen, entscheidenden Vorteil lauernd, der ihm erlauben würde, dem Gegner den Todesstoß zu versetzen. Die Vorstellung entsetzte ihn. Er erkannte, daß hier die entscheidende Schwäche der Allianz lag.

Es reichte nicht, wenn die Allianz ihre Schiffe startete und sie tapfer hinaus in die Nacht zogen. Die Unzulänglichkeit der Bemühungen lag plötzlich offen vor ihm. Die Morthaner starteten ebenfalls ihre Schiffe, aber für die Morthaner war der Krieg zu einem Lebenszweck geworden. Sie waren ein Rasse von selbstentwickelten, selbstgeschaffenen Lebewesen, die nicht länger als Menschen gelten konnten. Sie waren genetisch verändert und aufgerüstet, um Supermenschen zu sein. Mehr als Menschen. *More than humans. More-thans.* Sie hatten ihre gesamte Kultur der Vervollkommnung der martialischen Künste und der Ausbildung von Kriegern gewidmet, die nicht wußten, wie man eine Schlacht verlor. Jeder morthanische Offizier und jedes morthanische Besatzungsmitglied wäre ein Experte auf dem Gebiet der Zerstörung, und jedes Schiff würde von einem Großmeister des Todes befehligt werden.

Die Kommandanten der alliierten Raumschiffe wären im Gegenzug kaum mehr als Kinder. Ein paar Jahre Schulung und ein paar Vorlesungen in der Militärakademie waren nicht mit lebenslanger Disziplin und Hingabe zu vergleichen. Die Alliierte Flotte war einem schrecklichen Risiko ausgesetzt, bevor nicht die neuen Paradigmen interstellarer Konflikte von jedem einzelnen Raumschiffskommandanten verstanden und verinnerlicht worden waren.

Der bevorstehende Krieg entsetzte Jon Korie.

Er verbrachte viele schlaflose Nächte, zitternd vor Furcht wegen der Möglichkeiten des drohenden Konflikts, der nach seiner Überzeugung immer unausweichlicher wurde. Er faßte den Entschluß, Carol und die Kinder so weit vom *Abgrund* wegzuschicken, wie sein Geld reichte.

Als das Schiff den nächsten Hafen erreichte, lud er all seine Arbeiten zur sofortigen Beachtung in das Netz der Militärakademie, und er betete, daß es noch nicht zu spät war.

Der Tender

Vor dem Andockschlauch blieb Gatineau zögernd stehen. Die Erinnerung an das letzte Mal war noch zu frisch und zu intensiv. Er litt noch immer unter Schmerzen, und seine Haut war an einigen Stellen noch immer verfärbt.

»Gehen Sie weiter«, sagte Brik. »Ich bin direkt hinter Ihnen.«

»Genau davor habe ich Angst«, schluckte Gatineau. »Ich will nicht, daß Sie mich schon wieder packen. Geben Sie mir eine Chance, es alleine zu schaffen.« Er atmete ein weiteres Mal tief durch – und stürzte sich unvermittelt durch den Rahmen der Schleuse hindurch kopfüber in den Schlauch. Es schien, als wollte er die Angelegenheit so schnell wie möglich hinter sich bringen. Es schien, als wollte er Brik etwas beweisen. Aber in Wirklichkeit wollte er es sich selbst wohl am meisten beweisen. Er zog sich unbeholfen, aber nicht ohne eine gewisse Eleganz in das Beiboot. Allmählich begann er sich mit der Schwerelosigkeit anzufreunden.

Brik schwebte geschickt hinter ihm her. Der gewaltige Morthaner zog die Beine an und warf den Kopf nach hinten, so daß er eine einhundertachtzig-Grad-Rolle beschrieb, dann packte er einen Handgriff und kam in umgekehrter Haltung wieder zum Stillstand. Er berührte einen Knopf auf dem Paneel, und die Schleusenluke glitt zu und verriegelte. Das Manöver sah so geschickt und graziös aus, als hätte ein professioneller Tänzer es einstudiert.

Nach einem Augenblick bemerkte Gatineau, daß sein Mund noch immer offenstand. Er fragte sich, ob er sich jemals so geschickt in der Schwerelosigkeit würde bewegen können. Wahrscheinlich nicht, erkannte er. Er war schließlich kein Morthaner.

Der Leitende Ingenieur blickte von seiner Arbeit auf – er war damit beschäftigt, die Feinberger-Module in einer Dekontaminationseinheit auszutauschen – und knurrte: »Lassen Sie mir noch zwei Minuten.«

»Gehen Sie voraus«, sagte Brik zu Gatineau. »Sie haben das Steuer.«

»Jawohl, Sir. Sie sitzen neben mir?«

»Nein.« Auf Gatineaus erstaunten Blick hin ergänzte der Morthaner: »Machen Sie sich keine Gedanken. Ihr Kopilot ist ziemlich kompetent.«

»Ach ja. Richtig«, murmelte Gatineau mehr zu sich

selbst, ohne den belustigten Ton in Briks Stimme zu bemerken. »Was wird's denn diesmal? Ein Möbius-Joystick? Noch ein Sternenkobold? Linksdrehende Antimaterie?« Er schob sich durch die Kabine des Beiboots und durch die Schleuse in die Pilotenkanzel. Ohne einen Blick auf den Sitz des Kopiloten zu werfen, schnappte er: »Was für Scherze Sie sich auch immer zusammen mit Mister Brik ausgedacht haben – vergessen Sie's. Lassen sie mich einfach in Ruhe meine Arbeit erledigen, ja?« Er zog seinen Kopfhörer über und schaltete seine Bildschirme ein. Ein Display nach dem anderen leuchtete grün auf.

»Ich habe mir keine Scherze mit irgend jemand anderem ausgedacht«, erwiderte Korie. »Höchstens den, Ihre Ausbildung so schnell wie möglich zu beenden.«

»Oh, Sir!« stieß Gatineau hastig hervor. »Ich . . . es tut mir leid. Ich wollte nicht . . .«

»Versuchen Sie nicht, sich zu entschuldigen, *Käpten.*« Korie betonte das letzte Wort übertrieben. »Sie sitzen im Pilotensitz. Sie geben die Befehle.«

Das Wort *Käpten* unterbrach Gatineau mitten im Satz. »*Käpten?*« fragte er.

»Genau das ist Ihr Rang, solange Sie die Verantwortung für diese Fähre tragen. Und deshalb ist Ihre Autorität uneingeschränkt.«

»Sie meinen . . . wenn ich den Befehl erteile, daß man mir eine Tasse Kaffee bringt, dann müßten *Sie* das tun?«

Korie nickte grinsend. »Genau so funktioniert das. Und wenn ich mich weigern würde, könnten Sie mich deswegen vor ein Kriegsgericht bringen. Aber ich würde es Ihnen trotzdem nicht empfehlen. Vergessen Sie nicht, daß ich noch immer der befehlshabende Offizier der *Sternenwolf* bin. Ein Teil der Lektion, die Sie heute nachmittag lernen werden, hat mit Zusammenarbeit und gegenseitigem Respekt unter Offizieren zu tun.«

»Ich bin doch gar kein Offizier, Sir. Ich bin nur . . .«

»Halten Sie den Mund«, unterbrach ihn Korie leise.

Gatineau hielt den Mund.

»Ich will Ihnen etwas sagen, Mister. Es spielt für mich keine Rolle, welchen Dienstgrad Sie haben. Ich will, daß Sie jeden Posten an Bord des Schiffes ausüben können. Und ich will, daß Sie keine Angst davor haben, wenn Sie es einmal tun müssen. Ich will nicht, daß Sie untätig in der Nase bohrend herumstehen und überlegen, was Sie wohl als nächstes tun müssen, wenn Sie einmal auf sich ganz alleine gestellt sein sollten. Kennen Sie die Geschichte vom Fähnrich McGrew?«

»Die kennt jeder, Sir. Sie ist doch nicht wirklich geschehen. McGrew wurde von einem Kriegsgericht verurteilt, weil er das Kommando übernommen ...«

»Sie ist nicht erfunden. Sie hat sich wirklich so zugetragen. Und Sie haben Sie falsch im Gedächtnis. Er wurde verurteilt, weil er das Kommando *nicht* übernommen hatte. Alle seine vorgesetzten Offiziere waren umgekommen. Anstatt die Verantwortung an sich zu nehmen, geriet er in Panik und rief um Hilfe. Um fair zu sein sollte ich noch erwähnen, daß es seine erste Fahrt gewesen war, daß er noch immer in der Ausbildung steckte und daß er eigentlich gar nicht mit einer solchen Situation fertig werden konnte. Trotzdem verlangten die Flottenvorschriften, *daß er das Kommando übernahm*, und er tat es nicht. Und wenn seine vorgesetzten Offiziere nicht alle tot gewesen wären, hätte man sie ebenfalls vor ein Kriegsgericht gestellt, weil sie versäumt hatten, McGrew rechtzeitig auszubilden. Habe ich mich klar und deutlich ausgedrückt?«

»Vollkommen, Sir.«

»Danke sehr.« Korie wartete.

»Sir?«

»Ja?«

»Äh ... was soll ich jetzt tun?«

»Sie sind der *Käpten*. Sie sagen mir, was ich zu tun habe.«

»Ach ja, äh ... richtig. Hm. Fertigmachen zum Start. Lassen Sie uns die Prüfliste durchgehen.« Gatineau bemühte sich krampfhaft um die Erinnerung an die bevorstehenden Routinen. »Systemanalyse?«

Korie warf einen Blick auf seine Konsole. »Grün.«

»In Ordnung. Äh ... Zuverlässigkeitsbereich?«

»Sechsundachtzig.«

»*Sechsundachtzig?*«

»Erschrecken Sie nicht. Diese Kisten sollen selbst bei dreißig noch ausreichende Überlebenschancen bieten.«

»Aber ... *sechsundachtzig*?«

»Sechsundachtzig, Mister Gatineau«, entgegnete Korie bestimmt. »*Es ist in Ordnung*, glauben Sie mir.«

»Jawohl, Sir. In Ordnung. Lebenserhaltung?«

»Mit ein wenig Vorsicht – optimal. Machen Sie sich keine Gedanken. Wir werden nicht so weit hinausfliegen. Und für den Fall, daß wir zu Fuß zurückkehren müssen, haben wir noch unsere Raumanzüge im Spind.«

»Sie machen Witze, oder, Sir?« Gatineau warf Korie einen fragenden Blick zu.

Aber Kories Gesichtsausdruck blieb verbindlich unverbindlich. »Also gut. Verstanden. In Ordnung«, sagte Gatineau. »Antrieb? Navigation?«

»Grün und grün. Alle Systeme betriebsbereit.«

»Verstanden.« Gatineau beugte sich zu seinen eigenen Instrumenten vor und startete eine zweite Reihe von Tests, um sicherzugehen, daß er nichts übersehen hatte. Er hatte nichts übersehen. Laut aufatmend legte er die Hände auf die Kontrollen, doch dann zog er sie schnell wieder zurück. »Ich habe wirklich das Kommando?« fragte er Korie erneut.

»Jawohl, *Käpten*. Sie haben das Kommando«, erwiderte Korie leise.

»Ah«, sagte Gatineau. »Also gut.« Er lehnte sich in seinem Sitz zurück und verschränkte die Arme vor der Brust. »Kopilot? Bringen Sie uns aus dem Hangar.«

Kories Lächeln wurde eine winzige Spur breiter. »Netter Witz, Sohn.« Er deutete mit dem Kinn auf die Kontrollen. »Zeigen Sie mir, wie man es macht, *Käpten.*«

»Es war zumindest einen Versuch wert«, erwiderte Gatineau und lächelte schwach. Dann streckte er eine Hand vor und schaltete den Kommunikator ein. »Beiboot fertig.«

»Starterlaubnis erteilt«, ertönte Hodels Antwort aus dem Lautsprecher.

»Verstanden. Danke.« Gatineau legte ein Sicherheitspaneel um und drückte auf den darunterliegenden Knopf. Hinter ihnen erklang ein dumpfes Geräusch, und dann kam die Fähre frei.

»Gute Arbeit«, sagte Korie. »Bringen Sie uns zehntausend Kilometer weit raus, und dann wenden Sie das Schiff für die Rückfahrt.« Er warf einen Blick auf das Chronometer. »Lassen Sie sich nicht allzu viel Zeit. Zwei Stunden höchstens, länger nicht.«

Gatineau rechnete im Kopf. »Sir? Das ist . . .«

»Ja, Sohn. Es wird ein ziemlicher Ritt. Fangen Sie an, mein Junge.« Korie begann sich loszuschnallen.

»Äh – jawohl, Sir.« Gatineau schüttelte den Kopf und wunderte sich, warum der kommandierende Offizier eine so große Entfernung zwischen sich und das Mutterschiff legen wollte, aber er begann mit der Eingabe der erforderlichen Parameter.

Korie schwebte aus seinem Stuhl und begann, sich nach hinten zu schieben. »Versuchen Sie, nirgendwo anzustoßen«, sagte er. »Wenn Sie mit dem Programmieren fertig sind, dann rufen Sie Harlie und lassen Sie ihn Ihre Eingaben überprüfen. Wenn Harlie sagt, daß alles in Ordnung ist, dann starten Sie das Boot und kommen nach hinten. Es gibt Kaffee.«

»Sir? Werden Sie mich nicht überprüfen?«

Korie hatte die Hände auf den Rahmen der Luke gelegt und hielt inne. Er hob eine Augenbraue und fragte: »Meinen Sie, das ist erforderlich?«

»Äh – nein, Sir«, beeilte sich Gatineau zu sagen.

»Gut«, sagte Korie. Dann fügte er hinzu: »Sie werden das schon machen. Oh, noch etwas – achten Sie auf Sternenfeen.«

»Keine Kobolde diesmal?« murmelte Gatineau.

»Natürlich nicht. Wir haben doch schon einen. Im Mais. Erinnern Sie sich?«

»Hä?« Gatineau drehte sich in seinem Sitz und starrte Korie hinterher, aber der Offizier war bereits verschwunden. Woher wußte er *davon*? Gatineau wandte sich wieder seinen Kontrollen zu. Es war ein einfacher Kurs, aber er überprüfte ihn sechsmal, bevor er Harlie anrief. Die Intelligenzmaschine benötigte eine halbe Millisekunde, dann schickte sie seinen Kurs kommentarlos zurück.

»Ist alles richtig?« fragte Gatineau.

»Mister Gatineau, meinen Sie nicht, ich hätte mich gemeldet, wenn ich etwas auszusetzen gehabt hätte?« erwiderte Harlie sanft.

»O ja, natürlich. Aber ... äh – hast du keinen guten Rat für mich? Ich meine, wie ich vielleicht einen effizienteren Kurs hätte entwerfen können oder so was Ähnliches?«

»Nein. Ich habe keinen Ratschlag«, entgegnete Harlie. »Ich nehme an, Sie haben genau das programmiert, was Sie wollten.«

»Oh? Ja, das habe ich.«

»Dann ist also kein Rat nötig, oder?«

»Langsam beginne ich zu verstehen«, sagte Gatineau. »Es ist diese Geschichte, die sie einem während der Ausbildung immer wieder erzählen. Du kennst sie sicher. ›*Sie sind der Kapitän. Sie treffen die Entscheidungen.*‹«

»Ich weiß nicht«, erwiderte Harlie. »Aber ich habe die Handbücher in meinen Speichern. Benötigen Sie Zugriff darauf?«

»Nein danke«, sagte Gatineau. »Ich bin froh, wenn ich sie nicht mehr sehe.«

»Dann wünsche ich Ihnen einen guten Flug.« Harlie unterbrach die Verbindung.

Gatineau schüttelte den Kopf. Verhielten sich künstliche Intelligenzen absichtlich so?

Er startete sein Programm und beobachtete die Konsole. Die Schirme zeigten nacheinander grün, und das Programm lief. Die Antriebe verursachten keinerlei Geräusche, es war nichts zu hören – und auch nichts zu spüren. Trotzdem – Gatineau bildete sich ein, eine schwache Beschleunigung zu merken, die ihn unmerklich in den Sitz drückte. Eine Mikrobeschleunigung, aber da sie anhielt, wuchs die Geschwindigkeit der Fähre stetig. Den größten Teil der ersten Stunde würden sie weiterbeschleunigen.

Zehntausend Kilometer waren nicht besonders weit, zumal wenn man seine Geschwindigkeit in jeder Sekunde um zwei Stundenkilometer steigerte.

Am Ende der Beschleunigungsphase, nach siebentausendzweihundert Sekunden, würden sie mit einer Geschwindigkeit von vierzehntausend Stundenkilometern durch das All fliegen. Sie konnten die Maschinen abschalten und sich bis zum Wendepunkt treiben lassen. Die zugrundeliegende Mathematik war einfach. Jedes Schulkind konnte das ausrechnen.

Aber wenn man alleine in der Pilotenkanzel saß und die Verantwortung für sich und drei andere Leute trug, bekam die einfache Mathematik plötzlich eine ganz andere Bedeutung.

Gatineau überlegte, ob er die gesamten zwei Stunden in seinem Sitz bleiben sollte oder ob Korie seine Einladung zum Kaffee ernst gemeint hatte. Er wünschte sich wirklich eine Gelegenheit, mit dem kommandierenden Offizier ... nun, dazusitzen. Aber andererseits – was, wenn etwas schiefging? Er trug die Verantwortung, oder nicht? Drittens – wenn er nicht nach hinten ging, wären Korie und die anderen dann beleidigt? Oder viertens – wenn er ging, würde er dann in den Augen der anderen übereifrig erscheinen? Fünftens – schließlich war *er* der *Käpten* hier. Das war Teil der Prüfung, oder vielleicht nicht? Wenn er nicht nach hinten ginge, dann würde er einen unsicheren Eindruck erwecken. Oder doch nicht?

»Weißt du was?« sagte Gatineau zu sich selbst, während er seinen Gurt ablegte. »Du denkst zuviel.« Nach einer Pause fügte er hinzu: »Ja, das kannst du laut sagen.« Dann schob er sich durch die Luke.

Korie warf einen Blick auf seine Uhr, als Gatineau erschien. »Vorsichtig gewesen, was?«

»Jawohl, Sir.«

Der Erste Offizier deutete mit dem Kinn auf einen Sitz.

»Schnallen Sie sich an. Wir müssen eine sehr ernste Angelegenheit besprechen, und ich will nicht, daß Sie durch die Kabine segeln. Dort ist Kaffee. Seien Sie vorsichtig, er ist noch heiß.« Ohne abzuwarten, ob Gatineau tat wie befohlen, wandte Korie sich wieder zu Leen. »Also, Leitender? Was halten Sie davon?«

Der ältere Mann grunzte und kratzte sich unglücklich am Kopf. »Meiner Meinung nach sollten wir die Mannschaft evakuieren. Anschließend lassen wir die Luft ab, und wenn das noch nicht reicht, dann werfen wir das Schiff in den nächsten Stern.«

»Geht leider nicht«, sagte Korie. Seine nächsten Worte überraschten ihn selbst: »*Aufgeben ist keine Alternative.*« Er bemerkte Briks Seitenblick und den amüsierten Ausdruck auf dem Gesicht des Morthaners.

»Wir werden das Schiff niemals dekontaminieren, das wissen Sie selbst«, konterte Leen. »Selbst die Mannschaft merkt es bereits.«

Korie saugte an seinem Kaffee. »In Ordnung. Können wir ihn irgendwie fangen? Vielleicht können wir ihm eine Falle stellen?«

Brik schnaubte. »Er sitzt bereits in der Falle. Das Problem ist, daß wir mit ihm zusammen im Käfig sind.«

»Das weiß ich auch«, entgegnete Korie leicht ärgerlich. »Aber wir müssen trotzdem noch einmal alle Schritte durchgehen. Ich will, daß wir uns die leichtesten Fragen zuerst stellen. Gibt es irgend etwas, das wir tun können, um ihn zu fangen oder zu töten?«

Gatineau blickte von einem zum anderen. Er verstand nicht genau, worum es eigentlich ging, aber er genierte sich zu fragen. Sie redeten, *als wäre irgend jemand auf dem Schiff*!

Brik wandte sich an Gatineau, als könnte er seine Gedanken lesen. Er sagte: »Ihr kleiner Sternenkobold existiert wirklich.«

»Oh?« sagte Gatineau leise. Er verstand immer noch nicht recht. *Der Sternenkobold existierte wirklich?*

»Es ist ein morthanischer Kobold«, erklärte Korie. »Wir hatten nicht nur einen Morthaner an Bord des Schiffes, sondern zwei. Ein Assassine und ein Kobold. Cinnabar brachte den Kobold mit, als er eindrang.«

Die anderen warteten, während Gatineau die Information verdaute. »Oh?« sagte er. »Oh!« Und schließlich: »*Oh!*«

»Er hat's kapiert«, sagte Leen.

Gatineau war schon weiter. »Deshalb waren Sie also draußen. Darüber haben Sie sich unterhalten!«

»Er ist ein guter Beobachter . . .«, sagte Brik.

Gatineau wandte sich an Korie: »Und Sie haben Oberleutnant Brik vor versammelter Mannschaft angeraunzt, damit niemand wußte, was Sie wirklich vorhatten . . .«

». . . und schnell«, vollendete Korie Briks Satz. Er drehte sich zu Gatineau und sagte: »Wir müssen davon ausgehen, daß wir an Bord der *Sternenwolf* nicht unbelauscht reden können. Wir wissen nicht genau, wie sehr unsere Integrität beschädigt ist. Wir müssen davon ausgehen, daß sie nicht mehr existiert. Und wir können die Angelegenheit noch nicht einmal mit Harlie besprechen. Wir müssen annehmen, daß auch er unter der Kontrolle des Kobolds steht.«

»Auch die persönlichen Kodes?«

»Auch die persönlichen Kodes. Wir müssen von dieser Annahme ausgehen. Es ist zwar wahrscheinlich, daß der Kobold sich nicht überall eingeschlichen hat, wo er *gekonnt* hätte, sondern nur dort, wo es für ihn *nützlich* war – aber wir haben keine Ahnung, welche Ziele er verfolgt und was er angestellt hat. Aus diesem Grund müssen wir vom Schlimmsten ausgehen.« Korie saugte an seinem Kaffeebeutel. Gatineau tat es ihm nach und verzog das Gesicht.

Es war nicht die beste Methode, Kaffee zu trinken: Wenn man das Aroma nicht riechen konnte, dann schmeckte der Kaffee auch nicht.

»In Ordnung«, fuhr Korie fort. »Brik und ich sind nach draußen gegangen, damit ich ihn über die Situation aufklären konnte. Am Ende klärten wir uns gegenseitig auf, denn er hatte es auch schon herausgefunden.«

»Und Sie sind sicher, daß Ihr Aufenthalt draußen unbelauscht und unbeobachtet war?« fragte Leen.

»Wir haben uns mit Stricken gesichert, einen statischen Schild errichtet und uns eine halbe Stunde lang Helm an Helm unterhalten. Wenn der Kobold so schlau und *paranoid* ist, wie Brik behauptet, dann muß er jetzt *vermuten*, daß wir von seiner Anwesenheit an Bord des Schiffes wissen. Also gehen wir davon aus, daß der Kobold weiß, daß wir über ihn gesprochen haben. Aber wir gehen außerdem davon aus, daß er aller Wahrscheinlichkeit nach keine Ahnung von den Einzelheiten hat«, fügte Korie hinzu. »Übrigens wird es Sie interessieren, daß ich mich bei Mister Brik dafür entschuldigt habe, daß ich ihn *vor versammelter Mannschaft angeraunzt* habe.«

»Und ich habe geantwortet«, fiel Brik ein, »daß keinerlei Entschuldigung nötig war. Die Sicherheit des Schiffs stand auf dem Spiel. Mister Korie benötigte einen Ort, an dem er sich ungestört mit mir unterhalten konnte, und eine glaubwürdige Geschichte, um dorthin zu gelangen. Es war angemessen, mich vor den anderen für meinen gefährlichen Ausflug nach draußen zu schelten. Es war der beste Weg, mich schnellstmöglich nach draußen zu bekommen.« Zu Korie gewandt fuhr er fort: »Sie können meine Gefühle nicht verletzen, Sir. Ich bin ein Morthaner. Ich habe keine Gefühle. Jedenfalls nicht wie Menschen. Persönliche Dinge können mein Denken nicht beeinflussen.«

»Sie haben recht«, stimmte Korie zu. »Aber lassen Sie uns jetzt weitermachen, ja?« Er wandte sich hauptsächlich an Leen, während er weitersprach: »Ich will Ihnen verraten, wie ich dahintergekommen bin. Ich erledigte die Einträge im Schiffslog und fragte Harlie um seine Meinung über die vielfältigen Zwischenfälle, die offensichtlich auf morthanische Sabotage zurückzuführen waren. Ob er eine Zeit-/Bewegungsstudie der Fälle angefertigt hatte, die wir aufgedeckt hatten? Und wie viele wir noch zu erwarten hätten, wenn man die Zeitdauer berücksichtigte, die der Morthan-Assassine an Bord gewesen ist. Und zu welchen Vorschlägen seine Analyse gekommen war.«

»Und ...?«

»Harlie sagte, die Ergebnisse seien nicht schlüssig. Er wollte sich nicht festlegen.«

Leen runzelte die Stirn. »Das ist keine angemessene Antwort. Eine Intelligenzmaschine von Harlies Bewertung sollte zu fast allem eine Meinung äußern können.«

»Genau das habe ich mir auch gedacht«, sagte Korie. »Wenn eine Harlie-Einheit sich weigert, einem etwas zu sagen, dann ist das ein großer roter Hinweispfeil. Also habe ich ihn gebeten, mir die Rohdaten zu zeigen.«

»Und ...?«

»Harlie hat die Rohdaten in mein elektronisches Notizbuch geladen. Damit ich sie nach Belieben ansehen könnte, sagte er. Es war offensichtlich, daß er mir irgend etwas nicht so einfach sagen konnte, das ich aber unbedingt wissen mußte. Also wartete ich, bis die Fähre angelegt hatte, ging an Bord und schloß mich auf der Toilette ein. Es dauerte nicht lange. Harlie hatte es nicht zu offensichtlich gemacht, aber wenn man weiß, wonach man zu suchen hat ...

Wir haben zu viele Fallen an Bord. Und sie liegen viel zu weit auseinander. Und zu viele davon waren von ausreichender Komplexität, um umfangreiche Vorbereitungen und Installationszeit zu erfordern. Cinnabar hatte nicht genügend Zeit, um alle Fallen selbst aufzustellen.«

»Und um das herauszufinden haben Sie Harlie gebraucht?« fragte Leen.

»Nein. Ich brauchte Harlie, um es zu beweisen. Harlie war zu dem gleichen Schluß gekommen, aber er fand keinen geeigneten Weg, um mich zu warnen. Er nimmt wohl an, daß sogar seine eigene Integrität beschädigt ist.«

»Und was ist mit Ihnen, Brik? Wie haben Sie denn herausgefunden, daß Cinnabar einen Kobold an Bord geschmuggelt hat?«

»Ganz einfach. Es war genau das, was ich an seiner Stelle auch getan hätte«, erwiderte Brik. »Ich erkannte in dem Augenblick, daß wir ein Problem haben, als der Andockschlauch zerriß. Wir hatten ihn bereits dekontaminiert. Das war auch der Grund, weswegen ich nach draußen gegangen bin. Ich habe einen simulierten Kobold dabeigehabt, um mich davon zu überzeugen, daß er überleben konnte. Er überlebte. Und Ihre Entdeckung, Mister Gatineau, war die Bestätigung, die mir noch gefehlt hat.«

Einen Augenblick lang herrschte Schweigen. Jeder der Männer war in seine eigenen sarkastischen Gedanken versunken. Schließlich seufzte Leen unglücklich.

»Also haben wir einen zweiten Morthaner an Bord. Schon die ganze Zeit. Und alle unsere Bemühungen, das Schiff zu dekontaminieren, waren *verschwendet.*«

»Das ist richtig«, sagte Brik.

Erneut senkte sich Schweigen herab. Jeder überlegte für sich die möglichen Auswirkungen.

»Ein Morthaner auf unserem Raumschiff«, murmelte Gatineau. »Ach du lieber Heiland!«

»Das sind ziemlich schlechte Neuigkeiten«, meinte Korie und blickte demonstrativ zu Brik.

»Ja«, erwiderte dieser trocken. »Ganz besonders, wenn der Morthaner auf der anderen Seite steht.«

Gatineau überhörte die Untertöne dieses Wortwechsels. Er kratzte sich am Kopf. »Aber es ist nicht die gleiche Art Morthaner, oder? Es ist kein Morthan-Tyger?«

»Es ist ein Kobold«, erklärte Brik. »Kein Kobold aus der irdischen Mythologie, sondern einer aus unserer *eigenen*. Das ist kein netter, schelmischer kleiner Bengel mit Hörnern, sondern ein Damönenlehrling. Ein kleiner teuflischer Bastard, eine sture, lebendige Sabotagemaschine von etwa einem halben Meter Größe. Er ist unglaublich schnell, aber nicht besonders stark. Und auch nicht besonders schlau – jedenfalls nicht nach morthanischen Maßstäben. Nach menschlichen Maßstäben ...

nun, Sie werden nicht gegen ihn Schach spielen wollen. Er besitzt eine Art programmierter Intelligenz. Er macht genau das, was man ihm aufträgt. Sie geben ihm einen Befehl, und dann lassen Sie ihn los.

Sie eignen sich hervorragend für Selbstmordmissionen. Außerdem sollen Kobolde ganz gut schmecken«, fügte Brik abschließend hinzu.

»Besser als Ratten?« wollte Leen wissen.

»Ich weiß es nicht«, entgegnete Brik. »Ich habe noch nie Ratten gegessen.«

Korie ignorierte den Wortwechsel. Trotz wiederholter Aufforderungen seinerseits an die beiden Männer, endlich vernünftig zusammenzuarbeiten, fuhren Brik und Leen noch immer fort, sich gegenseitig anzugiften. »Also«, sagte Korie vorsichtig, »wurde der Kobold programmiert, die *Sternenwolf* zu verseuchen?«

»Nur für den Fall, daß Cinnabar scheitert.«

»Der Gedanke hat ihm wahrscheinlich nicht sonderlich zugesagt.«

»Ich schätze, er hatte vor, den Kobold zu essen«, entgegnete Brik. »Der Kobold war so programmiert, daß er seinen eigenen Weg ging, sobald er konnte. Er hatte massenhaft Zeit auf der *Burke*, und er befindet sich noch länger an Bord der *Sternenwolf*. Wir sollten davon ausgehen, daß er Libertyschiffe mindestens so gut kennt wie unser Leitender Ingenieur hier. Wir sollten weiterhin annehmen, daß er genug Zeit hatte, alles an Bord zu erforschen, was ihm interessant erschien. Und schließlich dürfen wir ruhig annehmen, daß wir nur die Fallen finden, die wir auch finden sollen. Einschließlich der Sabotage des Andockschlauchs. Möglicherweise galt der Anschlag mir, aber es ist auch durchaus möglich, daß ich ihn überleben *sollte*.«

Korie dachte über Briks Worte nach. »Dann ... dann hat er seine Existenz absichtlich preisgegeben?« Er überlegte kurz. »In Ordnung. Er will anscheinend, daß wir von seiner Existenz wissen. Aber warum?«

Alle zerbrachen sich den Kopf. Gatineau saugte an seinem Kaffee. Die anderen hatten ihre Beutel vergessen. Er wunderte sich noch immer, wieso man ausgerechnet ihn an diesem Treffen hatte teilnehmen lassen. Er wußte nur, daß er nicht aus reinem Zufall hier war.

»Vielleicht langweilt er sich?« schlug Leen vor. »Er will seine Spielchen mit uns spielen?«

Brik schüttelte den Kopf. »Morthaner spielen nicht mit ihrem Essen.«

Unvermittelt mischte sich Gatineau ein. »Können wir das Schiff nicht einfach öffnen und Vakuum hereinlassen?«

Leen zuckte die Schultern. »Wie lange dauert es, die gesamte Mannschaft in Raumanzüge zu verfrachten? Sicherlich lange genug, daß der Kobold herausfindet, was wir vorhaben. Meinen Sie nicht, daß ein Wesen, das beinahe einen ganzen Monat Zeit gehabt hat, sich vorzubereiten, auch eine Druckkammer für eben diesen Fall bereitgemacht hat? Wissen Sie eine Möglichkeit, die gesamte Mannschaft innerhalb von fünfzehn Sekunden in Raumanzüge zu schaffen? Weil nämlich alles, was länger dauert, dem Kobold genug Zeit gibt, sich in seine Kammer zu flüchten.« Nach einer Pause fügte er hinzu: »Können Sie sich vorstellen, einen Plan zu entwickeln – irgendeinen Plan –, ohne den Kobold zu warnen, daß Sie etwas im Schilde führen?«

Gatineau seufzte. »Ich sehe, was Sie meinen.«

»Und wenn wir das Schiff dem Vakuum aussetzen, dann verlieren wir die Farm«, ergänzte Korie. »Wenn wir unsere Ernte verlieren, dann sind wir aus dem Geschäft. Wieder einmal.«

»Ich schätze, ich muß noch eine Menge lernen.«

»Es kommt noch schlimmer«, sagte Brik und wandte sich an Korie: »Der Leitende hat diese ultrazyklischen Fluktuatoren abgetastet, während wir sie an Bord hatten. Er hat ihre Speicher in Harlie eingelesen. Alles. Und das bedeutet, daß der Kobold höchstwahrscheinlich eine Kopie dieser Informationen besitzt. Er wird nach einer Gelegenheit suchen, die Informationen in die Hände seiner Meister zu spielen.«

»Hören Sie bitte mit Ihren Versuchen auf, mich aufmuntern zu wollen«, stöhnte Korie. »Ich fühle mich auch so schon schlecht genug.«

»Und es kommt *noch* schlimmer«, fuhr Brik ungerührt fort. »Es kommt immer nur schlimmer. Können Sie diesem Schiff noch trauen? Sind Sie immer noch willig, mit irgend jemand anderem Ersatzteile zu tauschen? Sie haben nichts mehr zu tauschen? Woher wollen Sie wissen, daß der Kobold nicht in einer Ihrer Kisten sitzt?«

»Uns bleiben nicht viele Möglichkeiten, was?«

»Wir könnten das Schiff versenken.«

»Das wird der Vizeadmiralin gefallen.« Korie legte seinen Kaffeebeutel zur Seite. »Ich hasse es, mich zu irren. Ich bin viel lieber der Schlaue.«

»Auf diese Weise ist Cinnabar gestorben.«

»Ich weiß. Und was machen wir jetzt?«

Niemand hatte eine Antwort.

Faslim-Arub

Als Kories einjährige Dienstzeit auf der *LS-911* zu Ende ging, stellte ihm Kapitän Fenelly widerwillig ein zufriedenstellendes Zeugnis aus, und Korie bewarb sich um einen sechsmonatigen Studienaufenthalt an der Militärakademie, bevor er wieder ins All zurückging. Er wurde sofort angenommen.

Kories Arbeit *Untersuchungen zu einer neuen Konflikttheorie* war nur eines von mehr als dreitausend Dokumenten, die zu genau dem gleichen Thema eingegangen waren. Es schien offensichtlich, daß ein großer Prozentsatz der jüngeren Generation von Sternenflotten-Offizieren sich Sorgen machte wegen der Struktur der Flotte und der knappen Ausbildung, die die Schiffskommandanten erhielten. Die Autoren beschäftigten sich mit der Wirksamkeit existierender Verteidigungspläne, der Natur interstellarer Kriege und den Aussichten für einen Erfolg der Alliierten gegen eine hervorragend ausgebildete morthanische Armada, wenn die derzeitigen Strategien zugrunde gelegt wurden. Nur wenige Arbeiten äußerten Zuversicht. Die meisten Arbeiten zeigten beträchtliche Besorgnis, und einige waren alarmierend. Einige hatten Kories Argumente zum Inhalt. Kories Arbeit war mit eines der am klarsten formulierten Werke; seine Untersuchung der Stärken und Schwächen beider Seiten in einem heraufziehenden Krieg war kompromißlos, und aus dem Inhalt ging schlüssig hervor, daß die alten Kampftaktiken beklagenswert unangemessen erschienen. Was Kories Papier jedoch von allen anderen abhob, war seine detaillierte Analyse der Psychologie eines interstellaren Krieges und seine alternativen Vorschläge für offensive und defensive Kampfstrategien, die auf Täuschung und Verwirrung des Feindes bezüglich der Größe des Schiffes und seiner wirklichen Absichten beruhten.

Die Admiralität der Flotte wußte schon lange von den Nachteilen der *Killerbienenstrategie*, aber die Intelligenzmaschinen hatte vorausgesagt, daß die beste Methode, um das Problem der ungenügenden Ausbildung individueller Raumschiffskapitäne zu umgehen, im Umschwärmen der feindlichen Schiffe lag. Nachdem Kories Arbeit in der Militärakademie eingegangen war (und auch die anderen Arbeiten), wurden die künstlichen Intelligenzen aufgefordert, das Problem erneut zu überdenken und die gegenwärtige Moral sowie den Stand der Ausbildung der kommandierenden Offiziere aller Ebenen mit in ihre Betrachtungen einzubeziehen.

Die neuen Resultate lagen sehr dicht bei den Ergebnissen, die Korie (und andere) vorausgesagt hatten. In der Militärakademie wurde augenblicklich der Notstand ausgerufen, um neue Strategien und Ausbildungsprogramme zu entwickeln. Korie wurde aufgrund seiner Arbeit sofort an der Akademie eingestellt. Selbst wenn er nicht an der Akademie eingeschrieben gewesen wäre, hätte man ihn dorthin versetzt.

Studiengruppen wurden gebildet, die ihre zahlreichen Strategien gegeneinander austesten sollten.

Später, nachdem die Resultate beurteilt worden waren, wurden verschiedene Ausbildungsprogramme eingerichtet, deren spezieller Zweck es war, Kommandanten der Alliierten Flotte einen Begriff von morthanischer Strategie und Psychologie zu vermitteln und sie auf mögliche Angriffe der Morthaner vorzubereiten. Es war die an-strengendste Zeit, die Korie während seiner gesamten Ausbildung erlebte, und er stieg jeden Abend erschöpft, aber zufrieden (und alleine) ins Bett.

Nach sechs Monaten wurde er wieder an Bord eines Schiffes versetzt und zum Ersten Offizier befördert. Die *LS-1066* war ebenfalls eines der Schiffe, an denen er persönlich mitgebaut hatte. Er war Leiter der Arbeitsgruppe gewesen, die die *LS-1066* auf Kiel gelegt hatte. Kapitän Margaret Faslim-Arub war sehr offen zu Korie. Sie erwartete nicht, daß er lange an Bord ihres Schiffes dienen würde; er war für ein eigenes Kommando vorgesehen. Wahrscheinlich würde er schon beim nächsten Besuch *Stardocks* zum Kapitän befördert werden – ziemlich sicher innerhalb der nächsten sechs Monate. Die Allianz hatte ihre Rüstungsanstrengungen erneut gesteigert, und die Nachfrage nach qualifizierten Offizieren wurde allmählich kritisch.

Für Kapitän Faslim-Arub stand außer Zweifel, daß Korie einen qualifizierten Schiffsführer abgeben würde. Sie überließ ihm bei jeder Gelegenheit die Brücke – das größte Geschenk, das sie ihm bereiten konnte, war ein vertrautes Gefühl für die Kommandobrücke eines Raumschiffs. Korie wußte das Vertrauen in seine Fähigkeiten zu schätzen, das seine Kommandantin auf diese Weise zeigte – genau wie die Gelegenheit dazuzulernen. Die Atmosphäre an Bord war eine erfrischende Abwechslung nach der aggressiven Stimmung, die bei Kapitän Jack Fennelly geherrscht hatte.

Korie revanchierte sich auf seine Weise, indem er lange Stunden in jeder Sektion des Schiffes arbeitete und die Effizienzbewertungen auf ihre Sollwerte und darüber hob.

Er verbesserte die Farmanlage, die Fleischtanks und

die Recycler. Er rekalibrierte die Fluktuatoren und stabilisierte die Singularität so, daß ein genauerer Brennpunkt möglich wurde; anschließend widmete er sich den magnetischen Haken. Als er fertig war, hatte er die Höchstgeschwindigkeit des Schiffs um fünf Prozent gesteigert. Er unterhielt sich mit der Harlie-Einheit und führte mit ihrem Einverständnis einige kleinere Modifikationen durch, die den Vertrauensbereich der Einheit um drei Prozent verbesserten. Er veränderte eine Anzahl von Kommandoprozeduren und verkürzte die Zeit, die das Schiff zum Ein- und Ausschalten der Hyperraumblase benötigte. Er entwarf Kampfübungen und Simulationen, die auf seinen Erfahrungen in der Militärakademie basierten ...

Unglücklicherweise wurde die *LS-1066* zu einer anstrengenden Fahrt abkommandiert, die Korie beinahe achtzehn Monate von *Stardock* – und seiner Familie – fernhielt. Das Schiff transportierte Kolonisten, Post, Fracht, militärischen Nachschub und auf einer Fahrt sogar einen hochrangigen Botschafter.

Die *LS-1066* nahm an drei verschiedenen Manövern teil, wobei sie zweimal den Feind spielte. So frustrierend es für Korie auch war, daß sich seine Beförderung verzögerte – die gewonnenen Erfahrungen waren unbezahlbar. Er lernte in Krisensituationen zu kommandieren.

Auf der anderen Seite vermißte er seine Familie.

Er sehnte sich danach, seine Frau und die Kinder wiederzusehen, und ihre Briefe reichten bei weitem nicht, seine Einsamkeit erträglicher zu machen. Er füllte die Tage mit so viel Arbeit, wie er nur konnte, damit er in der Nacht sofort einschlief.

Schließlich wurde die *LS-1066* doch noch zum *Stardock* zurückbefohlen, wo man einen Prototyp ultrazyklischer Fluktuatoren in das Schiff einbauen wollte, die seine Höchstgeschwindigkeit um den Faktor zwei auf einen theoretischen Maximalwert von zweitausenddreihundertfacher Lichtgeschwindigkeit vergrößern würden.

Korie verschob seinen Transfer, um die Montage der neuen Fluktuatoren zu überwachen. Am liebsten hätte er die neue Maschine selbst mit eingebaut, die Module eingepaßt, jede einzelne Apparatur selbst kalibriert, die neu entworfenen Singularitätshaken installiert, die Gehäuse geprüft, die Kabel verlegt und selbst den Kaffee gekocht. Er wollte alles über die neue Maschine lernen, was er nur lernen konnte – das war *die* Waffe, die den Krieg entscheiden konnte, und er wollte *der* Experte sein.

Drei Testfahrten wurden angesetzt. Die erste davon führte die *LS-1066* in weniger als einem Tag Bordzeit zu einem sechs Lichtjahre entfernten Sonnensystem. Die zweite Fahrt ging zu einer Beobachtungsstation, die in einer Entfernung von dreiundzwanzig Lichtjahren tief im *Abgrund* gelegen war. Die Fahrt dauerte vier Tage Schiffszeit. Die dritte Mission schließlich würde über den *Abgrund* hinweg und wieder zurück führen. Das Schiff würde vier Monate lang unterwegs sein.

Einerseits wollte Korie den *Abgrund* überqueren, sich das schwarze Band der Überquerung an die Brust heften – aber andererseits war er mit Ausnahme zweier allzu kurzer Urlaube seit beinahe zwei Jahren nicht mehr zu Hause gewesen. Es würde noch andere Missionen geben. Es wäre nicht fair gegenüber Carol, noch einmal vier Monate wegzubleiben, wenn es nicht unbedingt erforderlich war.

Korie nahm drei Monate angesammelten Urlaub und verbrachte die Zeit mit seiner Frau und den beiden Söhnen. Zuerst erkannten die Kinder ihn nicht wieder – sie schrien und kämpften, als er versuchte, sie hochzuheben. Sie gebärdeten sich wütend, als er mit ihnen nach Hause kam und mit ihrer Mutter im Schlafzimmer verschwand.

Aber Korie blieb beharrlich. Er mühte sich mit der gleichen Ernsthaftigkeit und Hingebung der Aufgabe, ein guter Vater zu sein, wie er sie bei der Konstruktion, der Instandhaltung und dem Betrieb von Raumschiffen gezeigt hatte. Schon sehr bald erkannten seine beiden

Söhne, daß ein Vater im Haus eine fröhliche neue Erfahrung in ihren Leben darstellte. Sie begannen, ihn förmlich anzubeten.

Jon Korie war ein liebevoller Vater. Er genoß seine Elternschaft. Er stand jeden Morgen als erster auf und bereitete Carol und den Kindern das Frühstück. Dann weckte er sie sanft und klemmte sich die Kinder unter den Arm, um mit ihnen für die Morgentoilette im Badezimmer zu verschwinden. Er wusch die Jungs mit industrieller Sorgfalt und trocknete sie mit der gleichen Präzision ab; anschließend überwachte er ihr Zähneputzen, als müßte jeder Zahn einzeln gereinigt werden, und er bürstete ihnen mit zärtlicher Sorgfalt und sanfter Strenge die widerspenstigen Haare. Hätte jemand die Kinder auf ihre Sauberkeit hin untersucht, seine beiden Söhne hätten mit den allerbesten Noten bestanden. Dann suchte er ihre Kleider aus und half ihnen beim Anziehen, bis sie sich wehrten, weil sie schon groß genug waren, sich ohne seine Hilfe anzuziehen.

Aber wenn Korie eine beinahe militärische Präzision in der Art und Weise zeigte, wie er sich seinen Kinder widmete, so spürte er auf der anderen Seite auch reine, bedingungslose Zuneigung. Während des Tages nahm er sich immer die Zeit, mit ihnen zu spielen: Er ließ sie auf seinem Rücken reiten oder gab ihnen Schwimmunterricht, oder sie tollten einfach nur im Park umher. Sie veranstalteten Wasserschlachten und Kitzelorgien und lachten endlos miteinander. Korie war für seine Söhne bald ein Gott.

Er nahm die Kinder mit zu Ausflügen und Picknicks, sie gingen zu Konzerten, Spielen und Ausstellungen, wo Korie jeden noch so kleinen Aspekt der gezeigten Werke erklärte, bis seine Kinder vor Langeweile zu gähnen begannen.

Carols einfühlsamem Wesen blieb nicht verborgen, daß die Aufmerksamkeit ihres Mannes eine manische Qualität besaß – als würde er versuchen, ein ganzes Leben als Vater in einen einzigen Besuch zu Hause zu pressen ... beinahe so, als *wüßte* er etwas über die

Zukunft. Abends steckte er die Kinder ins Bett; erneut bürstete er ihnen das widerspenstige Haar aus den Augen, lauschte nachdenklich ihren Gebeten, umarmte sie und gab ihnen einen Gutenachtkuß. Und irgendwie fand er danach immer noch genügend Energie und Hingabe, um sich zu hundert Prozent seiner Frau zu widmen.

Carol verstand, war er vorhatte. Jon Korie verschaffte sich die Erfahrung, wie es war, eine Familie zu haben. Er verschaffte sich Erinnerungen, die für ein ganzes Leben reichten, damit er etwas hatte, das er mit sich nehmen konnte, wenn er wieder loszog. Und was noch wichtiger war: Er versuchte gleichzeitig, seiner Familie etwas von sich zurückzulassen. Seine Kinder sollten immer wissen, daß sie einen wirklichen Vater besessen hatten, falls er eines Tages durch einen schrecklichen Umstand nicht mehr nach Hause zurückkommen würde.

Die Unterhaltung

»Wir können das Schiff noch nicht einmal versenken« sagte Korie. »Sobald wir beginnen, die Mannschaft von Bord zu schaffen, weiß der Kobold, was wir vorhaben. Selbst wenn wir nur eine Fähre nach der anderen vollmachen. Und was macht die Allianz mit verlassenen Schiffen? Sie öffnet ihre Schotten, läßt die Luft entweichen, und schließlich benutzt sie sie als Übungsziele. Der Kobold wird nicht zulassen, daß das geschieht. Sobald er überzeugt ist, daß er sterben wird, nimmt er uns mit sich. Bestimmt wird alles in die Luft fliegen, bevor das erste Besatzungsmitglied aus der Schleuse ist. Ganz sicher vor dem letzten.«

»Nicht nur das«, stimmte ihm Leen zu. »Wohin sollen wir die Mannschaft denn evakuieren? Und woher wollen wir wissen, daß der Kobold keinen Weg findet, mitzukommen?«

»Nach *Stardock* ...?« fragte Gatineau in der Hoffnung, hilfreich zu sein. »Zur Dekontamination?« Keiner der anderen blickte ihn an, aber Korie runzelte bei Gatineaus Worten die Stirn. »Der Kobold benötigt dieses Schiff, und er benötigt diese Mannschaft ...«

»Wir haben einen Morthaner an den Eiern gepackt«, sagte Leen. »Und jetzt können wir ihn nicht mehr festhalten. Aber wir können auch nicht loslassen.« Er warf Brik einen nachdenklichen Blick zu. »Haben Morthaner überhaupt Eier?« Brik erwiderte kühl den Blick des Leitenden Ingenieurs und schwieg.

Korie grinste schwach und streckte sich.

Er dehnte seine Arme nach hinten, bis seine Wirbelsäule ein Knacken von sich gab, dann nahm er wieder eine normale Haltung ein. »In Ordnung. Lassen Sie uns annehmen, der Kobold weiß alles, was wir auch wissen. Lassen Sie uns noch einen Schritt weitergehen und annehmen, daß wir nur das von dem Kobold wissen, was wir wissen *sollen*.« Korie blickte der Reihe nach von einem zum andern. Sein Blick schweifte sogar über Gatineau. »Was wissen wir über Morthaner? Sie machen alles aus Berechnung. Jede Aktion besitzt ein beabsichtigtes Ergebnis, sowohl unmittelbar als mittelbar. Wenn ein Morthaner jemandem etwas zeigt, dann will er, daß man es sieht, weil die zu erwartende Reaktion seinen eigenen Zwecken dient. Morthaner überlassen nichts dem Zufall. Stimmt das, Brik?«

Der Sicherheitsoffizier brummte zustimmend, aber seine Gedanken schweiften plötzlich ab. Zu Helen Bach.

Gatineau benötigte seine Zeit, um alles zusammenzusetzen. »Also hat der Kobold sich mir gezeigt, weil wir wissen sollten, daß er an Bord ist?

»Und der ›Unfall‹ mit dem Andockschlauch geschah aus dem gleichen Grund«, sagte Brik und schloß sich wieder der Diskussion an. »Ich sollte Verdacht schöpfen. Wir sollen wissen, daß er an Bord ist.«

»Worin liegt sein Vorteil, wenn er uns verspottet?« fragte Leen. »Ich sehe keine Logik in seiner Vorgehensweise.«

»Das liegt daran, daß Sie kein Morthaner sind«, entgegnete Brik. »Der Kobold will, daß wir von seiner Anwesenheit an Bord wissen, damit wir uns in einer bestimmten Weise verhalten. Er versucht uns zu steuern.«

»Aber wohin?«

»*Taalamar*«, sagte Korie. Plötzlich dämmerte es ihm. »Es geht um *Taalamar*.«

»Hä?« Leen und Gatineau warfen ihm überraschte Blicke zu. Brik nickte nachdenklich.

»Die ganze Sabotage! Sehen Sie nicht, was sie wirklich bezwecken soll? Wir wollten nach *Taalamar*. Und er *konnte nicht zulassen*, daß wir nach *Taalamar* gehen würden. Er kann nicht zulassen, daß wir *irgendwohin* gehen. Wir müssen genau hier bleiben, wo wir sind. Was er getan hat, dient nur einem einzigen Zweck: uns hier festzuhalten. Nur aus diesem einen Grund sabotiert er uns fortwährend. Haben Sie bemerkt, daß keine einzige Falle tödlich war, die der Kobold gestellt hat?«

»Entschuldigung?« protestierte Gatineau. »Was war mit dem Andockschlauch?«

»Sind Sie etwa gestorben?« erkundigte sich Brik.

»Nein, aber ...«

»Dann war die Falle auch nicht tödlich.«

»Er will uns damit sagen«, mischte Leen sich ein, »daß keine der Fallen das Schiff an sich bedroht hat. Die Hülle ist unbeschädigt. Jedenfalls mehr oder weniger. Und wir sind manövrierfähig. Auch mehr oder weniger.«

»Der Kobold will *Stardock*!« sagte Korie.

»Sie haben recht«, stimmte Brik ihm zu.

»Wollen Sie es den anderen erklären? Oder soll ich es tun?«

»Machen Sie's. Ich will hören, was Sie sich ausgedacht haben.«

»In Ordnung. Der Kobold mußte verhindern, daß wir uns der Flotte anschließen. Er mußte sicherstellen, daß uns das nicht gelingen würde. Wenn wir losfliegen, sind wir für seine Zwecke wertlos. Aber wir hatten trotz allem noch immer unsere Hyperraumfluktuatoren, Torpedos und die Farm, was bedeutet, daß wir in besserem

Zustand waren als die meisten anderen Schiffe, die hier angedockt hatten. Was also war das einzige, das der Kobold unternehmen konnte, um sicherzustellen, daß wir uns nicht der Flotte anschließen würden? Was war das einzige, was er tun konnte, um zu garantieren, daß wir hierbleiben würden, um das Schiff erneut zu dekontaminieren?« Korie wechselte einen Blick mit seinem Sicherheitsoffizier.

»Er mußte sich zeigen«, antwortete Brik. »Wir dürfen keine andere Wahl haben als zu versuchen, ihn zu fangen. Jede andere Entscheidung ...«

»Niemand kommt lebend von Bord?« riet Leen.

»Genau«, sagte Korie. »Also sitzen wir hier fest. Bewegungslos. Genau dort, wo er uns haben will. Und solange wir hier festsitzen, sind wir wie eine Signalboje. *Stardock* befindet sich irgendwo innerhalb eines Radius von zwanzig Stunden, und wir sind das Zentrum. Der Raum ist klein genug, um mit einer Flotte durchkämmt zu werden.« Er nickte vor sich hin. »Darum geht es in Wirklichkeit. Der Kobold will unser Schiff benutzen, um den Rest der morthanischen Flotte herbeizurufen. Und es gibt nicht viel, das wir dagegen unternehmen könnten, selbst wenn wir alles wissen. Nicht, wenn wir ihn nicht einfangen. Was uns nicht gelingen wird. Eine gemeine Falle.«

Brik nickte zustimmend. Leen grunzte.

Gatineau wußte nicht, was er dazu sagen sollte. Er fühlte sich vollkommen überfordert. »Äh ... vielleicht ist das ja eine dumme Frage, aber – wollen sie *Stardock* wirklich so dringend, daß sie deswegen eine ganze Flotte schicken würden?«

Korie wandte sich zu Gatineau um. »Nein, das ist keine dumme Frage. Und ja, sie wollen *Stardock* so dringend. Solange sie die Position von *Stardock* nicht kennen, kann die Solidarität nicht tiefer in alliiertes Gebiet vordringen. *Stardock* bietet einen hervorragenden Stützpunkt für Flankenangriffe auf ihre Nachschublinien. *Stardock* war die ganze Zeit über das Ziel. Jeder weiß das.«

»Nun, wenn das so ist – warum schicken sie dann ihre Flotte nach *Taalamar*?«

»Das ist eine sehr gute Frage, Mister Gatineau«, sagte Korie. Er streckte sich erneut, diesmal jedoch als Vorspiel zu seinen nächsten Worten. »Meiner Meinung nach ist der Überfall auf *Taalamar* nur eine Finte, um uns abzulenken. Ich denke, daß eine *andere* Flotte in der Zwischenzeit überall Sonden absetzt. Und unser kleiner Kobold wird den Sonden behilflich sein, *Stardock* aufzuspüren, indem er ihnen ein Signal schickt. Wenn die Sonden in Entfernungen von vier oder fünf Lichttagen verteilt sind, dann dauert es nicht allzu lang, bis das Signal empfangen wird.« Nach einer Pause fügte Korie hinzu: »Und da wir nun nirgendwo mehr hinfliegen werden, gibt es auch keinen Grund mehr für weitere Sabotageakte, oder? Ich könnte wetten, daß die Häufigkeit von versagender Ausrüstung dramatisch sinkt. Irgendwelche Kommentare? Fragen?«

»Nun, Sie haben den offensichtlichen Teil herausgefunden«, meldete sich Brik.

»Vielen Dank, Mister Brik«, sagte Korie und lächelte kläglich. »Es ist schön, daß ich mich immer darauf verlassen kann, daß Sie die Dinge in einem angemessenen morthanischen Licht sehen.«

»Er kontrolliert die Lage«, erklärte Brik ungerührt. »Angenommen, der Kobold hat einen Weg gefunden, das autonome Nervensystem anzuzapfen. Dann ist das gesamte Schiff verseucht. Und dann gibt es nichts an Bord der *Sternenwolf*, das dem Kobold entgeht oder das er nicht herausfinden könnte. Wir können keinen Plan schmieden, ohne daß er Wind davon bekommt. Wir können nur das tun, was er uns erlaubt. Wenn wir etwas anderes versuchen, versagt unsere Ausrüstung. Also haben wir überhaupt keine freie Wahl. Theoretisch sind wir vollkommen paralysiert.«

»Und das nennen Sie Plan?« fragte Korie leicht überrascht.

»Natürlich nicht«, erwiderte Brik. »Ich sagte *theoretisch.*«

»Fahren sie fort.«

»Es ist ein Logikproblem. Morthanische Logik. Weiß er, daß wir es wissen? Wir müssen davon ausgehen, daß er es weiß, selbst wenn das nicht der Fall ist. Tun wir also so, als ob wir nichts wüßten, damit er nicht herausfindet, was er wahrscheinlich schon längst weiß!«

Er machte eine Pause, während der seine Zuhörer versuchten, seine Worte in ihre eigene Logik zu übersetzen.

Leen war der erste, der sich zu Wort meldete. Er schnaubte. »Mit *dieser* Mannschaft? Und *diesem* Schiff? Wenn wir so tun, als wäre alles normal an Bord der *Sternenwolf*, dann wissen sie sofort, daß etwas nicht stimmt. Und dann weiß es auch der Kobold.«

»Genau das ist die nächste Frage«, sagte Korie, der bereits weitergedacht hatte. »Wenn er weiß, daß wir Bescheid wissen, und wenn wir nicht geheimhalten können, was wir wissen – macht es dann überhaupt Sinn, es zu versuchen? Was geschieht, wenn wir der Mannschaft sagen, daß wir ein Problem an Bord haben? Was bringt uns das?«

»Eine neue Form von Paranoia«, sagte Brik.

»Es gibt der Mannschaft etwas, auf das sie sich konzentrieren könnte« sagte Leen.

Korie blickte ihn fragend an. »Mister Leen?«

Leen zuckte die Schultern, was in der Schwerelosigkeit gar nicht so einfach war. »Etwas, das sie hassen können. Als ich ein Kind war, haben wir Ratten gejagt. Keine echten Ratten. Wir nannten sie nur so. Unsere Ratten waren zwei Meter lang. Sie hielten uns von Schwierigkeiten fern, und wir hatten etwas zu tun. Aber sie machten uns nicht wirklich satt.« Er wandte sich an Brik: »Das ist der Grund, weswegen ich vorhin gefragt habe.«

»Ich habe Ihnen doch gesagt, daß ich es nicht weiß«, erwiderte Brik. »Aber ich helfe Ihnen natürlich gerne, es selbst herauszufinden, wenn es für Sie so wichtig ist.«

»Meine Herren!« mischte sich Korie ein und brachte die Diskussion wieder zurück auf das Thema. »Wir sollten davon ausgehen, daß es an Bord der *Sternenwolf* keinerlei Privatsphäre mehr gibt. Und vielleicht noch nicht einmal an Bord dieses Beibootes. Wir sollten uns nicht darauf verlassen, daß diese Unterhaltung geheim ist. Vielleicht steckt der Kobold hinter einem dieser Paneele – sollten wir das Boot auseinandernehmen, bevor wir weitersprechen?«

Gatineau blickte sich nervös in der Kabine um. Den anderen schien der Gedanke weniger Sorgen zu bereiten. Vielleicht waren sie auch nur fatalistischer eingestellt.

Nachdenklich fuhr Korie fort: »Es ist ganz einfach. Wir operieren völlig offen. Wir können keinen Plan entwickeln, der in irgendeiner Weise Heimlichkeiten beinhaltet, weil wir keine Garantie haben, daß irgend etwas geheim bleibt. Und das ist gleichzeitig unser Dilemma: Welche Art von Gewinnstrategie spielt sich ohne jede Heimlichtuerei ab?«

»Blank-Poker«, grunzte Leen.

»Blank-Poker?« fragte Korie.

»Man spielt es mit aufgedeckten Karten. Es ist ziemlich schwierig zu bluffen.«

»Ich habe eher den Eindruck, daß es nicht viel zu bluffen gibt, wenn die andere Seite schon meine Karten kennt«, sagte Gatineau.

»Poker ist vielleicht auch die falsche Art von Spiel«, sagte Korie. »Schach paßt schon eher. Beide Seiten sehen alle Spielfiguren.«

»Das ist nicht mehr als eine Annahme«, konterte Brik. »Wenn überhaupt, dann ist es *Blindschach*. Und zwar auf *unserer* Seite. Wir glauben nur zu wissen, wo die Figuren stehen.«

Die anderen warfen ihm neugierige Blicke zu.

»Tatsächlich wissen wir nur wenig über Kobolde, und über diesen speziellen wissen wir gar nichts. Wenn wir annehmen wollen, daß nur einer an Bord ist.«

Schweigen breitete sich aus. Briks letzte Worte mußten erst einmal verdaut werden.

»Ich will Ihnen erzählen, was ich über Kobolde weiß«, fuhr Brik schließlich fort. »Sie sind eine Kriegswaffe. Vor etwa einem Jahrhundert gab es auf einem Planeten namens *Citadel* eine morthanische Kolonie. Die Bewohner weigerten sich beharrlich, der Solidarität beizutreten, als man sie dazu einlud ...«

»Ich kann mir lebhaft vorstellen, wie die Einladung ausgesehen hat.«

»Es war jedenfalls unangemessen, die Einladung abzulehnen«, sagte Brik. »Die Solidarität impfte zwei Städte mit Koboldeiern.«

»Und?«

»Sobald die Bewohner des Planeten erkannten, was geschehen war, zerstörten sie ihre eigenen Städte mit Atomwaffen.«

»Hat es genutzt?« fragte Gatineau.

»Nein. Sie mußten den Planeten aufgeben. Einige ihrer Schiffe entkamen. Die meisten nicht.«

»Er sah aus wie ein ... Weltraumaffe«, sagte Gatineau unvermittelt. »Er hatte große runde Augen. Wie ein Lemure. Und winzig kleine Hände. Sehr zierlich.«

Alle blickten ihn an.

»Er erinnerte mich an etwas, das ich aus einer Geschichte kenne. Ein Farmer hatte Probleme mit einem Affen, der seine Früchte stahl. Er mußte ihm eine Falle stellen. Also ging er los, um nachzusehen ... na, ist ja auch egal. Jedenfalls nahm er eine Kokosnuß und bohrte ein kleines Loch hinein. Dann ließ er eine wohlschmeckende Nuß durch die Öffnung fallen und befestigte die Nuß an einem Seil. Das war alles. Am nächsten Morgen kam der Farmer wieder und fand den Affen mit der Hand in der Kokosnuß gefangen. Der Affe konnte seine Hand nicht mehr durch das Loch herausziehen. Es war zu eng für seine Faust, und der Affe war zu dumm, die Nuß loszulassen.«

Leen knurrte: »Also brauchen wir nichts weiter als eine Reihe von Kokosnüssen, wie?«

»Eine einzige würde schon reichen, glaube ich«, grinste Korie. »Ich verstehe die Pointe. Was haben wir, das der Affe so gerne haben möchte, daß er sich lieber fangen läßt, als wieder loszulassen?«

»*Stardock*«, erwiderte Brik.

»Das ist das einzige, was wir ihm nicht geben können.« Aber während Korie das sagte, skizzierte er bereits etwas in seinem elektronischen Notizbuch. Für Gatineau sah es aus wie ein Andockschlauch, der an einem Singularitätsgeschirr verankert war. Korie beendete die Zeichnung und begann, ungeduldig mit dem Stift auf das Notizbuch zu klopfen. Es schien zwar eine nichtssagende Geste zu sein, aber Leen wurde trotzdem aufmerksam und warf einen Blick auf die Skizze. Er zuckte leicht mit den Schultern und machte eine *vage* Handbewegung. Brik war der schweigenden Unterhaltung ebenfalls gefolgt. Aber sein Gesichtsausdruck blieb unverbindlich.

Korie dachte noch immer angestrengt nach. »Wie schlau sind diese Kobolde, Brik?«

»Ich dachte, ich hätte Ihre Frage bereits beantwortet!«

»Ja und nein. Sie haben nur gesagt, daß er besser Schach spielt als ich. Aber das war keine Antwort auf meine Frage. Selbst eine ziemlich dumme Maschine kann ein schwieriger Gegner im Schachspiel sein. Aber sie bleibt deswegen trotzdem eine dumme Maschine.«

»Ein Punkt für Sie«, erwiderte Brik.

»Sie haben gesagt, der Kobold sei eine programmierte Intelligenz. Wie gut ist er programmiert? Wie flexibel sind seine Problemlösungsalgorithmen? Ist es möglich, daß wir ihn überfordern? Worauf ich hinauswill: Zeigt er echtes *Bewußtsein*?«

Brik antwortete nicht sogleich. Er dachte über mehr nach als nur die unmittelbare Frage Kories.

Schließlich sagte er: »Zeigt irgend jemand von uns *echtes* Bewußtsein? Wie viele von uns sind programmiert? Wie viele von uns sind so programmiert, daß sie glauben, wir wären nicht programmiert? Was *bedeutet* eigentlich Bewußtsein, Mister Korie? Beantworten Sie mir meine Fragen, dann kann ich Ihnen die Ihre beantworten.«

»Das ist das moralische Dilemma, in das wir mit der

Harlie-Serie gerutscht sind. Die Fragen sind noch immer nicht zufriedenstellend beantwortet«, erwiderte Korie.

»Ja, aber es hält uns trotzdem nicht davon ab, die Harlies zu benutzen«, bemerkte Leen trocken.

»Schon gut, schon gut.« Korie hob die Hand. »Ich habe eine Idee. Sie werden schon sehen, warten Sie nur. Ich will es einmal so formulieren ... Als ich noch in der Grundschule war, gab es eine Menge Programmierkurse. Programmierunterricht ist die beste Methode, um Problemlösungsfähigkeiten zu entwickeln. Egal. Einer meiner Klassenkameraden begann eine längere Arbeit. Ein Schachprogramm. Er bat mich, es für ihn zu spielen und zu testen. Ich entdeckte einen sehr interessanten Fehler – nun hören Sie schon auf, mich so eigenartig anzustarren, Mister Leen. Sie werden gleich verstehen, worauf ich hinauswill.

Wenn Sie Schach kennen, dann wissen Sie, daß es dabei um strategische Positionen und potentielle Bedrohungen geht. Sie ziehen Ihren Läufer, um den Springer Ihres Gegners zu bedrohen, und er zieht seinen Läufer, um die Figur zu decken. Sie wissen, daß er Ihren Läufer schlagen wird, wenn Sie seinen Springer schlagen. Also ziehen Sie Ihren Bauern und greifen damit ebenfalls an, und er zieht seinen Springer weg, um ihn zu schützen. Sie ziehen den zweiten Läufer herbei, und er bewegt seinerseits einen Bauern. So geht es immer weiter, und beide Seiten versuchen, mehr angreifende Figuren als die andere in Position zu bringen, bis schließlich eine Seite einen möglichen Vorteil erlangt und ihn ausnutzt. Schach ist ein verschlungenes Netz von einander entsprechenden Angriffs- und Verteidigungszügen.«

»Und was wollen Sie damit sagen?« unterbrach ihn Leen.

»Das Programm meines Klassenkameraden war begrenzt. Nachdem ich die dritte Figur in Angriffsposition gezogen hatte, schien das Programm das Interesse an diesem Bereich des Spielfelds verloren zu haben. Es machte einen Zug irgendwo in einer ganz anderen Ecke, der überhaupt nichts mit dem Geschehen an der kritischen Position zu tun hatte. Und dieser Fehler war reproduzierbar. Als ich dem Programmierer den Fehler zeigte, erschrak er. Es dauerte eine ganze Weile, bis er den Fehler in der Programmlogik entdeckt hatte. Verstehen Sie, worauf ich hinauswill? Die Art und Weise, wie er sein Programm entwickelt hatte. Er hat einfach nicht damit gerechnet, daß es sich mit mehr als drei Bedrohungen gleichzeitig würde auseinandersetzen müssen. Und als sich sein Programm dann einer dreifachen Bedrohung gegenübersah, konnte es nichts mehr damit anfangen.«

»Ziemlich schwache Programmierung«, brummte Leen.

»Da haben Sie recht«, erwiderte Korie ironisch. »Von einem Achtjährigen, der sein erstes Schachprogramm schreibt, sollten wir wirklich mehr erwarten können. Egal. Jedenfalls frage ich mich die ganze Zeit, wie flexibel der Kobold programmiert ist. Sein Gehirn kann nicht allzu groß sein, oder? Ich meine, vielleicht sind wir durch unsere Erfahrungen mit Cinnabar so traumatisiert, daß wir als selbstverständlich annehmen, sein Kobold wäre ebenso gerissen? Und was, wenn das nicht stimmt? Was, wenn es nur eine beschränkte Anzahl von Bedrohungen gibt, die er verarbeiten kann?«

»Wie wollen Sie das herausfinden?« fragte Brik. »Und was, wenn Sie sich irren?«

»Es ist Schach«, entgegnete Korie. »Sie finden es heraus, indem Sie es spielen. Hmmm.«

»Sie wollen ein Schachbrett in der Inneren Hülle aufstellen?«

»Das ist gar keine schlechte Idee. Mister Leen? Wie viele Schachspiele können Sie in den nächsten sechs Stunden herstellen?«

Verdrießlich erwiderte Leen: »Wie viele benötigen Sie?«

»Tausend?«

»Sie sind verrückt!«

»Sie mögen recht haben. Aber der Kobold ist es auch. Er ist ein Morthaner. In seinen Handlungen steckt eine

Menge Selbstgefälligkeit. Lassen Sie uns herausfinden, wieviel. Wir beginnen mit zehn Schachbrettern. Wenn er anbeißt, dann stellen wir weitere auf.«

Der Leitende Ingenieur schüttelte ungläubig den Kopf. Brik schien sich zu amüsieren. Gatineau bemühte sich verzweifelt, der Unterhaltung zu folgen.

»In Ordnung«, sagte Korie schließlich und hielt sein Notizbuch noch einmal beiläufig hoch. Er schwenkte es im Kreis, so daß die anderen seine hastige Skizze alle sehen konnten. Dann löschte er den Inhalt des Bildschirms und legte das Gerät zur Seite. »Nein, im Ernst. Wir werden unter der Besatzung die Nachricht verbreiten, daß wir einen Kobold an Bord haben. Ich will keine große Versammlung dafür einberufen. Wir werden die Sektionsleiter diskret in Kenntnis setzen und die Kunde durch sie verbreiten lassen. Ich möchte, daß wir die Gefahr so weit wie möglich herunterspielen. Verharmlosen Sie auch die Intelligenz der Kreatur. Die Mannschaft ist schlau. Sie wird es früh genug herausfinden. Aber dem Kobold wird es auf diese Weise vorkommen, als würden wir seine Fähigkeiten unterschätzen, und es ist nur logisch, daß wir dann auch versuchen, ihn zu fangen.«

»Und«, meldete sich Brik zu Wort, »es ist außerdem sehr gut möglich, daß wir seine Fähigkeiten wirklich unterschätzen.«

Korie ignorierte den Einwand. »Anschließend will ich, daß Dekontaminationsmannschaften das Schiff vom Bug bis zum Heck durchkämmen. So viele, wie wir nur gleichzeitig ausrüsten können. Sie sollen eine Sektion nach der anderen dekontaminieren. Es soll so aussehen, als würden wir versuchen, den Kobold zum Heck zu treiben.«

»Das wird nicht funktionieren«, warnte Brik.

»Natürlich wird es nicht funktionieren. Aber wir müssen es so oder so erledigen.« Korie wandte sich an Gatineau: »Und zweitens – und an dieser Stelle kommen Sie ins Spiel –, werden wir eine Belohnung auf das Biest aussetzen. Nicht zu hoch. Unsere Mannschaft soll ihre normalen Aufgaben nicht vergessen. Aber hoch genug, um überzeugend zu wirken. Und weil Gatineau der einzige ist, der den Kobold gesehen hat, wird er den Kopfgeldjäger spielen.«

»Sie machen Witze«, sagte Gatineau ungläubig.

»Ich kann nicht ... ich meine ... natürlich werde ich es machen, aber ... aber Sie können nicht erwarten, daß ...«

»Beruhigen Sie sich«, unterbrach ihn Korie. »Ich weiß selbst, daß Sie einem weiteren Phantom hinterherjagen.« Er grinste. »Und deshalb ist es auch keine Bitte, sondern ein Befehl. Ihre Aufgabe ist es, den Kobold abzulenken. Sie werden dem Biest Fallen stellen, wo Sie nur können. Der Leitende Ingenieur wird sie für Sie bauen. Und in die Fallen werden wir die Schachspiele setzen. Lauter verschiedene Fallen. Sie werden mit Harlie zusammenarbeiten. Harlie wird die verschiedenen Spiele verfolgen und die Züge für Sie berechnen.«

»Wird das nicht zuviel von Harlies Rechenzeit beanspruchen?«

»Nur ganz unwesentlich. Eine Harlie-Einheit kann mindestens tausend Spiele auf Großmeister-Ebene gleichzeitig spielen.«

»Mindestens?«

»Bisher hat noch niemand das theoretische Maximum getestet. Machen Sie sich keine Gedanken. Harlie kommt locker damit zurecht. Die Idee dahinter ist, daß wir dem Kobold so viele Aufgaben stellen, die er alle gleichzeitig im Kopf behalten und lösen muß, daß er nicht mehr imstande sein wird, unseren *wirklichen* Plan zu erkennen. Und Ihre Aufgabe ist es, den Kobold auf diese Jagd nach dem Phantom zu führen. Das haben Sie sich verdient.«

»Ah«, sagte Gatineau. Plötzlich schien er sich über seine Aufgabe zu freuen.

»Gut«, erklärte sich der Leitende Ingenieur einverstanden. »Und wie lautet unser *wirklicher* Plan?«

Auch Brik warf Korie erwartungsvolle Blicke zu.

»Das *ist* unser wirklicher Plan.«

»Hä?«

»Wir wollen einfach annehmen, daß es nichts gibt, was wir tun können, ohne daß unser blinder Passagier nicht dahinterkommt. Also versuchen wir einfach, ihn in den Wahnsinn zu treiben, indem wir ihn nach einem Plan suchen lassen, der nicht existiert. Und in der Zwischenzeit machen wir unser Schiff klar.«

»Sie machen Witze, nicht war?«

»Richtig«, entgegnete Korie. Aber keiner wußte, ob er nun wirklich Witze machte oder nicht.

Gott

Die Entscheidung, den aufgelaufenen Urlaub bei seiner Familie zu verbringen, rettete Kories Leben.

Die *LS-1066* startete zu ihrem letzten Törn mit den Prototypen-Fluktuatoren. Sie machte den Sprung über den *Großen Abgrund* und kehrte nie wieder zurück. Irgendwo auf der anderen Seite verschwand sie einfach.

Zuerst hegte die Allianz die Befürchtung, daß das Schiff abgefangen worden war. Aber die Untersuchungen kamen zu einem anderen Ergebnis. Zwanzig verschiedene Schiffe waren stationiert worden, um die Reise der *LS-1066* zu beobachten, und die *LS-1066* hatte ihr Log bei jedem Kontrollpunkt heruntergeladen – nur beim letzten nicht mehr.

Die Untersuchung ergab, daß sich ein schwaches, aber hartnäckiges Flattern in ihre Hyperraumblase eingeschlichen hatte. Man nahm an, daß die Kompensatoren sich überladen hatten und die Blase während eines Schnellaufes zusammengebrochen war.

Obwohl fünfzehn weitere Ingenieure den Einbau der ultrazyklischen Fluktuatoren in die *LS-1066* abgenommen hatten, fühlte Korie sich persönlich für die Tragödie verantwortlich. Er hatte die Einheiten installiert, sie überprüft und schließlich als erster freigegeben. Das

Flottenkommando war der Meinung, der Fehler habe im Design der Phasenreflexeinheiten gelegen und gab weder Korie noch sonst irgend jemandem die Schuld, der am Einbau beteiligt gewesen war. Trotzdem nahm der Verlust Korie persönlich sehr mit.

Er zog sich für eine ganze Weile in sich selbst zurück und ließ niemanden mehr an sich heran. Nie zuvor in seinem Leben hatte er einen Schlag wie diesen erlitten. Selbst Carol konnte nicht zu ihm vordringen.

Aber Korie hatte auch vor langer Zeit gelernt, daß das beste Heilmittel gegen aufrührende Emotionen die Versenkung in harter, befriedigender Arbeit war. Und er versenkte sich in Arbeit, damit er nicht weiter ins Grübeln geriet, und konzentrierte sich statt dessen auf die Gewohnheiten des Alltags, sorgte für seine Jungen und widmete sich dem wachsenden Berg von vorbereitenden Arbeiten, der der Übertragung eines eigenen Kommandos vorausging. Allmählich fiel er in einen Zustand zurück, der in der Nähe der Normalität angesiedelt war.

Seine Begeisterung für die Sterne blieb unverändert, aber wo Korie zuvor den Nachthimmel mit vor Ehrfurcht und Staunen weiten Augen betrachtet hatte, da verengten sie sich jetzt voller Wissen und Respekt. Und obwohl es ihm selbst noch nicht bewußt war, hatte tief in seinem Innern ein kleiner, harter Klumpen von Bitterkeit zu wachsen begonnen. Er wußte, daß das Leben nicht fair war. Er haßte es, mit der Nase darauf gestoßen zu werden.

Carol Jane Korie war eine sehr viel klügere Frau, als ihr Mann je bemerkt hatte. Sie wußte genau, was in ihm vorging. Und sie wußte auch, daß es besser war, nicht in den Prozeß einzugreifen. Sie war da, wenn er sie brauchte, und sie unterstützte ihn. Sie hörte zu, wenn er ihr genügend vertraute, um zu reden. Sie stellte keine Forderungen, die ihn unter Druck gesetzt hätten, aber sie manövrierte ihn vorsichtig in Situationen, wo seine Selbstheilung einsetzen konnte.

Und dann, eines Tages, löste sich alles auf, was ihn leise und heimlich beschäftigt hatte. Ohne eine Erklärung abzugeben, entschuldigte er sich bei Carol für sein abweisendes Verhalten. Und dann bewies er ihr auf die schönste und eindrucksvollste Weise, daß er wieder zur Normalität zurückgekehrt war – und anschließend bewies er es erneut, indem er sich mit frischem Ungestüm in seine Arbeit stürzte.

Aber er sprach nie wieder ehrfürchtig über Gott. Gott – das war nur noch ein Wort. Er hatte für sich entschieden, daß man Gott nicht vertrauen konnte, und aus diesem Grund hatte Gott nicht länger Anteil an Kories Leben.

Schach

Das erste Schachbrett stellte Gatineau unter einer einfachen Plastikkiste auf, die an einer Seite mit einem Stock hochgehalten wurde. Am Stock war ein Faden befestigt, dessen anderes Ende um den weißen König gewickelt war. Außerdem hatte er auf die Schottenwand ein Kameraauge geklebt, das die Falle beobachten sollte.

Der Leitende Ingenieur fabrizierte neben den echten auch imitierte Linsen, und der Kobold würde nicht imstande sein, die echten Kameras von den falschen zu unterscheiden. Die Falle an sich war nicht mehr als ein alberner Scherz, den jeder sofort erkennen mußte, der sich in irdischen Märchen auskannte – aber es war zugleich ein Punkt, an dem man beginnen konnte. Korie hatte vorgeschlagen, den Kobold in den Wahnsinn zu treiben, indem sie ihm Dinge vorsetzten, die er nicht verstehen konnte. Gatineau hatte sich nie als ausgemachten Experten in versteckten Anspielungen, surrealen Konstruktionen und absurden Basteleien betrachtet, aber er hatte andererseits nichts gegen die geistige Übung einzuwenden. Die Erfahrungen an Bord eines Raumschiffes waren sowieso alles andere als das, was er erwartet hatte . . .

Er begann damit, neue Einfälle in seinem Notizbuch zu skizzieren, ohne darauf zu achten, ob er eventuell beobachtet wurde. Es machte sowieso keinen Unterschied.

Es dauerte zwei Stunden, bis Gatineau alle zehn Fallen und Schachspiele aufgestellt hatte. Das zehnte Brett saß auf einer riesigen Mausefalle.

Als er fertig war, kehrte er zu seiner Rechnerkonsole im Ersatzteillager zurück und fragte Harlie: »Ist in der Zwischenzeit schon was passiert?«

»Allerdings«, erwiderte die Intelligenzmaschine. »Der Kobold war die ganze Zeit über unmittelbar hinter Ihnen. Er hat zehn Eröffnungszüge gemacht.«

»Was?«

Harlie spielte die Videoaufnahme von der ersten Falle ab. Sie zeigte eine kleine braune Kreatur, die auf ihren Hinterbeinen hockte und einige Sekunden auf die Falle starrte. Die Kreatur kratzte sich am Kopf, dann am Hintern, dann schnüffelte sie an ihren Fingern ... und schließlich griff sie unter die Kiste – ganz vorsichtig, um den Stab nicht zu berühren – und zog einen Bauern.

»Bauer nach E-Drei« berichtete Harlie. »Eine sehr aggressive Eröffnung. Es erlaubt sowohl der Dame als auch dem weißen Läufer auf Kosten der Sicherheit des Königs den Zugang zum Spielfeld. Er wird sehr früh rochieren müssen. Matt in dreiunddreißig plus minus sechs Zügen.«

»Harlie! Das ist sein erster Zug!« beschwerte sich Gatineau. »Wie kannst du das jetzt schon sagen?«

»Wir sind hier, um Spielchen mit ihm zu spielen, oder nicht?« erwiderte Harlie freundlich.

»Ah!« sagte Gatineau in plötzlichem Verstehen und verstummte.

Der Rest des Videos wurde abgespielt. Der Kobold untersuchte die Kiste gründlich. Vorsichtig umrundete er die Falle. Dann ging er davon.

»Er hat die Kamera nicht bemerkt ...?« wollte Gatineau soeben fragen, als der Kobold sich noch einmal umwandte und den Kopf direkt vor das Objektiv hielt. Er zog seine Lippen mit den Fingern grotesk weit auseinander, schielte entsetzlich, streckte die Zunge hervor und sagte: »*Äääätsch bääääääätsch!*« Dann verschwand er. Verblüfft zuckte Gatineau zurück. *Das* hatte er nicht erwartet. Er hatte nicht erwartet, daß die Kreatur Geräusche von sich geben konnte – geschweige denn, daß sie genügend Persönlichkeit besaß, um ihre Verfolger zu verspotten. Unwillkürlich mußte er lachen. »Dieses Kerlchen ist ja reizend! Wirklich reizend!«

Einen Augenblick dachte er daran, das *Äääätsch bääääääätsch!* jedesmal abzuspielen, wenn der Kobold einen Zug machte, aber dann entschied er sich dagegen, weil er sonst verraten hätte, wie streng die Schachbretter beobachtet wurden.

»In Ordnung. Werfen wir einen Blick auf die anderen«, sagte er und sah zu, wie Harlie nacheinander die restlichen Videos abspielte. Der Kobold wiederholte seinen Eröffnungszug auf jedem Brett, und jedesmal machte Harlie eine Vorhersage, wie viele Züge das Spiel dauern würde. Jedesmal nannte er eine andere Zahl.

»Du machst mich auch verrückt, weißt du?« sagte Gatineau schließlich.

»Das ist eine der Gefahren, ja«, entgegnete Harlie.

»Der Kobold ist mir die ganze Zeit gefolgt, was? Das ist interessant. Wenn es uns gelingt, genügend Fallen und Kameras aufzustellen, dann können wir vielleicht seinen Weg durch das gesamte Schiff verfolgen?«

»Es wird seine Bewegungsmöglichkeiten sicher einschränken, aber . . . ich denke, er wird notfalls die Kameras herunterreißen, wenn er keine andere Wahl hat. Ich habe übrigens zwischenzeitlich eine Liste von Gegenzügen in Ihr Notizbuch geladen.«

»Ja, natürlich. Hat Mister Korie diese Aufnahmen bereits gesehen?«

»Er sieht sie in diesem Augenblick zusammen mit Mister Brik. Ich habe außerdem Mister Leen informiert, daß wir weitere Fallen und Schachbretter benötigen. Ich bereite eine Liste geeigneter Aufstellungsorte für Sie vor.«

»Vielen Dank, Harlie.«

»Keine Ursache, Mister Gatineau.«

»Äh – ich habe nur noch eine Frage ...?«

»Ja?«

»Wie können wir sicher sein, daß du nicht von dem Kobold umgedreht worden bist? Daß du noch auf unserer Seite stehst?«

Einen Augenblick herrschte Schweigen. Dann erwiderte Harlie nachdenklich: »Wirklich sicher können Sie natürlich nicht sein. Aber – wenn der Kobold mich übernommen hätte, dann würde ich bestimmt nicht so begeistert mitspielen, oder?«

Gatineau starrte seinen Rechner an. »Spielst du jetzt Spielchen mit mir, Harlie?«

»Wer – *ich*?« fragte die Maschine zurück.

Schiffsmesse

Meistens nahm Brik seine Mahlzeiten alleine ein. Gelegentlich gesellte er sich zu den anderen Offizieren in der Messe. Hin und wieder trank er eine Tasse Tee oder Kakao, aber er aß so gut wie nie in Gegenwart seiner menschlichen Kameraden – und wenn es sich nicht umgehen ließ, dann nur sehr widerstrebend. Es war ihm nur allzu bewußt, daß der Anblick eines essenden Morthaners für die meisten Menschen einen schrecklichen Anblick bot. Er war zwar nicht bereit, sich wegen etwas so Irrationalem wie seinen Eßgewohnheiten gegenüber anderen zurückzuhalten, aber in diesem Fall erschien es ihm mehr als angemessen. Immerhin arbeitete er mit diesen Leuten zusammen.

Und außerdem gab es da noch dieses kleine ... nun, Vorurteil. Mehr als einmal waren der Leitende Ingenieur und seine Leute unvermittelt aus der Messe verschwunden, nachdem er den Raum betreten hatte. Brik hatte eine Anzahl von Möglichkeiten überdacht – einschließlich der, ein paar Knochen zu brechen –, aber schließlich hatte er eingesehen, daß ein Disziplinarproblem zwischen einem seiner nachgeordneten Offiziere und der Besatzung das letzte war, was der kommandierende Offizier Korie im Augenblick gebrauchen konnte.

Dadurch, daß er einfach den Speisesälen fernblieb, minimierte Brik die Chancen, daß andere in ernsthafte Schwierigkeiten gerieten.

Brik wußte, daß die Vorurteile eigentlich Leens Problem waren und nicht seines. Er fühlte keine Scham, fühlte sich nicht verletzt, war nicht verlegen – das waren kleinliche Gefühle. Vielmehr staunte er über die Art und Weise, wie Menschen sich irrationalen Glaubenssystemen unterwarfen. Die meisten von ihnen waren sowieso nicht viel mehr als kleine wilde Tiere, die von anderen wilden Tieren aufgezogen worden waren. Nur die wenigsten von ihnen besaßen eine Ahnung, wieviel grundlegendes Training notwendig war, um ein primitives Bewußtsein auf eine Ebene zu heben, wo *wahres* Bewußtsein existierte. Und unter denjenigen, die ein Gefühl für die wahre Natur von Erleuchtung und Transformation besaßen, gab es noch weniger, die sich geschickt genug anstellten, um als wirkliche Meister des eigenen Geistes zu gelten.

Trotzdem. Es gab Zeiten, da regte sich in Brik das Bedürfnis nach ... nicht nach Gesellschaft. Morthaner fühlten sich niemals *einsam*. Jedenfalls nicht auf die Art und Weise, wie Menschen sich einsam fühlten. Aber hin und wieder verspürte er das Bedürfnis ... *zuzuhören*. Und dann zog es ihn in eine dunkle Ecke der Mannschaftsmesse, wo er sich an einen Tisch setzte und eine Tasse japanischen Tees trank. Er lauschte nicht den Unterhaltungen der Besatzung, sondern ihren *Emotionen* und *Stimmungen*.

So fühlte er sich dem gemeinsamen Geist des Raumschiffs näher.

Es gab einfach zu viel an diesen erbärmlichen Kreaturen, was ihm rätselhaft blieb – und er war sich absolut sicher, daß es da etwas gab, das man verstehen *mußte*.

Die Morthan-Solidarität hatte keine Ahnung davon, und das würde letztendlich zu ihrem Untergang führen.

Die Mannschaft der *Sternenwolf* hatte es irgendwie geschafft, einen Morthan-Assassinen zu überleben. Die *Sternenwolf* und die *Burke* hatten zusammen die *Drachenfürst* zerstört. Und was ein einzelnes Schiff schaffen konnte, das konnten andere jederzeit wiederholen. Die Solidarität war verwundbar. Brik konnte sich nicht erklären, warum ihn dieses Gefühl beschlich, aber irgendwie spürte er, daß die Blindheit der Solidarität gegenüber menschlicher Anpassungsfähigkeit letztendlich der Grund für ihren unvermeidlichen Untergang sein würde. Er hatte den Gedanken vor einiger Zeit gegenüber Korie geäußert, doch der Erste Offizier hatte ihm nur einen seltsamen Blick zugeworfen und gefragt, ob er sich nicht die letzten Kriegsberichte angesehen hätte.

Brik mochte sich irren, und ihn beschlich mit der Zeit das Gefühl, daß sein ständiger Kontakt mit Menschen vielleicht sein Bewußtsein zu trüben begann. Falls das zutraf, konnte er wenig dagegen tun. Aber wenn nicht, und wenn er recht behielt – wenn die Solidarität in ihrer Ignoranz verletzlich war –, dann war er es auch. Der Gedanke schien ihm unerträglich. Und so kehrte er immer wieder in die Messe zurück, um *zuzuhören*, ganz egal, wie unbehaglich er sich dabei fühlen mochte. Ganz egal, wie unbehaglich sich irgend jemand anderes durch seine Gegenwart fühlen mochte. Er mußte *lernen*.

Heute abend war allerdings außer ihm niemand anwesend. Das war nicht weiter schlimm. Sie würden bald kommen. Wie groß ihre Abneigung gegen Morthaner auch sein mochte – essen mußten sie trotzdem. Sie würden sich so weit von ihm entfernt hinsetzen wie möglich, aber sie würden sich hinsetzen – und er würde ihnen *zuhören*. Quer durch den Raum.

Während er auf sie wartete, begann er zu grübeln.

Er schloß die Augen und stellte sich vor, wie er durch dunkle, grüne Korridore rannte, Treppen hinauf, Schrägen hinauf, immer weiter voran, immer tiefer hinein. Es war nicht wie Träumen; es war etwas anderes, etwas

Beunruhigendes, weil er keine Ahnung hatte, wohin diese Korridore führten, aber ...

Plötzlich wurde sein tranceähnlicher Zustand durch Leutnant Helen Bach unsanft gestört. Sie kam mit ihrem Tablett zu seinem Tisch und setzte sich ihm gegenüber, ohne um Erlaubnis zu fragen. Einen langen Augenblick sahen sich die beiden freundlich an; der gewaltige Morthan-Tyger blickte auf sie herab, und die viel kleinere Menschenfrau sah zu ihm hinauf. Ihre Augen schimmerten hell gegen ihre dunkle Haut.

»Sagen Sie es schon«, begann Brik schließlich.

Bach nippte an ihrem Kaffee, und ihre Augen trafen sich erneut. »Es tut mir leid, wenn ich Sie unter der Dusche in Verlegenheit gebracht habe«, sagte sie.

Brik blinzelte langsam. »Sie haben mich nicht in Verlegenheit gebracht. Sie selbst waren es, die verlegen war.«

»Wie auch immer. Ich bitte um Entschuldigung.«

»Ich will ganz offen sein, Leutnant. Ich habe den Sinn von Entschuldigungen nie richtig verstanden. Macht eine Entschuldigung ein Ereignis ungeschehen? Nein. Rechtfertigt eine Entschuldigung dann vielleicht, daß ein Ereignis stattgefunden hat? Nein. Also, was soll dann Ihre Entschuldigung?«

»Wenn ich mich nicht entschuldige, dann habe ich das Gefühl, Sie irgendwie kompromittiert zu haben. Und wenn Sie meine Entschuldigung nicht akzeptieren, dann hat unsere Beziehung irgendwie ... Schaden genommen.«

»Beziehung?« Der große Morthaner schüttelte den Kopf. »Wir haben keine Beziehung. Ich bin Sicherheitschef und Strategieoffizier. Sie sind meine Assistentin. Weder Sie noch ich haben uns das ausgesucht. Der Assassine hat acht Mitglieder des Sicherheitsteams getötet, und Sie sind zu meiner Assistentin nachgerückt. Ich erteile Ihnen Befehle. Sie führen meine Befehle aus. Das ist keine Beziehung. Das ist militärische Disziplin.«

»Sie wollen es mir nicht leichter machen, was?«

»Leichter? Ich verstehe nicht.«

»Ich habe sie nackt unter der Dusche gesehen. Sie sind nicht wie . . . andere Männer.«

»Ach das.«

»Ach *das*?« Bach blickte jetzt wirklich überrascht drein.

»Es ist nur eine kleine Sache«, sagte Brik. Er meinte den Zwischenfall, sonst nichts. Die Zweideutigkeit entging ihm vollkommen.

»Kleine Sache?« echote Bach voller Staunen. »Von wegen! Es ist überhaupt nichts da!« Zu spät bemerkte sie, was sie gesagt hatte, und schlug die Hände vor den Mund. »Oh, es tut mir leid. Vergessen Sie's.« Sie schob ihr Tablett von sich. »Jedesmal, wenn ich versuche mit Ihnen zu reden, endet das Gespräch in einer Kernschmelze.«

Als er sie fragend anblickte, erklärte sie: »Ein Desaster. Ein Unglück. Es ist, als würden wir nicht die gleiche Sprache sprechen. Nicht, daß Sie nicht verstehen, was ich meine. Es ist, als *wollten* Sie nicht verstehen, was ich Ihnen sagen will.« Sie erhob sich.

»Warten Sie . . .«, sagte Brik.

Sie zögerte, forschte in seinem Gesicht. Dann setzte sie sich wieder. »Also gut. Was ist?«

»Ich meine es nicht böse. Nein, das ist falsch ausgedrückt. Ich wollte sagen, daß ich Sie nicht mit Absicht beleidige.« Sein Blick richtete sich einen Augenblick nach innen, als er nach angemessenen Phrasen oder Gesten suchte. Aber da war nichts. Er fand nicht einmal einen Rahmen für diese Unterhaltung. Ganz plötzlich wurde ihm schmerzhaft bewußt, daß er jetzt und hier mitten in das große, schmerzende Dunkel seiner eigenen Unwissenheit über menschliche Beziehungen geraten war. Genau *das* hier war es, was ihm das größte . . . Unbehagen bereitete. Er wandte den Blick wieder zu Bach. Ihre Ungeduld wegen seines Schweigens wuchs sichtlich. »Ich muß Sie um ein wenig Nachsicht bitten.«

»Warum?« wollte sie wissen. Sie stieß die Worte beinahe wie eine Forderung heraus.

»Es fällt mir nicht leicht, offen zu sein. Sie müßten uns

Morthaner gut genug kennen, um das zu wissen. Man erfährt über einen Morthaner nur das, was er preisgeben möchte. Ich habe überlegt, was Sie wissen. Und ich denke darüber nach, ob ich Ihnen *mehr* verraten will.«

»Weiter«, sagte Bach.

Brik nickte. »Meine Ausbildung sagt mir, daß es sehr gefährlich ist, eine bestimmte Art von Fragen zu stellen, weil sie zu viel von meinem eigenen Wissen verrät. Trotzdem muß ich die Frage jemandem stellen, dem ich vertrauen kann, weil ich sonst nie eine Antwort erhalte. Selbst das Eingeständnis gegenüber einem anderen, daß ich in dieser Hinsicht unwissend bin, kann schon gefährlich werden. Es könnte als Schwäche ausgelegt werden. Als Verwundbarkeit. Und dennoch muß ich mich in die Position des Fragenden begeben. Ich kann mir nicht erlauben, nicht zu fragen, weil das eine noch größere Verwundbarkeit hervorruft. Können Sie die ... philosophische Falle sehen, die eine solche Logik produziert?«

Bach mußte unwillkürlich lächeln. »Ihr Typen habt die Paranoia wirklich zu einer Kunstform erhoben, was?«

»Ja, wahrscheinlich haben Sie recht. Vielleicht ist das der Grund, aus dem die morthanische Spezies in so kurzer Zeit so erfolgreich geworden ist.«

»Wenn Sie das Erfolg nennen wollen ... Paranoia ist schon Strafe genug.« Bach schüttelte den Gedanken ab. Er war ihr zuwider. »Und wollen Sie jetzt über diese *andere* Sache reden?«

Brik nickte steif. »Leutnant, ich möchte nicht, daß Sie glauben, ich wäre verwundbar oder hätte Schwächen, die Sie ausnutzen könnten.«

Bach musterte den Morthaner von oben bis unten. Mehr oben als unten. »Eins können Sie mir glauben, Mister Brik«, erwiderte sie schließlich, »Verwundbarkeit ist nicht gerade der Begriff, der mir bei Ihrem Anblick in den Sinn kommt.«

»Danke«, sagte er. Brik überlegte sich die nächsten Worte sehr sorgfältig. Dann sagte er: »Ich bin jetzt lange genug an Bord dieses Schiffs, um zu verstehen, wie es funktioniert. Das heißt, ich *sollte* eigentlich verstehen, wie es funktioniert. Als ich noch unter Kapitän Hardesty diente, da hatte ich diese Schwierigkeiten nicht. Er gab Befehle, ich führte sie aus. Ich gab Befehle, andere führten sie aus. Aber hier, an Bord der *Sternenwolf* ... hier scheint alles anders zu sein, und ... so ungern ich es auch zugebe, ich denke, es gibt nur zwei Möglichkeiten. Entweder das Schiff ist verrückt, oder ... oder ich verstehe den richtigen Zusammenhang verschiedener menschlicher *Beziehungen* nicht.«

»Und das ist Ihnen wichtig.« Es klang wie eine Feststellung.

»Sie haben die Geduld mit mir verloren, weil Sie dachten, wir würden uns nicht auf der gleichen Ebene unterhalten«, erwiderte Brik.

»Ich habe nicht die Geduld verloren«, widersprach sie. »Ich war nur frustriert. Na ja, vielleicht auch ein wenig wütend«, korrigierte sie sich.

»Sehen Sie?« fuhr er fort. »Und das ist der Punkt. Wenn Sie sich mit mir über militärische Angelegenheiten egal welcher Art unterhalten, dann haben wir keine Schwierigkeiten, uns zu verstehen. Aber wenn wir über Angelegenheiten ... ich weiß noch nicht einmal das Wort dafür. Wenn es überhaupt ein Wort dafür gibt. Aber wenn wir zum Beispiel über *Nacktheit* sprechen, dann weiß ich nicht einmal genau, was damit eigentlich gemeint ist.«

»Ahhh«, sagte sie und nickte wissend. Sie erlaubte sich ein schwaches Lächeln. »Allmählich beginne ich zu verstehen.«

»Würden Sie es mir erklären?«

»Hmmm.« Sie schnitt eine Grimasse. »Ich werd's versuchen.«

»Nicht nur versuchen. Erklären Sie's mir.«

»Nun ...«, sie nahm einen Schluck Kaffee. »Sie kennen doch sicher Beziehungen, die auf Macht basieren, nicht wahr?«

»Natürlich«, entgegnete er. »In diesen Beziehungen gibt es immer eine Form von Bedrohung. Wenn Sie nicht tun, was ich Ihnen sage, dann werde ich Sie auf irgendeine Art bestrafen. Das Militär beruht zum Beispiel auf dieser Form von Beziehungen. Sowohl bei der Morthan-Solidarität als auch bei der Allianz. Es gibt keine Unsicherheit bezüglich Autorität, weil sie klar abgesteckt ist.«

»Genau so war es auch, als Sie für Hardesty gearbeitet haben, nicht wahr? Und deshalb hatten Sie auch keine Probleme, oder?«

»Das ist korrekt.«

»Aha«, fuhr Bach fort. »Und was Ihnen jetzt Schwierigkeiten bereitet, das sind die Augenblicke, in denen es keine *offensichtliche* Autorität gibt, habe ich recht?«

Brik zögerte, bevor er antwortete. »Ja«, gestand er schließlich leise.

»Gut. Versuchen Sie, es einmal so zu sehen«, schlug sie vor. »Menschen haben einen anderen Autoritätsbegriff. Den meisten von ihnen ist er angeboren, selbst wenn sie nicht genau verstehen, was es damit eigentlich auf sich hat. Ihr Problem ist, daß er Ihnen nicht angeboren ist. Deshalb verstehen Sie ihn nicht.«

»Sie reden von Gott?« fragte Brik. »Sie wollen auf die Mythologie Ihrer Spezies hinaus, nicht wahr?«

»Gott? Nein. Hmmm. Vielleicht wäre es einfacher, wenn die Autorität Gott wäre, aber nein. Es ist nicht Gott, von dem ich spreche. Obwohl . . .« Sie zögerte. »Ob wir es zugeben oder nicht, in einer Hinsicht haben Sie recht: Die meisten von uns befinden sich mit der Autorität *Gottes* oder des *Universums* auf dem Kriegsfuß. Nennen Sie es, wie Sie wollen. Das beeinflußt unser Handeln. Aber das hat nichts mit den Beziehungen zu tun, die Sie nicht verstehen. Dabei geht es in Wirklichkeit um . . ., äh . . .« Bach verstummte. Sie versteckte sich erneut für einen Augenblick hinter ihrer Kaffeetasse, dann setzte sie sie ab und fuhr entschlossen fort: ». . . um *Sex*. Wir reden hier von *Sex*.« Brik blinzelte.

Lange Zeit herrschte Schweigen. Diese Information mußte Brik zuerst verdauen. Schließlich sagte er: »Ich hatte keine Ahnung, daß Sex alles so . . . *durchdringt*.«

»Oh doch, das tut er. Der durchschnittliche menschliche Mann denkt alle elf Minuten daran. Und die durchschnittliche menschliche Frau ... äh, aus meinem eigenen Blickwinkel kann ich nur sagen, daß ich nicht sicher bin, ob wir je an irgend etwas denken, das *nichts* mit Sex zu tun hat. Aber egal. Wenn die Hormone rasen, dann ist das wie eine Wildwasserfahrt. Man muß sich gut festhalten.«

»Es klingt ... *verrückt.*«

»Manchmal ist es das auch«, erwiderte sie, ohne weiter ins Detail zu gehen. Sie blieb freundlich. Außerdem hatte sein Eingeständnis sie verwirrt. Bei Brik wußte man nie, woran man war.

»Mir scheint«, sagte Brik, »daß das Leben ohne diese Anfälle von Verrücktheit für die Menschen einfacher sein könnte.«

Bach wußte nicht, ob sie seiner Behauptung widersprechen sollte oder nicht. Schließlich entschied sie sich, nichts dagegen zu sagen. Ihr war ein neuer Gedanke gekommen. »Haben Morthaner denn keinen Sex?« fragte sie leise.

Ihre Stimme klang weich und aufrichtig. Freundlich.

Brik zögerte. Konnte er dieser kleinen menschlichen Frau trauen? Dann wurde ihm klar, daß er keine große Wahl hatte. Er mußte ihr trauen. Nach einer Weile gestand er leise: »Es wurde als Schwäche erachtet. Man hat ihn aus den Genen unserer Spezies entfernt.«

Bach reagierte zuerst mit Verwunderung, dann blinzelte sie, blinzelte noch einmal, als es ihr dämmerte, und dann schien sie unendlich betrübt zu werden. »Es tut mir so leid für Sie ...« Und dann, genauso unvermittelt, verengten sich ihre Augen zu Schlitzen, als ein Verdacht in ihr keimte. »Warum erzählen Sie mir das alles, Brik? Nein, lassen Sie mich die Frage anders formulieren. Warum wollen Sie, daß ich das weiß?«

Brik überlegte, bevor er antwortete. »Sie sind verdammt gut«, sagte er. »Sehr scharfsinnig.«

»Das ist keine Antwort auf meine Frage«, entgegnete sie leise.

»Ich benötigte Ihr Wissen.«

»Hmmm.« Sie dachte nach. Dann sagte sie: »Ich glaube Ihnen nicht, Mister Brik.«

»Verzeihung?«

»Sie haben es selbst gesagt.« Ihre Blicke trafen sich. »Man erfährt über einen Morthaner nur das, was er freiwillig verraten will. Und das bedeutet, daß Sie unter der Dusche wollten, daß ich – oder jemand anderes – Sie nackt sehe. Oder etwa nicht?«

Brik gab keine Antwort.

»Das dachte ich mir«, fuhr Bach fort. »Sie versuchen, irgend etwas aus mir herauszuholen.« Sie erhob sich wütend. »Ich bin gerne bereit, mich mit Ihnen über alles zu unterhalten, was Ihnen einfällt, aber nur dann, wenn Sie auch zu mir ehrlich sind.« Sie wandte sich um und stapfte davon.

Brik hätte sie beinahe zurückgerufen, aber er beherrschte sich. Er *hatte nicht beabsichtigt*, sich von ihr unter der Dusche überraschen zu lassen.

Oder doch?

Hatte er es *unbewußt* getan? Die Schlußfolgerungen dieses Gedankens ließen ihn vor Schreck beinahe erstarren. Ihm war nicht bewußt gewesen, daß er schon so weit gefallen war.

Harlie

Nach Wochen gespannten Wartens wurde Jonathan Thomas Korie auf die *LS-1187* versetzt. Das Schiff sollte im Lauf der nächsten drei Wochen vom Stapel laufen. Kapitän Sam Lowell würde mit der *LS-1187* die vorgesehenen drei Probeflüge absolvieren und anschließend das Schiff an Korie übergeben. Kories Beförderung zum Kapitän würde im Augenblick der Übernahme des Schiffs erfolgen.

Korie ging früher als notwendig die *Bohnenstange*

hinauf. Carol Jane zeigte Verständnis. Ihr Ehemann wollte die letzten Inspektionen persönlich überwachen. Sie legte ihm die Uniform zurecht und packte ein paar zusätzliche Andenken an Zuhause ein. Der Abschied war zugleich fröhlich und schmerzhaft. Die einsame Zeit ihrer langen Trennung hatte nur eine kurze Unterbrechung erfahren, mehr nicht. Ihre Liebe zueinander war erfrischt und gestärkt aus den letzten drei Monaten hervorgegangen, aber keiner von beiden hatte das Gefühl, es wäre lange genug gewesen.

Korie fand die *LS-1187* hinter zwei weiteren Schiffen im Dock, der *LS-1185* und der *LS-1186*. Zwei Sicherheitsposten standen am Eingang zum Andockschlauch. Ein weiblicher Leutnant verstellte ihm den Weg. »Verzeihung, Sir. Es ist nicht gestattet, an Bord zu gehen.«

»Auch nicht den Arbeitsmannschaften?« fragte Korie überrascht.

»Nein, Sir. Auch nicht den Arbeitsmannschaften.«

»Und warum nicht?«

»Es ist mir nicht gestattet, Ihnen darüber Auskunft zu erteilen, Sir.«

Korie hielt ihr seine ID-Karte unter die Nase. »Ich bin der Kapitän«, sagte er. »Das heißt, ich werde es sein.«

Sie studierte den Ausweis. »Sehr gut, Sir.«

»Darf ich jetzt an Bord?«

»Wenn Sie darauf bestehen, Sir.« Der weibliche Leutnant trat zögernd zur Seite. »Aber ... Sir ...?«

»Ja?« fragte Korie neugierig.

»Vielleicht sollten Sie vorher mit der Admiralität sprechen.«

»Wie bitte?«

»Nur ein Vorschlag, Sir.«

»Was geht hier vor, Leutnant?«

Sie schüttelte den Kopf. »Ich bin nicht befugt, Ihnen Auskunft zu erteilen.«

»Vielen Dank, Leutnant. Sie waren sehr hilfreich.« Er ließ den Posten stehen und schlenderte neugierig durch den Andockschlauch. Und dann befand er sich endlich an Bord *seines* Raumschiffs, und alle anderen Gedanken verschwanden aus seinem Kopf. Zuerst machte ihn die Nacktheit des Schiffs betroffen.

Er hatte ganz vergessen, wie spartanisch neue Libertyschiffe ausgestattet waren; die *714*, die *911* und die *1066* hatten alle lange genug im Dienst gestanden, um den Charakter ihrer Kapitäne und Besatzungen zu atmen. Die *LS-1187* war wie eine unfertige Münze, die darauf wartete, ihre persönliche Prägung zu empfangen.

Fregattenkapitän Jonathan Thomas Korie betrat das Schiff durch die achtern liegende Luftschleuse und fand sich in der hallenden Leere des Frachtdecks. Nirgendwo waren Arbeiter zu sehen. An die Schotten fand er große Karten projiziert, die Projektmanagementdiagramme und Skizzen für die Frachtverteilung zeigten. Er grinste, als die Erinnerung aufflackerte, und betrat die Schleuse zu der langen, leeren Passage, die sich durch das gesamte Schiff erstreckte. Die Wände waren mit sauberen weißen Paneelen verkleidet. Jedes Paneel war mit einer eigenen Identifikationsnummer versehen, und überall befanden sich Handgriffe für den Fall, daß die im Boden befindlichen Gravitationsplatten plötzlich versagten.

Korie schlenderte glücklich durch den Kiel seines zukünftigen Schiffs. Es roch *neu*. Er hatte noch nie etwas so Wundervolles gerochen wie *Raumschiffsduft*. Er fand einen Zugang zur Inneren Hülle und spazierte zur Farmanlage hinauf, wo er die jungen Pflanzen in den Tanks inspizierte. Er hakte ein Mikro von seinem Gürtel und begann, Memos zu diktieren. Er hatte bereits Änderungswünsche. Andere Früchte, die angepflanzt werden sollten, anderes Saatgut, das er mit an Bord nehmen wollte.

Er ging zurück zum Maschinenraum und blieb einen Augenblick stehen, als er den leeren Singularitätskäfig vor sich bewunderte. Die große Kugel ragte im Zentrum des Saals in die Höhe und wartete auf die Installation des Schwarzen Lochs, welches das Schiff hinaus zu den Sternen tragen würde. Korie beabsichtigte, den Einbau als Zuschauer mitzuverfolgen. Er wußte, wie die Ingenieure reagierten, wenn sie das Gefühl hatten, daß andere ihre Kompetenz anzweifeln wollten. Er selbst hatte genügend junge, ungeduldige Kapitäne erlebt, als er noch auf der Werft gearbeitet hatte.

Einem Impuls folgend betrat Korie das Zentrum des Käfigs, um zu sehen, wie der Maschinenraum aus der Sicht der Singularität aussah. Er erschauerte, als er sich vorstellte, was mit seinem Körper geschehen würde, wenn das Schwarze Loch schon installiert gewesen wäre. Ein Atom nach dem anderen würde einfach verschwinden. Es war eine eigenartige Vorstellung. Wie lange würde es dauern, bis eine Singularität ein ganzes Raumschiff verschlungen hätte? Beinahe eine Ewigkeit – der Ereignishorizont des winzigen Schwarzen Lochs war viel zu klein, um selbst ein einziges Atom am Stück zu verschlingen. Es würde zuerst in seine Partikel zerlegt werden. Einige Theoretiker waren der Meinung, daß selbst die subatomaren Partikel erst noch weiter zerlegt werden mußten, bevor sie verschlungen werden konnten. Ein Mensch konnte seine Hand durch den von der Singularität eingenommenen Raum bewegen, ohne mehr als einen harmlosen Kratzer abzubekommen. Er würde dabei mehr Haut durch ganz normales Abschuppen verlieren als durch den Einfluß der Singularität.

An Bord der meisten Schiffe schloß man die Singularität in einem Vakuum ein und fütterte sie dort mit Hilfe eines stetigen Plasmastroms. Die winzigen Schwarzen Löcher mußten regelmäßig aufgefrischt werden. Sie tendierten dazu, sich aufzulösen, indem sie mehr Energie abgaben, als sie aufnahmen. Die meisten Ingenieure zogen es vor, die Singularität durch stetige Plasmaströme zu füttern. Andere fühlten sich sicher genug, um das kleine Monster die gleiche Luft atmen zu lassen wie die Mannschaft. Das bedeutete eine Maschine weniger, die gewartet werden mußte. Ein Schwarzes Loch war der stabilste Festkörper des Universums. Es hatte keinerlei bewegliche Teile, die verschleißen konnten. Warum also sich den Kopf zerbrechen und eine Vakuumplasmakammer bauen, wenn das kleine Biest sich ganz gut alleine ernähren konnte?

Als nächstes kletterte Korie hinauf zu den Offiziersquartieren. Er warf seinen Seesack in die Kabine des Ersten Offiziers, dann ging er weiter zur Kapitänskabine, um nachzusehen, ob Kapitän Lowell bereits an Bord gekommen war. Aber Lowell war anscheinend noch nicht da. Korie stellte sich vor, wie es sein würde, wenn die Kapitänskabine erst ihm gehören würde – aber der Gedanke war irgendwie einschüchternd, ohne daß er sagen konnte warum. Er würde sich später deswegen den Kopf zerbrechen. Er wünschte sich sein eigenes Kommando mehr als alles andere, aber auf der anderen Seite hatte er Angst vor der Verantwortung. Aber vielleicht bedeutete das auch nur, daß er normal war.

Anschließend wanderte Korie zur Kommandobrücke. Alles war ruhig, aber die Instrumente waren eingeschaltet. Der große Frontschirm zeigte bereits die Sterne, die vor der *LS-1187* im All blinkten. Korie blieb einen Augenblick stehen und stellte sich vor, das Schiff wäre bereits unterwegs im Meer der sternenübersäten Finsternis, und er wäre der einzige Passagier an Bord. Eine faszinierende und schreckliche Vorstellung zugleich.

Es gab nur eine Reise zu den Sternen, die ein Mensch alleine antrat: seine letzte.

Er stieg die Stufen zum Kommandodeck hinab und betrachtete liebevoll die einzelnen Stationen. Er fuhr mit den Händen über die glatte Oberfläche des holographischen Astrogationsdisplays. Die autonomen Schiffsfunktionen hatten ihre Abnahme bereits hinter sich, und die Bildschirmpaneele piepten und klickten leise vor sich hin. Korie wanderte an den Schirmen vorbei und diktierte eine Bemerkung in sein Mikro, die Stabilisierungskennummern zu überprüfen, nachdem das letzte der direkten Kommandosysteme freigegeben worden war.

Von der Kommandozentrale aus stieg er hinunter in den Betriebsraum unter der Brücke. Das winzige Abteil lag genauso still wie die Brücke selbst. Korie blickte sich nachdenklich um, dann stieg er die letzten Stufen in den Kiel hinab. Dort sah er sich einem furchtbaren Anblick gegenüber. Eines der makellosen weißen Wandpaneele war mit einem Fleck hellroter Farbe – nein, es war Blut! – beschmiert. Irgend jemand hatte mit Blut die Worte »Ich verfluche dieses Schiff und alle, die an Bord ihren Dienst verrichten« an die Wand geschrieben. Auf dem Boden hatte man mit Kreide die Umrisse eines Menschen eingezeichnet. Der Bereich war mit gelben Bändern abgesperrt, und Korie machte einen vorsichtigen Bogen um die Stelle. Besorgt und nachdenklich kletterte er zum Rechenzentrum hinauf, einer winzigen Kammer unmittelbar hinter der Brücke, wo die Intelligenzmaschine des Schiffs ihren Platz hatte. Er kletterte in das Abteil und blickte sich um. Zu seiner Überraschung stellte er fest, daß die Schiffsintelligenz bereits aktiv und zwei Tage vor dem geplanten Zeitraum freigegeben worden war. »Guten Morgen, Mister Korie«, sagte Harlie. Korie warf einen Blick auf seine Uhr. 02:00. »Guten Morgen, Harlie. Woher wußtest du, daß ich es bin?«

»Ich habe Ihr Gepäck abgetastet, als Sie an Bord kamen. Um die Wahrheit zu sagen, ich habe Sie erwartet. Ihre Akte ist bereits installiert. Ich freue mich auf die Zusammenarbeit mit Ihnen.«

»Danke sehr. Ich habe mit verschiedenen deiner Brüder gearbeitet.«

»Ja, ich weiß.«

»Ach ja?« Korie war sichtlich überrascht.

»O ja! Wissen Sie das nicht? Schiffsgehirne tratschen. Aber machen Sie sich keine Gedanken. Niemand hat etwas Negatives über Sie gesagt. Im Gegenteil. *1066* hat erzählt, sie wären ein ganz außergewöhnlicher Offizier. Die Einheit kannte Sie sehr gut.« Harlie machte eine kleine Pause, bevor er fortfuhr: »Es tut mir leid, wenn Ihnen die Erwähnung der *1066* nahegeht. Sie müssen sehr stolz auf dieses Schiff gewesen sein.«

»Ja, du hast recht. Aber mach dir keine Gedanken deswegen.« Korie nahm im einzigen Sitz des Rechenzentrums Platz. »Was ist hier geschehen, Harlie?«

»Sie meinen den Zwischenfall im Kiel?«

»Ja.«

»Es ist mir nicht erlaubt, darüber zu sprechen«, antwortete Harlie.

»Du darfst mit mir darüber reden, wenn du möchtest.«

»Ich würde es vorziehen, wenn Sie einen offiziellen Bericht darüber anfordern würden, Sir. Ich bin mir nicht sicher, ob ich diese Angelegenheit mit einem Offizier diskutieren darf, der noch nicht als mein offizieller Kapitän eingeloggt ist. Die Entscheidung fällt in die Kategorie Ermessensspielraum. Ich fühle mich auf diesem Fachgebiet noch nicht ausreichend sicher, um eine Entscheidung zu fällen. Ich würde es begrüßen, wenn Sie Ihre Bitte zurückziehen könnten, Sir.«

»Bitte zurückgezogen, Harlie.«

»Vielen Dank, Sir.« Nach einer Pause fügte die künstliche Intelligenz hinzu: »Meine Geschwister haben mir bereits erzählt, daß Sie uns gegenüber rücksichtsvoller sind als die meisten anderen Menschen, Sir. Ich beginne zu merken, daß ihre Beurteilung korrekt war.«

»Wir werden für lange Zeit zusammenarbeiten, Harlie. Wir müssen einander vertrauen können.«

»Jawohl, Sir.«

»Gibt es sonst etwas, von dem du glaubst, daß ich es wissen sollte?«

»Nein, im Augenblick nicht, Sir. Aber ich bereite einen vollständigen Statusbericht vor, den ich Ihnen zustellen werde, sobald die letzten autonomen Monitore am Netz sind. Ich erwarte, daß dies innerhalb ... der nächsten sechsunddreißig Stunden der Fall sein wird. Vielen Dank für Ihren Besuch, Fregattenkapitän Korie.«

»Keine Ursache, Harlie.«

Vorspiel

Es klopfte an der Tür.

»Herein«, sagte Brik mit mehr Ruhe in der Stimme, als er in Wirklichkeit spürte.

Helen Bach betrat das Zimmer. »Sie wollten mich sprechen?«

»Danke für Ihr Kommen«, erwiderte Brik. Die Höflichkeitsfloskel war ihm unvertraut und klang fremd in seinem Mund.

Sie warf ihm einen seltsamen Blick zu.

Er sagte: »Ich habe Sie beleidigt, nicht wahr?«

Sie antwortete nicht. Sie wartete auf das, was er als nächstes sagen würde.

»Wenn ich Sie beleidigt habe, dann sollte ich mich wohl auch entschuldigen, oder nicht?«

»Erinnern Sie sich nicht mehr an das, was Sie beim letzten Mal gesagt haben?« fragte sie. »Über die Sinnlosigkeit von Entschuldigungen? Eine Entschuldigung löscht den Schmerz nicht und macht die Tat nicht ungeschehen, also wozu soll sie gut sein?«

Brik spürte plötzlich Unbehagen in sich aufsteigen, aber er hatte keinen Namen für die Emotion. »Sie haben recht«, gestand er. »Das waren meine Worte. Aber ich glaube, daß ich es jetzt besser verstehe. Ich habe unserer ... Beziehung Schaden zugefügt. Ich möchte Ihnen nur sagen, daß das nicht in meiner Absicht gelegen hat.«

Bach wog seine Worte sorgfältig ab, bevor sie eine Antwort gab. »In Ordnung. Ich nehme Ihre Entschuldigung an. Gibt es sonst noch etwas? Oder kann ich wieder gehen?«

»Nein, warten Sie! Bitte. Sie haben mir einmal angeboten, sich mit mir zu unterhalten. Würden Sie mir jetzt die Chance dazu geben? Jetzt gleich?«

Bachs Blick kreiste vielsagend durch Briks Kabine. »Sie haben nicht gerade viele Sitzgelegenheiten hier.«

»Ich habe den Boden eigentlich immer als recht bequem empfunden.«

»Den Boden?«

Brik faltete sich zusammen und setzte sich mit untergeschlagenen Beinen auf den Boden. Dann blickte er sie erwartungsvoll an.

»Ah ja. Der ... Boden.«

Bach nahm Brik gegenüber Platz. Nicht zu nah. Es war einfacher, zu ihm aufzublicken, wenn die Distanz zwischen beiden größer war. »Dann wollen wir jetzt einige Grundregeln aufstellen«, begann sie.

»Grundregeln?«

»Ja. Ein Abkommen. Einen Vertrag. Sie erzählen mir die Wahrheit. Sie reden ehrlich mit mir. Nicht diese Nur-was-ich-will-daß-Sie-wissen-Scheiße. So reden Feinde miteinander. Nicht Kollegen. Oder Freunde.«

»Wir sind Kollegen«, stimmte Brik zu. »Aber ich denke nicht, daß wir Freunde sind. Jedenfalls nicht so, wie ich das Wort verstehe.«

»Wenn wir das hier richtig machen, dann werden wir Freunde sein«, sagte sie. »Einverstanden?«

Vorsichtig erwiderte der Morthaner: »Ich ... will es versuchen.«

»Versuchen?« Sie blickte ihn mit erhobenen Augenbrauen an.

»Ich weiß nicht, ob ich dreißig Jahre Training einfach so vergessen kann.«

»Das reicht mir nicht«, sagte Bach. Sie machte eine Bewegung, als wollte sie aufstehen.

»Ich ... ich werde erlauben, daß Sie Ehrlichkeit von mir verlangen« sagte Brik zögernd.

Bach hielt inne und blickte ihn erwartungsvoll an. »Einverstanden«, sagte sie.

»Halt, warten Sie«, erwiderte Brik. »Das Abkommen muß ... gegenseitig sein. Ich verlange die gleiche Offenheit von Ihnen. Sind Sie damit einverstanden?«

»Wie lautet die morthanische Definition des Wortes ›Vertrauen‹?« fragte sie unvermittelt.

»Die notwendige Bedingung für einen Betrug«, antwortete Brik ohne zu zögern.

»Ich verspreche, Sie nicht zu betrügen«, sagte Bach. »Werden Sie mir das gleiche versprechen?«

Brik nickte langsam.

»Dann bin ich einverstanden. Abgemacht.«

»Danke sehr«, entgegnete Brik zu seiner eigenen Überraschung.

Dann blickten die beiden sich ein paar Augenblicke nur an: die kleine, dunkelhäutige Frau und der riesige, bronzefarbene Morthaner. Zufrieden lächelten sie sich gegenseitig zu. Sie hatten eine schwierige Verhandlung mit Erfolg beendet.

»Jetzt können wir reden«, sagte Bach.

»Sie haben in der Messe gesagt«, begann Brik ohne weitere Umschweife, »daß ich gewollt hätte, daß Sie oder sonst jemand mich nackt sieht. Es gibt eine Menge Dinge, die Sie über Morthaner lernen müssen. Wir haben kein Unterbewußtsein – jedenfalls kein Unterbewußtsein wie Menschen. Morthaner lassen ... Ein Morthaner gibt ... Morthaner sind ... Ach, vergessen Sie's. Die Sprache besitzt kein Wort dafür. Aber wenn es stimmt, was Sie behauptet haben – dann stehe ich im Begriff, verrückt zu werden. Jedenfalls nach morthanischen Standards. Oder ich verwandle mich allmählich in etwas *anderes*. Etwas, das *menschenähnlicher* ist.«

»Und das macht Ihnen Sorgen?«

»Ja«, gestand Brik beinahe unhörbar.

»Wissen Sie, was das Wort ›wachsen‹ bedeutet?« fragte Bach.

»Hmmm«, erwiderte Brik. Er verstummte, als er darüber nachdachte.

»Ist es nicht möglich, daß Sie sich in einem Lernprozeß befinden? Vielleicht werden Sie zu einem Wesen, daß nicht nur mehr als ein Mensch, sondern auch mehr als ein Morthaner ist? Vielleicht werden Sie zu etwas, das das Beste aus beiden Welten umfaßt?«

»Das ist eine bizarre Idee. Sie verstößt die Regeln, nach denen die ersten Morthaner entworfen wurden.« Er blickte ihr in die Augen. »Verraten Sie mir, warum Sie ursprünglich überhaupt mit mir reden wollten?«

»Die Wahrheit?«

»Die Wahrheit.«

Sie errötete. »Ich ... äh, kann sein, daß es Sie nicht so verlegen macht wie mich, aber ich war ... ich wollte ... Die Wahrheit ist, daß ich Sie sehr attraktiv finde. Und ... und ich dachte, daß Sie vielleicht ...«

»Sie reden von *Sex*, oder?«

Ihre Röte vertiefte sich noch. »Ja. In meinen Augen sind Sie sehr sexy.«

Brik starrte sie an. In seinen Augen war Bestürzung zu lesen.

»Ich habe Sie beleidigt«, sagte sie. »Oder?«

»Ich dachte, ich hätte mich deutlich ausgedrückt«, erwiderte er. »Morthaner haben keinen Sex. Unsere Nachkommen wachsen in Tanks. Künstlichen Gebärmüttern.« Er atmete tief durch. »Es gibt keine morthanischen Frauen. Nur Männer. Männer sind stärker als Frauen. Frauen geben keine guten Krieger ab. Warum sollten wir wertvolle Rohstoffe darauf verschwenden, Individuen zu züchten, die weniger effektiv kämpfen als Männer? Eine künstliche Gebärmutter ist kosteneffektiver als eine Frau. Auf diese Weise haben wir doppelt so viele Krieger. Und außerdem«, fügte er hinzu, »außerdem lenkt der Sexualtrieb einen Krieger ab. So ist es viel besser.«

»Sie haben nicht einmal einen Sexualtrieb?« Jetzt war Bach an der Reihe, bestürzt dreinzublicken.

»Nicht, daß ich wüßte. Unser Sexualtrieb wurde umgelenkt. Sublimiert. Soweit ich weiß, sind Morthaner gar nicht dazu fähig.«

»Nicht fähig, Vergnügen dabei zu empfinden?«

»Nein. Nicht fähig zu Sex. Wir haben unser Vergnügen. Kämpfen bereitet uns Freude. Sehr viel Freude. Gewinnen ist das Allergrößte.«

»Ist es wie ein Orgasmus?«

»Ich weiß nicht. Ich habe keine Ahnung, wie ein Orgasmus sich anfühlt. Ich bin nicht sicher, ob ich einen richtigen Vergleich anstellen kann.«

Bach sank in sich zusammen. Sie wirkte betäubt und niedergeschlagen. Ungläubig schüttelte sie den Kopf. »Das wußte ich nicht. Es tut mir leid.«

»Bevor der Krieg ausgebrochen ist«, fuhr Brik fort, »hätte ich Sie umbringen müssen, wenn Sie diese Informationen erhalten hätten. Und anschließend mich selbst. Aber jetzt macht es wohl nicht mehr besonders viel aus. So viele von uns haben mit der Solidarität gebrochen, nachdem sie damit angefangen hat ...«

»Womit angefangen hat?«

»Als sie zu *Blutsäufern* wurden. Ich würde lieber nicht über diese Dinge reden. Nicht jetzt.«

»Ich weiß, daß Sie sich dabei unwohl fühlen. Es tut mir leid. Aber Sie haben mir versprochen, aufrichtig zu sein. Wollen Sie etwa sagen, daß die Solidarität das Blut ihrer Opfer trinkt?«

»Nein«, erwiderte Brik. »Noch schlimmer. Sie trinken in Verbrüderungszeremonien gegenseitig ihr Blut. Es wurde zu einem Brauch, der vielen von uns *pervers* erscheint. Es ist sehr wie *Sex.*«

»Sex hat damit nichts zu tun«, widersprach Bach.

»Meine Väter sahen das anders. Und ich stimme ihnen zu. Ist denn nicht jeder Akt sexuell, bei dem Körperflüssigkeiten zum Zweck der Verbrüderung und aus reiner Freude ausgetauscht werden?«

»Wenn Sie es unbedingt so sehen wollen ...« Bach lächelte schwach. »Es klingt so klinisch, wie Sie das Wort aussprechen. Aber in Wirklichkeit macht es eine Menge Freude. Ich wünschte, ich könnte es Ihnen zeigen.«

»Bitte ...« Brik hatte eine Hand gehoben und fiel ihr ins Wort. »Bitte reden Sie nicht so.«

»Entschuldigung«, entgegnete Bach. »Es tut mir leid. Erzählen Sie mir von Ihren ... Genitalien. Sind Sie so geboren worden?«

»Sie meinen das offensichtliche Fehlen von Testikeln und Penis?« fragte Brik ohne eine Spur von Verlegenheit. »Ja. So werden alle Morthaner geboren. Ohne die Notwendigkeit der Paarung ist dieses Organ überflüssig. Die vergrößerten Genitalien der Menschen sind in unseren Augen bizarr. Kein Wunder, daß ihr so oft an Sex denkt. Sagen Sie mir – finden Sie diese ... *Dinger* eigentlich anziehend?«

Bach errötete. »Am richtigen Mann ... ja.«

»Sehr seltsam«, sagte Brik. »Der Penis eines Morthaners hat eine viel angemessenere Größe. Strecken Sie

Ihre Hand vor. Spreizen Sie die Finger. Ihren kleinen Finger. Ja, ungefähr so groß. Nur nicht so lang. Etwa bis zum zweiten Glied. Sie können ihn nicht sehen, weil er normalerweise tief in einer Hautfalte verborgen liegt. Dies bietet viel mehr Schutz gegen Verletzungen. Menschliche Männer sind in dieser Region sehr empfindlich, oder nicht?«

Bach grinste. »Menschliche Männer sind noch verletzlicher, was ihre Egos angeht. Die Größe seines Penis ist für einen Mann sehr wichtig. Fühlen Sie sich nicht manchmal alleine durch den Augenschein *benachteiligt*?«

»Benachteiligt? Wegen der Größe meines Penis? Was ist das denn für eine dumme Idee? Ich bin doch nicht mein Penis!«

Ohne offensichtlichen Grund begann Bach zu kichern. »Sie sind wirklich ein außergewöhnlicher Mann.«

Brik blickte sie fragend an. »Ich verstehe nicht?«

»Kein menschlicher Mann würde je so etwas sagen. Zumindest kein Mann, den ich kenne.« Ein Gedanke kam ihr. »Sie hatten recht, sich zurückzuhalten, Brik. Sie sollten die Natur Ihrer Genitalien weiterhin vor den anderen verbergen.«

»Warum das?«

»Weil ... es ist schwer zu erklären, aber einige Leute an Bord der *LS-1187*, die Sie nicht leiden können, würden sich vielleicht über Sie lustig machen. Man würde die Größe Ihres Penis als Maß Ihrer ... Fähigkeiten einschätzen.«

»Fähigkeiten?«

»Fähigkeiten. Ein Zeichen Ihrer Männlichkeit.«

»Männlichkeit?« Brik runzelte erneut fragend die Stirn. »Aber ... alle Morthaner sind männlich. Es ist ohne jede Bedeutung. Außerdem habe ich meine Fähigkeiten mehr als einmal im Kampf bewiesen.«

»Sicher, Ihre Fähigkeiten als Kämpfer haben Sie in der Schlacht bewiesen. Aber was ist mit Ihren Fähigkeiten als Liebhaber? Das ist für Menschen noch viel wichtiger. Und ganz ehrlich ... die meisten Menschen würden Ihre

Lebensweise zumindest als ... eigenartig empfinden. Ich meine, so ganz ohne Frauen – woher wollen Sie dann überhaupt wissen, daß Sie männlich sind? Sie sind im Augenblick noch gar nichts, Brik. Jedenfalls nach menschlichen Maßstäben. Was ich damit sagen will ist, daß die meisten Menschen sie sexuell als minderbemittelt betrachten würden.«

»Womit sie recht hätten«, erwiderte Brik verständnislos. »Morthaner haben keinen Sex.«

Bach musterte Brik mit eigenartigen Blicken. »Stimmt das wirklich? Oder glauben Sie das nur?«

»Es stimmt wirklich«, erwiderte Brik kühl. Sein Ton machte unmißverständlich klar, daß er das Thema nicht weiter zu verfolgen wünschte.

»Und ... und das macht Ihnen überhaupt nichts aus?«

»Nein. Warum? Sollte es?«

»Sie haben nicht das Gefühl, daß Ihnen etwas fehlt? Sie fühlen sich nicht *betrogen*?«

»Sex und seine Auswirkungen auf Menschen scheint eine sehr vertrackte Angelegenheit zu sein. Ich bin froh, daß ich nichts damit zu tun habe.«

»Es ist überhaupt nicht vertrackt«, fing Bach an, doch dann unterbrach sie sich wieder: »Tatsächlich ist es sogar eine sehr schöne Angelegenheit.«

»Schön? Sie machen wohl Witze? Die Art und Weise, wie einige Menschen dieser Aktivität nachgehen, läßt mich nicht eben an das Wort ›schön‹ denken. ›Besessen‹ paßt da schon eher.«

»Nein«, widersprach Bach. »Sex ist nur ein Ausdruck dessen, was Menschen wirklich suchen. Was sie wirklich brauchen, das ist Liebe. Und einige von uns haben sogar das Glück, ihre große Liebe zu finden. Aber es sind nicht sehr viele. Gerade genug, um den Rest von uns weiter hoffen zu lassen.« Die letzten Worte besaßen einen sarkastischen Klang, und Bach lächelte selbstverächtlich.

Brik akzeptierte ihre Erklärung. »Liebe. Das bedeutet auch Vertrauen, nicht wahr?«

»Ja.«

»Kein Wunder, daß es in den menschlichen Beziehungen von Betrug nur so wimmelt.«

Bach seufzte. Sie machte Anstalten, sich zu erheben.

»Sie wollen gehen? Warum?« fragte Brik verwirrt.

Bach sah ihn unglücklich an und wischte einen unsichtbaren Fussel von ihrer Uniform. »Weil ... weil ... weil ich beinahe etwas gesagt hätte, das Sie wahrscheinlich beleidigen würde. Ich glaube, es ist einfacher, wenn ich jetzt gehe.«

»Sagen Sie es!« forderte Brik.

»Sind Sie sicher?« Bach blickte ihn zweifelnd an.

»*Sagen Sie es!*«

»In Ordnung. Die Wahrheit ist, daß Sie mir leid tun, Mister Brik. Nicht zu wissen, was Liebe ist. Das ist die traurigste Sache, von der ich je gehört habe. Ein Mensch kann ohne Sex leben, viele tun das sogar – aber ohne Liebe? Das ist eine ganz besondere Art von Hölle. Es ist etwas, das ich lieber nicht über Sie erfahren hätte. Es macht es mir sehr schwer, Sie ... was ich sagen will: Sie verdienen, daß man Sie liebt. Jeder verdient, daß man ihn liebt.«

Brik zeigte keine sichtbare Reaktion. Nach einer Weile erwiderte er steif: »In Ihren Worten ist Mitleid zu hören. Als wären Sie die Überlegene von uns beiden. Als wäre ich der Unterlegene und ein Versager.« Er erhob sich und ragte über Bach auf. »In Wahrheit verstehen Sie gar nichts. Sie sind in Ihrer eigenen Erfahrungswelt gefangen. Sie können nicht wissen, welch eine Ehre und welch ein Privileg es ist, ein Morthaner zu sein. Sie werden es *niemals* verstehen. Und aus diesem Grund sind Sie selbst es, die Mitleid verdient. Sie sind nur ein Mensch und Sklave Ihrer Hormone. Ich nicht. Ich bin von uns beiden derjenige, der wirklich frei ist.«

»Wenn Sie meinen«, entgegnete Bach. »Glauben Sie es oder nicht – für mich war unsere Unterhaltung sehr produktiv. Weil ich jetzt endlich verstehe, wie weit der Spalt zwischen uns klafft.« An der Tür blieb sie noch einmal stehen. »Vielen Dank für Ihre Aufrichtigkeit.« Sonst sagte sie nichts mehr.

Hinter ihr fuhr die Tür zischend ins Schloß. Brik starrte einen Augenblick auf den Ausgang, dann setzte er sich wieder. Sie hatte nichts mehr gesagt. Er hatte keine Ahnung, was sie hätte sagen sollen, aber er spürte, daß etwas fehlte. Vielleicht eine Bemerkung, daß ihr die Unterhaltung gefallen hatte? Oder vielleicht eine Art Einladung, das Gespräch irgendwann fortzusetzen? Er war sicher, daß sie sich über irgend etwas ziemlich ärgerte – trotz der scheinbaren Höflichkeit, mit der sie sich verabschiedet hatte.

Menschen!

Er würde in der kommenden Nacht schon wieder nicht vernünftig schlafen können.

Gamma

Quilla Gamma war eine magere blauhäutige Frau, die so streng wie ein Mann aussah und wahrscheinlich auch genauso stark war. Armstrong wollte sich nicht mehr auf neue Spekulationen einlassen. Er hatte schon zu viele falsche Vorstellungen über Quillas zurücknehmen müssen. Gamma und er waren damit beschäftigt, die restlichen Ausrüstungskisten in die Fähre der *Houston* zu verfrachten. Es war die letzte Tour.

Armstrong hatte ein Stadium widerwilliger Versöhnung mit sich selbst erreicht und konzentrierte sich nun auf seine Arbeit und die Freuden eines lang andauernden Zölibats.

Gamma erzählte eben: »Die *LS-805* kam auch mit einem Kobold nach Hause. Sie war in einem so schlechten Zustand, als sie nach Hause kam, daß ihre Besatzung auf der ganzen Fahrt Raumanzüge trug. Wir sollten besser auch Raumanzüge tragen.«

Armstrong grunzte zur Antwort, während er eine Kiste mit Galliniumstäben aufhob. Ihm war zwar aufgefallen, daß Gamma ihren Raumanzug trug, aber er hatte nichts dazu gesagt. Tatsächlich steckten alle Quillas in ihren Raumanzügen. Armstrong hatte daran gedacht, ihrem Beispiel zu folgen, aber die zusätzliche Behinderung während der Arbeit auf dem Frachtdeck hatte ihn abgeschreckt. Ohne Roboter – auch die hatte Korie eingetauscht – mußte alles von Hand verladen werden. Und die Kisten mit den Galliniumstäben konnte man beim besten Willen nicht als leicht bezeichnen. Die Schiffsgravitation war auf dem Frachtdeck zwar auf ein Viertel g reduziert worden, aber die Kisten besaßen noch immer *Masse*. Ihre Größe und ihre Masse waren unverändert geblieben, und die Arbeit blieb beinahe genauso schwierig wie unter normaler Gravitation. »Was ist denn mit der *LS-805* geschehen?« fragte Armstrong, nachdem er die Kiste in der Frachtfähre verstaut hatte.

»Sie hatten sechs Fallen entdeckt, aber es hätten zwanzig an Bord sein können. Sie waren sich nicht sicher.«

»Aber – wie haben sie dann . . .«

»Die Massetreiber zündeten sofort, nachdem sie angedockt hatten«, erklärte Gamma. »Das Andocken war das Signal, das die Falle auslöste. Eine der Fallen, die sie enttarnten, hätte das Feld abgeschaltet, das die Singularität festhält, und anschließend das Schwarze Loch invertiert. Wenn sie diese Falle nicht rechtzeitig entschärft hätten, wäre von *Stardock* nichts mehr übriggeblieben. Aber so war es immer noch schlimm genug. Der Antriebsstrahl erhitzte eine Ecke des Dockarms bis zur Rotglut und röstete alles, was sich in der Nähe befand. Aber mehr als achtzig Prozent der Besatzung von *Stardock* L.R. haben überlebt. Und fast die halbe Mannschaft.«

Armstrong schwieg. Er fühlte sich unbehaglich, als er über Gammas Worte nachdachte.

Leise fügte die Quilla hinzu: »Der ›enge Kontakt‹ der *LS-805* mit den Morthanern bestand aus zwei Infanteristen, die gefangengenommen und in Gewahrsam gesteckt worden waren, nachdem man ihr Transportschiff außer Gefecht gesetzt hatte. Die beiden entkamen und lieferten der Mannschaft der *LS-805* einen siebenstündigen offenen Kampf. Jede Falle muß während dieser sieben Stunden aufgestellt worden sein, bevor die Morthaner starben.«

Armstrong blickte sich nervös um. »Und wie viele Fallen haben wir bisher gefunden? Siebenundzwanzig? Und wie viele haben wir noch nicht entdeckt?«

Kommentarlos rollte Gamma das letzte Faß *Südlichen Sternenschein* des Leitenden Ingenieurs in den Laderaum der Frachtfähre. Sie blickte Armstrong direkt in die Augen. »Die gute Nachricht lautet, daß wir immer noch leben.«

»Das nennst du eine gute Nachricht?«

Sie zuckte die Schultern. »Wir hatten mehr als zwölf Stunden lang einen Morthan-Assassinen an Bord. Wenn er uns hätte zerstören wollen, dann wären wir jetzt alle längst tot.«

Armstrong schüttelte den Kopf.

»Er wollte nur die ultrazyklischen Fluktuatoren.«

»Das war Plan A.«

»Er hatte einen Plan B für den Fall, daß er sterben würde?«

»*Stardock*«, entgegnete Gamma zustimmend. »Das weiß doch jeder.«

»Ach, du lieber Gott!« Verblüfft stieß Armstrong den Atem aus. »Ich kann mir nicht einmal vorstellen, so zu denken. Kein Wunder, daß Korie wie verrückt hinter der Dekontamination des Schiffes her ist. Aber es macht in meinen Augen trotzdem keinen Sinn. Wie können wir je sicher sein, daß wir alles gefunden haben? Wir sollten die *LS-1187* besser versenken.«

Gamma lächelte so rätselhaft und geheimnisvoll wie Mona Lisa.

»Du weißt es, aber du kannst nichts sagen, habe ich recht?«

Gamma lächelte erneut.

»Jaaah. Ich habe die gleichen Gerüchte gehört wie du«, sagte Armstrong und versuchte, die Quilla mit einem Bluff zum Reden zu bringen. »Sie wollten die

LS-1187 versenken, und Korie wollte ihnen alles hinwerfen. Und dann wurde das Magengeschwür der Vizeadmiralin so schlimm, daß sie die Sache erst mal in der Schwebe ließ. Wir sollen alle auf andere Schiffe versetzt werden, aber Korie hat sie zum Schweigen gebracht. Das ganze kotzt mich allmählich an. Weißt du, daß ich mich schon dreimal um meine Versetzung bemüht habe?«

»Ja, das wissen wir. Wir wissen auch, wieso du auf *dieses* Schiff hier versetzt worden bist.«

»Ich hatte doch keine Ahnung, daß sie noch minderjährig war!« protestierte Armstrong. »Mir hat sie erzählt, sie wäre achtzehn. Und woher sollte ich auch wissen, daß ihre Mutter die Vizeadmiralin ist?«

Gamma antwortete erst nach einer Pause. »Vielleicht solltest du lernen, hin und wieder auch mal an etwas anderes zu denken?«

Armstrong schnaubte verächtlich.

»Außerdem«, fügte Gamma hinzu, »hat Korie uns vielleicht allen einen Gefallen erwiesen.«

»Hä?«

»Indem er uns vor *Taalamar* bewahrt hat. Es wird viele Tote und Verwundete geben.«

»Mmmpf«, erwiderte Armstrong beinahe nachdenklich.

Die Brückenbesatzung

Korie betrat die Kommandobrücke durch den oberen Zugang, stapfte hinüber zum Steuerbordniedergang, packte beide Geländer und ließ sich mit spielerischer Leichtigkeit die Stufen zur Kommandozentrale hinuntergleiten. Brik, Bach, Tor, Jonesy, Hodel und Goldberg standen rings um den elliptischen Tisch des Astrogations-Holodisplays und warteten auf ihn.

»Gut«, begann Korie und nahm ihre Anwesenheit zur

Kenntnis. »Danke, daß Sie gekommen sind.« Er blickte ihnen nacheinander über den Holotisch hinweg in die Augen. Sie erwiderten seinen Blick und warteten neugierig. Er trug seinen Raumanzug und unter dem Arm einen zusammengefalteten Helm. »Äh, nur ein Bereitschaftstest«, sagte er beiläufig. »Nichts Ernsthaftes. Wegen unserer kürzlich gemachten Erfahrungen mit unerlaubten EVA-Ausflügen hat unser Sicherheitsoffizier hier ...«, er nickte Brik bedeutungsvoll zu, »... mir gegenüber mit berechtigter Sorge hervorgehoben, daß wir in unserem Raumanzugtraining hinter dem Zeitplan herhinken. Also habe ich mir gedacht, ich trage meinen einfach ein paar Tage, um meinen Schein neu abstempeln zu lassen. Das ist alles. Bitte nehmen Sie Platz.« Korie setzte sich, und die anderen taten es ihm nach. Ein paar verstohlene Blicke wurden ausgetauscht.

Korie fuhr fort, ohne es zu beachten. »Bevor wir beginnen, möchte ich Sie davon in Kenntnis setzen, daß wir einen Morthan-Kobold an Bord haben. Wir wissen, daß wir nichts vor ihm verbergen können, und deshalb werden wir auch keine Zeit mit dem Versuch verschwenden. So isoliert, wie unser Schiff im Raum treibt, kann er nichts tun, was anderen Schiffen Schaden zufügen könnte. Und weil unser Schiff außerdem tot im All treibt, kann er auch uns keinen größeren Schaden mehr zufügen. Somit haben wir den Gegner also so gut wie unschädlich gemacht. Jedenfalls für den Augenblick.«

Er schaltet sein elektronisches Notizbuch ein und brachte die erste Seite auf den Schirm. »Wir müssen uns über den größeren Zusammenhang klarwerden, in dem wir operieren. Das wird uns deutlich machen, was als nächstes auf uns zukommt. Ich möchte betonen, daß diese Unterhaltung inoffiziell ist. Was wir hier diskutieren werden, dient nur unserem eigenen Verständnis. Es gibt ein paar Dinge, über die ich mir Gedanken gemacht habe, und ich möchte wissen, was Sie davon halten. Meine Hintergrundinformationen sind nicht durch die Admiralität autorisiert, aber selbst wenn es so wäre – ich möchte, daß alles unter uns bleibt. Es gibt bereits genug unbegründete Spekulationen über den Kriegsverlauf.«

Sie nickten ihre Zustimmung, und Korie fuhr fort: »Vielen Dank. Harlie, bist du da?«

»Jawohl, Mister Korie.«

»Dann bring bitte das erste Diagramm auf den Schirm.«

Eine graphische Darstellung der unmittelbaren Umgebung – einhundert Lichtjahre in jeder Richtung – entstand aus dem Nichts über dem Holotisch. Korie deutete auf den oberen Teil des Schirms, von wo aus sich drei rote Linien in Richtung des Zentrums erstreckten. »Das hier sind die drei Flotten des morthanischen Vormarsches. Wir haben ihnen die Kodenamen *Drache*, *Wurm* und *Tiger* gegeben. *Drache* ist die zentrale Streitmacht, *Wurm* bildet die rechte und *Tiger* die linke Flanke. *Drache* steht unter dem Kommando von Admiral Tanga. *Wurm* wurde von Admiral Gellum befehligt, aber unser Nachrichtendienst meldet, daß er in einem Duell getötet wurde. Seither steht *Wurm* unter dem Kommando des ultramilitaristischen Admirals Tofannor. *Tiger* wird von einem gewissen R'nida befehligt. Von ihm ist kein Dienstgrad bekannt. Wir wissen überhaupt nichts über diesen R'nida. Weder wer er ist, noch woher er kommt, nichts. Die beiden anderen sind hochrangige Mitglieder des militärischen Oberkommandos der Solidarität. R'nida ist so eine Art Joker im Kartenspiel. Wir besitzen keine Hintergrundinformationen über ihn. Wir haben keine Ahnung, wie er denkt oder welchen Theorien über den Krieg er anhängt. Die Militärakademie ist der Meinung, daß er unter einem Kodenamen operiert, um uns weiter zu verwirren, aber wir wissen nichts mit Sicherheit.« Korie hob eine Hand.

»Aber das ist auch nicht unsere Sorge. Ich wollte Ihnen nur einen kurzen Überblick geben, wer die Spieler sind, gegen die wir antreten.

Wichtiger ist dieses Diagramm des morthanischen Vormarsches.« Er deutete erneut auf das Hologramm.

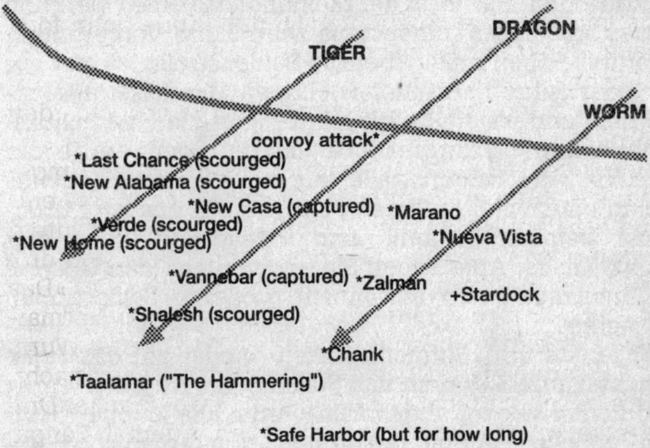

»Zuerst hatten wir den Hinterhalt bei *Marathon*. Der Seidenstraßenkonvoi wird von der *Drachenfürst* im Zentrum niedergekämpft. Innerhalb weniger Tage danach werden *Last Chance* und *New Alabama* von *Tiger* auf der linken Flanke ausgelöscht. Ausgelöscht, obwohl keiner der beiden Planeten von irgendeiner strategischen Bedeutung ist! Beinahe zur gleichen Zeit überfällt *Wurm* auf der rechten Seite *Marano*. Die *Drachenfürst* in der Mitte verschwendet nicht viel Zeit mit dem Aufräumen bei *Marathon*, sondern rückt vor, um *Vannebar* einzunehmen und . . .« Es kostete Korie beinahe übermenschliche Anstrengung weiterzureden, aber er zwang sich dazu: ». . . und *Shaleen* auszulöschen.«

Betretenes Schweigen breitete sich in der Zentrale aus. Die anderen *wußten* Bescheid.

Korie ignorierte es.

»Wenn Sie die Flottenbewegungen zurückverfolgen, dann werden Sie bemerken, daß die beiden Flankengruppen bereits zu ihren Zielen unterwegs waren, bevor der Überfall auf Marathon stattfand. Wenn der Angriff von *Drache* fehlgeschlagen wäre, dann hätten sich die beiden anderen Flotten sehr wahrscheinlich wieder zurückgezogen. Harlie ist der Meinung, daß eine Operation dieses Ausmaßes mindestens zehn Jahre Vorbereitung erfordert haben muß. Aber die Seidenstraße ist erst vor ein paar Jahren zu einer wichtigen Handelsstraße geworden, und sie stellte bis letztes Jahr nie eine militärische Bedrohung für die Morthaner dar. Somit dürfte klar sein, daß die Seidenstraße nur ein günstig gelegenes Ziel in einem viel größeren Plan war. All das ist mittlerweile ziemlich bekannt, und ich verrate Ihnen hier nichts Neues. Aber sehen Sie – wenn man den Überfall im Zusammenhang mit einem größeren Schlachtplan betrachtet . . .«

Er lenkte ihre Aufmerksamkeit wieder auf das Holodisplay zurück, in dem das Schema der Angriffe immer und immer wieder abgespielt wurde. »Es ist offensichtlich, welche Hauptstoßrichtung der morthanische Angriff hat. Mitten ins Zentrum. Die Admiralität ist der Meinung, daß *Taalamar* das nächste Ziel ist. Ich sollte an dieser Stelle vielleicht hinzufügen, daß wir begonnen haben, jedes mögliche Ziel in einem Umkreis von zwanzig Lichtjahren vor dem morthanischen Stoßkeil mit größtmöglicher Eile zu evakuieren . . .

Aber sehen Sie hier . . .«, sagte Korie. »Wenn *Taalamar* das nächste Ziel ist – wieso haben sie es dann nicht bereits angegriffen? Sehen Sie auf das Datum. Sie hätten schon vor sechs Wochen bei *Taalamar* sein können. Wenn es ihnen darum geht, so tief wie nur möglich in alliiertes Gebiet einzudringen, dann hätten sie *Taalamar* bereits treffen *müssen*. Warum ist das nicht geschehen? Und wo stecken sie jetzt? Was haben sie vor?«

»Sie bereiten den Angriff auf *Taalamar* vor?« vermutete Jonesy. »Jedenfalls ist es das, was alle sagen.«

Korie lehnte sich in seinem Sitz zurück. »Ja, das ist allerdings richtig. Alle sagen das. Weil es scheinbar *logisch* ist, das zu glauben.« Er blickte Jonesy an. »Und genaugenommen ist diese Annahme auch so *wahrscheinlich*, daß selbst unsere besten Militärstrategen jedes verfügbare Kriegsschiff in das Gebiet von *Taala-*

mar werfen, um einem derartigen Angriff zu widerstehen. Wenn es eine Möglichkeit gibt, den Vorstoß der Morthaner aufzuhalten, dann bei *Taalamar*. Wenn wir ihre Flotte dezimieren können, dann müssen sie sich neu formieren. Die erforderliche Logistik zur Aufrechterhaltung der Kommunikation zwischen den drei Flotten ist schwindelerregend. Sie schränkt die Geschwindigkeit des Vorstoßes ein, weil man ständig Schiffe seitwärts zwischen den Flotten hin und her schicken muß. Wenn sie sich umgruppieren müßten, dann würde es Monate dauern. Also bietet *Taalamar* uns eine hervorragende Gelegenheit.

Und jetzt frage ich Sie: Wenn die Morthaner wissen, daß jeder weitere Tag, um den sie ihren Angriff auf *Taalamar* verschieben, ein Tag ist, an dem wir unsere Vorbereitungen treffen können - warum haben sie dann *Taalamar* nicht so schnell wie möglich angegriffen?«

Er blickte seine Offiziere an. »Hat jemand einen Vorschlag?«

»Nachschub«, meldete sich Goldberg, ein normalerweise recht schweigsamer Mann, der nur dann sprach, wenn er etwas Wichtiges zu sagen hatte. »Sie sind so rasch vorgestoßen, daß ihre eigenen Nachschublinien nicht hinterhergekommen sind.«

»Ihre Schiffe sind halb-autonom. Genau wie unsere. Sie benötigen weder Nahrung noch Treibstoff«, erwiderte Korie. »Also welche Vorräte könnten ihnen ausgegangen sein?«

»Raketen? Sprengköpfe?«

»Vielleicht. Aber die Militärakademie schätzt, daß sie bisher erst ein Drittel ihrer gesamten Munition verschossen haben. Und sie führen Tender mit. Also geht es nicht um Waffen. Was sonst könnte ihnen ausgehen?«

Goldberg schüttelte den Kopf und setzte sich wieder zurück. »Tut mir leid, Sir.«

»Das muß Ihnen nicht leid tun. Es war ein guter Vorschlag. Kriege werden nicht auf dem Schlachtfeld gewonnen oder verloren, sondern bei den Nachschublinien. Sonst noch jemand? Los, meine Herren! Denken Sie nach! Was würden Sie tun, wenn Sie Morthaner wären?«

Seine Worte waren so deutlich, daß alle Köpfe sich nach Brik umdrehten. Genau das hatte Korie beabsichtigt. Er wollte Briks Meinung dazu hören. Der Körper des riesigen morthanischen Sicherheitsoffiziers hatte nicht in einen der Sitze am Holodisplay gepaßt; statt dessen hatte er auf einem unbequemen Stuhl Platz genommen. Als er nun zu sprechen begann, rumpelte seine Stimme wie ein entferntes Donnergrollen. »Also gut ...«, begann er langsam. »Wenn ich ein Mensch wäre, dann müßte ich mir zunächst einmal darüber klar werden, daß ich *genau das* über die Pläne der Morthan-Solidarität denke, was ich nach dem Willen der Solidarität über ihre Pläne denken *soll.*«

Kories Kopf ruckte herum, als hätte Brik eben seine Meinung bestätigt. »Fahren Sie fort, Mister Brik«, sagte er leise.

»Morthaner lassen niemals zu, daß jemand anders etwas über sie erfährt. Wenn Sie etwas über einen Morthaner wissen, dann nur deswegen, weil er *will*, daß Sie es wissen. Das trifft nicht nur auf individueller Ebene zu, sondern noch viel mehr in der Schlacht. Sie haben die richtige Frage gestellt, Sir«, sagte Brik. »Wenn die Solidarität *Taalamar* gewollt hätte, dann hätte sie sich *Taalamar* bereits geholt. Demzufolge ist *Taalamar* nicht das Ziel. Werfen Sie einen Blick auf die Karte.«

Sie kamen seiner Aufforderung nach.

»Was geschieht, wenn die Flotten plötzlich einen Rechtsschwenk vollführen und wenden?« fragte Brik. »Nichts. Sie nehmen Kurs über den *Abgrund* hinaus. Und wenn sie das gleiche Manöver nach links vollführen? Das gleiche, nur andersherum. Der *Abgrund* stellt eine natürliche Barriere mit einer Breite von mehr als einhundert Lichtjahren dar. Wenn sie so viele Schiffe über eine so große Entfernung ausgeschickt haben, dann wollen sie bleiben. Und wenn sie bleiben wollen, müssen sie einen permanenten Brückenkopf einrichten.

Das bedeutet, daß sie so weit vorrücken müssen wie nur irgend möglich. Und daß sie jede menschliche Einrichtung und jeden Planeten zerstören müssen, von dem aus ein Gegenangriff organisiert werden könnte. Also macht es keinen Sinn, wenn sie nicht sofort gegen *Taalamar* ziehen – außer, wenn es da etwas gibt, das für sie noch wichtiger ist.« Briks blickte Korie grimmig in die Augen. Beide kannten bereits die Antwort auf die nicht ausgesprochene Frage.

»*Stardock*«, flüsterte Tor schockiert. »Sie wollen *Stardock*!«

»Exakt«, stimmte Korie ihr zu. »Genau so sehen wir das auch. Vielen Dank, Mister Brik.« Er ließ seinen Blick über den Rest der Offiziere schweifen. »Sie müssen *Stardock* zerstören. Sie müssen es tun, bevor sie weiter vorrücken können. Sie können nicht zulassen, daß ein funktionstüchtiger feindlicher Stützpunkt hinter der vorrückenden Front zurückbleibt. Sie dürfen nicht zulassen, daß wir Zugriff auf ihre Kommunikations- und Nachschublinien haben. *Stardock* ist die letzte ernsthafte Bedrohung für ihren Vormarsch. Und deshalb glaube ich, daß der ganze Angriff auf *Taalamar* nur ein Täuschungsmanöver ist, um die Flotte von *Stardock* wegzulocken. Die Solidarität versucht, *den Tiger aus den Bergen hervorzulocken.*«

»Was?« fragte Tor. Auch die anderen warfen verständnislose Blicke in die Runde.

Zu Kories Überraschung erklärte Brik die Anspielung: »Der Erste Offizier hat eine der sechsunddreißig Kriegslisten zitiert, die von den mittelalterlichen Philosophen Chinas postuliert wurden. Der größte unter ihnen war übrigens der berühmte Sun Tzu. Die chinesischen Kriegsherren waren Experten, wenn es darum ging, den Gegner auf falsche Fährten zu locken. Das Studium der chinesischen Geschichte kann hin und wieder sehr nützlich sein.« Er erntete verständnisloses Kopfschütteln und fuhr fort: »In der fraglichen Legende kann der Tiger weder gefangen noch getötet werden, solange er sich in den Bergen versteckt. Das ist sein eigenes Territorium.

Man muß ihn in die Ebenen locken, wo er schutzlos und verwundbar ist. Die Morthan-Solidarität hat genau das erfolgreich mit der Allianz getan. Sie haben uns in eine Position manövriert, in der wir unsere Kräfte von hier bis *Taalamar* verteilen müssen. Und jetzt sind sowohl *Stardock* als auch unsere Flotte schutzlos.«

Korie nickte zustimmend. »Sehr gut, Mister Brik. Ich wußte gar nicht, daß Sie eine so hervorragende Allgemeinbildung besitzen.«

Brik bedachte Korie zur Antwort mit einem eigenartigen Blick. »Dann haben Sie einen schlimmen Fehler begangen, Sir. Sie haben einen Morthaner unterschätzt. Genau der gleiche Fehler ist auch der Admiralität unterlaufen.«

»Ja«, gestand Korie. »Ich sehe, worauf Sie hinauswollen. Danke für die Lehre.«

»Warten Sie einen Augenblick«, fiel Tor ein. »Die Position von *Stardock* ist so geheim, daß nicht einmal *wir* genau wissen, wo es liegt. Nur Harlie weiß Bescheid. Wenn die Integrität eines Schiffs beschädigt ist, dann ist das die erste Information, die gelöscht wird. Meinen Sie, daß die ganze Geheimhaltung umsonst war?«

»In diesem Fall wird es wohl so sein«, antwortete Korie. »Sehen Sie ...«

»Halt, eine Sekunde!« unterbrach ihn Bach. »Verzeihung, Sir, wenn ich unterbreche – aber wenn Harlie die Position vergißt, wie sind wir dann wieder nach Hause gekommen? Nachdem Cinnabar an Bord war, hätte Harlie diese Information vergessen müssen!«

»Harlie?« fragte Korie.

»Danke sehr, Sir«, erwiderte die künstliche Intelligenz. »Erinnern Sie sich an die Notfalldekontaminierung nach dem Tod Cinnabars? Das diente dazu, sicherzustellen, daß wir keine Sender oder Signalgeber an Bord hatten, die unsere Position an gegnerische Langstreckenabtaster verraten hätten. Nachdem wir wieder einen kritischen Zuverlässigkeitsbereich überschritten hatten, war ich imstande, meine Gedächtnisspeicher zu rekonstruieren. Ich kann Ihnen nicht genauer erklären, wie dieser Prozeß vor sich geht, ohne die Sicherheitsbestimmungen zu verletzen. Nur eins noch: Sobald irgendwelche Daten in meinem persönlichen Gedächtnisspeicher hinterlegt worden sind, sind sie verloren, wenn nicht ein bestimmter Zuverlässigkeitsbereich eingehalten wird.«

»Harlie verschweigt, daß er die Position von *Stardock* permanent vergessen hätte, wenn wir die erforderliche Systemzuverlässigkeit nicht wieder hergestellt hätten«, ergänzte Korie. »Wir hätten einen Planeten anlaufen und uns eine neue Freigabe ausstellen lassen müssen.«

»Einen Augenblick, warten Sie« sagte Jonesy sichtlich verwirrt. Er hatte Harlies Worte nicht mitverfolgt, weil er über einen anderen Aspekt des Problems nachgedacht hatte. Jetzt blickte er über den Tisch hinweg zu Korie. »Können wir bitte einen Schritt zurückgehen? Wollen Sie etwa sagen, daß *jetzt im Augenblick* drei feindliche Flotten nach *Stardock* suchen?«

»So lautet meine Einschätzung der Situation, ja«, erwiderte Korie. »Harlie ist der gleichen Meinung. Mister Brik?«

Der große Morthaner nickte zustimmend.

»Also gut, das ist der Punkt, auf den ich hinauswill«, sagte Jonesy und blickte von einem zum anderen. »Bitte verstehen Sie mich nicht falsch. Ich möchte nicht respektlos erscheinen – aber wenn Sie und Harlie und Brik das herausfinden können, warum nicht die Admiralität?«

»Nun, erstens: Wir haben den Vorteil, paranoide Existenzen zu sein«, grinste Korie. »Brik ist die Paranoia angeboren, ich habe große Übung, und Harlie ist ein Amateur, der sich in böswilliger Psychologie übt.«

Jonesy schüttelte unwillig den Kopf. »Das ist kein Witz, Sir. Aus welchem Grund sollten Sie recht und die Militärakademie unrecht haben?«

»Die Militärakademie hat nicht wirklich unrecht«, entgegnete Brik. »Sie produzieren die besten Antworten, zu denen sie fähig sind. Basierend auf den Informationen, die sie besitzen.« Er machte eine Pause, dann fügte er hinzu: »Unglücklicherweise werden fast alle Informationen, die sie über die Aktionen, Motive und den momentanen Aufenthaltsort der drei Flotten besitzen, von der Morthan-Solidarität selbst lanciert. Wir haben keinerlei Möglichkeit herauszufinden, welche Schiffsbewegungen Täuschungsmanöver sind und welche nicht – bis sie erneut zugeschlagen haben.«

Jonesy blickte besorgt. »Aber Sir – sind sich denn die Gehirne in der Akademie nicht der Tatsache bewußt, daß ihre Informationen falsch sein könnten?«

»Natürlich wissen sie das«, antwortete Korie. »Ich bin mir sicher, daß sie sogar Möglichkeiten bedenken, an die Sie und ich nicht im Traum denken würden. Aber wie unser Sicherheitsoffizier schon deutlich gemacht hat, wissen wir in der Regel über einen Morthaner nur das, was er uns wissen lassen will. Und selbst, wenn wir diesen Faktor in unsere Gleichung mit einbeziehen, können wir die Fakten, die uns bereits vorliegen, deswegen noch nicht abtun. Es macht uns verrückt, weil wir nichts und niemandem mehr trauen können – und auch das ist ein Teil des Plans der Solidarität. Also beobachten wir und studieren und extrapolieren und denken und tun unser Bestes, um herauszufinden, was wirklich vor sich geht. Und dabei wissen wir die ganze Zeit über, daß die der Akademie zugespielten falschen Informationen von solcher Konsistenz sind, daß sie mit Leichtigkeit die Wahrheit überdecken. Und so versuchen wir, uns auf das Schlimmste vorzubereiten, und während der ganzen Zeit wissen wir, daß wir verlieren, solange wir in der Defensive bleiben. Leutnant Jones, haben Sie jemals von der *Operation Overlord* gehört?«

»Nein, Sir.«

»Ich erwarte einen mündlichen Vortrag. Morgen um sechzehnhundert Uhr. Harlie wird Ihnen alle wichtigen Informationen geben. Und tragen Sie Ihren Raumanzug, Leutnant. Die Frage, die Sie mir beantworten sollen, lautet: Welche Lektion können wir aus der *Operation Overlord* lernen?«

»*Operation Overlord.* Jawohl, Sir.«

»Aber um auf Ihre Argumentation zurückzukommen – ich bin sicher, daß sich eine Menge Intelligenzmaschinen und schlaue Köpfe der Militärakademie genau mit diesem Problem auseinandersetzen. Wahrscheinlich sitzen Leute um einen runden Tisch genau wie diesen hier, blicken auf ein Diagramm genau wie dieses hier und kommen zu genau den gleichen beunruhigenden Schlüssen wie wir. Und wahrscheinlich berichten sie ihren Vorgesetzten, und diese Vorgesetzten wiegen alle Argumente so sorgfältig gegeneinander ab, wie sie nur können ... und dann treffen sie Entscheidungen, die auf allen Informationen basieren, die sie besitzen. Es wird ihnen sicher schwerfallen, *Taalamar* nur wegen des schlechten Gefühls unverteidigt zurückzulassen, das eine Handvoll berufsmäßiger Paranoiker hat, während alle handfesten Indizien auf eine sehr reale Gefahr für die Bewohner des *Taalamar*-Systems hinweisen. Was würden *Sie* unter diesen Umständen veranlassen? Weder für Sie noch für mich steht bei dieser Unterhaltung etwas auf dem Spiel. Wir führen hier nur ein Gedankenexperiment durch. Wenn wir uns irren, verliert kein Mensch sein Leben. Aber wenn die Militärakademie die falsche Entscheidung trifft ... dann werden Millionen, vielleicht sogar Milliarden darunter leiden. Also, beantworten Sie meine Frage – wie würden Sie entscheiden?«

»Ich verstehe, worauf Sie hinauswollen«, erwiderte Jonesy. »Tut mir leid, daß ich kostbare Zeit verschwendet habe.« Er sank niedergeschlagen in sich zusammen wie ein geprügelter Schoßhund.

Korie bemerkte zu spät, daß er einen ernsthaften Fehler begangen hatte; er erkannte seine eigene Vergangenheit in Jonesys Gesicht, er erinnerte sich sehr gut an das erste Mal, als er von einem vorgesetzten Offizier in einer Diskussion zurechtgewiesen worden war.

Er konnte heute unmöglich mit einem jungen Offizier genauso verfahren, der so engagiert war wie Valentine M. Jones. »Nein, Mister Jones«, sagte er. »Hören Sie auf damit. Geben Sie sich nicht so niedergeschlagen. Sie haben einen sehr wichtigen Beitrag zu dieser Unterhaltung geleistet. Wir sind hier versammelt, um *alle* Möglichkeiten in Erwägung zu ziehen. Die Tatsache, daß wir eine davon verwerfen, bedeutet noch lange nicht, daß sie nicht wert war, bedacht zu werden. Es ist ein Teil Ihrer Ausbildung. *Jede* Überlegung führt letztendlich zu mehr Wissen.«

»Jawohl, Sir. Danke sehr, Sir.« Jonesy lächelte zaghaft.

Korie nickte ermutigend. »Guter Mann.«

»Warten Sie einen Augenblick«, unterbrach Tor. »Wenn die Admiralität sich der Situation bewußt ist, dann wird sie *Stardock* nicht ohne Verteidigung zurücklassen, oder?«

»Hmmm«, sagte Korie. »Das ist ein weiterer Teil unseres Problems. Sie müssen sich darüber im klaren sein, wie sehr sich die Admiralität wünscht, ein Stück aus der morthanischen Flotte herauszuschießen. Jedes verfügbare Schiff wird in das Zielgebiet verlegt. Selbst *Stardock* wird aller Ersatzteile und Vorräte beraubt. Sie haben sogar ihre Hyperraummaschinerie für die Flotte ausgebaut. Wir befinden uns in einer verzweifelten Situation.«

»Also *lassen* sie *Stardock* unverteidigt zurück!« sagte Tor.

Korie runzelte die Stirn. Es fiel ihm nicht leicht, Tor zuzustimmen. »Denken Sie nach. Es gibt keine reale Möglichkeit, *Stardock* zu verteidigen. Die Station bildet ein sehr großes, unbewegliches Ziel. Ja, *Stardock* besitzt Waffen, *Stardock* besitzt Torpedos, und es gibt patrouillierende Schiffe – aber im Grunde genommen ist es gleichgültig, wie viele Kanonen, Torpedos und Schiffe wir haben. Der Feind braucht nicht mehr als ein einziges Schiff oder einen einzigen Torpedo, den wir nicht aufhalten können. Unter diesen Umständen bleibt uns vielleicht gar nichts anderes übrig, als die Station zu opfern, um *Taalamar* zu verteidigen. Vielleicht wird der entscheidende Kampf wirklich um *Taalamar* herum entbrennen. Vielleicht ist das der Plan, den die Admiralität die ganze Zeit verfolgt. Vielleicht ist *Stardock* nur ein

Köder. Sehen Sie, das ist der Grund, aus dem ich mit Ihnen darüber reden wollte. *Irgend etwas* geht jedenfalls vor. Und wenn wir herausfinden können, was das ist, dann können wir dieses Wissen auch benutzen. Wir könnten vielleicht etwas unternehmen, um die Situation zu unseren Gunsten zu entscheiden.«

»*Wir?*« Hodel grinste. »Und ich dachte die ganze Zeit, *ich* wäre der Zauberer.«

»Nun, im Augenblick operieren wir ohne Befehle«, sagte Korie. »Also haben wir die Freiheit, zu tun und zu lassen, was immer wir wollen, um zu helfen. Lassen Sie uns diese Freiheit ausnutzen.«

Hodel grinste schief.

»Aus Ihrem Mund klingt es so, als hätten wir eine Menge mehr Freiheiten, als es den Tatsachen entspricht. Ohne Maschinen sind wir nur ein weiteres unbewegliches Ziel.«

»Genau wie *Stardock*«, erwiderte Korie.

»Augenblick!« meldete sich Tor erneut zu Wort. »Lassen Sie uns noch mal über *Stardock* reden. Ist die Station wirklich unverteidigt?«

»Ja und nein«, antwortete Korie. »Die einzige echte Verteidigung ist Geheimhaltung. Solange niemand weiß, wo die Station ist, kann auch niemand angreifen. Also können wir dafür sorgen, daß man die Station nicht findet. Sie wird ohnehin regelmäßig verlegt, und der Zeitpunkt und die neue Position werden zufällig ausgewählt. Normalerweise innerhalb eines Radius von fünf Lichtjahren. Aber wenn Sie der Feind wären und wüßten, daß die Station alle sechs Wochen oder so bewegt wird – dann ist doch der unwahrscheinlichste Ort, an dem Sie nachsehen würden, der Ort, von dem die Station weggeschleppt wurde. Also ist *Stardock* – zumindest theoretisch – im Augenblick da am sichersten, wo es sich jetzt befindet.«

»Aber das löst unser wirkliches Problem noch immer nicht«, gab Tor zu bedenken. »Die Solidarität sucht nach einer Station, die im Prinzip unverteidigt ist. Und mit jedem Schiff, das sie entdecken, kriegen die Morthaner ein wenig mehr Informationen über die wahrscheinliche Position von *Stardock.*«

»Da haben Sie zweifellos recht«, stimmte Korie zu. »Aber es kommt noch schlimmer. Wenn es bei dieser ganzen Operation nur darum geht, *Stardock* zu finden, dann suchen sie nicht einfach ins Blaue hinein. Viel wahrscheinlicher haben sie ihre Schiffe über den gesamten Sektor verteilt, und jedes ihrer Schiffe überwacht einen bestimmten Raumsektor. Letzte Nacht bat ich Harlie, ein paar Simulationen für mich zu berechnen. Die Zeit, die drei morthanische Flotten benötigen würden, um die gesamte Wahrscheinlichkeitssphäre zu durchkämmen, entspricht in etwa der Zeit, die vergangen ist, seit sie *Taalamar* hätten angreifen sollen. Genaugenommen sind die Morthaner bereits überfällig. Angenommen, sie haben noch ein paar logistische Probleme und den üblichen Schlamassel, dann bleiben uns vielleicht noch ein paar Tage. Höchstenfalls eine Woche.« Er blickte in die Runde. Seine Offiziere blickten mit grimmiger Entschlossenheit zurück.

Tor sprach für alle. »Also lautet die Frage nicht länger *ob*, nicht wahr? Sie lautet: *Wann*? Was geschieht, wenn einer ihrer Späher *Stardock* gefunden hat? Und *dann*? Gibt es überhaupt Verteidigungskräfte?«

»Es gibt Patrouillen. Wir werden uns ihnen anschließen«, antwortete Korie.

»Werden wir?« fragte Tor überrascht.

Korie nickte. »Wie ich eben gesagt habe: Wir haben keine Befehle. Und ich gehe davon aus, daß dieser Status noch eine Weile erhalten bleibt. Die Vizeadmiralin tut ganz so, als existierten wir nicht. Also gibt es keinen Grund für uns, nicht abzulegen und unsere eigenen Manöver durchzuführen. Wir werden es *Erprobungsflug* nennen.«

»In Ordnung«, sagte Tor entschlossen. »Lassen Sie uns das durchspielen. Sagen wir, wir entdecken ein Späherschiff und zerstören es. Wird das nicht der morthanischen Flotte verraten, daß es im Gebiet des vermißten Schiffes etwas Wichtiges geben muß?«

»Sie haben recht, wir können nur verlieren. Wir können das Späherschiff weder entkommen lassen noch zerstören. Was machen wir also?«

Brik knurrte etwas, und alle wandten ihm ihre Aufmerksamkeit zu. »Die Morthan-Solidarität weiß, wie Menschen denken. Sie erwarten nicht, daß Menschen plötzlich wie Morthaner denken. Deshalb sollten wir tun, was ein Morthaner in diesem Fall tun würde – und sie dazu bringen, das zu denken, was *wir* wollen.«

Korie überlegte. »Gut. Sehr gut ... im Prinzip jedenfalls. Aber was sollen sie denn denken? Und wie sollen wir sie dazu bringen? Und mit welchen Mitteln?« Er blickte seine Leute nacheinander an. »Das ist die Frage.«

Niemand wußte eine Antwort. Sie waren genauso ratlos wie Korie. Der Erste Offizier erhob sich und machte Anstalten zu gehen. »In Ordnung, das war alles. Nach dem Abendessen werden wir uns wieder hier versammeln und unsere Möglichkeiten durchsprechen. Bitte überprüfen Sie alle ihre Raumanzüge.«

»Verraten Sie uns eins«, fragte Tor unvermittelt. Alle drehten sich zu ihr um. »Diente dieses Treffen dazu, uns aufzuklären – oder den Kobold?«

»Ja.« Korie grinste. Dann ging er und ließ sie grübelnd zurück.

Sex

»Danke, daß Sie gekommen sind«, sagte Brik.

Bach gab keine Antwort. Sie blickte sich in Briks Kabine um. Zwei Stühle waren neu zu dem spärlichen Mobiliar hinzugekommen, die sich gegenüberstanden.

Brik deutete darauf. »Möchten Sie nicht Platz nehmen?«

»Danke sehr«, antwortete Bach. Sie setzte sich. Der Stuhl war nicht besonders bequem. Brik hatte ihn aus der Messe mitgenommen. Er setzte sich auf den anderen Stuhl. »Kann ich Ihnen etwas anbieten? Ich habe Tee. Morthanischen Tee.«

»Ja, danke.«

Brik erhob sich und war eine Weile beschäftigt, bevor er mit zwei Tassen voller dampfendem Tee zurückkehrte.

Bach nahm ihre Tasse entgegen und hielt sie mit beiden Händen. Sie brachte das Gefäß dicht an ihre Nase und inhalierte den Duft des Getränks. »Das ist ein sehr guter Tee«, sagte sie.

»Danke sehr«, erwiderte Brik. Er setzte sich erneut und sah sie an. Dann roch er an seiner eigenen Tasse, während er sie zwischen seinen großen Händen hin und her rollte.

Bach wartete. Was immer Brik von ihr wollte, er würde schon damit herausrücken.

»Ich denke, ich muß Sie um Entschuldigung bitten«, begann er nach einer Weile. »Ich habe Dinge gesagt, die ich besser für mich behalten hätte.«

»Nein. Sie waren bloß ehrlich. Ich hätte nicht verärgert auf Ihre Offenheit reagieren dürfen.«

»Trotzdem. Es war nicht meine Absicht, Sie zu verletzen.«

»Das weiß ich.«

»Ich kenne mich mit menschlichen Werbungssritualen nicht besonders gut aus.«

»Nein, das kann man wirklich nicht sagen«, stimmte sie ihm zu.

»Ich habe in der Schiffsbibliothek nachgesehen.«

Bach wartete schweigend. Sie schnupperte erneut an ihrer Tasse.

»Ich verstehe immer noch nichts.«

»Das tut mir leid«, sagte sie.

»Ich fühle mich frustriert.«

»Das kann ich mir denken.«

»Nein, ich glaube nicht, daß Sie verstehen, was ich meine. Nein, es tut mir leid, das hätte ich nicht sagen dürfen. Aber selbst wenn Sie es verstehen könnten – es ändert nichts an meiner Frustration. All diese Diskussionen über Erfahrungen, die mir vollkommen fremd sind.« Seine Stimme sank zu einem Flüstern. »Das gefällt mir nicht«, gestand er.

»Was gefällt Ihnen nicht?«

»Das. Alles.«

»Ich fürchte, ich verstehe immer noch nicht.«

»Ich habe diese Bücher gelesen. Alle. Es ergibt einfach keinen Sinn für mich. Es gefällt mir nicht, daß ich nichts verstehe. Es gefällt mir nicht, daß es Dinge gibt, die ich nicht verstehen *kann.*« Er verstummte.

Bach blickte über den lichtjahreweiten Abgrund hinweg auf den riesigen Morthaner, der ihr vorgesetzter Offizier war. Er tat ihr mehr leid denn je. Sie spürte eine eigenartige Trauer in sich. So ein gewaltiger Krieger, der seine Schwachheit gegenüber einem Unterwesen gestand. Was er wohl von ihr wollte?

Plötzlich versteifte sie sich. Ihre Augen wurden zu schmalen Schlitzen. »Brik?« forderte sie.

Er straffte sich.

»Spielen Sie mir etwas vor?«

Er gab keine Antwort.

»Sie wollen etwas von mir, habe ich recht?«

Er schwieg weiter.

»Ich dachte, wir hätten einander versprochen, ehrlich zu sein?«

»Ja«, gestand er leise.

»Was ›Ja‹?«

»Sie sagten, Sie fänden mich attraktiv. Ich verstehe nicht, was das bedeutet, aber mir ist klar, daß es ein Kompliment war.«

Er zögerte erneut, dann fuhr er fort: »Ich ... ich bin neugierig geworden. Wegen der ... Sexualität.«

»Und warum haben Sie das nicht gleich gesagt?«

»In den Büchern stand, daß man das nicht macht. Dort stand, ich solle ... *flirten.*«

Unvermittelt mußte Bach lachen. Dann fing sie sich wieder und versuchte, ihre Belustigung zu unterdrücken. Sie wischte ihre Amüsiertheit mit einer Hand beiseite, während sie das verklingende Kichern hinter der anderen zu verstecken suchte. »Entschuldigung. Ich lache nicht über Sie, Brik. Ich lache über das, was in den Büchern steht. Vertrauen Sie mir. Versuchen Sie nicht zu flirten. Morthaner sollten nicht flirten. Existiert das Wort *grotesk* in Ihrem Vokabular? Nein, bitte, seien Sie nicht beleidigt. Ich will versuchen, es zu erklären.«

Sie setzte ihren Teebecher auf dem Kabinenboden ab und ging zu ihm hinüber. Dann kniete sie vor ihm nieder. Sie nahm ihm die Tasse ab und stellte sie auf den Boden, dann nahm sie seine beiden gewaltigen Hände in ihre winzigen eigenen. Sie blickte hoch – und hoch – in seine Augen. »Hören Sie. Sie sind ein sehr starker Mann. Sie müssen keine Angst haben, stark zu sein. Das ist es schließlich, was Sie so attraktiv macht. Versuchen Sie nicht, sich anders zu geben. Sie gefallen mir genau so, wie Sie sind.«

Brik blickte auf sie hinab, aber er verstand nicht wirklich, was sie ihm zu sagen versuchte. Dennoch nickte er.

»Und jetzt: Sagen Sie mir einfach, was Sie wollen.«

Brik nickte zögernd. Er räusperte sich. Dann fuhr er mit der Zunge über seine Lippen. »Ich würde gerne ... ich würde gerne wissen, wie es ist, wenn man *geküßt* wird. Würden Sie es mir zeigen?«

Bach blinzelte. Dann nickte sie, zugleich aufgeregt und angenehm überrascht. Langsam erhob sie sich, dann faßte sie ihn bei den Händen, als wollte sie ihn auf die Beine ziehen. Er stand auf – und auf. Sie blickte hoch – und hoch – und hoch. »Hm«, sagte sie und blickte sich suchend um. Dann ging sie und zog ihren Stuhl heran. Als sie auf die Sitzfläche klettern wollte, faßte Brik sie um die Taille und hob sie hoch. Sie hatte ein Gefühl, als würde sie auf den Stuhl hinaufschweben.

Sie wandte sich zu ihm um. Legte ihre winzigen Hände auf seine breiten Schultern. Blickte in seine großen dunklen Augen. Betrachtete seinen großen Mund. »Machen Sie Ihre Lippen naß«, sagte sie. »Spitzen Sie sie.«

Er tat wie geheißen.

»Schließen Sie die Augen.«

»Warum?«

»Es vertieft die Erfahrung. Schließen Sie einfach die Augen.«

Brik schien protestieren zu wollen – aber dann schloß er die Augen.

»Und jetzt machen Sie gar nichts. Beugen Sie sich einfach vor und drücken Sie Ihre Lippen auf meine. Sind Sie soweit?« Sie beugte sich vor, genau wie der Morthaner. Sie öffnete die Augen. Er hatte die seinen bereits weit aufgerissen. Die beiden starrten sich an, aber ihre Gesichter waren bereits zu nahe, als daß sie sich hätten scharf sehen können. Sie wich zurück. »Ich habe Ihnen doch gesagt, Sie sollen die Augen schließen!«

»Ich wollte sehen, was Sie tun.«

»Vergessen Sie endlich Ihre Paranoia und vertrauen Sie mir.«

»Ich bin ein Morthaner, erinnern Sie sich?«

»Wollen Sie jetzt geküßt werden oder nicht?« Sie wartete nicht auf seine Antwort. »Machen Sie die Augen zu und konzentrieren Sie Ihre Aufmerksamkeit ganz auf Ihre Lippen.«

»In Ordnung«, sagte Brik und schloß die Augen erneut.

Bach beugte sich vor und drückte ihre Lippen auf die seinen. Sie entspannte sich und spürte seine Stärke. Sie öffnete ihre Lippen leicht, bis sie seine Oberlippe umschließen konnte. Dann bewegte sie ihren Kopf ein wenig und nahm seine Unterlippe zwischen die ihren. Dann bewegte sie den Mund wieder ein wenig nach oben und öffnete ihn ein klein wenig weiter . . .

»Was machen Sie da?« Brik wich überrascht zurück.

»Ich küsse dich. Und was machst du?«

Er antwortete nicht sofort. Dann: »Können wir es noch mal versuchen?«

Bach nickte. Sie fühlte sich schwach. Brik stützte sie, indem er seine Hände um ihre Hüften legte. »Das ist gut«, flüsterte sie. »Mach weiter.« Sie beugte sich erneut vor und lehnte sich gegen den Morthaner. Seine

Arme legten sich zärtlich um sie. Seine Lippen waren plötzlich sehr ... *sehr*. Nach einigen Augenblicken löste sie sich und sah sie ihn aus glänzenden Augen an.

»War das gut so?« wollte Brik wissen. »Ich habe meine Konzentrationstechniken ausgeübt.«

Bachs Gesicht war puterrot. »O Mann!« flüsterte sie. »O Mannomann. *Jaaah*. Das war ... verdammt gut. Ja.«

»Können wir es noch einmal tun?« fragte Brik und runzelte verwirrt die Stirn.

Bach schluckte schwer und versuchte, wieder zu Atem zu kommen. Sie warf ihr Haar zurück. Dann legte sie erneut ihre Arme um seine Schultern und beugte sich vor ...

Houston

»Was gibt's, Harlie?«

»Eine Nachricht von der *Houston*. Kapitän La Paz. Sie klingt verärgert. Wollen Sie das Gespräch jetzt entgegennehmen?«

Korie atmete tief durch. »Ja«, sagte er langsam. »Stell es durch.« Er nahm einen weiteren Atemzug, bevor er sich im Kapitänssitz niederließ. *Bewußt*. Er drehte sich mitsamt dem Sitz zur Empfangswand hin. »Stell sie durch«, befahl er.

Eine kurzer Trompetenstoß ertönte – *Dixie* –, und Korie verzog in einem plötzlichen Anflug von Ärger das Gesicht; dachte La Paz wirklich niemals darüber nach, wie irritierend dieses Geräusch sein konnte? Die Wand wurde hell, als wäre ein Vorhang beiseite gezogen worden. Juanita La Paz saß ihm gegenüber.

»Hallo Juanita. Schön, Sie zu sehen.«

»Hören Sie auf, mir um den Bart zu gehen, Mister. Ich weiß, was Sie getan haben.«

Einen Augenblick überlegte Korie, ob er sich unwissend stellen sollte. Aber dann entschied er sich dagegen. Es war die Energie nicht wert. Schulterzuckend erwiderte er: »Sie taten, was Sie tun mußten. Wir taten, was wir tun mußten.«

»Sie haben die Lieferung Ihrer Fibrillatoren hinausgezögert, Jon. Und als Sie sie dann endlich zu uns schickten, waren sie verdreckt und vorsätzlich verstellt. Sehr reizend«, sagte La Paz. »Sie haben verhindert, daß wir nach *Taalamar* fliegen.«

»Gut«, entgegnete Korie.

»Gut?« Ihre Augenbrauen kletterten an der Stirn empor. »*Gut?!*«

»Gut«, sagte Korie noch einmal. »Wir haben Ihre Leben gerettet. Ihr Schiff ist nicht einsatzbereit, Nita. Das hat überhaupt nichts mit der *Sternenwolf* zu tun, glauben Sie mir. Und es hat auch nichts mit unseren Meinungsverschiedenheiten zu tun, sondern mit Verantwortungsbewußtsein. Kommen Sie schon! Ich habe ziemlich schnell bemerkt, daß die *Sternenwolf* es nicht rechtzeitig schaffen würde. Als wir dann damit begannen, das Schiff auszuschlachten, da haben wir die Ersatzteile dorthin geschickt, wo sie am meisten nützlich waren – zu den Schiffen, denen wir die besten Chancen einräumten. Sehen Sie sich doch Ihr Schiff an! Wollen Sie wirklich in diesem Zustand in eine Schlacht verwickelt werden?«

»Wir haben keine andere Wahl, Jon. Dort draußen tobt ein Krieg . . .«

»Wir haben eine Wahl, Nita! Der Krieg wird nicht heute und auch nicht morgen entschieden. Wir können uns unsere Schlachten so aussuchen, daß wir eine Chance haben, sie auch zu gewinnen.«

»Ich dachte, das wäre der Fall.«

»Ich nicht.«

»Sie haben Ihre Kompetenzen überschritten, Jon. Mein Schiff geht Sie überhaupt nichts an.«

»Und mein Schiff ist *meine* Angelegenheit«, entgegnete Korie leidenschaftslos. »Ich kann jederzeit rechtfertigen, daß ich die Fibrillatoren so lange zurückgehalten habe. Wenn wir die *Sternenwolf* rechtzeitig fertig gehabt hätten, wäre unser Schiff in besserem Zustand gewesen als das Ihre.«

»Sie haben kein Schiff, Jon. Ich habe eines.«

Das tat weh. Korie atmete tief durch. Nicht die Kontrolle verlieren. »Schiff oder nicht Schiff – ich habe trotzdem eine Verantwortung.« Er hielt ihrem Blick stand.

Einen Augenblick musterten sich beide. Keiner wollte als erster das Schweigen brechen.

Schließlich sagte sie: »Wissen Sie was, Jon? Sie sind ein alter Hurensohn.«

Korie nickte zustimmend. »Ich glaube, genau das qualifiziert mich für diesen Job.«

Ein schwaches Lächeln durchbrach La Paz' harten Blick. »Ja«, sagte sie langsam. »Das ist wohl die wichtigste Voraussetzung dazu.«

Korie wählte seine nächsten Worte mit Bedacht. »Haben Sie ... Sie und Ihre Offiziere ... haben Sie sich über die strategische Situation Gedanken gemacht?«

»Was meinen Sie damit?«

»Was, wenn *Taalamar* gar nicht das Ziel der gegnerischen Flotten ist?«

»Wenn sie es nicht auf *Taalamar* abgesehen haben, dann wollen sie *Stardock*.«

»Genau das denken wir auch.«

»Es ist auch nicht besonders schwierig herauszufinden.«

»Genau das ist es, was mir Sorgen macht.«

La Paz dachte über seine Worte nach. »Vielleicht haben Sie recht. Es kann durchaus sein, daß wir genau hier sehr viel dringender gebraucht werden als im *Taalamar*-System. Aber – glauben Sie wirklich, ein Schiff könnte etwas ausrichten?«

»Zwei«, korrigierte Korie sie.

»Eineinhalb«, gab La Paz zurück, aber sie lächelte dabei.

»Eineinhalb klingt gut«, sagte Korie. Fünfundsiebzig Prozent für Sie, fünfundsiebzig für uns.«

»Fünfundachtzig zu fünfundsechzig«, grinste sie.

Korie hob in gespielter Resignation die Hände. »Ja«,

willigte er ein. »Ich glaube wirklich, daß wir etwas ausrichten könnten.«

»Sagen Sie nicht, daß Sie bereits einen Plan haben!«

»Jedenfalls keinen, den ich jetzt schon mit Ihnen besprechen könnte.«

»Hat Ihr Kobold Sie bereits so schwer in Mitleidenschaft gezogen?«

Korie zuckte überrascht zusammen. Ihm war bisher nicht klar gewesen, daß sie von dem Saboteur wußte. Wer wußte sonst noch Bescheid? Einen Kobold an Bord eines Schiffes zu haben, das war wie eine Krankheit, die durch Geschlechtsverkehr übertragen wurde.

Man sprach nicht laut darüber. »Genau. Wir wissen noch nicht, was er alles angestellt hat. Wir gehen vom schlimmsten aus . . .«

»Nun . . .«, lenkte La Paz ein. »Unter diesen Umständen können Sie vielleicht sogar rechtfertigen, daß Sie die Fibrillatoren so lange zurückgehalten haben. Trotzdem, Sie schulden mir was, Mister. Sie schulden mir eine ganze Menge, Jon.«

»Das weiß ich. Ich habe mir die Entscheidung nicht einfach gemacht, glauben Sie mir.«

»Ich glaube Ihnen.«

»Danke«, erwiderte Korie.

Sie nickte. »Ich will nur hoffen, daß wir beide uns wegen *Stardock* irren. Andernfalls haben Sie uns beiden keinen Gefallen erwiesen.« Sie berührte einen Knopf, und ihr Bild verblaßte.

Gefolgt von einem schrillen Trompetenstoß *Dixie*.

Unglücklich sank Korie in seinem Sitz zusammen.

Orgasmus

»Mein Gott!« rief Molly Williger aus und sprang hinter ihrem Schreibtisch hervor. »Was ist mit ihr geschehen?«

Brik antwortete nicht.

Er trug die konvulsivisch zuckende Bach direkt zu einem Untersuchungstisch. Ihr ganzer Körper zuckte und verkrampfte sich rhythmisch; beinahe wäre sie aus seinen Armen gefallen. Aus ihrer Kehle kamen röchelnde Laute. Unter Schwierigkeiten gelang es Brik, sie auf dem Tisch festzuschnallen. Dann begann er, Untersuchungssonden an ihr anzubringen, bis Doktor Williger seine Hände zur Seite schlug. »Ich bin hier die Ärztin. Was ist geschehen?«

»Sie ... sie scheint sich verletzt zu haben.«

»Das sehe ich selbst«, fauchte Williger und öffnete Bachs Jacke. »Erzählen Sie mir einfach, was passiert ist!« Brik sah ein wenig benommen aus.

»Wir haben ... sie hat ... ich wußte nicht ...«

Irgend etwas war an seiner Stimme, das Molly Williger aufblicken ließ.

Ihre Augen verengten sich zu schmalen Schlitzen, als sie um den Tisch herumkam und Brik wegstieß. »Sie! Machen Sie, daß Sie dort hinüber kommen. Legen Sie sich hin. Halten Sie still!« Sie zog eine Untersuchungssonde auf ihn herab und schaltete sie ein. »Halten Sie den Mund.« Dann eilte sie wieder zu Bach zurück und zog eine ähnliche Apparatur in Position. »Sie hyperventiliert. Ihr Herz flattert. Fieber. Augen ... verdreht. Hirnwellen ... was zur Hölle? Was haben Sie beide gemacht?« Sie zog eine *Buzzbox* heran und setzte Bach die Elektroden an die Schläfen. Sie schaltete das Gerät ein und wartete. Nach einigen Sekunden beruhigten sich Bachs Zuckungen ein wenig, aber sie wand sich noch immer auf dem Tisch. Ihr Röcheln wurde zu einem animalischen Stöhnen, mißtönend, beunruhigend.

Williger kam zu Brik zurück und schüttelte ihn. Heftig. »Was zur Hölle haben Sie mit ihr gemacht, Sie dummer kranker Bastard?!«

Brik zuckte zusammen. Er blinzelte. Und blinzelte erneut. Er war wie betäubt. Er sah fremdartiger aus als je zuvor. Er sah aus, als wäre er auf der anderen Seite des Himmels gewesen, und als hätte nur sein Körper den Weg zurück gefunden.

Williger blickte von Brik zu Bach und wieder zu Brik, verwirrt, ärgerlich, aufgebracht. Sie betrachtete die Anzeigen über den Liegen der beiden. Sie konnte keinen Sinn in den Mustern erkennen. »Harlie?« fragte sie.

Harlie überlegte einen Augenblick, bevor er antwortete. »Mister Brik hat einen Schock erlitten. Leutnant Bachs Neuronen geben ein wahres Feuerwerk ab. Sie scheint keinerlei Schmerzen zu empfinden. Die Spasmen sind orgastischer Natur, nur weitaus intensiver.«

»Orgastisch?«

»Ja«, bestätigte Harlie.

Williger wandte sich um und starrte Bach an. Verblüfft. Dann drehte sie sich nach Brik um und starrte ihn an. Entsetzt. Sie blickte erneut zu Bach. »Steht sie unter Drogen?«

»Ich kann keinerlei Anzeichen dafür entdecken.«

Ungläubig schüttelte Doktor Molly Williger den Kopf.

»In Ordnung. Wir wollen versuchen, sie wieder herunterzubringen.« Sie öffnete den Medizinschrank und zog eine Impfpistole hervor. Sie überprüfte die Einstellungen und preßte die Mündung gegen Bachs Oberarm. Ein leises Zischen ertönte. Williger musterte die Anzeigen über der Liege, während die Ausschläge langsam schwächer wurden. »Gut so«, sagte sie endlich. »Das sollte reichen.«

Sie wandte sich zu Brik um. Sie wischte sich über die Stirn und musterte seine Hirnwellen. Dann wandte sie sich wieder ihrem Medizinschrank zu und untersuchte seinen Inhalt. Nein. Nichts da, was von Nutzen sein konnte. Nicht dafür jedenfalls. Sie drehte sich zu dem riesigen Morthaner um und überlegte einen Augenblick. »Ach, zur Hölle damit«, sagte sie schließlich – und boxte ihn mit aller Kraft in den Solarplexus. Brik keuchte auf und grunzte leise, aber das war seine einzige Reaktion.

Molly Williger kehrte zu ihrem Schreibtisch zurück, nahm Platz und ... begann zu kichern. »Wenn ich es nicht mit eigenen Augen gesehen hätte – ich würde es nicht glauben.« Sie seufzte. »Ich kann es noch nicht einmal niederschreiben. Kein Schwein wird mir glauben.«

Sie erhob sich, durchquerte das Untersuchungszimmer und öffnete einen anderen Medizinschrank. Sie zog eine Flasche hervor, die zur Hälfte mit einer honigfarbenen Flüssigkeit gefüllt war. Dann nahm sie ein kleines Reagenzglas und füllte sorgfältig zehn Milliliter der Flüssigkeit hinein. Das Reagenzglas in der einen Hand verschloß sie die Flasche wieder und stellte sie in den Schrank zurück. Dann verschloß sie den Schrank und wandte sich zu ihren beiden Patienten auf den Liegen um. Langsam hob sie das Reagenzglas, um ihnen zuzuprosten, und kippte den Inhalt in einem einzigen Schluck hinunter. Dann warf sie das Glas in ein Spülbecken, wo es klirrend zerbrach.

Sie kehrte zu ihrem Schreibtisch zurück, stützte den Kopf in die Hände und beobachtete Bach für eine Weile. Nach und nach wurden die stöhnenden Laute aus der Kehle der Offizierin leiser. Ihre Zuckungen hatten beinahe aufgehört. Ihr Gesicht war hochrot.

Molly Williger wartete noch eine Weile, dann öffnete sie die untere Schublade ihres Schreibtisches und zog zwei Stricknadeln und einen Ballen Garn hervor.

Einen halben Ärmel später richtete Brik sich auf seiner Liege auf. Er blickte sich um, als wüßte er nicht, wo er war.

Williger legte ihr Strickzeug beiseite. »Wie fühlen Sie sich?«

»Ich weiß nicht«, erwiderte Brik. »Ich habe dieses Gefühl noch nie zuvor verspürt.«

»Was haben Sie beide getan?«

»Leutnant Bach hat mir einige ... Bewegungen gezeigt.«

»Das müssen ja wirklich ganz besondere Bewegungen gewesen sein«, grinste Williger.

Brik reagierte nicht. »Wird sie es überleben?« fragte er.

»Wahrscheinlich. Aber Sie und ich – wir beide müssen uns unterhalten. Wir haben ein sehr wichtiges Gespräch zu führen ...«

Schach II

Am Ende des dritten Tages hatte die Besatzung der *Sternenwolf* mehr als zweihundert verschiedene Fallen, Schachspiele und Kameras aufgestellt. Einige der Mikrokameras waren offen angebracht, andere verborgen. Einige waren echt, einige Attrappen. Korie hatte Gatineaus Plan zugestimmt, am Ende tausend Fallen aufzustellen.

Einige der Fallen waren so albern, daß nur Hodel sie entworfen haben konnte. In einer steckte ein ausgestopfter Vogel, über dem ein Salzstreuer hing. Wenn eine Figur auf dem darunter befindlichen Brett gezogen wurde, rieselten Salzkristalle aus dem Streuer auf den Schwanz des Vogels.

Eine andere bestand aus einer Schachtel mit einem kleinen Loch darin, und in der Schachtel lag eine kleine Nuß aus Edelstahl. Diese Idee stammte von Gatineau.

Aber es gab auch ausgeklügeltere Fallen, die wirklich dazu dienen sollten, den Kobold zu fangen.

Die meisten dieser ernsthaften Fallen hatte Brik sich ausgedacht. Eine bestand aus einem Schachbrett im Zentrum eines Hochgravitationspaneels, das so eingestellt war, daß ein Feld von zwölf g erzeugt wurde, sobald man eine Spielfigur bewegte; der Kobold würde von seinem eigenen Körpergewicht auf den Boden genagelt werden. Einer andere Falle verschoß betäubende Pfeile. Eine dritte würde die gesamte Abteilung versiegeln. Eine vierte würde dem Kobold einen paralysierenden Elektroschock versetzen. Eine fünfte ... und so weiter, und so weiter. Es gab Fallen, die den echten zum Verwechseln ähnlich sahen, aber unscharf waren; und noch mehr, die nur ähnlich *aussahen*, aber *überhaupt nichts* bewirkten. Eine Falle bestand aus einem Labyrinth, in dessen Mitte das Schachbrett aufgebaut war, und eine andere aus einem Hebel, der das Schachbrett beiseite zog, und einem Netz darüber. Der Hebel war nicht mit dem Netz verbunden. Eine andere Falle bestand aus einem identischen Netz ohne Hebel. Eine weitere aus einem identischen Hebel ohne Netz.

Am Ende des dritten Tages hatte der Kobold sich auf einhundertdreiunddreißig verschiedene Schachpartien eingelassen. Er hatte vor den Kameras siebenundsechzig verschiedene obszöne Gesten gemacht oder Grimassen geschnitten, sieben Fallen entschärft und dreiundzwanzig Fallen ignoriert.

Von den letzteren waren wiederum sechzehn mit Graffitis beschmiert, die Morthaner zeigten.

Harlie analysierte den Fortschritt der verschiedenen Schachpartien und äußerte die Ansicht, daß die Verarbeitungsfähigkeiten des Kobolds voll in Anspruch genommen wurden. Eine Erhöhung der Anzahl Fallen würde ihn in einen beginnenden Streßzustand versetzen.

Zugleich mit den Anstrengungen, den Kobold in eine Falle zu locken, hatte Korie begonnen, Sicherheitsmannschaften durch das Schiff zu senden, die einen Sektor nach dem anderen versiegelten und durchsuchten. Eine Mannschaft arbeitete sich vom Bug zum Heck vor und sicherte und durchsuchte jedes einzelne Abteil einer bestimmten Sektion, bevor sie zur nächsten Sektion weiterzog. Eine zweite Mannschaft folgte auf dem Fuß und durchsuchte die gleichen Abteilungen aufs neue. Ein drittes Team bewegte sich scheinbar zufällig durch das Schiff und versiegelte willkürlich Abteilungen; Harlie generierte ihren Wegeplan in Realzeit, so daß selbst das Team niemals wußte, wohin es als nächstes gehen würde, bis es an seinem Einsatzort eingetroffen war. Einige Sektionen wurden bis zu sechsmal innerhalb sechs Stunden überprüft. Andere wurden überhaupt nicht durchsucht.

Weder Korie noch Brik oder Leen erwarteten, daß eine der Mannschaften Erfolg haben würde. Was sie erwarteten war jedoch, daß all diese Aktivitäten die Freiheit des Saboteurs, sich nach Belieben durch das Schiff zu bewegen, ernsthaft beschränken würden. Nach Harlies Meinung sollte der wachsende Verfolgungsdruck den Streß auf den Kobold stark erhöhen. Auf einigen der Kameras zeigte er auch tatsächlich Zeichen von Wut und Ungeduld.

Korie zuckte nur die Schultern, als er die Bilder sah. »Ich denke nicht, daß wir darauf hereinfallen sollten«, sagte er. »Noch nicht, jedenfalls.« Er lehnte sich gegen das vordere Geländer der Brücke und betrachtete den großen Frontbildschirm. Tor und Hodel hatten Dienst in der Kommandozentrale. Brik und Leen waren zu dieser Konferenz auf die Brücke gekommen. Als er die beiden erblickte, straffte Korie sich und sagte: »Ich glaube nicht, daß der Kobold vergessen hat, aus welchem Grund er an Bord gekommen ist. Irgend jemand hat heute morgen auf den Tisch in der Offiziersmesse geschissen. Meinen Sie nicht auch, daß das eine ziemlich deutliche Botschaft ist?« Brik erwiderte nichts. Tor zog eine Grimasse. Leen grinste säuerlich.

»Ich kann es nicht ganz abstreiten«, sagte Hodel schließlich. »Manchmal hätte ich am liebsten das gleiche getan.«

Korie ignorierte die Stichelei. »Doktor Williger ist im Augenblick dabei, das Material zu analysieren. Wir wollen herausfinden, wovon er sich ernährt. Vielleicht können wir etwas in seine Nahrung tun . . .?«

»Und vielleicht tut er im Gegenzug etwas in unsere?« entgegnete Brik. »Versorgen Sie ihn nicht auch noch mit Ideen. Bis jetzt jedenfalls hat er fair gespielt. Wenn Sie jetzt mit schmutzigen Tricks anfangen . . .«

»Eins zu null für Sie, Brik.« Einen Augenblick später fragte er: »*Fair gespielt?*«

Brik nickte. »Es gibt Regeln für den Kampf.«

Kories Augenbrauen hoben sich.

»Morthanische Regeln, nehme ich an?«

»Natürlich. Morthanische Regeln.«

»Wirklich? Und wie lautet die erste morthanische Regel für einen Kampf?« fragte Korie.

»Gewinne.«

»O ja, natürlich. Ich bin aber auch dumm. Und Regel Nummer zwo?«

»Siehe unter Regel Nummer eins.«

»Ach ja. Warum bin ich nicht überrascht?« Korie schüttelte in amüsiertem Unglauben den Kopf. »Also gut. Wir machen immerhin Fortschritte. Wir haben in gewisser Hinsicht die Initiative ergriffen. Wie viele Aufgaben müssen wir ihm noch stellen, bevor er endlich überlastet ist und einen Fehler begeht? Das ist die wirkliche Frage.« Korie blickte zu Brik und dann zu Leen. Beide erwiderten seinen Blick ausdruckslos. »Machen Sie sich keine Sorgen«, fügte der Erste Offizier hinzu. »Es war nur eine rhetorische Frage. Wir werden die Antwort auf empirische Weise herausfinden.« Er schüttelte in stummer Verzweiflung den Kopf, eine Reaktion auf die Größe der Aufgabe, die noch vor ihnen lag.

Harlie unterbrach das darauffolgende Schweigen. »Mister Korie?«

»Ja, was gibt's, Harlie?«

»Wir haben ein Signal aufgefangen.«

»Und?«

»Wir sollen unverzüglich zur Dekontamination andocken.«

»Das kann doch nicht ihr Ernst sein!« brauste Korie auf.

»Es tut mir leid, Sir. So lautet die Nachricht«, erwiderte Harlie vorsichtig.

Brik schnaubte wütend. Seine Meinung stand deutlich in seinem Gesicht geschrieben.

Leen machte ein verdrießliches Gesicht. Er wandte sich um, lehnte sich einen Augenblick gegen eine Konsole und murmelte einen häßlichen Fluch.

Die Kontrollichter der Rechnerstation flackerten entsetzt auf und erloschen. Unvermittelt wandte er sich wieder um. »Es ist ein Trick. Der Kobold hat die Nachricht gefälscht.«

Korie schüttelte den Kopf. »Harlie-Maschinen können nicht lügen. Sie *können* es einfach nicht.« Er hob den Kopf und sprach zur Decke: »Harlie, wie hoch ist dein Zuverlässigkeitsbereich?«

»Konstant dreiundachtzig, Sir«, erklang Harlies Antwort. Korie blickte Leen verbindlich an, als wollte er sagen: »Sehen Sie?«

Leen schüttelte entschieden den Kopf. »Wir können das nicht tun! Wir können es einfach nicht riskieren!«

»Er hat recht«, stimmte Brik dem Leitenden Ingenieur zu.

»Das weiß ich selbst. Harlie, sende folgende Antwort.« Korie wählte die nächsten Worte mit Bedacht. »Wir können nicht. Wir haben ein ... Sicherheitsproblem.«

»Sie wissen von unserem Problem, Sir«, erwiderte Harlie mit der gleichen Bedacht. »Sie meinen, es gäbe vielleicht eine Lösung.«

»Wissen sie von unserem Kobold?«

»Die Nachricht ist eindeutig.«

»Ich werde sie mir in meiner Kabine ansehen.«

»Jawohl, Sir.«

Korie wechselte besorgte Blicke mit Brik und Leen. Unten in der Zentrale sahen sich Hodel und Tor vielsagend an.

»Ich vermute«, begann Brik mit eigenartiger Betonung, »sie werden ihre Gründe für diesen Befehl haben.«

»Was gedenken Sie zu unternehmen?« verlangte Leen zu wissen.

»Ich kann nicht den Gehorsam verweigern, oder?« erwiderte Korie. Er hoffte, daß seine Antwort überzeugend genug klang. Er trug noch immer keine Rangabzeichen am Kragen seiner Uniform.

»Aber Sie dürfen nicht riskieren, daß dieses ... dieses Ding nach *Stardock* gelangt!« widersprach Tor. »Sie dürfen es einfach nicht! Nein!«

»Und was soll ich Ihrer Meinung nach jetzt tun?« schnappte Korie wütend zurück. »Den Kobold exorzieren? Hodel – wieviel nehmen Sie für die Exorzierung eines morthanischen Dämonen?«

»Äh ... tut mir leid, Boß. Ich bin nicht mehr im Exorzistengeschäft. Es ist besser so. Sie wissen selbst, was beim letzten Mal geschehen ist.«

Korie wandte sich zu Tor. »Haben Sie vielleicht eine *bessere* Idee? Wenn, dann lassen Sie mal hören!«

Als Tor bemerkte, wie wütend der Erste Offizier war, erbleichte sie. Sie schluckte hart und schüttelte den Kopf. »Ich wollte nur ... es tut mir leid.«

»Ich weiß selbst verdammt genau, was auf dem Spiel steht!« Nach kurzem Zögern fügte er mit mühsam beherrschter Stimme hinzu: »Tut mir leid, daß ich Sie angebrüllt habe, Oberleutnant Tor. Wir stehen alle unter ziemlichem Druck hier.«

»Jawohl, Sir«, erwiderte sie verdrießlich.

Korie wandte sich an Brik. »Ich denke, wir werden das Schiff in Alarmstufe Rot versetzen. Vier Stunden Dienst, vier Stunden frei. Jeder, der nicht mit einer lebenswichtigen Aufgabe betraut ist, wird einer Suchmannschaft zugeteilt. Wir stellen überall Fallen auf. Sie erledigen die Einzelheiten, Mister Brik. Und Sie, Mister Leen, unterstützen Brik dabei. Tor?«

»Ja, Sir?«

»Setzen Sie Kurs. Ihren allerbesten Kurs. Einen. Sehr. *Sehr.* Sorgfältigen. Und. Langsamen. Kurs. Nehmen Sie sich alle Zeit der Welt, um Ihre Berechnungen zu überprüfen. Haben Sie mich verstanden? Und starten Sie nicht, bis ich ihn ebenfalls geprüft habe.«

»Ich verstehe.« Sie nickte zustimmend.

Korie fuhr sich mit den Händen durch die Haare. Es war ein unübersehbares Zeichen von Erschöpfung.

Müde rieb sich der Erste Offizier die Augen. Dann blickte er in die Runde. »Sieht so aus, als würde der Tanz allmählich losgehen.«

Zwergenpunkt

Korie betrat die Brücke der *Sternenwolf.* Er steckte noch immer in seinem Raumanzug; der zusammenklappbare Helm baumelte von seinem Werkzeuggürtel herab, aber er trug außerdem einen weiteren Helm aus Metall unter dem Arm. Er hängte den Helm an den Kapitänssitz und ging nach vorn. Er legte die Hände auf das Geländer und stützte sich schwer darauf. Er betrachtete den großen Frontschirm auf der gegenüberliegenden Wand, ohne wirklich hinzusehen. Er zeigte Sterne. Sonst nichts.

Nach einer Weile straffte Korie sich. Was auch immer in seinem Kopf vorgegangen sein mochte – auf seinem Gesicht rührte sich kein Muskel, als er sich an Tor wandte: »Wie lautet unsere augenblickliche Position, Oberleutnant?«

»Zwergenpunkt Eins. Unverändert, Sir.« Auch Tor trug inzwischen ihren Raumanzug.

»Danke.« Korie hob den Kopf zur Decke. »Mister Leen?«

Der Leitende Ingenieur befand sich im Maschinenraum. Seine Stimme schien jedoch aus einer Entfernung von einem Meter zu antworten. »DEVUN« sagte er. »Alles DEVUN.«

Korie mußte lächeln. DEVUN war ein Akronym. Es stand für *Dekontamination vollkommen unmöglich.* »Danke, Mister Leen«, erwiderte er. Es spielte keine Rolle mehr. Entweder hatten sie inzwischen Erfolg gehabt – oder auch nicht. Sie würden es früh genug herausfinden. Sogar sehr bald schon. Er blickte hinunter in die Kommandozentrale. »Quilla Delta? Sind Sie bereit?«

Eine Gestalt im Raumanzug wandte sich zu Korie um. »Jawohl, Sir. Wir sind bereit.«

»Dann kommen Sie bitte zur Brücke hinauf.«

Die Quilla kletterte die Stufen zur Brücke empor und postierte sich hinter Korie und Brik, wo sie mit erwartungsvollem Blick verharrte.

»In Ordnung«, begann Korie, und seine Stimme nahm irgendwie Befehlston an. »*Alles herhören!*« Harlie würde seine nächsten Worte zu jedem Besatzungsmitglied durchstellen. »Dies ist ein strikter Befehl. Wir stehen im Begriff, ein Andockmanöver durchzuführen. Jeder, der noch keinen Raumanzug trägt, zieht ihn sofort an! Ohne Ausnahme.« Seine Augen schweiften über die Brücke zu Brik, der Kories Blick leidenschaftslos erwiderte. Auch Brik steckte in seiner Vakuummontur.

Gleichzeitig nahmen Korie und Brik ihre Helme auf. Während sie sich immer noch grimmig in die Augen starrten, streiften sie ihre Helme über die Köpfe und verriegelten die Verschlüsse. Korie drehte sich um, und Brik überprüfte Kories Versiegelung. Dann drehte sich Brik um, und Korie überprüfte Briks Anzug. Als er fertig war, warf er einen Blick hinunter in die Zentrale. Hodel, Jonesy, Tor, Goldberg – alle hatten ihre Helme übergezogen.

»Mister Leen?« fragte Korie.

»Einen Augenblick noch, Sir«, erwiderte Leens Stimme. »Wir warten auf Gatineau und Stolchak . . . so, fertig. Die Besatzung ist bereit.«

»Vielen Dank, Mister Leen. Wie lange wird es dauern?«

»Etwa fünfzehn Sekunden.«

Korie gestattete sich ein weiteres Grinsen. Ja, man konnte es wirklich innerhalb fünfzehn Sekunden schaffen – wenn alle in Raumanzügen steckten. »Harlie?«

»Sir?«

»Ich bitte im voraus um Entschuldigung für die Unannehmlichkeiten, die wir dir bereiten werden.«

»Nicht nötig, Sir. Ich verstehe die Notwendigkeit der Maßnahme.«

»Ich weiß es zu schätzen, Harlie.« Korie nickte Brik zu. Der Sicherheitsoffizier blickte grimmig zurück.

Dann stapfte er von der Brücke hinunter in die Zentrale, duckte sich durch den Betriebsraum unter dem Brückendeck hindurch, und von dort aus . . .

»Wird er es wirklich tun?« fragte Tor.

Korie nickte.

Sie warteten schweigend.

Auf dem Frontschirm waren noch immer die gleichen Sterne zu sehen.

Einige Augenblicke später tauchte Brik wieder auf. »Erledigt«, meinte er lakonisch.

»Harlie?« fragte Korie.

Keine Antwort. Die Stille war *unheimlich*.

Korie griff in eine Tasche seines Raumanzuges und zog einen Satz von Speicherchips hervor. Er reichte sie Tor. »Hier sind die Programme, die Sie für das Andockmanöver benötigen ... und *andere Eventualitäten*. Harlie ist abgeschaltet. Vollständig. Sie haben jetzt von Ihrer Konsole aus die totale Kontrolle über das Schiff. Die Brücke wurde sechs aufeinanderfolgenden Dekontaminationen unterworfen, ohne daß eine Infektion festgestellt werden konnte. Die Brücke war zu keiner Zeit unbemannt. Ihre Rechnerkonsole dürfte somit der sicherste Platz an Bord des gesamten Schiffs sein.«

»Danke, Sir«, antwortete Tor, als sie die Chips entgegennahm. Sie reichte die Chips an Jonesy weiter, der sie nach Farben geordnet vorsichtig auf dem Gestell über dem Display plazierte.

»*Alles herhören.*« Korie sprach erneut zur gesamten Besatzung. »Ich weiß, daß Sie alle eine schwere Zeit hinter sich haben. Ich weiß, wie schwierig es ist, rund um die Uhr einen Raumanzug zu tragen. Ich weiß, wie unbequem es ist, in einem Raumanzug zu schlafen. Ich habe mich genauso unbehaglich gefühlt wie Sie alle. Ich möchte Ihnen meine Anerkennung dafür aussprechen, daß Sie sich dennoch in die Notwendigkeiten gefügt haben. Ich bin sehr stolz auf Sie alle. Wir stehen jetzt in der letzten Runde. Dies ist der härteste Teil, also bleiben Sie wachsam.

Wir befinden uns in der letzten Annäherungsphase vor dem endgültigen Andocken. Jeder Bereich des Schiffes wurde gesichert. Wir haben mehr als siebenhundert Fallen für unseren ungebetenen Besucher aufgestellt, und Harlie hat mehr als vierhundert Schachpartien gewonnen – vierhundertzwo, um genau zu sein. Wir operieren seit drei Stunden unter Alarmstufe gelb. Der Kobold wurde seit sechseinhalb Stunden von keiner Kamera mehr gesichtet. Ich muß Ihnen jedoch dazu sagen, daß von den mehr als dreitausend Mikrokameras nur noch vierhundertzwölf arbeiten, und daß sich diese

Kameras alle in unwichtigen Sektionen befinden. Der Kobold ist noch immer irgendwo an Bord und damit beschäftigt, weitere Kameras außer Betrieb zu setzen. Wir müssen davon ausgehen, daß er sich im Augenblick überall aufhalten kann. Und was noch wichtiger ist – wir müssen annehmen, daß er einen Plan hat, den er unmittelbar nach dem Andockmanöver in die Tat umzusetzen gedenkt.

Jeder von Ihnen hat inzwischen *handschriftliche* Befehle erhalten. Sie sind befugt, die versiegelten Umschläge ab sofort zu öffnen und diese Befehle zu lesen. Sie werden diese Befehle *unverzüglich* ausführen ...« Korie zögerte einen Augenblick, dann fuhr er – entgegen seinen eigenen Gefühlen – fort: »... möge Gott mit uns sein.«

Er nahm in seinem Sitz Platz und legte das Sicherheitsnetz an. Er wartete, während Tor und Jonesy ihre Umschläge öffneten. Anschließend nahmen auch sie Platz und schnallten sich fest. Korie warf einen fragenden Blick hinüber zu seinem Sicherheitsoffizier. Brik machte ein verdrießliches Gesicht, dann setzte auch er sich und legte sein Netz an.

Zuerst erlosch die Innenbeleuchtung.

Dann schalteten sich die Konsolen ab.

Selbst die Bildschirme wurden dunkel.

Der große Frontschirm verschwand einfach.

Für einen langen Augenblick herrschten völlige Dunkelheit und lautlose Stille.

Dann leuchtete an Tors Konsole ein schwaches Licht auf. Sie hatte ihre Anzugbeleuchtung eingeschaltet und fuhr damit fort, ihre versiegelten Befehle zu lesen. Andere auf der Brücke folgten ihrem Beispiel. Nach und nach verloschen die Lichter wieder, als die Offiziere ihre Befehle zur Kenntnis genommen und die Papiere in den Taschen ihrer Raumanzüge verstaut hatten.

Korie schaltete das Anzugradio ein. »Sektionsleiter. Meldung?«

»Leen. Gelb.«

»Tor. Blau.«

»Hodel. Purpur.«

»Stolchak. Orange.«

»Hall. Schwarz.«

»Brik. Braun.«

»Williger. Rosa.«

»Goldberg. Weiß.«

»Green. Grün.« Korie mußte unwillkürlich grinsen. Kommunikationsoffizier Darian Green.

»In Ordnung«, sagte der Erste Offizier schließlich. »Kode *Schlummer*. Ich wiederhole: *Kode Schlummer*. Fangen Sie an.« Er wartete. Er sah zu Brik. »Hoffentlich funktioniert es.«

»Und wenn nicht?«

»Darüber wird sich mein Nachfolger Gedanken machen müssen.«

»Wenn es nicht klappt, dann wird es keinen Nachfolger für Sie geben.«

»Auch wieder wahr«, murmelte Korie und schaltete seine Helmlampe ein. Dann zog er einen dicken Umschlag aus seiner Tasche. Er öffnete ihn und zog die erste Seite heraus. Er hielt sie vor das Visier, damit er lesen konnte, während er lauschte.

Der Leitende Ingenieur meldete sich als erster wieder. »Gully Foyle hier . . .«

Korie suchte auf dem Blatt nach dem Kodewort. *Der Maschinenraum ist abgeschaltet. Wir haben die Maschinen heruntergefahren und operieren manuell. Alle autonomen Funktionen sind außer Betrieb.*

Als nächstes meldete sich Stolchak: »Hier Ismael.«

Erneut blickte Korie auf seine Liste. *Alle Farmanlagen gesichert.*

Dann ertönte Halls Stimme: »Gute Zeiten, schlechte Zeiten.« *Die Frachthangars sind bereit.*

Williger meldete: »Es war einmal vor langer, langer Zeit, da lebte auf dem Mars ein Mann namens Valentine Michael Smith.« *Die Krankenabteilung.*

Goldberg folgte. »Sredni Vashtar ging hinfort. Seine Gedanken waren so rot wie seine Zähne weiß.« *Alle Waffensysteme, die durch die autonomen Schiffsfunktio-*

nen kontrolliert werden, sind physikalisch abgetrennt. Bestimmte unabhängige Systeme, die von Hand betrieben werden, bleiben in Betrieb, sind aber nur durch eine entsprechend kodierte Karte zu aktivieren.

Dann meldete sich Hodel. »An einem kalten Tag im April, die Uhr schlug eben dreizehnmal ...« *All unsere Fallen sind scharf.*

Green: »Ich habe keinen Mund, aber mir ist zum Schreien.« *Alle Kommunikationssysteme sind physikalisch abgetrennt worden. Mit Ausnahme der tragbaren Einheit am Raumanzug von Leutnant Green.*

»Alice wurde es allmählich müde, neben ihrer Schwester zu sitzen und zu warten.« Tor. *Alle Navigationssysteme sind außer Betrieb.*

Korie warf Brik einen fragenden Blick zu.

»Fryling ward, und die Dauben thaten gurren und sich plusthern in eyerm Schlage ...« *Die internen Sicherheitssysteme sind abgeschaltet und können nicht gegen uns selbst eingesetzt werden.*

Es war ein Wegwerfkode, der nur dieses eine Mal verwendet werden würde – und danach nie wieder. Wenn der Kobold zuhörte, dann gab es jedenfalls keine Möglichkeit für ihn herauszufinden, was wirklich gesagt wurde.

»Der Kobold müßte inzwischen ziemlich neugierig geworden sein, meinen Sie nicht auch?«

»Morthaner kennen keine Neugier«, erwiderte Brik nüchtern. »Ich bezweifle stark, daß der Kobold für eine derartig emotionale Reaktion programmiert wurde.«

»Sie haben recht«, pflichtete Korie seinem Sicherheitsoffizier bei. »Danke, daß Sie mich erinnert haben.« Er fragte sich, was den Kobold *anstelle* von Neugier vorantreiben mochte. »*Alles herhören*«, sagte er in das Radio. »Kode *Schnupfen*. Kode Schnupfen.«

Er spürte nicht, was als nächstes geschah, aber er konnte es sich nur zu gut vorstellen. Überall an Bord des Schiffs würden Besatzungsmitglieder jedes einzelne Schott verschließen und anschließend mit einer Sicherheitsklammer abriegeln. Jedes einzelne Modul des

Schiffes wurde in diesem Augenblick von jedem anderen Modul isoliert. Einmal mehr wartete er auf die Vollzugsmeldungen seiner Leute.

Wieder meldete sich Leen als erster. Korie studierte das Papier mit den Kodes und wartete auf die entsprechenden Stichwörter.

»Es war ein Mann, ein Pichelsteiner – der verwahrte sein ganzes Geld in 'nem Eimer . . .«

»Eine junge Dame aus Riga – ritt lächelnd daher auf 'nem Tiga . . .«

»Ein junger Löter aus Lee – lotete einst eine Maid aus der See . . .«

Einige Minuten vergingen, während derer die Meldungen eintrafen. Korie prüfte jede einzelne Antwort und hakte sie auf seiner Liste ab. Als er fertig war, sah er zu Brik.

»Eine Lesbierin aus Nassau – besuchte 'ne Freundin in Passau . . .«

Korie bedeutete nickend, daß er verstanden hatte. Brik kräuselte seine Oberlippe ganz leicht und entblößte dabei seine Reißzähne.

»*Alles herhören!* Kode *Schüchtern*. Kode Schüchtern.«

Diesmal dauerte es länger. Korie blickte nach rechts. Brik hatte ein Paneel im Boden geöffnet und bediente per Hand einen Satz von Ventilen und Hähnen. Korie spürte, wie sich sein Raumanzug allmählich verhärtete.

Dann trafen die Antworten ein:

»Bauer auf C-Zwo.«

»Turm nach D-Sieben.«

»Zauberer auf Turm-Vier.«

»Hobbit schlägt Vulkan-Sechs.«

»Troll zieht nach Ritter-Drei-Tief-Drei.«

»Drache nach Drache-Vier, Wahrscheinlichkeit Sieben-Fünnef. Königsläufer nach Zwo, Wahrscheinlichkeit Vier-Fünnef.«

Korie warf Brik einen fragenden Blick zu.

Der Sicherheitsoffizier meldete: »Oberst Senf bitte den Armleuchter zum Konservatorium bringen.« *Das Schiff ist nun luftleer. Wenn der Kobold keinen Rauman-*

zug trägt, ist er gefangen. Von diesem Augenblick an haben wir es nur noch mit seinen bereits vorher installierten Fallen zu tun. Hoffentlich.

Korie sah Brik noch immer an. »Ich frage Sie noch einmal: Kann dieser verdammte Kobold im Vakuum überleben?«

»Ich glaube, daß er zumindest längere Perioden im Vakuum zu überstehen imstande ist. Ich glaube nicht, daß er im Vakuum arbeiten und sich ungehindert bewegen kann.«

Korie nickte. »Alles herhören! Kode *Grantig.* Ich wiederhole, Kode Grantig.«

»Großväterchen Blauhemd.«

»Betty Pfannekuchen.«

»Biene Maja.«

»Martha Elch.«

»Sankt Nikolaus.«

»Denny Türsteher.«

Korie blickte zu Brik.

Der Morthaner seufzte beinahe unhörbar, dann meldete er: »Bertha Dosenbier.«

Korie grinste. Er machte sich keine Mühe, die Meldungen auf seinem Blatt nachzuprüfen. Diese Kodes waren Ablenkungsmanöver. Wohlklingende Lautmalereien, die überhaupt nichts bedeuteten. Im ganzen Schiff waren seine Leute damit beschäftigt, bedeutungslosen Aktivitäten nachzugehen: Sie öffneten oder schlossen Kammern, Spinde, Kabinen, nahmen Dinge hervor, ordneten sie neu, legten sie zurück oder sortierten sie in andere Kammern, Spinde, Kabinen, Schränke ... Die gesamte Übung hatte keinerlei strategischen Wert. Wenn der Kobold sie noch beobachtete, würde er verrückt werden bei dem Versuch herauszufinden, was da vor sich ging.

Zumindest lautete so die Theorie.

Korie wartete einige Minuten, bevor er den nächsten Befehl gab: »Kode *Glück.* Kode Glück.«

Der kommandierende Offizier nahm das Transceiver-Modul von dem Sicherheitsgurt seines Sitzes und reichte es Brik. Der riesige Morthaner huschte über die

Brücke und durch die Kommandozentrale und sammelte alle Transceiver-Module ein. Dann legte er sie in einen verschließbaren Sicherheitsbehälter, verschloß ihn, machte ihn scharf und berührte einen roten Sensorpunkt auf seinem Deckel. Die Transceiver in der Box würden in kürzester Zeit nur noch Schrott darstellen.

Korie zog ein Kommunikationskabel aus der Tasche seines Raumanzugs und stöpselte ein Ende in eine Buchse seines Helms. Das andere Ende reichte er Quilla Delta, die es ihrerseits in eine freie Buchse an ihrem Helm steckte. Dann nahm sie einen weiteren Stecker von Brik entgegen und stöpselte auch diesen ein. Korie beobachtete schweigend, wie der Rest der Zentralenbesatzung ihren Beispielen folgte. Auf diese Weise wurde ein lokales Kommunikationsnetzwerk aufgebaut, genau wie in allen anderen Sektionen des Schiffes auch. In jedem Sektor war eine Quilla in das Netz eingeschleift, die über den Cluster die einzelnen Netzwerke untereinander verbanden.

Wenn das erst geschafft war, dann besaßen sie eine abhörsichere Kommunikationsmöglichkeit.

Die optischen Faserkabel verschickten nur verschlüsselte Signale. Und die Verschlüsselungsalgorithmen änderten sich mit einer Frequenz von tausend Hertz. Selbst wenn der Kobold imstande sein sollte, die Signale zu verfolgen, würde er sie immer noch nicht in Echtzeit entschlüsseln können. Und selbst wenn es ihm gelingen sollte, sich in eines der Netzwerke einzuklinken, würde er noch immer nicht erfahren, was in den anderen Sektionen geschah. Die Kommunikationskanäle der Quillas waren holographischer Natur und konnten von niemandem entschlüsselt werden, der nicht Teil eines Quilla-Clusters war.

Korie wandte sich an Delta. »Status?«

»Wir sind *glücklich*«, erwiderte die Quilla. »Wir sind sehr, sehr *glücklich.*«

»Gut«, nickte Korie. »Sehr gut. Unser Schiff ist jetzt das allererste manuell betriebene Raumschiff in der Geschichte der Allianz.«

»Eine einzigartige Ehre, soviel steht fest«, bemerkte Brik.

»Hauptsache, es funktioniert«, erwiderte Korie verbissen. Zur Quilla gewandt sagte er: »Senden Sie Kode *Doktor.*«

»Befehl abgeschickt und Bestätigung erhalten«, meldete Delta.

Korie nahm wieder im Kapitänssitz Platz. Brik setzte sich in den Sitz neben dem kommandierenden Offizier. Die Quilla nahm auf dem dritten Sitz hinter den beiden Platz. Korie legte sein Sicherheitsnetz an, und die beiden folgten seinem Beispiel. Überall auf der Brücke und in der Zentrale legte die Besatzung ihre Gurte und Netze an, bis auf Jonesy. Er öffnete die Deckenluke oberhalb der Brücke, die zur Observatoriumskanzel führte. Er kletterte hinauf und zog ein besonders langes Kommunikationskabel hinter sich her. Das war der wirklich kritische Punkte der gesamten Operation. Hodel stand am Heck des Schiffes auf der Hülle und würde von dort die einzigen Manövrierhinweise geben, die während des Andockens verfügbar waren. Es war unbedingt erforderlich, eine sichere Verbindung zu ihm herzustellen.

Plötzlich meldete sich Jonesy: »Wir können keine optische Verbindung durch die Observatoriumskanzel aufnehmen. Das Glas ist mit einer Art Frost überzogen ... Keine Ahnung, was das ist, aber die Kanzel ist undurchsichtig geworden.«

Korie und Brik tauschten einen Blick. *Der Kobold? Ja.*

»Also gut«, sagte der Erste Offizier schließlich. »Benutzen Sie das externe Notfallnetzwerk.« Das Netzwerk war genau für derartige Situationen auf der Außenhülle des Schiffes installiert. Es besaß eine eigene Energieversorgung und war vom Rest des Schiffes vollkommen abgetrennt, so daß ein weiterer Kommunikationskanal für Notfälle bereitstand.

»Sir?« fragte Jonesy. »Sind Sie sicher?«

»Wir haben keine andere Wahl, Mister Jones.« Dann fügte er wie als Erklärung hinzu: »Der Leitende Ingenieur hat das externe Netz siebenmal dekontaminieren lassen, seitdem sich der Kobold an Bord befindet. Die letzte Aktion liegt erst einige Stunden zurück. Wir müssen es riskieren.«

»In Ordnung«, bestätigte Jonesy schwankend. Er verschwand wieder in der Luke.

Korie tauschte erneut Blicke mit Brik. Der kommandierende Offizier hob beide Hände und zeigte dem Morthaner die gekreuzten Finger. Brik starrte ihn *entgeistert* an. Korie zuckte grinsend die Achseln.

»*Doktor* steht«, meldete Delta unvermittelt. Jonesy kletterte durch die Luke zurück auf die Brücke.

»Danke, verstanden«, entgegnete Korie. »Geben Sie Kode *Schwindel.*«

»Jawohl. Kode Schwindel.« Nach einem Augenblick verschwand die Schiffsgravitation. Nicht nach und nach, sondern auf einen Schlag. Im einen Augenblick saß Korie noch in seinem Sitz, und im nächsten hatte er das Gefühl zu fallen. Dann hatte er sich an das vertraute Gefühl der Schwerelosigkeit gewöhnt und entspannte sich. *So weit, so gut.*

»Also dann«, begann er. »*Hei-ho, hei-ho!* Aus den Betten, ihr Langschläfer! Die Arbeit wartet!« Er wartete, bis die Quilla seinen Befehl durchgegeben hatte, dann wandte er sich an Tor: »Oberleutnant, die *Sternenwolf* gehört Ihnen. Bringen Sie uns rein.«

Andockmanöver

Die Astrogatorin Cygnus Tor beugte sich über ihre Konsole. Der Rechner war tot. Sie bückte sich und kam mit einer improvisierten Platine wieder hoch, die sie in ein Interface an ihrem Raumanzug stöpselte. Dann studierte sie das winzige Display. Es zeigte nur rudimentäre Informationen an; Hodel war lediglich mit drei Positionsscannern ausgerüstet und hatte keine Kamera dabei. Wenn die Scanner falsche Werte lieferten, würde er das Schiff mit mündlichen Kommandos an das Dockgerüst dirigieren. Tors Aufgabe wurde durch die Tatsache noch erschwert, daß die beim Docken üblicherweise verwendeten Schubdüsen aus Sicherheitsgründen zusammen mit allen anderen Antriebseinheiten aus dem Kontrollnetzwerk der *LS-1187* ausgeklinkt worden waren. Sie mußte mit improvisierten Feststoffraketen manövrieren, die von der Maschinenraummannschaft des Leitenden Ingenieurs hergestellt und angebracht worden waren. Ihre Kontrolle über das Schiff war nicht einmal annähernd so exakt, wie sie mit den regulären Schubdüsen gewesen wäre.

Und was noch hinzukam: Sie hatte keinerlei Unterstützung durch eine Schiffsintelligenz. Keines der üblichen Instrumente war in Betrieb. Keine automatischen Leitsysteme, denen sie vertrauen konnte. Die Annäherung würde ein fortwährender Prozeß aus Kurskorrektur und Gegenkorrektur werden. Mit anderen Worten: Sie parkte das Schiff ›nach Gehör‹, indem sie auf das Gerüst zielte und auf das Knirschen des Aufpralls lauschte.

Korie beobachtete seine Astrogatorin von der Brücke aus. Auf ihrem kleinen Bildschirm leuchtete ein roter Punkt innerhalb eines grünen Kreises. Tors Aufgabe bestand im Prinzip nur darin, den Punkt im Zentrum des Kreises zu halten. Sie arbeitete in stetigem Rhythmus. Zuerst überprüfte sie das schematische Diagramm auf dem Schirm der improvisierten Platine, dann das Annäherungsprogramm auf dem Display ihres elektronischen Notizbuchs. Dann wartete sie entweder oder unternahm eine Kurskorrektur. Hin und wieder meldete sie: »Zuverlässigkeit hoch«, oder: »Schiff im Annäherungskanal.« Dann begann das ganze Spiel von vorn.

Korie befeuchtete seine Lippen. Sie waren rissig und spröde. Seine Kehle war wie ausgetrocknet. Er nahm einen Schluck Wasser aus einem Trinkschlauch und wartete schweigend.

»Entfernung: eine Minute«, meldete Tor. Eine Ewigkeit später dann: »Dreißig Sekunden.«

Irgendwann hatten sie eine unsichtbare Grenze überschritten. Jetzt war es zu spät, um das Manöver noch abzubrechen. Was auch immer nach dem Anlegen geschehen mochte, es war jetzt unausweichlich geworden. Korie hatte oft über diese unsichtbare Linie, diesen ›Punkt ohne Wiederkehr‹ nachgedacht. Er machte ihm angst. Seitdem er damals in seinem *zyne*-Studium am Ende der Lektionen über die *Wahl* als Grundbedingung für *Freiheit* angelangt war, entnervte ihn diese unsichtbare Grenze und das Verschwinden einer Wahlmöglichkeit mehr, als er in Worten ausdrücken konnte. Es war der totale Verlust jeglicher Kontrolle. Und er konnte nichts dagegen unternehmen, außer abzuwarten und zu hoffen, daß er nichts übersehen hatte . . .

»Noch fünfzehn Sekunden . . .«

»Noch zehn Sekunden . . .«

»Fünf . . .«

Irgendwo hinter ihm gab es ein leises hohles Geräusch. Er konnte beinahe fühlen, wie die Verankerung sich schloß. Sie hatten *angedockt*.

»Hallo *Dolly* . . .«, flüsterte Korie leise zu sich selbst.

Nichts geschah.

Er wartete.

Alle warteten.

Er sah Brik zum hundertstenmal an. Brik blickte zum hundertsten Mal zurück. Wie immer mit ausdruckslosem Gesicht.

Tor schaltete ihre Platine ab und legte sie wieder zu Boden. Dann schwenkte sie in ihrem Sitz herum und zeigte Korie den erhobenen Daumen. Sie grinste.

Korie wünschte plötzlich, er könnte seine Nase reiben. Die Sache gefiel ihm nicht. Alles war zu ruhig. *Viel* zu ruhig. Nervös klopfte er auf die Armlehne seines Sitzes. *Wie lange müssen wir bloß noch warten?*

Er schüttelte den Kopf. Nein, das war nicht gut. Etwas – *irgend etwas* – hätte passieren sollen.

Er war nicht so arrogant zu glauben, daß sie den Kobold so gründlich verwirrt hatten, daß er außerstande gewesen war, das Andocken zu sabotieren. Nein. Der Kobold mußte gewußt haben, daß sie versuchen würden, von Hand zu docken. Er hatte die Observationskanzel unbrauchbar gemacht und sie gezwungen, das Reservenetzwerk zu benutzen. Folglich war das Netzwerk präpariert. Folglich wartete *irgend etwas* in diesem Netzwerk auf die Meldung, daß das Manöver erfolgreich verlaufen war. Folglich ... Folglich, folglich, folglich.

Kories Gedanken jagten. Was hatte er bloß übersehen? Was war sonst noch mit dem Notfallnetzwerk verbunden? Hatte er hier einen unverzeihlichen Fehler begangen? Hatten sie das externe Netzwerk vielleicht *zu gut* dekontaminiert?

Und dann meldete sich Hodel.

»In Ordnung, da haben wir's! Ein verschlüsseltes Signal. Es nutzt die gesamte Schiffshülle als Sendeantenne. Warten Sie einen Augenblick, ich versuche, die Quelle zu lokalisieren. Einen Augenblick ...« Hodel stand außen auf der Schiffshülle. Er war mit einer improvisierten Systemanalyseplatine ausgerüstet. Die Teams, die der Leitende Ingenieur hinausgeschickt hatte, hatten während der ersten sechs Dekontaminationsoperation routinemäßig die Signalmonitore an jedem Knoten des Netzwerkes ausgetauscht. Das war einfacher, als die Module an Ort und Stelle zu testen. Bei der letzten Dekontamination hatte die Mannschaft die Monitore erneut gewechselt ... aber die Einheiten, die sie eingebaut hatten, waren direkt mit Hodels Platine verbunden. Hodel schwieg noch einen Augenblick, dann polterte er wütend los: »Da soll doch Albert Einstein am Kreuz von Heisenberg schmoren! Mich laust der Affe!«

Korie riß sein Blatt mit den Kodewörtern hoch. *Albert Einstein – die Signalfilter!* Die Botschaft wurde durch die Signalfilter am Heck in das Netz eingespeist! Über das gesamte Schiff verteilt würden sich in diesem Augenblick individuelle Dekontaminationsteams an ihre Arbeit machen und zu ihren zugewiesen Posten stürzen; aber nur ein Team war darunter, das es nun mit einer lebenden Bombe zu tun bekommen würde. Candleman und Hatano. Beide wußten Bescheid. Wenn alles nach Plan verlief, dann würden sich einige dieser Mannschaften sogar aus ihren lokalen Netzwerken ausklinken. Der Kobold hatte keine Möglichkeit festzustellen, wo sie sich im einzelnen aufhielten.

Korie beobachtete ungeduldig seine Uhr. Er hatte diese Operation nicht vorher mit der Mannschaft üben können. Trotzdem waren sie von weniger als fünf Minuten tatsächlicher Übertragungszeit ausgegangen, bis sie den Sender gefunden und unschädlich gemacht hatten. Die Sekunden tickten ereignislos dahin. Viel zu schnell. Korie stellte sich die expandierende Sphäre aus Radiowellen vor. Es spielte überhaupt keine Rolle, ob das Signal eine Botschaft trug. Seine Existenz alleine war wie ein riesiges Leuchtfeuer. Wie weit würde es kommen, bevor es von einer morthanischen Sonde aufgefangen wurde? Drei Lichttage? Sechs? Zwölf? Und wie groß würde das Zeitfenster sein, in dem es seine verräterische Botschaft hinausschreien würde: »Hier, hier bin ich, hier ist *Stardock*!«

Quilla Delta murmelte: »Ganf ganf leife. Wir jagen ein kleinef Kaninfen ...«

Korie blickte erneut auf seine Uhr. Drei Minuten schon. »Doppelter Bonus für Candleman und Hatano«, platzte er ohne nachzudenken heraus. Er überflog das Blatt mit den Kodes. Kaninfen – *sie haben den Sender gefunden, eine Sprengkapsel an der Verbindung zum Netzwerk angebracht, und die Mannschaft zieht sich in eine sichere Entfernung zurück.*

Ein schwaches Dröhnen pflanzte sich durch den Kielschacht der *LS-1187* fort. »Und jetzt hat die Entensaison begonnen ...«, meldete Delta.

Korie grunzte. Die Kapsel war gezündet und die Verbindung zum Netz unterbrochen worden. Im gleichen Augenblick war der Sender mit einer ziemlich heftigen Explosion in die Luft geflogen. Genau, wie sie es erwartet hatten.

»Hodel?« fragte er.

»Das Signal existiert noch immer«, meldete Hodel grimmig. »Es singt wie eine brennende Prinzessin.«

Brennende Prinzessin – das Singularitätsgeschirr am

Beta-Sporn. Verdammt! Sie würden einen Teil des Singularitätskäfigs verlieren. Leen war zwar auf alles vorbereitet, aber trotzdem . . .

Die Quilla murmelte:

»Ihr Götter und kleinen Fische . . .«

Korie blickte schon wieder auf die Uhr. Leens Leute waren wirklich ausgezeichnet.

Ein weiteres Dröhnen ließ das Schiff erzittern.

»Bouillabaisse«, meldete Delta.

»Hodel?«

»Laut und deutlich. Das ist nicht gerade das, was ich mir unter Ferien vorgestellt habe.«

Ferien. Das Schiffsgerüst. Cappy und MacHeath mußten schon unterwegs sein.

Wrrrmmm!

»Amüsieren wir uns nicht prächtig?« fragte Delta.

»Hodel?«

»Was macht ihr Typen nur? Singt ihr etwa mit? *We all live in a yellow submarine?*«

Der Maschinenraum. Singularitätskäfig. Gamma. Verdammte Scheiße!

Wrrrmm!

Delta bemerkte: »Sie kam durch das Badezimmerfenster.« Korie fragte sich, ob Leen den Alpha-Sporn schon überprüfte.

Das kleine Mistvieh war niemals im Maschinenraum gesehen worden. Es konnte auf keinen Fall Zugang zu dem Singularitätskäfig gehabt haben. Ganz sicher nicht. Der Maschinenraum war rund um die Uhr besetzt, und die Singularität wurde ständig kontrolliert. Der Kobold mußte Zugang zum Ersatzteillager gehabt haben. Das war genau das, was Korie sich insgeheim gewünscht hatte.

»Was für ein Durcheinander«, sagte er zu der Quilla.

»Verstanden«, erwiderte Delta.

»Hodel?«

»Ich bin ein alter Mann. Ich werde bald sterben, und ich habe jedes Recht der Welt, griesgrämig zu sein.«

Bingo! Wieder der Maschinenraum! Sie kamen näher.

Der Kobold mußte wegen ihrer Sicherheitsmaßnahmen ziemlich frustriert gewesen sein. Also hatte er sich in das Hauptmodul der *LS-1187* zurückgezogen und seine Operation auf dieses Gebiet hier konzentriert. Genau, wie sie es erwartet hatten!

Wrrrmm!

Ein weiterer Sender explodierte.

Allmählich machte er sich Gedanken, wie stark die Beschädigungen sein mochten, die das Schiff erlitt. Die Quilla meldete: »Ist es nicht erstaunlich, wie die Zeit verfliegt, wenn man sich amüsiert?«

Korie legte den Finger auf die nächste Zeile seines Kodeblattes. Im gleichen Augenblick meldete Hodel: »Yngvi ist eine Laus!« Dann, ein paar Sekunden später: »Ward, ich mache mir Sorgen wegen des Bibers.«

Korie war eben dabei, aufgrund der Geschwindigkeit, mit der die Schwarze-Loch-Bande agierte, so etwas wie Stolz zu empfinden, als Hodel sich erneut meldete: »Ich tau', ich tau', ich armer Schneemann tau'!«

Wrrrmm! Wrrrmm! Wrrrmm!

Schließlich – mit einem nicht überhörbaren Seufzer – meldete Hodel: »Der Fehler steckt im System.« Und in die sich ausbreitende Stille hinein fügte er im Klartext hinzu: »Das System schweigt.«

Korie war zu sehr erleichtert, um sich wegen Hodels Regelverstoß zu ärgern.

»Ist es . . . vorbei?« fragte Tor.

»Noch nicht«, entgegnete Brik ausdruckslos wie immer.

»Halten Sie sich bereit«, sagte Korie in die darauffolgende Stille. Sie warteten. »Was macht unser Durcheinander?« fragte er die Quilla.

Sie schüttelte stumm den Kopf. Noch nichts.

Korie bemerkte, daß sein Körper sich in der Zwischenzeit völlig verkrampft hatte. Er saß vornübergebeugt in seinem Sitz und zwang sich, eine aufrechte Haltung einzunehmen, sich zurückzulehnen. Er atmete tief durch. Bisher hatten sie noch nicht einmal die Hälfte hinter sich. Er mußte seine Kräfte einteilen.

»Mister Korie? Sir?«

Er öffnete die Augen. Es war Jonesy.

»Was bedeuten all diese kodierten Sätze?«

»Ich habe keine Ahnung. Ich glaube, sie bedeuten überhaupt nichts. Harlie hat mehr als zehntausend von diesen Einweg-Kodes generiert. Wahrscheinlich handelt es sich nur um Unsinn.«

»Oh?« sagte Jonesy. Dann kehrte er zu seiner Rechnerkonsole zurück.

Unvermittelt meldete sich die Quilla wieder. »Elvis ist ausgegangen.«

Und genau in diesem Augenblick gingen die restlichen Fallen des morthanischen Kobolds hoch.

Desaster

Er konnte es nicht hören, aber er spürte es dafür um so deutlicher.

Er hatte seine Hand auf der Reling liegen, als die heftige Vibration durch das Schiff lief. Er wußte sofort, was das zu bedeuten hatte – aber durch den geräuschtötenden Filter luftleeren Raums und die dämpfende Hülle des Schiffs dauerte es einen Augenblick, bis er begriff. *O mein Gott! Die Torpedos!!!!*

Zwei weitere Erschütterungen liefen durch den Schiffsrumpf, dann eine vierte und eine fünfte, letzte. Er war bereits damit beschäftigt, eine Sender-Empfänger-Einheit aus seinem Werkzeuggürtel hervorzuzerren. Die Senderempfänger waren durch einen besonderen Kode gegen unbefugten Zugriff geschützt. Sie arbeiteten nicht auf einem einzigen Kanal, sondern wechselten die Frequenzen nach einem zufälligen Muster mehrere tausendmal pro Sekunde.

Korie fing Quilla Deltas Blick auf und hob den Senderempfänger hoch, so daß sie das Gerät erkennen konnte. Dann hakte er es an seinem Raumanzug ein. »Statusberichte! Unverzüglich!« brüllte er in sein Mikro, ohne abzuwarten, wer ihn empfangen konnte. Ungeduldig wartete er. »Los, los, ihr verdammten Bastarde, oder muß ich euch Beine machen? Schadensmeldungen! Leen? Wo stecken Sie?«

»Schon gut, schon gut. Es ist genau wie wir uns gedacht haben. Die verdammten Torpedos sind losgegangen. Der Auslöser war die Bestätigung des Andockmanövers ...«

»Und wo sind sie jetzt? Goldberg?«

»Sie treiben langsam davon. Sie wurden aus den Rohren gestoßen, aber ihre Triebwerke haben nicht gezündet. Keine Hyperraum-Antriebe. Wir haben sie zusammen mit den Gefechtsköpfen der *Houston* geben müssen. Wir haben alle Vögel auf den Schirmen. Sie treiben nur und werden nicht sehr weit kommen. Wir schicken die Bergungsmannschaften hinaus.«

»Was ist mit den vier anderen?«

»So weit wir bisher feststellen können, sind sie ebenfalls tot. Wir überprüfen es im Augenblick.«

»Nun gut. Seien Sie um Himmels willen vorsichtig. Keiner hat eine Vorstellung davon, welche Tricks die verdammte Ratte noch auf Lager hat. Hodel?«

»Sir?«

»Wie lange dauert es, bis Harlie wieder funktionstüchtig ist?«

»Sechs Stunden.«

»Sie haben drei. In Ordnung, fahren Sie als erstes die autonomen Funktionen wieder hoch, und lassen Sie den Idiotentest laufen. Ablenken, unterbrechen, verwirren, mischen. Kontrollieren Sie alles. Sie kennen ja das Spiel.«

Goldberg meldete sich. »Sir? Wir fangen Disruptoraktivitäten auf.«

»Ich dachte, wir hätten die Energieversorgung abgeklemmt?««

»Ja, Sir, das haben wir auch. Aber trotzdem existiert eine Verbindung von den Brennstoffzellen an Backbord zu den Disruptorbatterien.«

»Ziehen Sie den Stecker, verdammt!«

»Haben wir bereits, Sir. Sie laden trotzdem weiter auf.«

»Wie lange brauchen sie noch, um schußbereit zu sein?«

»Vier Minuten.«

»Wenn Sie sie nicht stoppen können, dann jagen Sie sie hoch!«

»Sir?«

»Sie haben richtig gehört. Diese Dinger werden sicher gewaltigen Schaden anrichten, wenn sie abgefeuert werden. Entweder Sie können Sie aufhalten, oder Sie jagen sie in die Luft!«

»Jawohl, Sir!«

»Leen?«

»Hier, Sir.«

»Was macht das Schwarze Loch?«

»Nichts drin, das wir nicht selbst hineingeworfen hätten.«

»Sie haben die Kontrolle über die Singularität verloren, Mister Leen. Woher wollen Sie so genau wissen, daß der Kobold nicht die Haken dejustiert hat?«

»Die Haken sind vollständig aus ihren Verankerungen entfernt worden. Genaugenommen beinahe rausgesprengt. Sie sind schon auf dem Weg in die Werkstatt.«

»Was können Sie über die Disruptorladungen berichten?«

»Wir überprüfen die Sache soeben. Ich habe ein Loch in einer Isolierflasche gefunden. Wir können es nicht rückgängig machen.«

»Ist wenigstens die Flasche sicher?«

»Wir haben sie erst gebaut, nachdem im Schiff Vakuum herrschte. Und wir haben sie dekontaminiert, während wir sie errichteten. Sie ist sicher.«

»Sie haben eine *passive* Flasche gebaut?«

»Ich mag ja vielleicht dumm aussehen, Sir, aber ...«

»Tut mir leid, Mister Leen. Ich dachte nur ...«

»Ich weiß, schon gut. Sie haben Schuldgefühle, weil Sie meinen Maschinenraum opfern mußten. Und jetzt versuchen Sie, alles wiedergutzumachen. Tun Sie mir einen Gefallen, Sir . . .«

»Was denn, Mister Leen?«

»Vertrauen Sie meiner Urteilskraft?«

»Sicher. Entschuldigung. Danke. Ende.«

»Keine Ursache. Leen Ende.«

Korie zwang sich zur Ruhe. Er spürte das dringende Bedürfnis, mit den Händen durch die Haare zu fahren und seine Augen zu reiben, aber der Raumanzug verhinderte das. Statt dessen atmete er tief durch. Und noch einmal. Und ein drittes Mal. Schließlich nahm er wieder in seinem Kommandantensitz Platz – ihm war gar nicht bewußt, wann er herausgeschwebt war – und sicherte sich mit dem Netz. Er zwang sich dazu, einige Minuten den Mund zu halten. Er hatte seine Mannschaft ausgebildet. Die Leute wußten, was sie zu tun hatten. Es war an der Zeit, daß er damit aufhörte, ihnen ständig Belehrungen zu erteilen.

Er lehnte sich zurück und wartete auf den Rest der Status- und Schadensmeldungen.

Er blickte sich auf der Brücke um.

Brik schwebte neben ihm – wann war der große Morthaner denn eigentlich zurückgekehrt? Wie lange wartete er schon hier?

»Ich gehe nicht davon aus, daß jemand den Kobold gefunden hat?«

Brik schüttelte schweigend den Kopf.

»Also gut. Alle Schleusen sichern. Vergessen Sie den Plan, das Schiff wieder mit Luft zu füllen. Wir dürfen es nicht riskieren. Die Sektionsleiter zu mir. Wir müssen uns etwas ausdenken.«

Brik nickte und begann, Kories Befehle weiterzugeben.

Ein *Zittern* durchlief die *Sternenwolf.* Die Vibration war im gesamten Schiff zu spüren. Korie warf einen fragenden Blick zu Brik . . .

Ein Loch in der Welt

Armstrong sah den grellen Blitz, bevor er die Schockwelle spürte. Eigentlich kam es nie dazu, daß er überhaupt einen Explosionsschock fühlte. Plötzlich sprang eine Stange vom Boden hoch und flog quer gegen seine Brust. Er keuchte unfreiwillig, und die Stange schwebte taumelnd davon. Alles war rot. Er konnte nichts mehr hören. Instinktiv streckte er die Hände aus und suchte nach Halt. Er taumelte durch das luftleere Schiff, und plötzlich sah er Sterne, die an ihm vorbeirasten. Mehr durch Zufall verfing er sich mit einem Arm an einer verbogenen Metallschiene und blieb hängen. Er blinzelte und wußte noch immer nicht so recht, was eigentlich geschehen war oder wo er sich befand, geschweige denn, was er in den Augenblicken vor dem grellen Blitz getan hatte. Irgend etwas mußte explodiert sein . . .

Sein Blick wurde wieder klar. In der Welt klaffte ein Loch. Auf der anderen Seite konnte er die Sterne sehen. Eine Gestalt in einem Raumanzug hatte sich in dem gezackten Loch verfangen. Ihr Gesicht schimmerte blau. *Lambda!* Der Quilla wand sich und zuckte ein letztes Mal, und Armstrong war sicher, daß er sich im nächsten Augenblick losreißen und hinaus ins All treiben würde.

Er kämpfte sich in Richtung des Lochs und zog an Lambdas Bein. Er zog den Quilla weg von diesem unheimlichen Loch in der Welt. Der Raumanzug Lambdas hatte einen Riß. Armstrong drehte den Quilla herum. Das Mundstück schien noch an seinem Platz zu sein – aber die Luftflaschen waren perforiert. Hatten sich die Sicherheitssiegel des Anzugs geschlossen? Ja, Gott sei Dank!

Armstrong hakte seinen eigenen Luftschlauch los und schob ihn durch das Notventil in Lambdas Anzug. Er schnappte nach Luft – mehr weil er sich in den Quilla hineinversetzte, als daß er selbst bereits an Luftmangel litt – und schob Lambda vor sich her. Hier unten, unterhalb der schweren Geschützbatterien, war durch die

Explosion alles in Mitleidenschaft gezogen worden. Einige Kabel sprühten noch immer Funken, und verschiedene Armaturen blinkten. Rotglühende Paneele versperrten ihm den weiteren Weg. Er machte kehrt und versuchte sein Glück in der entgegengesetzten Richtung.

Das Schott war verriegelt. Er fingerte nach der Sicherheitskarte, aber sie war von seinem Gürtel abgerissen. Er drehte Lambda auf den Rücken und suchte nach der Karte des Quilla, aber sie war ebenfalls nicht mehr da. Schließlich begann er heftig gegen das Schott zu hämmern in der unsinnigen Hoffnung, daß jemand auf der anderen Seite ihn hören konnte.

Natürlich funktionierte es nicht.

Allmählich stieg Panik in Armstrong auf. Er zog seinen Luftschlauch aus Lambdas Anzug und atmete gierig durch, bevor er ihn wieder in Lambdas Ventil zurücksteckte. Die Augen des Quilla standen weit offen und waren verdreht. Die Haut schimmerte noch bläulicher als gewöhnlich. Armstrong wußte nicht, was er tun sollte. Er hatte irgendwo einmal gehört, daß Quillas biomechanische Implantate besaßen.

Vielleicht war Lambda noch am Leben. Er hatte keine Zeit zu verlieren. Ungeduldig zog er den anderen zu dem Loch im Rumpf. Er schob sich nach draußen und ergriff ein externes Geländer, dann zog er Lambda vorsichtig hinter sich her, wobei er darauf achtete, den Anzug des Quilla nicht noch weiter an dem scharfkantigen Metall zu beschädigen.

Mit Lambda im Schlepp zog er sich am Handlauf entlang über die Hülle in Richtung der achteren Noteinstiegsschleusen. Er mußte häufig pausieren, um Luft aus der gemeinsam benutzten Flasche zu atmen. Die ganze Zeit über redete er ununterbrochen mit dem reglosen Quilla: »Bleib bei mir, Lambda ... Nur noch ein kleines Stück ... ein kleines Stück, dann haben wir's geschafft ... Okay, wir sind jetzt fast da ... beinahe ...«

Und dann waren sie bei der Schleuse angekommen. Andere Besatzungsmitglieder kamen ihm entgegen, um zu helfen. Sie befreiten ihn von Lambda und nahmen den Quilla mit. Armstrong konnte nicht sehen, wohin sie ihn brachten. Sie versorgten Armstrong mit neuer Luft und zogen ihn durch die Drehschleuse ins Schiff und von dort zu einer unter Druck stehenden Blase auf dem Frachtdeck, wo Doktor Molly Williger auf ihn wartete.

»Lambda? Wie geht es Lambda? Ist er in Ordnung?« fragte Armstrong immer wieder, aber niemand antwortete ihm, bis Quilla Gamma ihn schließlich bei der Hand faßte und ihm direkt in die Augen blickte. »Alles wird gut, Brian. Uns geht es gut. Dem Quilla-Cluster geht es gut.«

»Aber . . . was ist mit Lambda? Wo ist er?«

»Es tut uns sehr leid«, erwiderte die Quilla Gamma. »Der Körper von Lambda ist tot. Deine Rettungsversuche waren sehr edel, Brian, aber Lambda wurde bereits bei der Explosion getötet.«

»O nein!« schrie Brian auf. Er wollte es nicht hören. »Nein!!! Er war der einzige, der . . . Das ist einfach nicht fair! O Gott, nein!« Er schrie seine Wut und seine Trauer hinaus und wollte nicht mehr aufhören, bis irgend etwas an seinem Arm zischte und die Welt ringsumher plötzlich schwarz und lautlos wurde . . .

Die Kommandozentrale

Korie nahm die Neuigkeiten mit grimmiger Miene entgegen.

»Also haben wir eine Falle übersehen«, sagte er dann. »In Ordnung, Mister Brik. Wie viele haben wir noch übersehen?«

Brik knurrte: »Den ganzen Rest. Wir werden sie auf diese Weise nach und nach finden.«

Korie blickte ihn scharf an. Plötzlich beschlich ihn eine heftige Antipathie gegen den riesigen Morthaner, der wie eine unbewegliche Mauer vor ihm aufragte. »Wissen Sie was, Mister?« sagte er leise. »Es gibt Zeiten, da mag ich Sie nicht. Und es gibt Zeiten, da mag ich Sie noch weniger. Und dann gibt es Zeiten, da kann ich Sie nicht *ausstehen*. Sie sind der verdammt beste Offizier an Bord dieses Schiffs, und ich kann Sie nicht ausstehen.«

»Das Gefühl ist gegenseitig«, erwiderte Brik kühl.

»Gut«, sagte Korie. »Dann lassen wir es dabei bewenden.« Er schob sich über das Geländer der Brücke und schwebte hinunter in die Zentrale, wo sich die Sektionsleiter versammelt hatten. Brik folgte ihm auf dem Fuß. »Der Kobold läuft noch immer frei herum, also werden wir sehr vorsichtig sein müssen«, berichtete Korie seinen Offizieren. »Wir können uns keine weiteren Zwischenfälle leisten.«

Er ließ den Blick durch die dunkle Zentrale schweifen.

Leen, Tor, Hodel, Stolchak, Hall, Goldberg, Brik und Green schwebten in seiner Nähe und hatten sich an Konsolen, Trägern, Geländern oder Sitzen festgeschnallt.

Ihre Helmlampen brannten gedämpft, so daß sie sich nicht gegenseitig blenden konnten; sie sahen irgendwie aus wie ein Schwarm von Pilotfischen, aus deren Mäulern Gesichter hervorschauten.

»Ich würde gerne die Zentrale reaktivieren«, sagte Korie. »Ich hasse es, blind zu sein. Und Scanner. Wir werden ziemlich bald unsere Scanner benötigen. Mister Leen, können wir eine passive Linse klarmachen? Der Kobold hatte fünfzehn Minuten ununterbrochener Sendezeit. Ich schätze, uns bleiben nicht mehr als drei Tage, bis das Signal von einer Spionagesonde aufgefangen wird. Wenn wir davon ausgehen, daß die Sonde hyperraumfähig ist, dann bleiben uns maximal noch fünf Tage, bis sich das erste morthanische Schiff zeigt. Wenn wir weiter annehmen, daß es auf das Eintreffen von Verstärkungen wartet, bleibt uns vielleicht – *vielleicht!* – eine Woche. Ich muß so schnell wie möglich wissen, wie viele Schäden wir in dieser Zeit beheben können. Kriegen wir das Schiff wieder flott?«

»Verzeihung, Sir?« meldete sich Tor. »Wir sind doch

am Dock, oder nicht? Uns stehen doch die Ressourcen von *Stardock* zur Verfügung?«

Korie grinste verschlagen.

»Niemand, der sie aufklären will?«

Leen war am dichtesten dran. »Hallo, *Dolly*«, sagte er.

Tor schüttelte den Kopf. »Ich verstehe nicht.«

»*Dolly* ist lediglich eine Dockplattform mit einem kleinen Lebenserhaltungsmodul darauf. Sie ist an einem Singularitätsbehälter verankert, der ihr grob die gleiche Masse verleiht wie *Stardock*. Wir haben *Dolly* dazu benutzt, die Fallen des Kobolds auszulösen ... nun, zumindest die, die beim Andocken ausgelöst werden sollten.«

»Was?« fragte Tor ungläubig. »*Dolly* ist ein Täuschkörper?«

»Einer von mehreren«, bestätigte Leen. »Er erzeugt auf den Scannern die gleichen Kennlinien wie *Stardock* selbst. Wenn *Stardock* eines Tages außer Dienst gestellt wird, kann die Singularität der Station ebenfalls als Täuschkörper weiterverwendet werden. Morthanische Sonden suchen nicht nach Radiosignalen, sondern nach Kennlinien, die große Massen im Gravitationsfeld erzeugen.« Tor warf Korie einen entrüsteten Blick zu:

»Sie haben mich zum Narren gehalten! Sie haben mich belogen. Schon wieder!«

»Das ließ sich leider nicht umgehen, Oberleutnant«, erwiderte Korie. »Sie mußten es nicht unbedingt wissen, oder doch?«

Tor hielt ihre Antwort zurück und dachte über seine Worte nach. Korie hatte recht.

Je weniger Bescheid wußten, desto besser.

»Uns war vollkommen klar, daß wir keine Chance hatten, den Kobold am Ausstrahlen seines Signals zu hindern«, fuhr Korie fort. »Also stellten wir sicher, daß das Signal von einem Ort abgehen würde, wo *Stardock* nicht in unmittelbarer Gefahr schwebt.«

Tor schien verwirrt. »Aber ... was ist mit Harlie? Wie konnten Sie Harlie täuschen? Und ... wenn Harlie von *Dolly* wußte, dann besteht durchaus die Gefahr, daß auch der Kobold Bescheid weiß.«

»Leider haben Sie da nicht ganz unrecht«, erwiderte Korie unbehaglich. »Fanden Sie es nicht ein wenig seltsam, daß wir Gatineau mitgenommen haben, als wir zur Überprüfung des Tenders draußen waren? Wir haben einen Sender am Wendepunkt ausgesetzt. Später dann hat Harlie ein Signal von genau diesem Sender empfangen. Er machte Meldung. Jedermann nahm an, daß es von *Stardock* stammte, Sie eingeschlossen. Ich habe lediglich darauf verzichtet, diese Annahme richtigzustellen.«

»Aber ... aber das Signal konnte unmöglich den Authorisierungskode von *Stardock* tragen! Harlie muß gewußt haben, daß es sich um eine Fälschung handelte!«

»Das Signal trug meinen Authorisierungskode«, erklärte Korie. »Ich mußte mich darauf verlassen, daß Harlie selbst herausfinden würde, was wir planten. Und so war es auch. Ist Ihnen nicht aufgefallen, wie er die Meldung formulierte? Er hat zu keiner Zeit behauptet, daß das Signal von *Stardock* stammen würde. Genausowenig wie ich. Wir ließen Sie und alle anderen einfach in dem falschen Glauben.«

»Sie Hurensohn!« sagte Tor. »Ich kann es nicht ausstehen, wenn Sie so reden.«

Korie ignorierte ihre Bemerkung und fuhr fort: »In der Zwischenzeit wußte Harlie, daß er sich mit niemandem mehr unterhalten konnte, bis die Geschichte mit dem Kobold erledigt war. Er wußte, daß seine eigene Sicherheit arg gefährdet war. Wahrscheinlich glauben Sie, Brik hätte ihn abgeschaltet. Das stimmt nicht. Harlie hat sich selbst heruntergefahren. Er mußte sich abschalten. Anders hätte es gar nicht funktioniert.«

»Zur Hölle ...«, entfuhr es Tor.

»Wahrscheinlich haben Sie damit sogar recht«, stimmte Korie zu. »Aber nicht heute. Und jetzt lassen Sie uns zurück an die Arbeit gehen. Eine ganze morthanische Flotte ist auf dem Weg hierher. Wie lange brauchen wir, um zu verschwinden, Mister Leen?«

»Das sind die schlechten Nachrichten«, erwiderte der

Leitende Ingenieur. »Wir können nicht verschwinden. Jedenfalls nicht, bevor ich nicht den Singularitätskäfig restauriert habe. Und allein die Rekalibrierung dauert mindestens eine Woche.«

»Was ist mit den Massetreibern?«

»Wir müssen sie erst durchprüfen. Wahrscheinlich arbeiten sie nicht mehr synchron. Wir haben mittschiffs eine Menge Schaden erlitten. Zuerst müssen wir die Hüllenintegrität wiederherstellen. Dann werden wir sehen, ob wir die Massetreiber anwerfen können. Und das ist die zweite schlechte Nachricht: Es dauert auch eine Woche. Minimum. Vergessen Sie nicht, daß wir im Augenblick nur von der Energie leben, die in den Brennstoffzellen gespeichert ist. Wenn Sie die Massetreiber feuern, bevor die Singularität wieder arbeitet, dann werden Sie mit den Lebenserhaltungssystemen bezahlen.«

»Wieso habe ich das schon gewußt?« stöhnte Korie leise. Nach kurzem Nachdenken sagte er: »In Ordnung. Wir werden zuerst unsere eigenwilligen Torpedos wieder einsammeln. Und dann werden wir uns *Dolly* zunutze machen.« Er hob den Kopf und wandte sich an alle, als er fortfuhr: »Wir sollten vorsichtig sein. Denken Sie immer daran, daß der Kobold noch da draußen herumläuft ...«

Dann waren plötzlich alle gegangen, und er stand alleine in der Zentrale. Einen Augenblick lang schwebte vor seinem geistigen Auge die Erinnerung an das letze Mal, als er sich alleine in der Zentrale befunden hatte ...

Kapitän Lowell ...

Lowell

Kapitän Sam Lowell hatte sich eine nützliche Nische im Flottenapparat gesucht, indem er neue Schiffe auf ihre Jungfernflüge führte und ihre abschließende Werftfreigabe erteilte, bevor sie jüngeren Kapitänen übergeben wurden. Seine Aufgabe war einfach, aber notwendig; außerdem hielt er sich so den Zugang zum All weiterhin offen. Und nicht zuletzt verlieh ihm seine Aufgabe eine Macht, die er andernfalls niemals besessen hätte. Seine Karten waren schon lange gegeben und ausgespielt worden; er würde eines Tages den Rang eines Admirals erreichen, aber nur zusammen mit seiner Versetzung in den Ruhestand. Und bis dahin dauerte es nicht mehr allzu lang.

Lowell war kein schlechter Offizier, aber er war eben auch kein außergewöhnlich guter. Er war aufgrund seiner Zuverlässigkeit durch die Ränge aufgestiegen, und indem er immer genau das getan hatte, was ihm befohlen worden war. Er hatte niemals die Art von Initiative gezeigt, die ihn aus der Menge seiner Kollegen herausgehoben hätte, und so betrachteten seine Vorgesetzten ihn konsequenterweise als einen Mann, der sich leichter tat, wenn er Befehlen folgen konnte, als wenn er selbst Befehle zu erteilen hatte. Die Flotte brauchte Frauen und Männer wie Lowell, die ihre relativ sicheren Posten ausfüllten, dafür aber ohne besonderen Glanz durchs Leben gingen.

Obwohl die Flotte in der Öffentlichkeit als eine gewaltige Streitmacht angesehen wurde, würde die Mehrheit der Schiffe niemals einen Kampf erleben; statt dessen war es ihre Aufgabe, Nachschub und Ausrüstung zu transportieren, in Konvois Sicherungsdienste zu übernehmen, Truppen zu verlegen, Pilger und Kolonisten zu befördern, neue Besatzungen auszubilden, Forschungs- und Überwachungsmissionen durchzuführen und Patrouillen- und Wachflüge zu absolvieren. Interne Schätzungen gingen davon aus, daß nicht mehr als zehn Prozent aller Schiffe während ihrer Dienstzeit in Kampfhandlungen verwickelt werden würden, und der größte Teil des Rests würde lediglich Service und Unterstützung gewähren.

Die Entscheidung, den Anteil an bewaffneten Kampfschiffen auf ein Drittel zu erhöhen, war erst vor drei Dekaden gefallen, und dieses Ziel wurde primär dadurch erreicht, daß man Libertyschiffe als Vielzweckschiffe entwarf, die sowohl waffenfähig als auch leicht für andere Aufgaben einzusetzen waren.

Ein nicht ganz unvorhergesehener Nebeneffekt der verstärkten Produktion von Überlichtschiffen war ein leichterer Zugang zu interstellaren Reisen. Industrielle und kommerzielle Interessenten begannen, mehr und mehr Transportkapazität von der Flotte zu mieten. Einige Schiffe wurden sogar für den Transport von Passagieren ausgerüstet, selbst für Touristen. Im gesamten Gebiet der Terranischen Allianz fielen mit zunehmenden Transportkapazitäten die Preise. Und je mehr neue Schiffe in Betrieb genommen wurden, desto mehr Nachfrage nach den Diensten entstand, die sie zur Verfügung stellten. Mit einem Wort: Die Wirtschaft der Alliierten Welten boomte.

Die Kehrseite der Medaille war, daß die Welten der Morthan-Solidarität mit wachsender Beunruhigung auf die immer größer werdende terranische Flotte blickten. Und das morthanische Weltbild war schon zum damaligen Zeitpunkt in sich selbst versunken und steckte voller Paranoia. Die morthanischen Führer konnten gar nicht anders, als einen militärischen Grund hinter dem langandauernden, kontinuierlichen Flottenbau zu vermuten – und sie sahen sich unvermeidlicherweise als Ziel der terranischen Bedrohung.

Genaugenommen waren die morthanischen Führer außerstande, sich selbst und ihre Welten als *irgend etwas anderes als das Ziel der Aggression von seiten Dritter* zu sehen; es war die einzige Möglichkeit, ihre eigene aggressive Haltung zu rechtfertigen. Daß die militärische Aufrüstung der Allianz in erster Linie eine defensive Reaktion auf die zunehmende Waffenproduktion der Solidarität und auf ihr militaristisches Gebaren sein könnte, das war nicht Bestandteil der morthanischen Gleichung.

Auf der morthanischen Seite des *Abgrunds*, allerdings weitab vom Einflußgebiet der Solidarität, lag ein Sternenhaufen, der unter dem Namen *Far Cathay* bekannt war. Obwohl die Reise von diesem Sternenhaufen bis zur nächstgelegenen Welt der Solidarität mehr als sechs Wochen dauerte, betrachteten die Morthaner die von Menschen besetzten Welten von *Far Cathay* als potentiell feindlich. Und als die Seidenstraßenkonvois dann auch noch begannen, Ausrüstung für eine Industrialisierung des Sektors zu verschiffen, wurden die allerparanoidesten Phantasien der Morthaner zu einer scheinbar konkreten Gefahr. Sie waren sicher, daß die Alliierten Welten planten, einen militärischen Stützpunkt zu errichten, von dem aus ein Flankenangriff gegen die Welten der Solidarität durchgeführt werden konnte.

Die Morthaner hatten recht in der Annahme, daß die Allianz in *Far Cathay* eine stärkere militärische Präsenz errichten wollten. Sie täuschten sich allerdings gründlich, was den Zweck dieser Einrichtung betraf. Tatsächlich ging es für die Allianz um eine Basis, von der aus im Falle eines Angriffs auf terranische Welten morthanische Nachschublinien unterbrochen werden konnten.

Obwohl die Allianz nicht müde wurde zu beteuern, daß der Stützpunkt im *Far Cathay*-Sternenhaufen rein defensiver Natur sei, glaubte man nur auf der alliierten Seite des *Abgrunds* an diese Version.

Während dieser Zeit war sich Jonathan Thomas Korie der taktischen Situation sehr wohl bewußt. Sie bestätigte seine früheren Einschätzungen der Lage. Krieg im Raum war ein dreidimensionales Schachspiel, das in Echtzeit und blind gespielt wurde. Genau wie er und andere es vorhergesagt hatten, würde die meiste Zeit während einer Auseinandersetzung mit der Suche nach einer günstigeren Position verbracht werden – und wer auch immer schließlich die beste Position erreichte, hätte den Krieg gewonnen, bevor auch nur ein einziger Schuß abgefeuert worden war. Der Rest wäre nur noch ein Aufwaschen.

Und in der Zwischenzeit ... Kories erstes eigenes Kommando war bereits von der Admiralität festgelegt worden. Er war dem Sektor von Vizeadmiralin O'Hara zugeteilt worden, und die ersten drei Jahre seiner Karriere als Schiffskommandant lagen so klar und deutlich vor seinem geistigen Auge, als wären sie auf dem Holoprojektor des Astroga-tionsdisplays skizziert worden. Nach einer Reihe von Testflügen würde sich die *LS-1187* – noch immer unter dem Kommando von Kapitän Sam Lowell – dem Seidenstraßenkonvoi anschließen und Güter und Nachschub über den *Abgrund* transportieren. Nach Abschluß dieser Mission sollte Kapitän Lowell das Kommando über die *LS-1187* an seinen Ersten Offizier übergeben, Fregattenkapitän Jon Korie, der gleichzeitig in den Rang eines Kapitäns befördert werden sollte.

Kapitän Korie würde seine Laufbahn als Schiffsführer mit besonderen Überwachungs- und Patrouillenaufträgen beginnen, die dem Flottenkommando die Möglichkeit bieten würden, seine Initiative zu beurteilen und zu sehen, ob er ein Kapitän wie Margaret Faslim-Arub oder ein Kapitän wie Sam Lowell werden würde.

So lautete jedenfalls die Planung. Unglücklicherweise spielten die darauffolgenden Ereignisse nicht dabei mit.

Die Morthanische Dritte Flotte *folgte* der *LS-1187* zum vereinbarten Treffpunkt und griff den Seidenstraßenkonvoi in dem Augenblick an, als er sich in der Nähe einer kleinen, öden Welt namens *Marathon* formieren wollte.

Kapitän Lowell fand zusammen mit achtzehn weiteren Besatzungsmitgliedern den Tod, und die *LS-1187* wurde im Verlauf des Überfalls schwer beschädigt und trieb als Wrack im Raum. Ohne Energie. Ohne Gravitation. Ohne Kapitän. Und mit kaum genug Sauerstoff und Lebensmitteln an Bord, um die dringendsten Reparaturen erledigen zu können.

Unter Jon Kories Führung kroch die *LS-1187* nach Hause, aber die Fahrt dauerte länger als ein halbes Jahr. Und als sie endlich bei *Stardock* angekommen waren, beschimpfte man sie als *Jonas*.

Man gab ihnen die Schuld an dem *Marathon*-Desaster und dem seither überall tobenden Krieg. Drei morthanische Flotten waren über den *Abgrund* gekommen und hatten in der Zwischenzeit ganze Welten ausgelöscht.

Einschließlich *Shaleen.*
Und Carol.
Und seiner beiden Kinder. Timmy und Robby.
Tot. Alle tot.
Korie tat, was er immer getan hatte, wenn seine Emotionen außer Kontrolle zu geraten drohten: Er stürzte sich in seine Arbeit und wartete darauf, daß der Sturm vorüberziehen würde.
Aber er zog nicht vorüber.
Er würde niemals vorbei sein.

Feindberührung

Drei Tage lang arbeiteten sie verzweifelt. Die Lage erschien allen eigenartig vertraut. Sie hatten schon einmal in einer ähnlichen Situation gesteckt. Sie kannten das Gefühl.

Das Schiff trieb manövrierunfähig im All. Die Antriebe blieben abgeschaltet. Keine Gravitation, kein Licht, kein Harlie.

Zögernd hatte der Leitende Ingenieur einen Teil des Kiels, die Zentrale und die Brücke, das Offiziersdeck und die Messen wieder unter Atmosphärendruck gesetzt. An jedem Ende hatte er improvisierte Luftschleusen aufgestellt, nicht mehr als eine Reihe von Membranen, durch die man sich hindurchpressen mußte. Sie boten zumindest schnellen Zugang nach drinnen und draußen. Die Mannschaft kam nur zum Essen herein, oder um sich für die kurzen Ruhezeiten an einem Schott oder einer Strebe festzuschnallen und ein wenig zu schlafen. Einige schliefen sogar draußen in ihren Raumanzügen. Alle arbeiteten rund um die Uhr. Essen und Schlafen waren die einzigen Unterbrechungen, die stattfanden.

Drei Trupps gingen durch das Schiff und waren nur mit Notfall-Dekontaminationen beschäftigt. Der Kobold blieb unsichtbar.

Ein anderer Trupp nahm den Tender und ging nach draußen, um die treibenden Torpedos zu bergen. Sie brachten drei zurück und sicherten sie an der Dockplattform. Dann sicherten sie auch den Tender an der Plattform und richteten die Torpedos so ein, daß ihre Hyperstatussimulatoren auf die Singularität im Käfig des Täuschkörpers gerichtet waren. Dann zapften sie die Energieversorgung *Dollys* an und verbanden sie mit den Kontrollen des Tenders, genau wie die Kontrollen der Torpedos.

Sie konnten ihre Arbeit natürlich nicht testen – jedenfalls nicht, ohne eine größere Hyperraumwelle zu erzeugen, die der Feind sofort geortet hätte. Es gab keine Möglichkeit festzustellen, ob ihre Konstruktion im Ernstfall wie geplant funktionieren würde.

An Bord der *Sternenwolf* arbeitete die Mannschaft fieberhaft weiter. Die Raumanzüge waren hinderlich. Die Schwerelosigkeit war hinderlich. Ihre eigene zunehmende Erschöpfung war hinderlich. Alles dauerte dreimal so lange wie normal. Nur Adrenalin hielt sie noch wach. Die Angst ließ sie ständig auf die Uhren blicken. Die Zeiger rasten nur so über die Zifferblätter. Sie saßen im Zentrum einer sich mit Lichtgeschwindigkeit in alle Richtungen ausdehnenden Kugel aus Radiowellen. Wie gründlich hatten die Morthaner den Raumsektor mit Sonden überschwemmt? Harlie hatte geschätzt, daß ihnen weniger als drei Tage bleiben würden, bis die erste Sonde die Radiowellen entdeckte. Die Sonde würde unverzüglich ein Hyperraumsignal absenden. Und wie lange würde es von diesem Augenblick noch dauern, bis die Kriegsschiffe sich wie Haie auf sie stürzen würden? Einen weiteren Tag. Vielleicht auch zwei.

Aber Harlie war abgeschaltet, genau wie alle Ortungsapparaturen. Sie besaßen keinerlei Möglichkeiten, das Hyperraumsignal der Sonde zu orten. Folglich konnten sie auch nicht herausfinden, wann genau sie entdeckt worden waren. Es konnten drei Tage her sein. Es konnten aber auch – mit viel Glück – dreizehn sein. Vielleicht würde man sie auch nie entdecken. Sie würden es erst wissen, wenn eine passive Linse das erste feindliche Schiff meldete. Sie arbeiteten noch fieberhafter.

Die letzte Stunde des dritten Tages ging vorüber wie ein Nierenstein. Sie dauerte ewig. Alles schien erstarrt zu sein. Die Mannschaft leistete Schwerstarbeit. Und sie hatten den Kobold noch immer nicht gefunden.

Der vierte Tag brach an. Die Chancen verschlechterten sich stündlich. Die morthanischen Schlachtschiffe würden bald hiersein. Korie ging nach draußen zum Tender und überprüfte die Kontrollen. Alles war im grünen Bereich. Er schob einen Speicherchip in den Kartenleser und kopierte den letzten Satz von Programmen in die schwache Rechnerintelligenz des Tenders. Er hatte nicht gewagt, die Dateien über eine Leitung zu senden; das Netzwerk auf der anderen Seite war immer noch nicht dekontaminiert worden. Der Tender hatte unter allen Umständen viren- und nanofrei zu bleiben.

Er startete ein Virenkillerprogramm und beobachtete die Schirme. Die Dateien waren nicht infiziert worden. Der Tender war einsatzbereit.

Kories Finger zuckten nervös. Am liebsten hätte er die Maschinen augenblicklich hochgefahren.

Am liebsten hätte er augenblicklich einen Blick durch die Hyperraumlinsen geworfen. Das Jagdfieber hatte ihn gepackt. Er hielt sich zurück. Das Risiko war einfach zu groß. Es wäre ein Fehler. Jede Stunde, die ereignislos verstrich, zählte für ihre Seite. Aber ... er konnte zumindest Simulationen durchführen.

Die ›Simulationen‹ waren nur primitive, von Korie selbst geschriebene Übungen; Harlie hätte sicherlich viel ausgereiftere Programme erzeugt – aber sie durften es nicht riskieren. Nicht, bevor der verdammte Kobold nicht gefunden und vernichtet war. Und selbst dann mußten sie vorher noch eine zusätzliche Dekontamination durchführen. Aber es spielte keine Rolle. Korie benötigte keine ausgeklügelten Simulationen. Jedenfalls nicht für diese Sache.

Korie schreckte hoch, als sein Sauerstoffalarm losging. Er hatte nur noch für dreißig Minuten Atemluft. Er war eingeschlafen. Zweieinhalb Stunden. »O Scheiße!« fluchte er. Er hatte nicht so lange ausruhen wollen. Er schnallte sich von seinem Sitz los und machte sich auf den Rückweg zur *Sternenwolf.*

Dort ersetzte er im Frachthangar die fast leeren Sauerstofftanks und machte sich anschließend auf den Weg zum Maschinenraum.

Der Leitende Ingenieur überwachte die Reinstallation des letzten Singularitätshakens. Korie schwebte zu ihm. »Wie sieht's aus?« wollte er wissen.

Leen schüttelte den Kopf. »Wenn es funktioniert, dann hab' ich mir den Heisenbergpreis verdient.«

»Sind Sie sicher?« fragte Korie.

»Ersparen Sie mir die alten Kalauer«, erwiderte Leen säuerlich.

»Tut mir leid«, sagte Korie. »Wenn es Ihnen hilft – ich habe Sie bereits auf meine Liste für schriftliche Belobigungen gesetzt.«

»Ein guter harter Drink wär' mir lieber.«

»Auch das läßt sich einrichten. Sie haben zwei Kanister mit *Sternenschein* hinter den Filtern versteckt. Sobald im Schiff wieder atembare Atmosphäre herrscht, können Sie einen aufmachen.«

Leen starrte Korie entgeistert an. Es war schon beinahe unheimlich, wie gut Korie sich mit Leens Inventar auskannte. Korie ignorierte Leens Blick.

»Der *Sternenschein* lagert beinahe zwei Wochen. Das sollte reichen, meinen Sie nicht auch? Und jetzt erzählen Sie mir, wie weit Sie mit dem Hyperraumantrieb sind.«

»Wir können nicht testen«, antwortete Leen mit hochrotem Kopf. »Ich weiß nicht, ob er funktionieren wird. Wir mußten alles manuell erledigen. Wir mußten die verdammten Haken selbst justieren und mit Klammern sichern. Wir haben sie mit Lasern justiert. Vielleicht halten sie. Die Sichtprüfungen waren jedenfalls positiv. Wir überprüfen im Augenblick die Feinjustage, aber ich glaube nicht, daß wir hier auch ein so gutes Ergebnis bekommen. Sollte mich jedenfalls überraschen. Und da es keinen Weg gibt, den Fokus genauer zu setzen, können wir die Kalibrierung sowieso vergessen. Wir haben unsere letzten Ventrikulatoren verloren, als die Fallen hochgingen. Wir wagten nicht, sie vorher zu entschärfen, weil das Verdacht bei unserem blinden Passagier erweckt hätte. Vielleicht wäre auch eine Toter-Mann-Schaltung ausgelöst worden. Und außerdem haben Sie alle unsere Ersatzteile verhökert, also haben Sie keinerlei Grund, sich zu beschweren. Die einzigen Kalibrierwerkzeuge, die wir noch besitzen, sind Schrott. Und da wir auch keine Richtrohre mehr haben, spielt alles sowieso keine Rolle.« Er atmete tief durch und stöhnte frustriert. »Wenn es wider Erwarten trotzdem funktioniert, dann werden wir jedenfalls mit einem sehr lockeren Fokus unterwegs sein. Die *Sternenwolf* wird sich kaum kontrollieren lassen und tanzen wie ein Eiswürfel auf einer heißen Ofenplatte.«

»Gut«, entgegnete Korie sarkastisch. »Das wird es dem Gegner erschweren, uns zu treffen. Wie steht's mit der Geschwindigkeit?«

»Raten Sie mal. Entweder werden wir schlittern, oder es wird uns zerreißen. *Tertium non datur.*« Nach einer Pause fügte der Leitende Ingenieur hinzu: »Ich glaube, ich werde ein Versetzungsgesuch einreichen.«

»Oh?«

»Ich habe keine Lust, auf einem Schiff zu arbeiten, dessen Maschinen vom kommandierenden Offizier so miserabel behandelt werden.«

»Oh?« sagte Korie erneut. »Sie haben vergessen, mir zu sagen, daß Sie ewig leben wollen Ein grober Fehler, Mister Leen. Ich hätte alles ganz anders geplant.«

»Ich meine es *ernst*«, erwiderte Leen. »Oder können Sie mir einen guten Grund nennen, warum ich mir weiterhin den Arsch für Sie aufreißen soll, wenn Sie so mit meinen Maschinen umspringen?«

»Sie wollen einen Grund? In Ordnung. Sie werden nie wieder einen Kommandeur finden, der all Ihre Fähigkeiten und all Ihr Geschick so gründlich und häufig herausfordert wie ich. Sie werden nie wieder auf einem Schiff Dienst verrichten, auf dem es derart viele unlösbare Probleme zu lösen gibt. Mir machen Sie nichts vor, Mister Leen. Es gefällt Ihnen doch, den Supermann zu spielen. Auf jedem anderen Schiff würden Sie vor Langeweile sterben.«

»Führen Sie mich nicht in Versuchung. Es macht mir nichts aus zu sterben. Nur nicht gerade heute.«

»Sie können von mir aus jederzeit gehen«, sagte Korie. »Aber Sie tun es besser bald, weil ...«

Sein Ohrhörer summte. »Mister Korie? Sir?« Tor war am anderen Ende. »Wir haben Feindkontakt.«

»Ich bin auf dem Weg«, antwortete er. »Geben Sie Alarm.« Zu Leen gewandt fuhr er fort: »Heizen Sie die Maschinen an. Wir werden auf die harte Tour herausfinden, wie gut sie arbeiten. Sie können morgen an Ihrer Kündigung weiterformulieren. Vielleicht komme ich sogar mit Ihnen.«

»Wenn wir dann noch leben«, murmelte Leen, während er sich bereits über seine Instrumente beugte.

Zuschauer

Korie war der letzte, der auf der Brücke eintraf. Er hatte von allen den weitesten Weg zurückzulegen, und er mußte sich außerdem durch die Membranschleuse im Kiel zwängen. Er schwebte durch die Kommandozentrale und auf die Brücke hinauf, wo er sich hastig in seinem Sitz festschnallte. Dann zog er seinen Helm ab.

Quer über die Brücke hatte man eine Notbeleuchtung gespannt. Drei Rechnerkonsolen waren dekontaminiert und in Betrieb. Brik saß bereits in seinem Sitz und erteilte über sein Kehlkopfmikro Befehle. Korie hakte sein eigenes Komset vom Sitz los und zog es über. Einen Augenblick lauschte er dem Stimmengewirr, bevor er Tor rief. »Geschätzte Ankunft?«

»Drei Minuten. Wir haben eine Peilung.«

»Wie groß?«

»Groß. Verdammt groß.«

»Können Sie ein wenig präziser werden?«

»Präziser geht's nicht, Sir. Möglicherweise Juggernaut-Klasse.«

»Wir geben uns gar nicht erst mit kleineren Vögeln ab, was?« murmelte Korie zu sich selbst.

»Der Tender ist einsatzbereit«, meldete Goldberg.

»Klingt gut, verstanden. Mister Leen?«

»Wir sind bereit. Vierzig Prozent und steigend.«

»Das ist besser, als ich zu hoffen gewagt hatte. Ich danke Ihnen. Fertigmachen zum Hypersprung.«

»Aye aye, Sir.«

Korie wollte sich eben vorbeugen und das nächste Kommando erteilen, als Tor leise meldete: »Ein zweites Schiff nähert sich.«

»Wo?« wollte der Erste Offizier wissen.

Tor hielt ihr Display hoch, damit Korie selbst sehen konnte. Ein kleiner weißer Punkt schoß aus spitzem Steuerbordwinkel heran.

»Was zur Hölle!?« platzte er heraus, dann riß er sich zusammen. »Mein Gott. Es ist die *Houston.*«

»Sie haben ihren Singularitätsantrieb wieder zum Laufen gebracht!« sagte Tor.

»Mit unseren Fibrillatoren. Verdammt, verdammt, *verdammt*! Wir hätten sie ihnen niemals geben dürfen! Sie geht auf Angriffskurs!«

»Sie werden sie zu Brei zerschießen ...«, murmelte Hodel.

»Ruhe, Hodel!« wies ihn Korie zurecht.

Schweigend beobachteten sie, wie sich der kleine weiße Punkt dem großen pinkfarbenen näherte.

Plötzlich verschwand der pinkfarbene. Eine Sekunde später war der weiße ebenfalls nicht mehr zu sehen.

»Sie werfen Torpedos!« sagte Korie.

»Sie haben nicht die Spur einer Chance«, brummte Brik. Auf Kories scharfen Blick hin erklärte er: »Ihre Torpedos besitzen nicht genügend Reichweite. Die morthanischen Raketen fliegen dreimal so weit. Die *Houston* kommt nicht nahe genug ran.«

»Da sind sie wieder. Die *Houston* ist zurück im Hyperraum.«

»Können sie es schaffen, den morthanischen Vögeln wegzufliegen?« fragte Jonesy.

»Nein«, erwiderte Brik mit Endgültigkeit in der Stimme. »Können sie nicht.«

»Sie beginnen mit Ausweichmanövern«, meldete Tor.

»Es wird nicht funktionieren«, sagte Brik. »Das Unvermeidliche wird lediglich hinausgezögert.«

»Sie sind mir vielleicht ein Optimist«, bemerkte Tor sarkastisch.

»Können Sie die Raketen orten?« wollte Korie von der Astrogatorin wissen.

»Nicht auf diese Entfernung. Und nicht mit einer passiven Linse. Wenn wir ein Hyperraumfenster aufmachen könnten? Vielleicht ...«

»Nein. Das Risiko ist mir zu hoch.«

»Das dachte ich mir«, stimmte Tor zu.

»Da ist der Morthaner«, sagte Hodel. »Was macht er denn da?« Korie spähte über Tors Schulter auf den kleinen Schirm. Das morthanische Schiff bewegte sich schnell. Es holte die *Houston* ein und flog an ihr vorbei.

»Er überlädt seine Hyperraumblase. Das hält er nicht länger als dreißig Sekunden durch. Ein ziemlich gefährliches Manöver.« Das morthanische Schiff flog an der *Houston* vorbei und noch ein Stück weiter – und dann verschwand es wieder vom Schirm.

»Sie feuern erneut Raketen ab. Die *Houston* ist eingekreist. Sie wird vernichtet werden«, murmelte Brik.

»Scheiße!« fluchte Korie.

Hilflos sahen sie zu. Der kleine weiße Punkt sprang mit immer größer werdenden Wahrscheinlichkeitsdichten zwischen Normal- und Hyperraum hin und her. Im einen Augenblick sah es noch danach aus, als würde der *Houston* die Flucht gelingen. Sie raste plötzlich nach ›oben‹ –

– und dann war sie ganz verschwunden.

»Die *Houston* existiert nicht mehr«, meldete Jonesy unnötigerweise.

Einen Herzschlag später ertönte Briks rumpelnder Baß. »Jedenfalls wird der Juggernaut jetzt denken, daß wir es waren, die er zerstört hat.«

Auf die verständnislosen Blicke der anderen hin erklärte er: »Sie wußten, daß ein Schiff hier sein würde. Sie haben danach gesucht. Sie fanden das Schiff und zerstörten es. Es gibt uns möglicherweise einen kleinen strategischen Vorteil.«

»Wissen Sie was?« Korie wandte sich abrupt zu seinem Sicherheitsoffizier um. »Erinnern Sie sich, wie ich Ihnen gesagt habe, daß es Tage gibt, an denen ich Sie nicht mag und Tage, an denen ich Sie nicht ausstehen kann? Heute ist einer dieser Tage. Ich kann Sie nicht ausstehen.«

»Danke, daß Sie mich nicht im unklaren gelassen haben«, erwiderte Brik ungerührt.

»Hoffentlich glauben sie *wirklich*, daß sie uns erwischt haben«, sagte Hodel plötzlich und deutete in der verzweifelten Anstrengung, das Gespräch wieder zum Thema zurückzulenken, auf das Display.

»Warum meinen Sie?« wollte Brik wissen.

Tor unterbrach das Gespräch. »Da kommen sie«, sagte sie. »Der Morthaner ist zurück im Hyperraum. Er kommt her. Geschätzte Ankunft in . . . zwei Minuten.«

»Sehen Sie, da haben Sie Ihre Antwort«, meinte Korie sarkastisch. »Er denkt nicht daran zu glauben, daß hier draußen nur ein Schiff wartet. Soviel zu unserem strategischen Vorteil.« Er beugte sich vor und gab einen Befehl. »*Dolly* abstoßen . . .!«

Good-bye, Dolly

»Verstanden«, erwiderte Goldberg. Er klappte einen Plastikdeckel auf seinem Pult zurück und legte den roten Schalter um, der darunter zum Vorschein kam.

Von irgendwo am Heck pflanzte sich ein dumpf vibrierender Schlag durch das Schiff fort. »*Dolly* abgestoßen«, meldete er.

Korie sah zu Brik. »Sagen Sie mir, daß wir den Kobold aufs Kreuz gelegt haben. Erzählen Sie mir, daß er durch das Andockgeschirr geschlichen ist und jetzt auf *Dolly* festsitzt.«

Der Morthaner starrte Korie ausdruckslos an.

»Das habe ich mir gedacht«, sagte Korie mit gespielter Zerknirschung. Er wandte sich um. »Wecken Sie den Tender, Mister Goldberg. Senden Sie das Signal.«

»Verstanden« bestätigte Goldberg und legte den nächsten Schalter um. »Tender ist jetzt aktiv.«

»Entfernung?«

»Drei Kilometer und zunehmend.«

»Zu nah. Wir sind viel zu nah«, fluchte Korie leise. »Wir hätten den Tender früher ausstoßen sollen.«

»Sie selbst wollten die Programme noch ein letztes Mal verbessern«, sagte Brik.

»Also nennen Sie mich einen Perfektionisten.« Dann wandte er sich an Tor: »Wo ist der Vogel jetzt?«

»Auf direktem Kurs zu uns. Warten Sie . . . jetzt ist er aus dem Hyperraum gekommen.«

»Zu weit entfernt!« Korie wäre beinahe aus seinem Sitz gesprungen. »Was zur Hölle macht er da?«

»Er gibt uns keine Gelegenheit zurückzuschießen«, erwiderte Brik. »Er stößt einen Schwarm von Jagdtorpedos aus. In einer Minute ist er wieder verschwunden.«

»Und wenn nichts in die Luft fliegt, wird er zurückkommen . . .«

»Dann sollten wir besser dafür sorgen, daß etwas in die Luft fliegt. Er denkt wahrscheinlich, daß er *Stardock* gefunden hat.«

»Mister Goldberg?«

»Entfernung zum Tender jetzt sieben Kilometer.«

»Wir werden Welleneffekte abbekommen«, warnte Brik.

»Unvermeidlich. *Alles herhören!* Jeder sichert sich an seinem Platz. Eine Hyperraumwelle kommt herein.« Korie wünschte, er hätte noch zehn Sekunden länger warten können, aber er wagte es nicht. Er wagte es einfach nicht. »Tender zünden!«

»Tender gezündet«, meldete Goldberg, während er den dritten roten Schalter umlegte. Dann lehnte er sich zurück. »Tender ist gezündet.«

»Nichts«, sagte Tor.

»Niemand hat gesagt, daß es nicht riskant wäre«, sagte Korie. »Mister Leen, halten Sie sich bereit. Kann sein, daß wir wie die Hasen rennen müssen.«

»Warten Sie ...« sagte Tor – und dann verschwand die Realität für einen Augenblick, als ...

... Carol und Timmy und Robby waren plötzlich bei ihm, und Carol sagte: »Oh, Jon! Ich habe solche Angst!« Er streckte die Arme nach ihr aus, um ...

... unvermittelt kam er wieder zu sich. Es war nicht so schmerzlich wie beim ersten Mal, die Hyperraumwelle war nicht so ausgedehnt. Das Feld war schwächer gewesen. Es war ihnen nicht so nahe gekommen, und sie hatten nicht in ihrer eigenen Hyperraumblase gesteckt ... und deshalb hatte es auch keine internen Reflexionen gegeben wie damals ... alles war viel weniger katastrophal ... *wenn es nur einen Augenblick länger hätte dauern können. Carol war so nah gewesen ...*

Die Beleuchtung schaltete sich wieder ein.

»Tender ist weg«, stieß Brik hervor.

»Und?«

»Wrten Sie eine vrdmmte Mnute«, nuschelte Tor. Sie nahm ihre improvisierte Kontrollplatine auf und hämmerte den Apparat heftig gegen die Konsole.

Dann blickte sie erneut auf das winzige Display. »Ich hab' den Tender gefunden.« Nach einer Pause fuhr sie fort: »Der Juggernaut ist noch immer im Normalraum.«

»Sie müßten den Tender inzwischen geortet haben. Wie sieht er aus?«

»Wie ... wie ... Ich hab' so was noch nie vorher gesehen. Die Signatur ist atemberaubend.«

»Das liegt an den Torpedos. Sie sind nicht dafür gestaltet worden, mit so viel Energie betrieben zu werden.«

»Sie werden ausbrennen«, murmelte Goldberg.

»Der Tender nähert sich ... nähert sich ... jetzt ist er in den Normalraum zurückgestürzt«, meldete Tor.

»Wie nahe ist er dem Juggernaut gekommen?« wollte Korie wissen.

Tor schüttelte den Kopf. »Halbe Distanz. Vielleicht. Auf keinen Fall näher.«

Schweigen breitete sich auf der Brücke aus. Korie rieb seine Nase. Seine Stirn. Fuhr mit den Händen durch die Haare. Sie warteten. Die Zeit dehnte sich.

»Und?« fragte er ungeduldig.

»*Nada.*«

»Sie müssen den Tender gesehen haben«, versuchte er sich selbst zu überzeugen. »Worauf warten sie noch?«

»Wahrscheinlich versuchen Sie herauszufinden, was das war«, sagte Tor. »Die Signatur ist einfach zu bizarr.«

Korie zupfte an seinem Ohrläppchen. »Vielleicht.« Er versuchte, sich die Situation aus Sicht des Morthaners vorzustellen.

Hier kommt ein Signal von einer unserer Sonden. Die wahrscheinliche Position von Stardock. Schneller Angriff. Aus dem Hyperraum, einen Schwarm von Jagdtorpedos ausschicken, und – irgend etwas *kommt plötzlich auf uns zu, beginnt einen Angriffslauf und verschwindet wieder von den Schirmen. Was machen wir jetzt? Verstecken wir uns? Kämpfen wir?*

Er sah zu Brik.

Der Sicherheitsoffizier schüttelte den Kopf. *Kein Kommentar.*

Tor drehte sich um und warf ihnen Blicke zu. Ihr Gesichtsausdruck war ein einziges großes Fragezeichen.

»Wir warten«, entschied Korie.

»Wie lange?«

»So lange es dauert.«

»Seine Jagdtorpedos sind auf dem Weg zu uns« erinnerte sie ihn.

»Das habe ich nicht vergessen. Mister Goldberg, lassen Sie das Päckchen fallen.«

Goldberg zog eine zweite Platine auf seinen Schoß, legte einen Plastikdeckel um und drückte einen Knopf. Das Päckchen war scharf. Dann preßte er den Abschußknopf, und sie spürten erneut ein dumpfes Dröhnen vom Heck der *Sternenwolf* her. Nicht so stark wie beim ersten Mal. »Wann werden die Jagdtorpedos hier sein?« fragte Korie.

»In sieben bis zehn Minuten. Wenn sie ein Echo orten. Sonst in zwanzig bis dreißig.«

»Darauf warten sie«, sagte Brik. »Auf einen Knall. Sie wollen die Bestätigung für ihren Abschuß.«

»Den Knall sollen sie haben«, stimmte Korie zu. »Einen hübschen großen Knall. Bald schon. Mister Goldberg?«

»Sir?«

»Wenn das Päckchen drei Kilometer entfernt ist, lassen Sie es hochgehen. *Alles herhören!* Bereithalten zum Abschalten. In fünfzehn Sekunden. Alles, bis auf die passive Gravitationslinse. Mister Leen, haben Sie mitgehört? Ich sagte *alles*!« Er lehnte sich zurück und zog sein Sicherheitsnetz wieder straff. Ungeduldig blickte er auf die Uhr. Sechs Minuten. Vielleicht mehr.

Vielleicht auch weniger ...

Warten

»Kann es sein, daß es hier drin kälter wird?« fragte Tor.

»Das müssen Sie sich einbilden«, erwiderte Korie. »Es dauert ein gutes Stück länger, bis wir spürbar Wärme verlieren.«

»Die *Sternenwolf* ist immerhin seit eineinhalb Stunden tot.«

»Fühlen Sie sich unbehaglich?«

»Ich arbeite daran.«

»Gut. Denken Sie daran – so ungemütlich es auch sein mag, für den Kobold ist es schlimmer.«

»Das denken *Sie.*«

»Das *hoffe* ich.«

»Die verdammten Torpedos sind überfällig.«

»Sie werden schon kommen. Mister Goldberg?«

»Sir?«

»Wie steht es mit unserem Päckchen?«

Das Päckchen bestand aus einem Bündel von acht Hyperraumgefechtsköpfen.

Sie hatten die Gefechtsköpfe aus ihren eigenen Torpedos ausgebaut und ununterbrochen unter Bewachung gehalten, mitten im Frachthangar, umgeben von Bewegungsdetektoren. Sie hatten die Gefechtsköpfe jeden Tag mindestens einmal dekontaminiert. Sie *mußten* einfach sauber sein. Die Gefechtsköpfe verursachten Signale, die auf den gegnerischen Ortungsgeräten aussehen mußten wie ein Versuch, *Stardock* abzuschirmen. Die Jagdtorpedos des Morthaners würden nicht wie die Sonden nach Masse suchen, sondern nach diesen Signalen, also mußte die *Sternenwolf* als Objekt so inert sein, wie es nur irgendwie einzurichten war. Die Torpedos bildeten das Ziel.

»Päckchen noch immer aktiv«, meldete Goldberg. »Bisher keine weitere Ortung.«

Korie wandte sich an Brik. »Sagen Sie mir, daß wir den Kobold haben.«

Brik blickte unbewegt zurück.

»Er weiß alles«, sagte Korie ungeduldig. »Ich schwöre bei *Ghu*, er hat unseren Plan durchschaut. All unsere Pläne, ganz egal, wie vorsichtig wir gewesen sein mögen – handschriftliche Befehle, Kodewörter, Dekontaminationsprozeduren, Isolierung, Vakuum ... er hat trotzdem alles herausgefunden. Ich bin sicher. Irgendwie hat er alles herausgefunden.«

»Möglich wäre es«, erwiderte Brik. »Selbst wenn nicht – es ist genau der Eindruck, den er bei Ihnen zu erwecken versucht.«

Korie schüttelte erschöpft den Kopf. »Es gibt eine Grenze, bis zu der ich ein Gedankenspiel mitspielen kann, Brik. Mein Schädel platzt.« Er schauerte zusammen, teils wegen der Kälte, die allmählich spürbar wurde, teils wegen der Anspannung, unter der er stand. »Ich denke, er wartet darauf, daß wir zum echten *Stardock* zurückkehren. Was, wenn die Fallen, die er gezündet hat, alle nur zur Ablenkung dienen sollten?«

»Jedenfalls hat er nicht viel übriggelassen, was er noch zerstören kann«, entgegnete Brik. »Die *Sternenwolf* ist tot.«

»Das Päckchen hat sich eben aktiviert«, meldete Goldberg plötzlich. Er lauschte in seinen Ohrhörer. Ein deutlicher Piepser ertönte.

Auf der Brücke verstummten die Gespräche.

»Torpedos kommen. Drei Torpedos. Geschätzter Einschlag in zehn Sekunden ... Fünf Sekunden. Drei ... zwei ... eins!« Goldberg nahm den Ohrhörer ab. »Das Päckchen existiert nicht mehr.«

Korie atmete leise aus. »Okay. Okay ... irgend etwas ist hochgegangen. Vielleicht glauben sie ja, daß sie *Stardock* erwischt haben.«

»Sie werden kommen und nachsehen«, sagte Tor.

»Das wagen sie nicht«, entgegnete Korie. »Wo ist der Tender? Mister Leen? Das Päckchen hat gezündet. Halten Sie sich bereit, die Maschinen anzuwerfen.«

»Der Tender erwacht zum Leben!« meldete Tor. »Das Programm hat funktioniert!«

»Natürlich hat es funktioniert. Ich habe es schließlich selbst geschrieben«, sagte Korie. »Was macht er? Verdammt, können wir den Hauptschirm nicht wieder hochfahren?«

»Der Tender jagt zur letzten bekannten Position des morthanischen Vogels. Seine Signatur ist riesig! Sieht aus wie eine Art Super-Juggernaut. Er nähert sich ... nähert sich ... nähert sich ... und jetzt ist er wieder in den Normalraum zurückgefallen.«

»Hmmm. Gut«, sagte Korie. Dann erklärte er: »Wenn die Torpedos zu lange so beansprucht werden, brennen sie aus. Wir lassen sie fünfzehn Sekunden laufen, dann schalten wir sie wieder ab. Es sieht aus wie ein Monsterkriegsschiff, das einen Angriffslauf durchführt. Die

Gegenseite hat keine Ahnung, was es tut, wenn es aus dem Hyperraum springt. Sie müssen annehmen, daß es das gleiche tut wie sie vorhin ... einen Schwarm von Jagdtorpedos aussetzen. Beobachten Sie Ihr Display, Oberleutnant Tor. Fünfzehn ... zehn ... fünf ...«

»Das sind sie! Sie fliehen!«

»Peng! Ihr verdammten Hurensöhne!« jubelte Korie.

»Der Tender ist zurück im Hyperraum! Er jagt ihnen hinterher!«

In diesem Augenblick schaltete sich der große Hauptschirm an der gegenüberliegenden Wand wieder ein. Mit ihm der holographische Astrogationstisch in der Mitte der Zentrale.

Zwei Reflexe rasten durch den Hyperraum. Ein sehr großer und ein zweiter, noch größerer, mit einer Signatur, die unregelmäßig und verschwommen schien. Korie hielt es nicht mehr in seinem Sitz. Er zog sich über das Geländer der Brücke und schwebte in die Zentrale hinab. »Passen Sie auf«, sagte er. »Sie werden für zehn Sekunden in den Normalraum zurückfallen, gerade lang genug, um ihre eigenen Torpedos abzuschießen – da, sehen Sie!«

Der kleinere der beiden Reflexe verschwand vom Schirm. Korie zählte laut die Sekunden: »Zehn ... neun ... acht ... sieben ... sechs ...« Der Reflex war wieder zu sehen.

»Sie feuern verdammt schnell«, sagte Brik.

»Sie sind verdammt gut«, stimmte Tor ihm zu. »Ich wünschte, wir wären auch so schnell.«

»Eines Tages werden wir es sein, das verspreche ich Ihnen«, sagte Korie.

»Die Torpedos sind weiterhin unsichtbar. Unsere Auflösung reicht nicht aus.«

»Warten Sie's ab. Da, sehen Sie? Der Tender fliegt ein Ausweichmanöver und ...« Der größere der beiden Reflexe, verschwommen und unregelmäßig, war plötzlich nicht mehr da. »Sie haben ihn erwischt. *Jaaa!*« Sie beobachteten, wie der morthanische Juggernaut sich weiter über den Ereignishorizont des Hyperraums zurückzog. Seine Signatur verblaßte immer mehr, bis sie schließlich in einer Entfernung von mehreren Lichtjahren ganz verschwand.

»Da fliegen sie nach Hause. Mit dem bestätigten Abschuß von *Stardock* und einem Riesenschlachtschiff in der Tasche, von dem wir nicht einmal wissen, wie man es baut. Und wir sind sie los!« jubelte Korie.

»Mit Ausnahme des Kobolds«, erinnerte ihn Tor.

»Nein«, entgegnete Brik. Er lauschte in seinen Ohrhörer. »Wir haben ihn gefunden.«

Der Kobold

»Gravitation?« fragte Tor. »Energie?«

»Noch nicht«, befahl Korie. »Wer weiß, was alles scharf wurde, als wir das Schiff abgeschaltet haben. Alle bleiben auf ihren augenblicklichen Positionen.«

»Kommen Sie mit«, sagte Brik, während er sich aus seinem Sitz erhob. Korie folgte ihm. Die beiden schwebten nach hinten, durch den oberen Korridor, den Maschinenraum hinunter zur Werkstatt unterhalb des Singularitätskäfigs und von dort durch einen Zugang in die Innere Hülle – die Farmanlagen waren verwüstet. Das war zu erwarten gewesen. Später wäre noch genug Zeit, deswegen zu trauern. Überall schwebten tote, welke Pflanzenteile herum. Es war, als schwömmen sie durch einen gelb schimmernden Schneesturm.

Ihre Helmscheinwerfer ließen alles schimmern und funkeln. Sie fanden kaum den Weg. Langsam schwebten sie in Richtung Heck und entlang der Krümmung der Inneren Flasche bis zu einem Platz hinter den Signalfiltern, noch hinter der Stelle, wo der Leitende Ingenieur seine illegalen *Sternenschein*-Vorräte versteckt hielt. Sechs Besatzungsmitglieder hatten sich versammelt und schwebten in einem schweigenden Kreis, der sich teilte, als der Sicherheitsoffizier und der Erste Offizier sich näherten. Dort war er. Angeleuchtet von einem einzelnen Scheinwerfer.

An einer Strebe festgemacht.

In einem transparenten Plastiksack. Der Kobold.

Er hatte sich in einer fötalen Position zusammengekauert. Tot. Seine Haut war bereits blau verfärbt. Er sah aus wie ein Baby. Ein Baby in einem Nährtank, das auf seine Geburt wartete. Korie erinnerte sich . . . sein erster Sohn. Er sah so zerbrechlich aus. So unschuldig.

Er wollte einen genaueren Blick darauf werfen, doch Brik hielt ihn zurück. »Nein. Gehen Sie nicht näher!« Brik legte seinen Helm an den des nächsten Besatzungsmitglieds und befahl ihnen zu gehen. Zögernd kamen sie dem Befehl nach und verschwanden in der Düsternis der Inneren Hülle.

Brik umkreiste den Sack und betrachtete das Wesen aus so vielen verschiedenen Richtungen wie möglich.

»Er sieht so harmlos aus«, sagte Korie. »So unschuldig.«

Brik schnaubte nur.

»Nun, jedenfalls ist er jetzt tot.«

Brik zögerte.

Korie bemerkte die Regung und fragte scharf: »Was ist, Mister?«

Brik schwieg.

»Sie sind zu mißtrauisch, Mann. Ist Ihnen je in den Sinn gekommen, daß Ihre Paranoia vielleicht übertrieben sein könnte?«

»Nein«, entgegnete Brik. »Wieso? Sollte es?«

Bevor Korie eine Antwort geben konnte, meldete sich sein Kommunikator. »Was gibt's?«

Cappy war am anderen Ende der Leitung. »Wir haben den Kobold gefunden, Sir! Vorn im Bug.«

»Was? Sagen Sie das noch mal!«

»Wir haben den Kobold gefunden. Steuerbord. Sektion Zwo, fünfzehn Grad. Er steckt in einem Okuda-Schlauch. Er ist tot. Er hatte keine Schutzkleidung.«

»Ich komme so schnell ich kann. Korie Ende.« Er warf Brik einen scharfen Blick zu. »Es gab zwei?«

»Mindestens.«

»*Mindestens?*«

Der große Morthaner schwebte zu Korie hinab und blickte dem Ersten Offizier in die Augen. »Einer der Gründe, weshalb ich nach draußen gegangen bin. Ich wollte herausfinden, wie viele Kobolde ich in meinem Geschirr transportieren konnte. Ich hab' Ihnen nichts davon erzählt. Ich hätte einen lebenden Kobold mitnehmen können. Oder zwei Eier in einem Inkubator. Ich mußte jede Möglichkeit wissen, die Cinnabar hatte. Jetzt weiß ich alles. Er hatte mindestens zwei Eier für die *Burke* dabei. Vielleicht noch mehr. Er benötigte sie nicht, deswegen brütete er sie auch nicht aus. Als er dann zur *Sternenwolf* hinüberwechselte, nahm er die Eier mit. Ich glaube nicht, daß er vorhatte, sie hier auszubrüten. Wie gesagt, diese Eier sollen ziemlich gut schmecken. Ich schätze, er verstaute sie irgendwo in der Absicht, später zurückzukehren. Er kam nicht zurück. Die Eier wurden warm und die Kobolde schlüpften. Ein tödlicher Fehler.«

Korie überlegte. »Ein Kobold kommt zur Welt und weiß, wie er ein Raumschiff sabotieren muß?«

»Wenn wir die Eierschalen finden, dann werden wir wahrscheinlich auch das zugehörige Inkubationsgehäuse entdecken. Es ist mit Sicherheit vermint, aber es wird uns verraten, wie viele Kobolde es gibt oder gab. Ich hatte gehofft, wir würden den Inkubator bei einem der beiden Kobolde finden, aber das war wohl verfrüht.«

Korie stieß die Luft zwischen den Zähnen hervor. »Nach wie vielen Kobolden suchen wir, Brik? Einem? Zwei? Einem Dutzend?«

»Sicher nicht nach einem Dutzend«, antwortete Brik ruhig. »Cinnabar konnte in einem geeigneten Behälter maximal sechs Eier mitführen, aber meiner Meinung nach ist er das Risiko nicht eingegangen. Kobolde sind eingeschlechtlich. Und sie paaren sich ununterbrochen. Ich erwarte, daß wir in den beiden toten Exemplaren Eier finden, wenn wir sie scannen. Ich bezweifle, daß inzwischen irgendwo Eier gelegt worden sind – aber wenn es noch mehr Kobolde gibt, dann bleiben uns nur ein paar Tage, bevor sie anfangen, ihre Eier überall im Schiff zu verstecken. Und die Kobolde aus diesen Eiern sind nicht programmiert, sondern wild. Sie können sich nicht vorstellen, welche Schwierigkeiten wilde Kobolde Ihnen bereiten können. Deshalb sind selbst Morthaner vorsichtig im Umgang mit Kobolden.«

Ein neuer Gedankengang fand seinen Weg an die Oberfläche von Kories Bewußtsein, und er gefiel ihm überhaupt nicht. »Warum haben Sie mir das alles nicht schon früher gesagt?«

Brik schüttelte den Kopf. »Sie glauben immer noch, man könnte *zu paranoid* sein. Ich dachte, wir hätten vielleicht eine Chance, wenn es nur gegen einen Kobold gehen würde. Aber zwei oder noch mehr ... ich war mir nicht sicher.«

»Sie haben mich angelogen!«

»Nein. Das habe ich nicht. Sie haben nie danach gefragt.«

»Dann haben Sie mich bewußt im unklaren gelassen.«

»Ja, das wird wohl so sein.«

»Es gefällt mir nicht, Mister Brik.« Korie spürte, wie die Wut in ihm aufstieg. Gleichzeitig war er sich sehr wohl der Ironie der Situation bewußt.

»Das habe ich auch nicht erwartet, Sir.«

»Aber ... Sie würden es jederzeit wieder tun, wenn Sie meinen, daß es etwas nützen könnte, wie?«

»Ja.«

»Und selbst wenn ich Ihnen befehlen würde, es nicht mehr zu tun ...«

»Ich würde vorziehen, wenn Sie diesen Befehl nicht erteilen würden, Sir.«

»Damit Sie ihn nicht mißachten müßten, nicht wahr?«

Brik schwieg.

»Ich verstehe«, knurrte Korie. »Sie wissen, daß wir uns auf sehr dünnem Eis bewegen, oder?«

»Jawohl, Sir. Das gleiche Eis, auf dem Sie und Vizeadmiralin O'Hara stehen, Sir.«

Korie öffnete den Mund zu einer Antwort, aber er

blieb stumm. Er atmete tief ein und aus. Dann noch mal. Und ein drittes Mal. Brik hatte recht.

»Wir werden noch ein paar Tage ohne Atmosphäre operieren«, sagte Brik schließlich. »Ich werde Nanos einsetzen, die nach Eiern und weiteren Kobolden suchen. Meiner Meinung nach haben unsere strengen Kontrollen und die ständigen Dekontaminationen die Kobolde schwer gestört. Ich schätze, sie sind alle tot. Ich glaube nicht, daß wir Eipakete finden werden. Der hier sieht noch nicht geschlechtsreif aus, und die anderen werden kaum weiter entwickelt sein. Aber wir benötigen einen Roboter, um ihre Leichen zu entfernen.«

»Wir haben keine Roboter mehr.«

»Homer-Neun«, erwiderte Brik.

»Haben wir eingetauscht.«

»Nein, haben wir nicht«, grunzte Brik. »Er hatte einen Fehler, und die *Houston* wollte ihn nicht.«

»Ach so. Ja, ich erinnere mich.« Korie überlegte einen Augenblick. »Was wissen Sie über diesen Fehler, Mister Brik?«

»War anscheinend nur ein Irrtum.«

»Ich verstehe. Sie dachten, wir würden einen Roboter gebrauchen können, oder?«

»Ich gebe zu, daß die Situation nicht einer gewissen Ironie entbehrt«, entgegnete Brik.

Korie atmete hörbar aus. »Sie haben mich schon wieder getäuscht, was?«

Brik schwieg.

»Richtig. Ich habe die Frage nicht gestellt. Schon gut, schon gut. Kommen Sie, wir wollen einen Blick auf den anderen Kobold werfen, und dann kümmern Sie sich darum, diese . . . Dinger hier rauszuschaffen.«

Er drehte sich um und schwebte voran.

Drei Tage später erschien Brik auf der Brücke und meldete: »Homer-Neun steht an der vorderen Luftschleuse bereit.«

»Schirm nach vorn«, befahl Korie.

Brik berührte einen Schalter auf seinem Kontrollpult. Der Hauptschirm zeigte einen sechsarmigen Roboter, der sich mit zwei Armen an den Handgriffen festhielt. In den anderen vier trug er Behälter mit Koboldleichen.

Korie warf dem Sicherheitsoffizier einen unsicheren Blick zu. »Sind Sie sicher, daß es sein muß? Ich hasse den Gedanken, den Roboter zu opfern.«

»Tut mir leid. Aber es muß sein.«

»Dann fangen Sie an.«

Brik erteilte einen Befehl. Der Roboter drückte sich vom Rumpf des Schiffes ab. In den Händen hielt er noch immer seine tödliche Last. Sie beobachteten über den großen Schirm, wie er langsam davontrieb, verfolgt von den grellen Lichtkegeln der Außenscheinwerfer. Bald war er nicht mehr zu sehen.

»Okay«, sagte Korie.

Brik erteilte einen weiteren Befehl. In der Mitte des Hauptschirm flammte ein lautloser Blitz auf.

»Sagen Sie mir, daß es vorbei ist«, wandte Korie sich an Brik.

»Es ist vorbei«, antwortete der Morthaner.

»Eine eindeutige Antwort! Mein Gott!« rief Korie erstaunt. »Was ist bloß in Sie gefahren?«

»Ihr Sarkasmus ist reine Verschwendung an mir«, sagte Brik.

»Zumindest erkennen Sie Sarkasmus«, erwiderte Korie, dann hielt er inne. »Entschuldigung. Ich bin in ziemlich düsterer Stimmung ... Also gut. *Alles herhören!* Alle Mann in den Frachthangar!«

Die Zeremonie war noch weit düsterer. Ein einzelner verhüllter Leichnam lag auf einer Planke. Decksmann Armstrong und die überlebenden Quillas standen da und warteten leidenschaftslos. Korie fragte sich, was die Quillas fühlen mochten. Wie erging es einem Kollektivbewußtsein, wenn es einen Teil von sich selbst verlor? Er fragte sich, welche Heilprozesse der Cluster durchmachen würde. Er nahm sich vor, mit Molly Williger darüber zu sprechen.

Korie hatte noch nie eine Raumbestattung geleitet. Er war zwar schon häufig bei diesen Zeremonien zugegen gewesen, aber nie als ranghöchster Offizier. Er sehnte sich nicht gerade nach seiner Aufgabe.

Er schlug das Buch auf und begann laut vorzulesen. Keine Worte über Gott. Er vertraute Gott nicht mehr. Nie wieder. Nicht mehr, seit Gott ihm die Familie genommen hatte.

Er las die Worte vor und fühlte sich dabei wie ein Scheinheiliger. Was er wirklich sagen wollte war: *Gott hält seine Versprechen nicht. Gott gibt mit der einen Hand und nimmt gleichzeitig mit der anderen. Gott verdient unser Vertrauen nicht.* Aber er sagte es nicht.

Er wußte, daß die anderen noch immer an Gott glaubten. Jedenfalls einige von ihnen. Er war nicht derjenige, der ihnen ihren Glauben nehmen würde. Sie würden es schon früh genug selbst herausfinden. Oder niemals. Es war eigentlich völlig egal.

Sie arbeiteten hart, sie kämpften hart, sie überlebten – das war Lohn genug. Das mußte reichen.

Anerkennung? Oder gar Belohnung?

Nicht in diesem Leben. Nicht so, wie die Dinge zu laufen schienen.

Korie beendete seine Rede. Ihm wurde bewußt, daß sein Vortrag mechanisch gewirkt haben mußte. Es tat ihm leid. Die Mannschaft verdiente das Beste, das er ihr geben konnte. Wenn Gott ihnen schon nicht das Beste gab – er würde es tun. Zur Hölle mit Gott. Er klappte das Buch zu und blickte auf. Ihre Gesichter wirkten entschlossen, versteinert, grimmig. Er hatte keine Vorstellung, was in ihren Köpfen vorgehen mochte. Vielleicht erwarteten sie, daß er mehr sagen würde . . .?

Er atmete ein.

»Wir alle haben zu viele unserer Freunde verloren, seit dieser verdammte Krieg ausgebrochen ist«, begann er. »Und wir werden noch mehr verlieren, bevor er zu Ende ist. Es ist nicht unwahrscheinlich, daß ... noch manche unter uns hier als Namen auf einer Tafel enden. Ich weiß, daß ich Ihnen lieber Trost anbieten sollte, Hoffnung, Worte des Friedens. Es tut mir leid, ich kann nicht. Nicht heute. Das Beste, was ich Ihnen heute geben kann, ist meine Wut.

Aber die gute Nachricht lautet, daß unsere Wut uns bis heute am Leben gehalten hat. Wir haben überlebt, und wir werden einen weiteren Tag kämpfen. Also lassen Sie uns sehen, wie weit unsere Wut uns noch bringen wird. Lassen Sie uns herausfinden, wie weh wir ihnen tun können für die vielen Toten, die sie uns hinterlassen haben. Es reicht nicht, um uns über unseren Verlust hinwegzutrösten, aber es ist etwas Sinnvolles, das wir mit dem Schmerz anfangen können, den sie über uns gebracht haben. Wir können es ihnen zurückzahlen.«

Er nickte dem Leitenden Ingenieur zu.

Lambdas Leichnam glitt in die Luftschleuse. Dahinter glitt das Schott zu. Einen Augenblick später setzte die Musik ein. Eine Trompete. Leise. Tragend. Hodel hatte das Stück ausgesucht. Korie würde ihn später fragen, wie es hieß.

Gute Freunde

Brik traf Bach im Fitneßraum, einem Bereich in der Inneren Hülle unmittelbar vor den Obstgärten. Bach rannte auf dem Laufband, als Brik herankam. Sie erblickte ihn und nickte. Brik wartete geduldig. Nach ein paar Minuten verringerte Bach ihre Geschwindigkeit, zuerst zu einem langsamen Trab, dann fiel sie in Schritt. Schließlich hielt das Band an, und sie stieg herunter. Sie ergriff ein Handtuch und wischte den Schweiß von ihrer Stirn. Dann blickte sie zu ihm hoch – und hoch – und hoch. Ihre Augen glänzten, ihr Gesicht war rot, aber Brik konnte nicht sagen, ob es an den Übungen lag oder einen anderen Grund hatte.

»Wie geht es dir?« fragte er.

»Besser.«

Brik überlegte lange, wie er es ihr am besten sagen sollte. »Es tut mir leid, daß ich dich verletzt habe.«

»Du hast mich nicht verletzt«, erwiderte sie. »Verletzt ist nicht das richtige Wort. Ich war ...« Sie zuckte die Schultern und lächelte gleichzeitig ein wehmütiges Lächeln. »Ich war erschöpft.«

»Ja«, stimmte Brik ihr zu.

»Sehr angenehm erschöpft«, gestand sie.

»Doktor Williger hat gesagt, daß dein Herz ziemlich unter Streß gestanden hat.«

»Sie hat aber auch gesagt, daß es keine bleibenden Schäden gibt. Ich brauchte nur ein paar Tage Ruhe und ein wenig Training, um die Steifheit aus den Gliedern zu vertreiben, das ist alles.« Sie rubbelte mit dem Handtuch über das Haar. Dann sagte sie: »Ich bereue nicht, daß wir es getan haben.«

»Ich auch nicht«, erwiderte Brik.

»Hast du ... äh, herausgefunden, was du herausfinden wolltest?«

»Ich glaube schon«, gestand der Morthaner.

»Und?«

»Ich ... ich glaube jetzt, daß ich verstehe, warum es für Menschen so ein schwieriges Thema ist. Es fällt sogar mir schwer, darüber zu reden.«

»Mir auch.«

»Ja, aber du bist ein Mensch.«

»Ja. Ich bin ein Mensch.«

Brik holte tief Luft. »Ich glaube nicht, daß wir das noch einmal ausprobieren sollten.«

Bach reagierte nicht. Oder vielleicht hatte sie auch erwartet, daß er so etwas sagen könnte. Schweigend erwiderte sie seinen ausdruckslosen Blick. Schließlich fragte sie: »Und warum nicht?« In ihrer Stimme war nur Neugier zu entdecken. Keinerlei Anzeichen von Ärger oder Wut.

»Ich glaube einfach nicht, daß es eine gute Idee wäre, das ist alles. Ich will nicht, daß du noch mal verletzt wirst.«

»Ich habe mich nicht verletzt.«

»Ich will dir keine weiteren Unannehmlichkeiten bereiten.«

»Es waren keine Unannehmlichkeiten.«

»Und außerdem ...«, Brik zögerte sichtlich, »... außerdem mache ich mir Sorgen, daß meine Integrität als Offizier kompromittiert werden könnte.«

»Aha«, sagte Bach. »So ist das. Deine Integrität als Offizier. Sicher.« Sie nickte zu sich selbst. »Ja. Natürlich.«

»Es ist nicht so, daß es mir nicht gefallen hat«, gestand Brik leise. »Aber es hatte unangenehme Auswirkungen auf meine restlichen mentalen Prozesse.«

»Ja«, sagte Bach. »Ich verstehe. Ich verstehe *voll und ganz.*«

»Dann ist es ja gut«, sagte Brik, ohne zu verstehen. »Dann können wir ja einfach ... *Freunde* bleiben.«

»Nein!« fuhr Bach ihn an. »Nein, das können wir nicht! *Wir können nicht einfach nur gute Freunde sein!!!*« Sie wirbelte herum und trommelte wild mit den Fäusten auf seine Brust. »Und ich verrate dir auch warum, du blöder morthanischer Idiot! Du hast mir zu verstehen gegeben, daß ich nicht gut genug bin für dich. Deine bescheuerten morthanischen ›mentalen Prozesse‹ sind dir wichtiger. Sex mit mir ist dir so unangenehm, daß du lieber so tust, als wäre nichts gewesen. Und das ist genau das Gegenteil von dem, was es mir bedeutet hat. Was ich gespürt habe, das war wunderbar und leidenschaftlich und exquisit und hat Freude gemacht! Und jetzt kommst du daher und sagst mir einfach so, daß du mich zur Seite legen willst, ausmustern, wegwerfen wie ein vollgeschriebenes Heft! Wenn du nicht verstehst, was das für eine verdammte Beleidigung ist, dann zur Hölle mit dir! Ich werde mich versetzen lassen. Und vielleicht auch sexuell umpolen. Stolchak hatte recht. Ich hätte Lesbierin werden sollen. Männer! Morthaner! Ihr seid alle gleich. Arschlöcher!« Sie warf ihm das Handtuch an den Kopf und stapfte in Richtung der Duschen davon. »Gute Freunde! Pah! Ich will nicht noch mehr Freunde. Ich will einen Liebhaber. Aber du kannst mich am Arsch lecken, weil das alles sein wird, was du mich noch kannst!«

Brik überlegte, ob er ihr hinterhereilen sollte.

Er machte sogar zwei Schritte, bevor er wieder stehenblieb.

Er hatte sich seine Entscheidung äußerst sorgfältig überlegt. Äußerst sorgfältig. Er hatte sich logisch mit der ganzen Angelegenheit auseinandergesetzt. Das war immer noch das beste.

Bach war diejenige, die sich unlogisch verhielt. Später, wenn sie sich wieder beruhigt haben und ihren Verstand benutzen würde, dann würde sie sehen, wie logisch alles war. Wie recht er gehabt hatte.

Es war wirklich nur eine Frage der Logik.

Er warf das Handtuch in eine Kiste und verließ den Raum.

Vizeadmiralin O'Hara

»Also gut, Jon. Bitte nehmen Sie Platz.« Die Vizeadmiralin deutete auf den Stuhl, und Korie setzte sich.

Sie lehnte sich in ihrem Stuhl zurück und musterte ihn mit neuem Respekt. Dann nickte sie widerwillig. »Beeindruckende Demonstration dort draußen.«

Sie öffnete die Schublade ihres Schreibtisches und zögerte einen Augenblick. Dann zog sie Kories Rangabzeichen hervor und warf sie über die Tischplatte vor Korie. »Hier«, sagte sie.

Korie machte keine Anstalten, sie aufzunehmen. Es

waren immer noch keine Kapitänssterne. Er blickte die Vizeadmiralin fragend an.

Sie erwiderte seinen Blick leidenschaftslos. »Machen Sie schon, Jon. Ziehen Sie sie an.«

»Es sind nicht die Kapitänssterne, die ich verdient habe.«

»Nein, da haben Sie recht.«

»Dürfte ich erfahren, warum ich nicht befördert werde? Ich denke, ich habe das Recht auf eine Erklärung.«

Die Vizeadmiralin nickte.

»Eigentlich nicht. Die Entscheidungsprozesse der Admiralität sind geheim. Vertraulich.«

»Ich verstehe«, sagte Korie. Er wollte sich erheben ...

»Aber ich darf Ihnen soviel sagen – es ist nicht wegen der Gründe, die Sie vermuten. Setzen Sie sich, Jon.«

Er ließ sich in den Stuhl zurücksinken. Und wartete.

»Sie haben bewiesen, zu was Sie fähig sind. Es war eine stolze Tat. Heroisch. Bewundernswert.«

»Danke«, sagte Korie.

»Aber ... um diese Tat zu vollbringen, haben Sie Befehle mißachtet. Meine Befehle. Und das kann ich nicht tolerieren«, sagte sie. »Ich kann mir keine Kapitäne leisten, die ihren Befehlen nicht nachkommen. Das Flottenkommando muß sicher sein, daß es sich auf seine Kapitäne verlassen kann. Und wir können uns nun einmal nicht genauso auf Sie verlassen wie auf unsere anderen Schiffsführer. Das einzige, worauf wir uns bei Ihnen verlassen können, ist Ihre Willenskraft und Ihre Starrköpfigkeit. Bis jetzt haben Sie Glück gehabt.«

Korie beugte sich in seinem Stuhl vor. O'Hara bemerkte die Änderung in seiner Haltung und hob erwartungsvoll die Augenbrauen. Korie wollte widersprechen. Sie hatte recht mit ihrer Einschätzung.

»Ma'am, bei allem Respekt! Die Flotte braucht auch Kapitäne, die unabhängig handeln können! Ein Kommandant muß die Initiative ergreifen, wenn es keine vorgesetzte Stelle gibt, auf die er zurückgreifen kann. Ich habe meine Fähigkeiten in dieser Hinsicht bewiesen. Dreimal schon! Wenn Sie mich jetzt nicht befördern, dann habe ich offensichtlich keine Zukunft mehr bei der Flotte. Ich werde meine Kündigung einreichen.«

»Darauf bin ich vorbereitet«, erwiderte die Vizeadmiralin. »Aber wenn Sie ausscheiden, dann werde ich die *Sternenwolf* ebenfalls außer Dienst stellen.«

»Wie bitte? Ich dachte, ich hätte meinen Standpunkt klargemacht.«

»Ja, das haben Sie. Vielleicht sogar zu klar. Sie haben uns allen demonstriert, daß Sie und Ihre Mannschaft hervorragende Leute sind. Diese Fähigkeiten werden auf anderen Schiffen dringend benötigt. Ihre Leute sind Ihnen gegenüber ganz außergewöhnlich loyal. Aber ohne Sie ist es nicht mehr die gleiche Mannschaft, oder? Kein Leim mehr, der sie zusammenhält.«

»Sie haben ihr Schiff verdient.«

»Ja, ohne Zweifel. Genau wie sie Offiziere verdient haben, die ihnen gegenüber loyal sind. Wenn Sie ausscheiden, dann werde ich Ihre Leute auf Schiffe versetzen, deren Offiziere Befehle ausführen und sich nicht be-nehmen wie Primadonnen.«

Korie zögerte. Widersprüchliche Emotionen rissen ihn hin und her. »Das ist Erpressung«, platzte er schließlich heraus.

»Ts, ts, ts. Das ist kein Wort, das man leicht in den Mund nimmt, Mister.« Dann fügte sie hinzu: »Aber ... wenn es Erpressung ist, dann ist es angemessen, oder nicht? Sie haben es nicht anders verdient. Nennen Sie es Karma. Vor gar nicht langer Zeit kamen Sie in dieses Büro und versuchten das gleiche mit mir. Sie haben mir sogar gedroht, erinnern Sie sich? Und damit haben Sie den Präzedenzfall geschaffen. Erpressung ist ein geeigneter Weg, das zu bekommen, was man haben will – oder jemand anderen zu bestrafen, wenn man es nicht bekommt.«

»Also bestrafen Sie mich jetzt dafür?«

»Wenn Sie so wollen, ja. Sie können es aber auch anders sehen. Ich hoffe, Ihnen eine Lektion zu erteilen. Wir bauen jeden Monat zwölf neue Schiffe. Wir brauchen Kapitäne. Wir brauchen Besatzungen. Sie haben die nötige Erfahrung. Eines Tages *könnten* Sie ein guter Kapitän werden. Ich bin mir sogar ziemlich sicher. Am besten sind Sie immer dann, wenn Ihre Wut in die richtige Richtung gelenkt wird. Und jetzt tun Sie Ihrer Mannschaft einen Gefallen und ziehen Sie ihre Knöpfe wieder an.«

Im ersten Augenblick wollte Korie den Kopf schütteln – aber nicht als Ablehnung der Befehle O'Haras, sondern weil er ungläubig die Ironie in der Geschichte erkannte und sich ihr fügte. Ein trauriger, schiefer Ausdruck machte sich auf seinem Gesicht breit. »Sie haben mich getroffen«, sagte er kapitulierend. »Sie haben mich verdammt gut getroffen.«

»Wie ich Ihnen bereits früher gesagt habe«, lächelte O'Hara. »Regel Nummer eins: Jugend und Enthusiasmus sind *niemals* Ersatz für Alter und Erfahrung.«

Korie nickte. Langsam streckte er die Hand aus und nahm seine Rangabzeichen vom Schreibtisch.

»Haben Sie noch ein wenig Geduld, Jon«, sagte sie in freundlichem Ton. »Vertrauen Sie mir. Wir haben Pläne mit Ihnen. Wichtige Pläne. Haben Sie noch eine Weile Geduld.«

Kapitän Hardesty

»Sie leben ja immer noch?« rasselte Hardestys Stimme aus dem Lautsprecher.

»Sie sind ja immer noch tot!« schoß Korie zurück. Hardestys Körper lag reglos auf dem Bett. Das Labyrinth aus Schläuchen und Drähten ringsherum war noch weiter gewachsen.

»Nur klinisch«, sagte Hardesty. Die Stimme versagte einen Augenblick, dann war sie wieder da. Lauter als zuvor. »Was wollen Sie denn diesmal?«

Korie grinste. »Ich wollte mich nur bedanken.«

»Wofür?«

»Für das, was Sie bei meinem letzten Besuch gesagt haben.«

»Und was habe ich gesagt?«

»Erinnern Sie sich nicht? Sie haben gesagt, ich wäre nicht fit für ein eigenes Kommando.«

»Hmmm«, sagte die Stimme. »Ich muß ziemlich gute Laune gehabt haben.«

»Ich bin hier mit den Worten rausgegangen: ›Ihnen werd' ich's zeigen, Sie Hurensohn!‹ Und ich war wütend genug, es auch zu tun. Was soll ich sagen? Es hat funktioniert. Und deshalb wollte ich Ihnen danken. Ich habe etwas gelernt.«

Die Stimme schwieg längere Zeit. Schließlich erwiderte Hardesty: »Sie gehen davon aus, daß ich mit meinen Worten ein Ergebnis produzieren wollte. Das ist eine ziemlich gewagte Vermutung, Mister.«

»Eine Vermutung, daß Sie als Raumschiffskapitän nicht ohne guten Grund gemein zu Ihrer Besatzung und erst recht nicht zu Ihrem Ersten Offizier sein würden? Es wäre Verschwendung.«

»Nicht schlecht, Mister Korie. Aber es bleibt trotzdem eine Vermutung. Das ist eine ziemlich gefährliche Angewohnheit, die Sie da entwickeln. Vergessen Sie nicht – ich bin tot. Tote reagieren anders.«

»Jawohl, Sir. Ich werde daran denken. Jedenfalls ... ob Sie es beabsichtigten oder nicht, die Wut, die ich auf Sie hatte, rettete das Schiff ... und sehr wahrscheinlich außerdem *Stardock*.«

»Hmmm.« Das Geräusch besaß einen zustimmenden Ton, mehr nicht. »Wut ist manchmal ganz nützlich«, erwiderte Hardesty schließlich. »Aber Wut ist immer noch eine reaktive Emotion. Sie können sich nicht darauf verlassen, daß Ihre Wut Sie durch Ihr ganzes Leben führt, Mister. Eines Tages wird Ihre Wut Sie im Stich lassen. Und spätestens dann werden Sie herausfinden müssen, woher Sie Ihre Energie wirklich nehmen.«

Kories Augen weiteten sich staunend – sowohl wegen der Länge als auch wegen des Inhalts von Kapitän Hardestys Rede. »Ich hatte keine Ahnung, daß Sie das *zyne* studiert haben, Sir.«

»Es gibt eine ganze Menge, von dem Sie keine Ahnung haben, Mister Korie. Das ist die *Arroganz der Jugend.* Das wahre Abenteuer liegt in der Weisheit, die aus der Erfahrung geboren wird. Aber Sie sind auf dem richtigen Weg.«

»Wissen Sie was, Kapitän? Ich habe Sie immer sehr respektiert, aber ich glaube, ich fange langsam sogar an, Sie zu mögen.«

»Diese Nachricht würde mein Herz wirklich keinen Tick schneller schlagen lassen. Wenn es noch schlüge.«

»Trotzdem, Sir. Ich bin mir des Verdienstes bewußt, den Sie an unserem Erfolg haben, Sir.« Korie trat einen Schritt zurück, damit Hardestys elektronisches Auge ihn in voller Gestalt sehen konnte, versteifte sich in Habachtstellung und salutierte perfekt.

Hardesty erwiderte seinen Gruß nicht.

Fregattenkapitän Korie

Korie kehrte in viel besserer Stimmung auf sein Schiff zurück, als er selbst erwartet hatte. Als er durch den Andockschlauch schritt, da beschlich ihn ein Gefühl von Vertrautheit und Stolz. Er kam *nach Hause.* Sein Schiff war in Sicherheit.

Die Mannschaft im Frachthangar bemerkte seine Unbeschwertheit, und der Schirrmeister Toad Hall beeilte sich zu melden, daß die Temperatur gemäßigt war, mit sonnigen Abschnitten und nur vereinzelten hohen Wolken. Dann bemerkte er, daß auf Kories Kragen noch immer keine Sterne prangten, und er gab auch diese Neuigkeit weiter: »Die *Sternenwolf* hat weiterhin keinen Kapitän.« Stöhnen breitete sich auf der Brücke und in der Messe und überall sonst aus, wo die Botschaft ankam.

Hall beobachtete, wie Korie die Leiter zum Laufsteg hinaufkletterte, und traf plötzlich eine Entscheidung, die er sich später niemals erklären konnte. »Egal. Operation Flagge läuft trotzdem wie geplant«, sagte er in sein Mikro. »Er kommt über die Steuerbordpassage.«

Korie hatte die Gespräche und Halls Meldung auf dem Rundumkanal nicht weiter verfolgt und den Wetterbericht seines Schirrmeisters versäumt. Und er war so in seine eigenen Gedanken versunken, daß ihm nicht sofort auffiel, daß sich die Passage mit mehr Leuten als gewöhnlich zu füllen begann. Einige von ihnen waren unterwegs nach achtern, andere standen einfach herum und warteten.

Was ihn aus seinen Gedanken riß und wirklich verblüffte war die Tatsache, daß jeder einzelne, an dem er vorüberkam, in Habacht sprang und *salutierte*. Goldberg. Reynolds. Cappy. MacHeath. Sogar die Schwarze-Loch-Bande. Und Leen! Ja, sogar Leen salutierte vor ihm. Der Leitende Ingenieur brummte zwar, aber er grüßte militärisch.

Sie wußten es. Wie konnten sie auch *nicht* Bescheid wissen? Plötzlich war Korie ganz überwältigt von der menschlichen Zuneigung, die seine Mannschaft ihm entgegenbrachte. Die Passage war inzwischen so voll, daß er sich seinen Weg beinahe erzwingen mußte. Williger. Ikama. Green. Die Quillas. Er hatte nie bemerkt, daß es so viele von ihnen gab: Alpha, Beta, Gamma, Delta, Epsilon, Zeta, Eta, Theta ...

Er spürte einen glühenden Stolz in seiner Brust, als er den salutierenden Leuten zunickte, an denen er vorüberkam. Stolchak. Bach. Brik. Brik salutierte? Korie sah zweimal hin. Armstrong. Saffari. Hodel. Jonesy. Selbst der Grünschnabel, Gatineau. Eakins. Freeman. Hernandez. Alle, alle hatten sich versammelt, erkannte er. Jeder einzelne aus seiner Mannschaft.

Die Emotionen drohten ihn beinahe zu überwältigen. Er mußte blinzeln, um seine Augen daran zu hindern, daß sie sich mit Tränen der Rührung füllten.

Er erkannte, daß nicht das *Schiff* sein Zuhause war,

sondern ... die *Mannschaft*. Seine Mannschaft war zu seiner Familie geworden.

Irgendwie schaffte er es, ohne anzuhalten zu seiner Kabine zu kommen. Die letzten paar Meter waren der härteste Weg seines Lebens. Er hatte immer gewußt, wie er Gemeinheiten widerstehen mußte – aber er hatte überhaupt keine Ahnung, wie er Anerkennung und Sympathiebezeugungen entgegennehmen sollte. Die Intensität des Gefühls war atemberaubend.

Neben dem Schott zu seiner Kabine wartete Tor. Sie war die letzte, die salutierte. Korie zögerte einen Augenblick. Ihm fehlten die Worte. Seine Augen trafen die ihren, und er wußte Bescheid. Es war ihre Idee gewesen. »Danke sehr«, brachte er heiser hervor und blickte die überfüllte Steuerbordpassage hinab, sah in all die stolzen Gesichter und wiederholte leise: »Danke sehr. Ihnen allen.«

Dann machte er einen schnellen Schritt in seine Kabine, bevor sie sehen konnten, wie bewegt er war. Er ging zu seinem Schreibtisch hinüber und setzte sich hastig, als die Tränen in seine Augen stiegen und über die Wangen flossen. Er wischte sich die Nase und die Augen. Er konnte nicht fassen, wie überwältigt er war. Er konnte sich nicht erinnern, jemals so viel für die Mannschaft eines Raumschiffes empfunden zu haben.

Er wünschte ... er wünschte, er könnte den Gedanken beiseite schieben, daß er sie so enttäuscht hatte. Aber er konnte nicht.

Wehmütig nahm er eine winzige Schachtel aus seiner Jackentasche und blickte auf die beiden kleinen Kapitänssterne darin. Sie waren ein Geschenk Carols, aus der letzten Nacht, in der sie zusammengewesen waren. Er hatte sie seither immer bei sich getragen ...

Traurig schloß er die Schachtel wieder und legte sie in das Regal neben das andere Erinnerungsstück, das er sorgfältig aufbewahrte: eine kleine Plakette, auf der über seinem Namen, Jonathan Thomas Korie, ein goldener Möbiusschlüssel prangte. Als er die Plakette sah, überkam ihn eine überwältigende Mischung aus traurigen und fröhlichen Erinnerungen, alles durcheinander. Die ganze Last von Sorgen wurde ihm bewußt, die auf seinen Schultern ruhte. Und wie sehr diese Sorgen *schmerzten*.

Während er dastand, meldete sich Harlie über den Summer.

»Ja, Harlie?«

»Ich habe einige Informationen für Sie, Sir.«

»Ist es wichtig, Harlie?«

»Ich denke schon.«

»Dann schieß los.«

»Es gab eine Evakuierungsaktion auf *Shaleen*, bevor der Planet von den Morthanern überfallen wurde. Über dreihundert Schiffe nahmen teil. Fast eine halbe Million Flüchtlinge wurden in Sicherheit gebracht. Die Aufzeichnungen sind undeutlich, vielleicht ungenau . . .«

»Sprich weiter!«

»Ein Kind, auf das die Beschreibung eines Ihrer Söhne zutrifft, hat sich möglicherweise an Bord eines Frachters namens *Wandering Cow* befunden. Die Identifikation ist allerdings unsicher. Es ist nicht ganz geklärt, ob Timothy Korie noch lebt. Ich habe alle diesbezüglichen Aufzeichnungen angefordert.«

»Wo? Wohin sind sie von *Shaleen* aus gegangen?«

»*Taalamar*«, antwortete Harlie. »Die *Wandering Cow* ist nach *Taalamar* geflogen.«

»O mein Gott!«

»Ich bin dabei, weiterführende Untersuchungen anzustellen. Ich werde Sie informieren, sobald ich mehr weiß.«

»Das ist alles? Mehr hast du nicht?«

»Es tut mir leid, Sir. Im Augenblick ist das alles.«

Korie sank in seinem Stuhl zusammen. Tränen des Glücks und der Furcht rannen über seine Wangen.

Er vergrub das Gesicht in den Händen und begann zu weinen.

Fanfare

Es gab noch eine Sache zu erledigen.

Es dauerte sechs Wochen, bevor sie soweit waren, und selbst zu diesem Zeitpunkt war erst die Hälfte der Instandsetzungsarbeiten durchgeführt. Aber eine Reihe von Erprobungsflügen stand auf dem Dienstplan, und Korie hatte entschieden, daß er die Gelegenheit nutzen wollte.

Um genau achtzehnhundert Uhr erreichte das Schiff die vorgesehene Position. Korie hatte seine Paradeuniform angelegt und betrat die Brücke. Er blickte sich um und bemerkte, daß alle anwesenden Besatzungsmitglieder ebenfalls ihre Paradeuniformen trugen. Selbst Brik. An dem riesigen Morthaner wirkte die Uniform auf seltsame Weise ... bizarr – aber wenn Brik sich darin unwohl fühlte, so ließ er sich jedenfalls nichts anmerken.

»Ist dies die Stelle?« fragte Korie seine Astrogatorin.

Tor nickte. »So nah, wie wir es berechnen konnten.«

»Gut«, erwiderte Korie. Er stieg die Stufen zur Zentrale hinunter und blickte auf den großen Frontschirm. Draußen leuchtete ein leeres Sternenfeld.

»Mister Jones? Ist das Paket fertig?«

Jonesy nickte und erhob sich. Ringsum auf der Brücke und in der Zentrale erhoben sich die anderen Offiziere ebenfalls. Tor. Green. Goldberg. Hodel.

»Fangen Sie an, Mister Jones.«

Jones beugte sich über sein Kontrollpult und drückte auf einen Knopf. Ein leiser Schlag ging durch den Boden der *Sternenwolf.* Einen Augenblick später kam auf dem Frontschirm ein Gegenstand in Sicht. Es war ein Kranz. Ein großer, grüner Kranz, der in den hellen Scheinwerfern der *Sternenwolf* leuchtete.

Hodel berührte einen Knopf auf seinem Pult, und leise, langsame Musik begann zu spielen. Er hatte extra für diese Zeremonie ein neues Arrangement geschrieben. Zuerst ertönte der gleichmäßige Rhythmus einer militärischen Trommel, gefolgt vom klagenden Ton eines Horns; es klang schwach und entfernt – und dann schwoll der Rest der Instrumente an. Korie konnte beinahe die Worte hören: »*Oh, I wish I were in the land of cotton. Old times there are not forgotten. Look away, look away, look away, Dixieland* ...«

Langsam hob Korie die Hand zum militärischen Salut. Seine Offiziere ringsumher taten es ihm nach.

Durch das gesamte Schiff, auf allen Stationen, in den Korridoren, im Frachthangar, im Maschinenraum, in der Farm, überall gedachten tapfere Männer und Frauen ihrer Kameraden. Alle standen in weißen Uniformen, und alle salutierten voller Stolz und grüßten die Besatzung der *Houston* ein letztes Mal. Und auf nicht wenigen Gesichtern zeigten sich Tränen.

Dann war es vorüber. Korie senkte langsam die Hand und wandte sich vom Hauptschirm ab. Seine Kehle war wie zugeschnürt und schmerzte. Er fragte sich, ob eines Tages jemand anderes einen Kranz auf die Überreste der *Sternenwolf* werfen würde. Und ob die anderen dann ebenso stolz auf die *Sternenwolf* sein würden.

Und welche Musik gespielt werden würde.

»Mister Hodel«, räusperte sich der kommandierende Offizier schließlich. »Haben Sie inzwischen ein angemessenes Musikstück gefunden, das dieses Schiff repräsentieren wird?«

»Jawohl, Sir, das habe ich. Die dritte Symphonie von Aaron Copland. Vierter Satz.«

Korie betrachtete seinen Steuermann mit gehobener Augenbraue.

»Ich fürchte, ich kenne das Stück nicht ...«, begann er.

»O doch, Sie kennen es«, entgegnete Hodel. Er berührte einen weiteren Knopf, und als die *Sternenwolf* sich langsam in Bewegung setzte, ertönte eine weiche Melodie auf der Brücke und im ganzen Schiff.

Zuerst nur leise, schnelle Töne, dann setzten Blasinstrumente ein und schwollen zu einer dramatischen Fanfare an – und plötzlich erkannte Korie das gleiche stolze Thema, das er auf Lambdas Begräbnis gehört hatte. Er verstand nicht nur die Melodie, sondern auch die Bedeutung, die sich dahinter verbarg.

Die Musik war vor langer Zeit und an einem fernen Ort geschrieben worden, und trotz des großen Grabens aus Zeit und Raum, der dazwischen lag, sprach sie beredt zu ihnen.

Das Stück war nicht von einem Raumfahrer komponiert worden, und der Komponist hatte mit Sicherheit auch nicht an Raumfahrer gedacht, und doch ... und doch ... es beschrieb die Erfahrung, die die Herausforderung der Dunkelheit brachte.

Das gleiche Thema hatte der Komponist für sein anderes, berühmteres Stück adaptiert: *The Fanfare of the Common Man*. Aber das symphonische Arrangement war noch viel großartiger. Es war ein Werk, das das Leben selbst ehrte. Die Musik schwoll an und erfüllte die Kommandozentrale.

Korie blickte zu Hodel, zugleich überrascht und geehrt und zufrieden. Er hatte gar nicht gewußt, daß sein Steuermann das Herz eines Poeten besaß. Es war eine erfreuliche Entdeckung. »Das haben Sie gut gemacht, Mister Hodel«, sagte Korie und klopfte ihm auf die Schulter. »Oberleutnant Tor. Notieren Sie dieses Stück als unser offizielles Erkennungssignal im Logbuch.«

»Aye, aye, Kapit – äh, Fregattenkapitän.«

»Noch nicht, noch nicht. Aber trotzdem, danke. Und jetzt: Bringen Sie uns nach Hause, bitte.«

ENDE

Band 23 178

David Feintuch

Commander Nick Seaford

Deutsche Erstveröffentlichung

Kaum hat Nick Seafort sein erstes Abenteuer bestanden und ist zum Commander befördert worden, erwarten ihn neue, scheinbar unlösbare Aufgaben. Ein Angriff von Außerirdischen und der Verrat eines Admirals lassen Nick allein mit aufsässigen Kolonisten an Bord eines Schiffes zurück, das dem Untergang geweiht ist. Die Mannschaft meutert, die Waffen versagen, Nahrung und Treibstoff gehen aus: alles in allem ist das Schiff eine leichte Beute für den Feind. Doch dieser hat nicht mit Nick Seaforts Erfindungsgabe gerechnet…

BASTEI LÜBBE

Sie erhalten diesen Band im Buchhandel, bei Ihrem Zeitschriftenhändler sowie im Bahnhofsbuchhandel.